SCIENCE FICTION

Herausgegeben
von Wolfgang Jeschke

Ein Verzeichnis weiterer Bände dieser Serie
finden Sie am Schluß des Bandes.

BARBARA HAMBLY

DER KAMPF UMS NACKTE ÜBERLEBEN

Roman

Star Trek™ Classic
Band 60

Deutsche Erstausgabe

WILHELM HEYNE VERLAG
MÜNCHEN

HEYNE SCIENCE FICTION & FANTASY
Band 06/5334

Titel der Originalausgabe
GHOST WALKER
Übersetzung aus dem Amerikanischen
von Ronald M. Hahn

Redaktion: Rainer Michael Rahn

Die Originalausgabe erschien bei POCKET BOOKS,
a division of Simon & Schuster, Inc., New York

Printed in Germany 1995
Umschlagbild: Pocket Books/Simon & Schuster
Umschlaggestaltung: Atelier Ingrid Schütz, München
Technische Betreuung: M. Spinola
Satz: Schaber Satz- und Datentechnik, Wels
Druck und Bindung: Ebner Ulm

ISBN 3-453-08581-7

Für Mel,
der es trotz seines roten
Hemdes überlebt.

Es ist ein weit verbreiteter Irrtum, daß geringe Größe, körperliche Schwäche, Mangel an sichtbarer Bewaffnung oder ein einfältiges bzw. jugendlich ›naives‹ Äußeres bei einer fremden Spezies mit Harmlosigkeit gleichzusetzen ist.

NEARY, *Erstkontakt*

Die Waffe, die man am meisten fürchten sollte, ist der Anschein von Schwäche. Wenn ein Krieger leicht amüsiert lächelt, sind seine Muskeln gespannt.

Analekten eines Kriegers,
übersetzt aus dem Klingonischen

Neben dem mechanischen Versagen wichtiger Lebenserhaltungssysteme hat der Eindringlingsalarm (die Anwesenheit bzw. vermutete Anwesenheit einer unbefugten fremden Lebensform auf einem Starfleet-Schiff) bei jedem Schiffsnotfall die höchste Prioritätsstufe.

Handbuch für Starfleet-Offiziere

HISTORISCHE ANMERKUNG

Dieses Abenteuer spielt im vierten Jahr der ersten Fünfjahresmission der *Enterprise.*

1

Im Blaubeerenmond, im dritten Jahr des zwölften Zyklus des Baumkatzensterns, während der eintausendzweiundvierzigsten Drehung des Rades des Universums, tauchten die Hungrigen zum erstenmal in den Bindigo-Bergen auf, wo sie auch verschwanden. Anfangs wirkten sie wie Kinder oder die großen Rennaffen. Sie wußten nichts und taten niemandem etwas zuleide. Doch dann fingen sie an, Tiere einzufangen und sie verschwinden zu lassen. Sie wollten auch Menschen einfangen, doch diese liefen davon und versteckten sich in den Kralen. Später gingen die Hungrigen dazu über, Menschen zu töten; sie brieten sie und verzehrten ihr Fleisch. Und so kam es, daß die Jäger aus Bindigo und anderen Kralen in der Umgebung des Ortes, an dem die Hungrigen aufgetaucht waren, sie ebenso erlegten wie die Wühlhäuter und Heuler.

Erst im fünften Jahr des zwölften Zyklus kam Kailin Arxoras, der Patriarch [Bedeutung unklar] und *Memmietieffos* [Bedeutung unklar; Begriff der Midgwin-Sprache*] des Bindigo-

---

* Siehe Enchar T'Krau Shorak, ›Telepathie bei den Midgwin‹, *Zeitschrift für interkulturelle Begegnungen,* Bd. 93–3, und Neary, R. jr., ›Verständigungsprobleme bei nonverbalen Fremdsprachen‹, *ZfiB,* Bd. 30–9.

Krals den Hungrigen so nahe, daß er in ihre Träume gehen konnte, wenn sie schliefen. Und er erkannte, daß auch sie, auf ihre Art, Menschen waren.

Aus *Gesänge der Midgwin*,
übersetzt und eingeleitet von Dr. H. H. Gordon,
Oxford University Press

»Was für putzige kleine Geschöpfe!« Mit in die Hüften gestemmten Händen musterte Dr. Leonard McCoy die schweigende Menge der rundlichen, löffelköpfigen Midgwin, die sich nach und nach im blassen Zwielicht am Ende der Felsschlucht abzeichnete, wo die Landeeinheit materialisiert war. Hin und wieder hob ein Midgwin auf seinem ausfahrbaren Hals den Kopf, fügte seiner unbedeutenden Größe vierzig bis fünfzig Zentimeter hinzu und blickte mit leuchtend grauen Augen über seine Gefährten hinweg. Meist allerdings gafften sie nur. Jedes ihrer knochigen, dreifingrigen Händepaare hielt eine Blume. Blumenkränze lagen um viele kleine schmale Schulterpaare oder ruhten auf den langen, gefiederten Mähnen ihres Haars. Vor dem Zwielicht schienen die blassen Blüten körperlos zu schweben. Ihr feiner, süßer Duft war, verglichen mit dem muffigen Geruch, den die Midgwin selbst ausströmten, unerträglich scharf.

»Laß sie das bloß nicht hören, Pille«, rügte Captain James Kirk leise den Schiffsarzt. »Bevor wir sie überzeugen konnten, daß es einen Unterschied zwischen uns und den Klingonen gibt, haben sie ein Dutzend unserer Kundschafter getötet.«

Die Vorstellung, mit einem Klingonen verwechselt zu werden, ließ McCoy eine beleidigte Miene aufsetzen. Dr. Helen Gordon, die hinter ihm stand, lachte leise und sagte: »Ich nehme an, für sie sehen wir alle gleich aus.«

»Stimmt«, sagte eine Männerstimme aus dem Schatten der dickschaligen, fast blattlosen Walzenbäume, die dicht zwischen dem Schluchtgestein standen. »Aber nicht so, wie Sie glauben.«

Kirk fuhr schnell herum. Er war überrascht und verärgert über sich. Obwohl das planetare Kontaktteam ihm wiederholt versichert hatte, daß keine Gefahr für die Landeeinheit bestand, war er ohne den Spielraum, den ein Sicherheitsteam bot, leicht nervös. Er hätte, fiel ihm ein, die Ankömmlinge hören müssen, als sie sich dem Landeplatz näherten.

Zwei Vulkanier und ein Argelianer in abgetragenen Khaki-Overalls traten aus der sie umgebenden blauen Düsternis ins Freie – angeführt von einem halben Dutzend Midgwin, von denen der erste so alt war, daß seine glatte, purpurfarbene Haut unter den weißlichen Wulsten der gewundenen Tätowierungsnarben zu staubigem Grau verblaßt war. Auch seine Augen waren verblaßt. Sie waren gletschergrau, weise und traurig. Die seinen harten kleinen Schnabel umgebende Haut war so weiß wie die seidigen Strähnen der Mähne, die über seine buckligen Schultern hing. Er war zwar der einzige Midgwin, der nichts in den Händen hielt, doch statt sich, wie gelegentlich die anderen, mit einem seiner langen Arme auf dem Boden abzustützen, ging er mit dem für sein Volk typischen rollenden Zweibeinerschritt.

Der männliche Vulkanier, ein kleiner, gepflegter Mann, von dem Kirk wußte, daß er der Anthropsychologe Dr. Shorak war, ging vor dem weißgesichtigen Midgwin her und überreichte ihm, McCoy, Gordon und den beiden restlichen Angehörigen des Föderationskontaktteams je zwei Blumen. »Nehmen sie eine in jede Hand«, riet er ihnen leise. »Hier gilt die Weisheit, daß man die Hand, die eine Blume hält, nicht im Zorn erhebt.«

»Ob man es mir übel nimmt«, sagte McCoy, »wenn ich mir eine hinters Ohr klemme?« Er schnupperte an der winzigen, berauschend duftenden Blüte.

Dr. Gordon lächelte schalkhaft. »Wenn die Midgwin es Ihnen nicht verübeln«, sagte sie, »ich schon.« Kirk unterdrückte ein Lächeln. Im Gegensatz zu Dr. Mei Chu und Dr. Nomias Gzin, den beiden anderen Vertretern des Xenologischen Instituts der Föderation, hatte Helen während der zwei Wochen auf der *Enterprise* nicht die Einsiedlerin gespielt. Sie hatte sich vielmehr recht schnell mit der Crew angefreundet – nicht nur mit ihm, sondern auch mit vielen anderen. Allmählich fiel es ihm schon schwer, sich daran zu erinnern, wie es ohne ihre knochige, linkische Gestalt in den Freizeiträumen oder den Labors gewesen war – ohne den Klang ihrer leisen, heiseren Altstimme und dem Wissen, daß sie immer irgendwo in der Nähe war, wenn er dienstfrei hatte.

»Dies ist Kailin Arxoras«, sagte Dr. Shorak, »der Patriarch des Bindigo-Krals, und ...« Er zögerte kurz und entschied sich, Arxoras' etwaige sonstige Titel nicht zu nennen. Statt dessen nahm er behutsam, doch fest, Kirks Hand in die seine, schob gewandt eine der Blumen zwischen seinen knöchernen Fingern beiseite, wie Kirk es auch den Midgwin tun sah, und ergriff Arxoras Hand mit der anderen. »Würden Sie ihm erlauben ... in Sie hineinzusehen? Es hat nichts mit Bewußtseinsverschmelzung zu tun ... Es spielt sich nur an der Oberfläche ab, damit er erkennen kann, ob Sie gute Absichten haben. – Falls Sie es erlauben ... Würden Sie die Augen schließen, an nichts denken, und von zwanzig auf null zählen?«

Als die instinktive Vorsicht des jahrelangen Umgangs mit unbekannten Faktoren in seinem Inneren sich zu Wort meldete, zögerte Kirk. »Und wie verdeutlicht er mir seine guten Absichten?«

Shorak dachte kurz nach. Nach einem achtzehnmonatigen Aufenthalt im Busch hatte er einen dichten Bart, und sein langes schwarzes Haar war zu einem kurzen Pferdeschwanz zusammengebunden. Sein von den honigfarbenen Strahlen der Sonne Elcidar Beta gebräuntes Gesicht war von grotesker Magerkeit, und unter dem abgetragenen Overall wiesen seine Gelenke das beunruhigend bucklige Aussehen eines Lebewesens auf, das kurz vor dem Verhungern stand, obwohl er sonst gesund und munter wirkte. Davon abgesehen war er blitzsauber. Er hatte die Ärmel heruntergekrempelt, die Hosenbeine in die Stiefel gesteckt und sämtliche Schlaufen befestigt. Und das war mehr, als man über Dr. L'jian, seine Gattin, sagen konnte, eine Xenoanthropologin von Ehrfurcht einflößender Reputation und arg zerknittertem Äußeren. Und auch über den Argelianer Thetas, unter dessen hochgekrempelten Ärmeln Kirk einen Blick auf die wulstigen Markierungen von Midgwin-Tätowierungen erhaschte. L'jian und Thetas waren ebenso unnatürlich mager wie Shorak, aber auch sie umgab eine irgendwie unpassende Aura von Gesundheit. Außerdem fiel Kirk auf, daß Shorak im Gegensatz zu seinem vulkanischen Wissenschaftsoffizier und sämtlichen anderen Vulkaniern, denen er je begegnet war, nicht im geringsten zögerte, körperlichen Kontakt mit relativ Fremden aufzunehmen. Er speicherte diese Regelwidrigkeit in seinem Geist und bemerkte die relativ argwöhnische Verwirrung, die McCoy die Augen zusammenkneifen ließ.

»Ich weiß nicht genau, ob Sie es begreifen würden, wenn er es täte«, erwiderte der Vulkanier kurz darauf. »Aufgrund der Natur der einheimischen Raubtiere haben die Midgwin eine Verständigung entwickelt, die im wesentlichen telepathisch ist. Nur wenige Menschen verfügen über die Aufnahmefähigkeit, sie zu interpretieren oder auch nur zu empfangen. Es ist aber nicht nötig, daß Sie ihm einen Blick gestatten.«

Kirk wägte kurz seinen natürlichen Argwohn vor unbekannten – und ehemals feindseligen – Fremden mit bewußtseinssondierenden Kräften gegen seine natürliche Neigung ab, guten Willen zu zeigen. Es war sein angeborener Glaube, daß man guten Willen, wenn man ihn zeigte, in der bedeutenden Mehrheit der Fälle auch zurückerhielt. Aber was tatsächlich siegte, war seine Neugier.

»In Ordnung«, sagte er und schloß die Augen.

Die trockenen, zweigartigen Finger des Vulkaniers schlossen sich um die seinen.

Zwanzig, neunzehn, achtzehn …

Es hätte nicht ganz den Tatsachen entsprochen, wenn er behauptet hätte, nichts gespürt zu haben, aber während es geschah, hatte er nicht die geringste Möglichkeit, sein Empfinden zu beschreiben. Der Sache am nächsten kam eventuell das psychische Äquivalent, mit geschlossenen Augen dazustehen, während ein Pferd an seiner Wange schnupperte.

… drei, zwei, eins.

Kirk öffnete die Augen und blinzelte. Arxoras schaute mit seinem traurigen, grauen Blick zu ihm auf und sagte: »Danke, Ka-pi-tan.« Seine beiden weichen Zungen bildeten die Laute so gut wie möglich – trotz seines harten Schnabels. Er war schwer zu verstehen, aber wenn man gut zuhörte, konnte man die Worte erfassen. »Man hat in dem Kral, der wie ein Flendagnest im Strom durch die Finsternis fliegt, einen gescheiten Krieger zum Patriarchen gemacht.« Und als der alte Midgwin Shoraks Finger losließ, streckte er den Arm aus und streichelte sanft Kirks Handrücken. »Darf ich mit den anderen teilen, was ich von dir weiß?« Er deutete mit einer anmutigen Geste auf die restlichen hinter ihm stehenden Midgwin, die nun auf den Fersen hockten und sie mit ihren riesigen Augen betrachteten.

Nun, da Kirk sich ein wenig an sie gewöhnt hatte, fing er neugierig an, ihre verschiedenen Gesichtsausdrücke zu studieren. Die Menge, die noch immer um McCoy, Helen und die Doktoren Chu und Nomias im Kreis der zahlreichen abgetretenen Steine am Ende der Schlucht hockte, beobachtete die fremden Besucher mit dem Ausdruck kindlichen Vertieftseins aus faltigen, merkwürdig jugendlichen Gesichtern; doch jene, die sich um die drei Forscher gruppiert hatten, waren eindeutig kritischer. Einige von ihnen waren alt, falls das Verblassen ihrer Haut- und Haarfarbe ein Hinweis auf ihr Alter war. Die losen Hautfalten rings um die vorstehenden Schnäbel waren lang und sackartig. Alle waren mehr oder weniger stark tätowiert. Doch in den Augen einer ganzen Reihe erkannte Kirk Skepsis, Vorsicht und Feindseligkeit, die nicht im Einklang mit der sonderbaren Alter Mann/Kind-Physiognomie stand.

»Teile es mit ihnen«, sagte Kirk. Als er den Kopf drehte, fing er in Shoraks Blick ein besorgtes Glitzern auf.

Nun stellte Shorak dem psychisch forschenden Blick des Patriarchen die Neulinge des Kontaktteams und Dr. McCoy vor. »Eine Sprecherin, die uns die Worte der Hungrigen lehren wird«, sagte Arxoras über Helen und berührte ihre Hand, die Shorak, der noch immer als Verbindung agierte, hielt. »Eine Blume, die zum erstenmal die Sonne gespürt hat.« Und nachdem er McCoy lange Zeit gemustert hatte, sagte er leise: »Ein Heiler, der Schmerzen hat.« McCoy wandte sich ab.

»Ich bin froh, daß endlich Verstärkung gekommen ist«, sagte der Vulkanier Shorak später. Es war inzwischen dunkel geworden. Sie saßen vor der Tür dessen, was der Argelianer Thetas das Xenologische Forschungsinstitut von Elcidar Beta III nannte – einer Schlamm- und Flechtwerk-Hütte, die keine drei Meter durchmaß. Sie lag vierhundert Meter vom Dorfrand entfernt. Ein kleines Lagerfeuer brannte in der Mitte eines aus flachen Flußsteinen geschaffenen Kreises. Es bestand aus ausgetrockneten Klumpen des seifigen, weich strukturierten einheimischen Holzes, und das knappe, orangefarben flackernde Licht betonte die Magerkeit der Forschergesichter und die Knochigkeit der gestikulierenden Hände des Vulkaniers noch stärker als zuvor. »Die hiesige Zivilisation ist ungeheuer komplex, auch wenn sie über fast keine Technik verfügt«, fuhr er fort.

»Wirklich?« McCoy runzelte die Stirn und bemühte sich erfolglos, ein ungläubiges Kichern zu unterdrücken. Am Ende des gewundenen Pfades, der durch den schwer zugänglichen Dschungel aus Dornengestrüpp, Felsgestein und Walzenbäumen führte, konnte man in der zunehmenden Düsternis nur die erste der Midgwin-Behausungen ausmachen, plumpe Wucherungen aus Schlamm, die an den sich auftürmenden Felsen, an klobigen Bäumen und aneinander klebten. Sie verliefen in allen Richtungen durch die Schlucht und am Flüßchen entlang. Eigenartigerweise war das Gewässer auch unterhalb des Dorfes sauber, wenn es auch ziemlich wenig war. Im milden, nach Staub riechenden Abenddunst klangen die Piepsstimmchen der Midgwin nicht lauter als das Zirpen nächtlicher Zikaden.

Der Argelianer Thetas nickte. Dr. Thetas Farnakos Sredji Akunas' Arbeit über gesellschaftliche Strukturen, fiel Kirk ein; sie war Standardlektüre in jedem Anthro-Seminar von hier bis zur Barriere. Die Fotos, die er von ihm gesehen hatte, zeigten einen molligen kleinen Mann mit glänzenden schwarzen Augen und einem glatten argelianischen Gesicht. Man konnte ihn nur noch an den Augen erkennen. McCoy hatte doppelte und dreifache Tricorder-Überprüfungen der drei Forscher vorgenommen. Doch als sei all dies vergessen, fuhr der Argelianer fort: »Die Gesetze des gesellschaftlichen Austauschs ... die Hierarchie des Respekts ... ihre philosophische Bildung ... von ihren Liedern und Legenden ganz zu schweigen ... All das gehört zum Edelsten, was mir je begegnet ist.« Er reckte ein Stück den Hals, um durch den verfilzten Dschungel einen Blick ins Zentrum der Ortschaft zu werfen. »Es ist wahrlich eine Freude, mit ihnen zu arbeiten ...«

Kirk stand auf und folgte dem Blick des kleinen Mannes zu den plumpen Formen der zwischen den Dornenbäumen liegenden Schlammhütten. Rosarot-gelber Mondschein tränkte die Szenerie, verfärbte das aufragende Gestein zu Gold und umriß jede Dorne und jeden Ast des Dschungels in zahllose Orange-, Zinnober- und Pfirsich-Nuancen. Im Licht des Mondes sah er sich vage bewegende Schatten. Es wurden immer mehr, und er erkannte, daß sich die Midgwin in großer Zahl versammelten. Das periodische Zirpen des verbalen Teils ihrer Sprache war nun mit einem leisen, klimpernden Murmeln vermischt, wie dem Schnurren einer Katze. Er glaubte zu sehen, wie lange Reihen der Midgwin sich formten; sie bildeten dichte, konzentrische Kreise, Schulter an Schulter, die Hände miteinander verbunden, die Augen geschlossen.

»Was machen sie da?« fragte er leise und wandte sich wieder dem kleinen Anthropologen zu.

»Sie bilden das Bewußtseinsnetz«, erwiderte Thetas. »Sie machen es zwar nicht jeden Abend, aber an fünf Abenden mindestens dreimal. Alle öffnen ihren Geist, um den anderen ihres Mitfühlens und ihrer Liebe zu versichern, um Krankheiten und Schmerzen zu kurieren.«

»Das ist ihr Glaube«, warf Shorak einfach ein. Wäre er kein Vulkanier gewesen, hätte er sich geschüttelt. Die Veränderung in L'jians Blick war ebenso unbehaglich.

»Haben Sie es je mitgemacht?« fragte Helen und umklammerte mit beiden Armen ihre angezogenen Knie. Als Kirk wieder neben ihr Platz nahm, berührte sein Ellbogen ihre Schulter, und er war sich der Berührung äußerst bewußt.

»Es kann ziemlich gefährlich werden.« In der Stimme des Vulkaniers schwang deutliche Kälte mit. »Psychoemotionale Verschmelzungen jeder Art ...«

»Ich hab's versucht.« Der dunkle Blick des Argelianers streifte schalkhaft seinen mißbilligenden Kollegen. »Und meine Erkältung war *wirklich* weg.« Er schaute Helen wieder an. »Es ist ein entnervendes Gefühl, wenn das Bewußtsein einer so intensiven Prüfung unterzogen wird und man nicht das geringste dagegen machen kann.«

»Gibt es denn keine mentalen Verfahren, um bestimmte Gebiete des Bewußtseins vor einer solchen Invasion zu schützen?« fragte Kirk. Er erinnerte sich mit Unbehagen an die vierundzwanzig Stunden verdrängten Bewußtseins, die er vor einiger Zeit bei der mysteriösen gottähnlichen Entität Sargon erlebt hatte, den kurzen Augenblick gemeinsamen Bewußtseins. »Als Vulkanier kennen Sie doch bestimmt irgendeine Art der Abschirmung.«

Thetas' nächste Bemerkung, in der das Tragen eines Keuschheitsgürtels in der Hochzeitsnacht eine Rolle spielte, wurde von Shorak unterbrochen, der sagte: »Ja, natürlich. Meine Gattin und ich hatten häufig Gelegenheit, ein solches Verfahren anzuwenden.« Kirk fiel auf, daß er auf das Thema Bewußtseinskontakt und Mentaldisziplin ebenso barsch und ausweichend reagierte wie Spock. Sie waren zurückhaltend, was die finstere Seite der vulkanischen Kultur anging. Er bemerkte auch, daß L'jian die Braue hob und ihrem Gatten einen grübelnden Blick zuwarf, in dem die Frage zu lesen war, woher ein Außenweltler überhaupt von diesen Dingen wußte.

Shorak nickte den Doktoren Chu und Nomias zu und sagte: »Wir können Sie in diesem Verfahren unterrichten, wenn man Sie im Institut nicht schon darauf vorbereitet hat – sie sind bestimmten vulkanischen Geistesübungen recht ähnlich. In einer Zivilisation, in der man daran gewöhnt ist, die Träume von anderen zu lesen, können einem die Disziplinen der mentalen Abschirmung eventuell nützlich sein.«

Eine Midgwin-Stimme schrillte urplötzlich durch die milchige Stille der Nacht. Kirks Blick richtete sich sofort auf die Ortschaft. Der Ton klang nach Scherereien; all seine Instinkte erwachten.

Ein Midgwin-Patriarch war im Mittelpunkt des träumenden Kreises des Bewußtseinsnetzes auf einen Stein gesprungen; vielleicht auch auf eine Hütte, denn die Behausungen waren kaum größer. Inzwischen mußte es dreißig bis vierzig dieser Kreise geben, jeder bestand aus Tausenden von schotenartigen, lederigen, zusammengedrängten Leibern. Kirk konnte sehen, daß die Augen der Midgwin offen waren, ein Spiralnebel mattleuchtender Sterne.

Der Patriarch gestikulierte, seine wirbelnden knochigen Arme kündeten von Anspannung und Zorn. Kirk konnte selbst bei dieser Entfernung erkennen, daß er den Kopf flach an die Schulter gelegt hatte. Sein Schnabel verengte sich, so daß er wie ein wütender Vogel aussah, der krächzte und pfiff. Seine große, dreifingerige Hand deutete in wortgewandter, schneidender Wut immer wieder in die Richtung der schäbigen Hütte des Forschungsinstituts.

»Was sagt er?«

Shorak, ebenfalls aufgestanden, stand mit gesenktem Kopf und verschränkten Armen da. Er lauschte, aber er gab keine Antwort. Helen, die die Midgwin-Sprache in der Vorbereitungsphase ihrer Mission gelernt hatte, stand auf und sagte leise: »Er ist zornig. Er sagt, die

Hungrigen werden allem den Tod bringen, was sie berühren.«

»Quatsch«, murmelte McCoy. Seine Lippen zuckten. »So wie sie aussehen, hungern sie sich *selbst* zu Tode. Wenn sie – wie du sagst, Helen – Sammler sind, ist ihre Bevölkerung zu groß für die vorhandenen Nahrungsquellen. Ich habe hier nichts gesehen, was Feldern gleicht ...«

»Es gibt auch keine Felder«, erwiderte Thetas leise. »Aber ich glaube, der Schatten meint es anders.«

»Der Schatten?« Kirk deutete mit dem Kopf auf den Redner, der sich noch immer wütend auf dem Felsen wiegte. Er war groß für einen Midgwin, seine glänzende, dunkelrote Haut verlor erst um die Augen ihre Färbung. Seine grobe schwarze Mähne hing bis über die buckligen Falten seines Rückens. Seine Arme und Schultern waren wie ein Umhang aus Makramee mit Tätowierungen bedeckt.

»Yarblis Geshkerroth, der Schatten«, sagte Shorak leise und trat neben Kirk. »Unterschätzen Sie ihn nicht. Die während der vor fünf Jahren erfolgten Kämpfe verschwundenen klingonischen Kundschaftergruppen gehen angeblich zum größten Teil auf sein Konto.«

Kirk runzelte leicht die Stirn und blickte wieder auf das Feuer. Es beeindruckte ihn, daß ein Angehöriger dieser dicklichen, harmlosen kleinen Rasse in der Lage sein sollte, bewaffneten klingonischen Aufklärern die Stirn zu bieten. »Haben Sie nicht gesagt, sie hätten den Unterschied zwischen den Klingonen und uns begriffen?«

»Wie kommen Sie eigentlich darauf, daß *wir* den Unterschied zwischen den Klingonen und uns verstehen?« fragte Thetas und beugte sich vor, um das Feuerholz umzuschichten. »Yarblis behauptet, daß es keinen gibt.«

»Tja, dann werde ich Ihnen mal einen nennen«, erwiderte McCoy ätzend. »Wenn wir Klingonen wären, würden wir ein paar Zielübungen auf den Kopf unseres flachköpfigen kleinen Freundes da hinten veranstalten, statt die Angelegenheit in philosophischem Licht zu diskutieren.«

»Vorsicht«, sagte Dr. Nomias. Seine kurzen Fühler drehten sich flink in Richtung des Pfades. Inzwischen waren alle aufgestanden und schauten auf den gewundenen Weg, der durch das Unterholz zur Ortschaft führte. Yarblis Geshkerroth hatte sich mit affenhafter Behendigkeit von seiner steinigen Behelfsrednertribüne geschwungen und watschelte mit überraschendem Tempo auf das Forschungsinstitut zu. Andere hatten sich aus dem Kreis des Bewußtseinsnetzes gelöst und folgten ihm. Es waren Midgwin aller Größen, und die meisten schwangen sich auf Händen und kurzen, gedrungenen Beinen voran. Sie bewegten sich problemlos durch das Dornendickicht, denn ihre gepanzerte Haut hatte keine Schwierigkeiten mit den Stacheln der Vegetation. Ihre Augen waren ein sich ruckweise bewegendes leuchtendes Meer in der Finsternis.

Shorak und Thetas schlossen beinahe instinktiv zu Kirk und Helen auf. Kirk winkte sie ebenso instinktiv wieder zurück und trat vor, um sich der Delegation allein zu stellen.

»Du ...« Yarblis kauerte vor Kirk. Er wirkte weitaus gefährlicher, als man es von einem rundlichen kleinen Fremden mit großen, leuchtenden Augen erwartet hätte. Er war mager, die dicken Runzeln seiner Haut waren gespannt und bildeten einen Schutzpanzer. Er war nicht im geringsten komisch. Am Ende seines knochendürren Arms entfaltete sich eine große, dreifingerige Hand. »Laß mich eintreten«, sagte er. Seine Stimme war schriller als die von Arxoras, und seine Aussprache der des anderen weit unterlegen. »Laß mich in deinem

Geist sehen, was du für die Menschheit bedeutest.« Kirk wußte, daß er mit dem Wort Menschheit sich und sein Volk meinte.

Er zögerte. Sargon, der Gelehrte einer namenlosen und längst ausgestorbenen Rasse, hatte ihm in der kurzen Zeit, in der sie ein Bewußtsein geteilt hatten, eine Reihe mentaler Abschirmungstechniken gelehrt. Spock hatte ihm kürzlich andere beigebracht. Raumfahrer, die auf telepathisch begabte Fremdrassen gestoßen waren, hatten sich allzu häufig in Zuständen von Besessenheit wiedergefunden, die jeden Exorzisten der irdischen Geschichte nach dem Kruzifix hätten greifen lassen.

»Laß mich sehen!« beharrte Yarblis wild. »Du verheimlichst uns den Grund deines Hierseins!«

Hinter sich hörte Kirk das Knirschen von Stiefeln auf Kies. Er sah aus den Augenwinkeln, daß Shorak sich ihnen näherte. Yarblis wich ein Stück zurück und zischte: »Nein! Nicht durch den Kalten, der eine Seele wie ein Ei aus Stein hat und dessen Träume wir nie haben trinken dürfen. Durch dich selbst, und für dich, um die Lügen zu entschleiern.«

Nun kam Bewegung in die Reihen der auf dem Pfad versammelten Midgwin. Kirk erhaschte in der Finsternis einen Blick auf eine weiße Mähne, die wie eine seidene Flagge wirkte. Neben ihm sagte Shorak leise: »Sie brauchen es nicht zu tun …«

Arxoras watschelte aus der Dunkelheit heran. In sein schneeweißes Haar waren Blumen geflochten. »Bitte, versteh meinen Bruder«, sagte er zu Kirk und streckte eine harte Hand aus, um Yarblis' knochigen Rücken zu streicheln. Yarblis entspannte sich bei der Berührung sichtlich, die straffen Grate seiner Haut lösten sich, sein Kopf reckte sich leicht auf seinem Hals. Im Licht des Institutsfeuers konnte Kirk erkennen, daß die Arme des Schattens zwischen den Tätowierungen sich kräuselnde

Narbengewebe aufwiesen, die ein klingonischer Disruptor erzeugt hatte.

»Er sagt, du könntest einer Selbsttäuschung unterliegen – daß du glaubst, uns wohlgesonnen zu sein, uns aber dennoch Übles antun kannst. Er bittet darum, tiefer in deine Gedanken zu schauen, um zu erkennen, was ihr aus der Föderation, von der ihr sprecht, mit uns vorhabt. Aber wenn es dich beunruhigt oder ängstigt, beachte seine Worte nicht. Ich traue eurem Volk ...«

Yarblis drehte den Kopf wie eine Eule und zischte dem alten Midgwin irgend etwas zu.

Arxoras blinzelte ihn kurz und ruhig an, dann wandte er sich wieder Kirk zu. »Ich vertraue euch«, wiederholte er.

»Sie brauchen nicht ...«, fiel Shorak leise ein.

»Nein.« Kirk hielt Yarblis die Hände entgegen und konzentrierte seine Gedanken nach bestem Wissen auf die Disziplinen, die Spock und Sargon ihn gelehrt hatten. »Nein, das Recht, es zu wissen, steht ihm zu. Wir bedeuten nur Vorteile für seine Welt.« Er atmete langsamer und regelmäßiger und wünschte sich kurz, mehr Zeit für Meditationsübungen gehabt zu haben ... Steigerung der Nahrungsproduktion, dachte er. Bessere Lebensmöglichkeiten – aber nur, wenn sie frei gewählt werden. Nur dann, wenn sie um die Hilfe der Föderation nachsuchen. Verteidigung gegen die Klingonen, an deren Grenze diese schutzlose, unterentwickelte Welt liegt. Das in erster Linie.

Der Schatten nahm seine Hände.

Die Erschütterung war schrecklich. Gemeinsames Bewußtsein war immer eine entnervende Angelegenheit, und man empfand sie um so schlimmer, je weiter der fremde Geist von dem eines Menschen entfernt war. Sargon war kultiviert, empfindsam und intelligent gewesen und hatte sich – jetzt wurde es Kirk erst klar – bemüht, ihm nicht weh zu tun. Yarblis' Gedanken waren von animalischer Art. Der wilde, dunkle, vage Eindruck von Pseudoerinnerungen, Emotionen und Bruchstücken von Dingen, von denen Kirk wußte, daß er sie nicht sehen sollte: der beißende Geruch bizarrer Gelüste, der entsetzte Schreck in den Augen eines sterbenden Klingonen. Kirk zwang seinen schwindeligen Geist, an die Bilder anderer Welten zu denken, die in die Föderation eingetreten waren, an Weltregierungen, die neue Nahrungsherstellungsverfahren, neue Lehren, neue Verfahren erbeten hatten. An die Weigerung der Halkaner, der Föderation Dilithium zu verkaufen, und an die *Enterprise,* die sich dieser Weigerung gebeugt hatte.

Yarblis' Geist verbiß sich in ihm; gierig, grob und äußerst wütend. Als die Bewußtseinsverbindung abbrach, zitterte Kirk.

Einen Moment lang standen er und der Midgwin da und schauten sich an. Der Mensch im goldenbraunen Hemd, sein helles Haar trotz der abendlichen Brise, die lautlos aus der Steppe kam, klamm von Schweiß. Der Midgwin schaute mit großen, gelben, in der Finsternis leuchtenden Augen zu ihm auf.

»Bist du zufrieden?« Kirk hatte das Empfinden, daß die Sondierung tiefer gegangen war, als er gewollt hatte. Weitaus tiefer als die Sondierung Arxoras'. Sie hatte mehr von der *Enterprise* gezeigt und mehr über ihn preisgegeben, als er hatte enthüllen wollen. Aber es war ein Streitpunkt, den er unmöglich hätte bestätigen oder artikulieren können – schon gar nicht Shorak gegenüber, so wie es um die vulkanische Zurückhaltung stand. Er wünschte sich, Spock wäre dabeigewesen. Doch dem Anschein nach war ihm nichts Nachteiliges passiert ... »Glaubst du jetzt, daß wir anders sind als die Klingonen? Daß wir nichts Böses wollen?«

»Ja«, sagte der Midgwin. Seine Flötenstimme war

weich und tödlich. »Ja, ich glaube, daß du nichts Böses willst, James Tiberius Kirk.« Und er drehte sich um und verschwand watschelnd in der Dunkelheit.

»Ich glaube, du solltest Shoraks Einweisungsangebot nutzen«, sagte Kirk leise.

Die Glut des erlöschenden Feuers, rechts von ihnen zwischen den das Lager umgebenden Dornenbäumen, verwandelte Helens haselnußbraune Augen in grünlichen Bernstein. Wie die einer Katze, hätte eine solche jemals ernsthaft in Erwägung gezogen, das Jagen aufzugeben. Er zögerte eine geraume Weile, denn er wollte das Thema einerseits zur Sprache bringen und andererseits verschweigen – weil er nicht bereit war, sich dem zu stellen, von dem er von Anfang an gewußt hatte, daß er sich ihm würde stellen müssen …

Ach, verdammt noch mal, dachte er und stieß hervor: »Wenn du die Absicht hast hierzubleiben.«

Schon im nächsten Augenblick schämte er sich gründlich für sein unverhohlenes Herauskitzeln. *Helen hat selbst einen Beruf,* dachte er. Er dachte es seit dem Abend, an dem sie zum erstenmal zusammen waren und sich unterhalten hatten. Damals hatte er gedacht: *Diesmal ist es anders. Ein Erstkontaktteam ist ein Sprungbrett für sie …*

Ich kann sie unmöglich bitten, dieses Sprungbrett links liegen zu lassen.

Seine Hände schlossen sich um die ihren.

»Tut mir leid«, sagte er. »Ich hätte wohl nicht …«

Sie schaute ihn an. Ein trauriges Lächeln zerrte an ihren Mundwinkeln. »… das große ›Wenn‹ ansprechen sollen?« Während des Gehens kam sie ihm etwas näher, ihre in Stiefeln steckenden Beine fanden fast instinktiv den schmalen, ausgetretenen Weg, der am Rand des Dornenwaldes entlangführte. Sie sprach halb im Scherz; die Zwanglosigkeit zwischen ihnen war so entspannt und vertrauensvoll, als wären sie statt zweier Wochen schon seit Jahren zusammen. »Du glaubst doch nicht, daß ich mir diese Frage nicht schon seit längerem stelle?«

Hinter ihnen, zwischen den gedrungenen Dornenbüschen und den aufragenden Felsen des Plateaurandes, hing der dicke, warzenmelonenfarbene Mond wie eine Riesenfrucht und beschien in bernsteinfarbenem Licht die dichtgedrängten Kuppeln des Krals und seine Schlammhütten. Vor ihnen reichte das Steppengras in die Ferne hinaus. Das Seufzen der lauwarmen Brise war wie seidige Musik. Wechselnde Melodien von Blumen und Staub. Irgendwo schrie eine Nachtechse mit einer herzzerreißenden, angenehmen Altstimme. Mr. Spock hatte an Bord darauf hingewiesen, daß die Anziehungskraft des hiesigen Mondes relativ stark war. Kirk fragte sich, ob dies irgend etwas mit der seltsamen Empfindung zu tun hatte, die er seit ihrer Ankunft nicht mehr los wurde – dem Gefühl, daß sein Fleisch und Blut sich besser auf die Dinge einstellten als sein wacher Geist.

Eine unglaublich schöne Welt, dachte er. Eine Welt, die Leben zu verströmen schien. Als Captain eines Raumschiffes – in der seltsamen Kombination des Forschers, Strategen und Diplomaten – war er sich der Implikationen der unberührten Schönheit deutlich bewußt. Er wußte, daß das jungfräuliche Gras, das die Musik erzeugte, zu bedeuten hatte, daß man hier keine Landwirtschaft betrieb, daß die Bevölkerung am Rand des Verhungerns war und daß die Konstellationen der Juwelensterne am Himmel die Landkarte des Klingonengebietes markierten.

Wenn Helen hier blieb …

»Ich möchte es dir nicht schwerer machen, als es ohnehin schon ist.«

»Aber klar.« Sie lächelte, blieb stehen, drehte sich um

und küßte ihn mit sanfter Leidenschaft auf den Mund. Dann seufzte sie und schüttelte den Kopf. Ihre großen, knochigen Hände fühlten sich in seinem Griff sonderbar leicht an. »Verdammt noch mal, Jim … Das Universum ist so groß. Man kann so leicht etwas verlieren. Sämtliche Straßen führen hinaus, und es gibt nicht eine, an der ein Einbahnstraßenschild steht.«

»Die *Enterprise* kommt in sechs Monaten zurück.« Er legte den Arm um Helens Taille. Ihre Muskeln waren so straff wie der Stamm eines jungen Baumes. Das große ›Wenn‹.

»In sechs Monaten …«

Sie schüttelte den Kopf; die dunkle Fülle ihres Haars berührte leise raschelnd seine Schulter.

»Es wäre nicht fair.« Ihre heisere Stimme übertönte kaum das dumpfe Seufzen des Windes im Gras oder das nur halb hörbare Summen des Midgwin-Bewußtseinsnetzes, das die Nacht zu erfüllen schien. »Nicht fair den anderen gegenüber: Chu und Nomias, die sich bis dahin kaum eingewöhnt hätten. Nicht fair gegenüber meiner Ablösung, die zu spät hier ankommen würde und dann alles in der Hälfte der Zeit lernen müßte. Nein.« Ihre Stimme war fast unhörbar, als führe sie ein Selbstgespräch. »Wir müssen uns wirklich jetzt entscheiden.«

Kirk sagte nichts. Helens Arm legte sich um seine Taille, und sie gingen ein Stück weiter. Beide orientierten sich automatisch am leichten Schein des Feuers vor dem Forschungsinstitut. Es war das einzige Feuer in der Gegend. Obwohl Shorak ihnen versichert hatte, daß sich die größeren Raubtiere – die Heuler und Wühlhäuter – nachts den Kralen nicht näherten, spitzte Kirk instinktiv ein Ohr, um nach etwaigen gefährlichen Geräuschen im Gras zu horchen. Als er zurückschaute, sah er McCoy und Thetas noch immer am Feuer sitzen. Die beiden Vulkanier und Chu und Nomias hatten sich in die Institutshütte zurückgezogen, um mehrere kleine Artefakte fertigzumachen, die, wenn die Landeeinheit über Nacht zurückkehrte, zur *Enterprise* mitgenommen werden sollten. Das örtliche Bewußtseinsnetz, nun über zehntausend Köpfe stark, wiegte sich noch in der Dunkelheit, summte, flüsterte, sang gemeinsame Träume und heilende Lieder.

Es wäre einfacher, dachte Kirk, wenn Helen ihren Entschluß auf dem Schiff fällt, in der Umgebung von Menschen, zu denen sie freundschaftliche Beziehungen aufgenommen hat … Es müßte ihr leichter fallen, dort die Entscheidung zu treffen, an Bord zu bleiben. Doch so sehr er sich auch wünschte, daß sie blieb, daß sie ein Teil seiner Mannschaft und seines Lebens wurde, so wünschte er sich auch, daß sie ihre Entscheidung unbeeinflußt und ohne Zweifel traf. Sie hatte den Planeten einfach sehen müssen: sein Volk, die Gegend. Er war ein alternativer Weg – eine wunderschöne Welt mit eigenartigen, faszinierenden Bewohnern, eine Zivilisation ohne Artefakte. Die Arbeit eines Lebens breitete sich wie ein Blumenbeet vor ihr aus. Kirk fielen Arxoras' Worte ein: *Eine Blume, die die Sonne gespürt hat …* Bin ich damit gemeint? fragte er sich. Oder dieser Ort?

»Kommt die *Enterprise* also *wirklich* in sechs Monaten zurück?«

Eine lange Stille folgte. Dann wiegte Kirk den Kopf. »Wenn alles wie geplant verläuft.«

»Hmm.« Helen nickte verständig, ihre Augen waren Schatten und Silberblitze im Mondschein. »Mir ist nämlich aufgefallen, daß bei Forschungsflügen nicht immer alles so glattgeht, wie es gehen sollte.«

Kirk mußte über den spöttischen Ernst ihrer Stimme lachen, aber er wußte, daß sie die Wahrheit sagte. In sechs Monaten konnte Gott weiß was passieren.

»An Bord eines Raumschiffes«, fuhr sie fort, »wäre

ich nämlich immer nur jemand, der Funde katalogisiert, die andere gemacht haben. Dann schicke ich eine oberflächliche Bewertung an andere weiter, damit diese sie weiter bearbeiten. Es ist nicht das, was ich will.« Sie drehte sich um und legte die Hände auf seine Schultern. Helen war fast so groß wie er. Ihre Stimme klang belegt und zögerlich, es war die Stimme eines Menschen, der wenig Erfahrung damit hat, das auszudrücken, was er spürt oder möchte. »Aber ich möchte dich auch nicht verlieren.«

»Ich werde nicht immer auf Forschungsfahrt sein«, sagte Kirk langsam.

Es war das erste Mal, daß er darüber sprach, was er in zwei Jahren tun würde, wenn die gegenwärtige Mission der *Enterprise* abgeschlossen war. Das erste Mal, daß er daran dachte, etwas anderes zu tun, statt sich für weitere fünf Jahre zu verpflichten. Er hatte es kaum ausgesprochen, als er auch schon einen merkwürdigen Schmerz empfand, als stünde er an der Startlinie eines Wettlaufs und hätte sich gerade entschieden stehenzubleiben, während die anderen schon in der Ferne verschwanden.

Aber beim Dienst auf einer Sternbasis konnte er sich wenigstens mit ihr treffen. Um irgendeine Art Leben mit ihr zu führen, um die Zeit auszufüllen, die man benötigte, um sich mit einem anderen Menschen eine Zukunft aufzubauen; um etwas aufzubauen, das länger dauerte als nur ein paar Jahre.

Helen lachte leise. »Ach, Jim! Selbst wenn du eine Raumstation befehligen würdest ... Wenn du ein Jahr lang zugeschaut hast, wie die Captains die Dinge vermasseln, von denen du glaubst, du könntest sie besser machen, kriegst du doch einen Nervenzusammenbruch!«

»Oh, vielen Dank!« maulte er. Als er ihr spöttisch einen Schubs versetzte, mußte er ebenfalls lachen, denn er wußte, daß sie recht hatte. Sie erwiderte seinen Schubs, und sie rauften im scheckigen Mondschein unter einem Bestand von gedrungenen, dickschaligen Bäumen und kicherten wie zwei Teenager, bis ihre Lippen sich trafen.

2

Als Kirk durch die laue Nacht zurückkam, hörte er trotz des seufzenden Schnurrens des Bewußtseinsnetzes im hinter ihnen liegenden Kral Thetas' Stimme und McCoys leises Murmeln. Der Arzt der *Enterprise* und der kleine argelianische Anthropologe saßen nebeneinander auf einem Felsklotz. Das flackernde Licht des Feuers vor ihnen ließ die goldenen Biesen von McCoys Ärmeln und die stromlinienförmige Pfeilspitze des Starfleet-Emblems auf seiner Brust blitzen und säumte Thetas' ausgemergeltes Gesicht mit einem Schatten. Als Kirk den Argelianer sah, fühlte er sich wieder an die Wohlbeleibtheit des Mannes auf den alten Fotos erinnert, und er schüttelte sich bei der Vorstellung, auch Helen könne so dünn werden und so verbraucht aussehen …

Aber nein, dachte er. Es war Bestandteil ihrer Mission, diesem Volk die Landwirtschaft zu lehren und ihm zu helfen, den Hunger zu besiegen, der den Planeten bedrohte.

»Was meinen Sie mit Widerstand gegen die Landwirtschaft?« sagte McCoy gerade, als Kirk und Helen den kleinen Wildpfad verließen, über den sie spaziert waren. »Die Leute hier sind Sammler – und sammeln ist, egal auf welchem Planeten, die untauglichste Methode, um den Lebensunterhalt zu bestreiten! Die Nahrungsquellen auf dem flachen Land sind nahezu erschöpft. Sehen sie denn nicht, daß sie kurz vor einer weltweiten Katastrophe stehen? Sie sagen, sie hegen das Leben ...«

»Sie hegen das Leben auf ihre eigene Weise«, erwiderte der Argelianer und faltete seine dürren Hände. »Ihre Maßstäbe und Intentionen basieren auf anderen Überzeugungen. Für sie gehören alle Dinge fest zusammen. Sie hegen das Leben als Qualität ...«

McCoy schnaubte. »Unterernährung hat noch nie irgendein Dasein veredelt. Ist denn noch nie einer von Ihnen auf die Idee gekommen, diesem Volk Malthus* zu erklären?«

Thetas lächelte traurig. »Es ist nicht einfach, jemandem, der nie bei diesem Volk gelebt hat, all diese Dinge zu erklären. Schon mir fällt der Versuch ziemlich schwer, Shorak und L'jian einen Teil der Sache zu erläutern, da sie nicht bereit sind, voll und ganz im Bewußtseinsnetz aufzugehen. Es gibt keine Beleidigung, die skatologisch oder giftig genug wäre, um ein Äquivalent dessen zu sein, was man hier als *Mi'ik* bezeichnet – gierig, zupackend. Die Vorstellung, Nahrung vorsätzlich zu kultivieren, statt Tag für Tag von dem zu leben, was Rhea – der planetare Muttergeist – zu geben beschließt, ist für die Midgwin auf mehreren Ebenen absolut widerlich.«

Das dumpfe Gesumm der Menge, unterschwellig und durchdringend wie das langsame Schlagen der Brandung, erfüllte die sie umgebende Dunkelheit. Als Kirk den Kopf wandte, erhaschte er am Ende des Pfades, im Kral, einen kurzen Blick auf die Rückseiten der ihnen am nächsten befindlichen konzentrischer Kreise, die sich im samtenen Mondschein wiegten. Selbst die Kinder, kleine, blasse raupenartige Geschöpfe, die sich während des Tageslichts zusammengerollt versteckt hielten, träumten in den Kreisen, badeten in den

* engl. Sozialphilosoph des frühen 19. Jahrhunderts; *Anm. d. Red.*

stimmlosen Gesängen, der warmen Nähe, der tiefgründigen Behaglichkeit und Zufriedenheit.

Hinter ihnen sagte die Stimme Dr. Chus etwas über das neue Subraum-Funkgerät, das sie mitgebracht hatten, um das alte zu ersetzen, das das Institut jahrelang verwendet und abgenutzt hatte. »Glauben Sie, wir sollten einen Vorrat an Notrationen einlagern?«

»Sie sind nicht dumm«, fuhr Thetas leise fort und drehte sich, wie Kirk, aufgrund der leisen stimmlichen Aktivität im Institut in Richtung der ernsten Stille des Krals um. »Sie wissen, daß die Nahrung knapp ist. Sie wissen, daß es zu viele Krale gibt, die zudem noch viel zu groß sind. In ferner Vergangenheit haben sie die Kranken einfach sterben lassen und die Schwachen den Raubtieren übergeben. Das tun sie nun nicht mehr. Sie haben es seit Jahrhunderten nicht mehr getan. Viele Midgwin sagen nun, man müsse irgendeinen Kompromiß suchen, aber die Konservativen sind dagegen und wollen, wie sie sagen, das Land nicht zu ihrem Sklaven machen und es zwingen, mehr herzugeben, als es verschenken will. Die Vorstellung widert sie an. Für sie ist es – wie Arxoras mir erzählt hat – der Anfang des Streitens um Besitz. Daß man für die Dinge lebt, statt füreinander. Irgendwie fällt es einem schwer, ihnen dies als Fehler anzukreiden.«

»Aber haben sie denn eine Alternative?« fragte McCoy gereizt und stocherte mit einem Knüppel im Feuer herum. Die gelben Lichtstrahlen zeigten zynische Verärgerung in seinem Gesicht; die Verärgerung eines Arztes, der einem Menschen zusieht, der sich trotz aller Warnungen zu Tode säuft.

Thetas zuckte die Achseln. Er lächelte erneut, sein faltiges Gesicht und sein honiggold gefärbter Kahlkopf leuchteten im Schein des Feuers vor der dichten Reihe der hinter ihm aufgereihten Walzenbäume. »Meist sagen sie, die Dinge stehen noch gar nicht so schlecht, und vielleicht werden sie auch nicht schlimmer.« Als McCoy eine Geste hilflosen Abscheus machte, fügte er hinzu: »Wie lange haben die Bewohner Ihres und meines Planeten angesichts der malthusischen Alternative das gleiche gesagt?«

»Und leider«, warf Kirk ein, verschränkte die Arme vor der Brust und lehnte seine breite Schulter an den nächsten Baumstamm, »sind die Begriffe Besitz und Betreiben von Landwirtschaft, wie es in der Übereinkunft mit den Klingonen steht, wichtige Definitionspunkte des Zivilisationsindex.«

»Aber das ist doch absurd«, protestierte Helen. »Was ist mit den Suriap? Und erst mit den Organianern? Diese Zivilisationsdefinition war doch schon veraltet, als die Übereinkunft unterzeichnet wurde! Was ist mit den drommischen Gürtlern?«

Kirk zuckte die Achseln. »Man will den Index seit Jahren reformieren, aber noch ist die Übereinkunft in Kraft. Und so lange der Planet Midgwis der klingonischen Expansion im Weg steht, wissen wir auch, daß die Klingonen Druck ausüben werden, damit man die Midgwin als nicht empfindungsfähig einstuft. Damit der Planet für die ›Entwicklung‹ freigegeben werden kann ... Aller Erfahrung nach dürfte es jene Art der Entwicklung sein, die sie auch bei den Organianern versucht haben.«

»Die armen Viecher«, sagte Helen impulsiv. Thetas kicherte in echter Erheiterung.

»Das kann man wohl kaum sagen. Ein Hauptargument der Klingonen, daß die Midgwin Tiere und nicht menschlich sind, besteht in die Anzahl ihrer ›Forscher‹ – sprich Kundschafter –, die den Versuch gemacht haben, den Planeten zu untersuchen und nie zurückgekehrt sind.«

»Ich weiß nicht«, wandte McCoy mit einem schiefen Grinsen ein. »Wenn man die Unterschiede in der Größe und der Feuerkraft bedenkt, ist gerade das meiner Meinung nach ein Argument für das Gegenteil. Wenn das, was Sie über unseren kleinen Freund, den Schatten, gesagt haben, stimmt …«

»Aber wie hat er es gemacht?« fragte Helen mit einem heftigen Stirnrunzeln. »Sie haben doch so gut wie keine Technik. Ich glaube, ich habe nicht mal eine Waffe gesehen. Auch keine irgendwie gearteten Werkzeuge … Und wo wir schon mal dabei sind, nicht einmal Feuer.«

Vom Eingang des Forschungsinstitut her unterbrach sie ein leiser Tumult. Der Behelfsvorhang – eine silberne Notfalldecke, die in dem niedrigen Türrahmen hing – wurde beiseite geschoben. Die anderen traten ins Freie. Shorak und L'jian trugen einige Probenbehälter, und die Doktoren Chu und Nomias schleppten die Einzelteile der Kiste, in dem das neue Subraum-Funkgerät angeliefert worden war. »Sie geben gute Sitzgelegenheiten ab, wenn wir den Anbau für Sie machen«, sagte L'jian und warf das Ende ihres schlampig geflochtenen Zopfes über ihre magere Schulter nach hinten. »Sie werden auch bald feststellen, daß die mitgebrachten Notfalldecken trotz der relativ hohen Umgebungstemperatur ihren Nutzen haben …«

»Es wird etwas dauern, bis Sie daran gewöhnt sind«, keuchte Nomias. Seine blaßblaue Haut war trotz der Kürze seiner dünnen Shorts und seines ärmellosen Unterhemdes in Schweiß gebadet. Als L'jian zustimmend nickte, lächelte Kirk kurz, da er wußte, daß der Andorianer die träge, glühendheiße Wärme dieses Gebietes als so unbehaglich heiß empfand, wie sie für die beiden Vulkanier kalt war.

»Und Sie sagen, hier gibt es nicht das geringste, das Artefakten gleicht?« fragte Chu Shorak und schaute zu dem neben ihr stehenden klapperdürren Vulkanier auf. »Keine Töpfe, keine Essensschalen …?«

»Manchmal stapeln sie Kerne und Früchte auf einer Unterlage aus Flechtenlappen, die sie vom Gestein abziehen«, erläuterte Shorak. »Sie verzehren die Flechten freilich auch – sie lassen rein gar nichts übrig.«

Die kleine Erdenfrau seufzte. »Ich nehme an, es gelingt uns, einen Behälter für die geflochtenen Blumenkränze zu basteln, wenn auch nur einen primitiven. Die Klingonen behaupten, jeder kann Blumen flechten – aber schließlich kann auch jeder Pfeilspitzen schnitzen. Und die Raubtiere, die sie jagen ...?«

»Bei der einzigen Jagd, die wir je gesehen haben«, sagte L'jian, »haben sie einen Wühlhäuter über den Rand einer Klippe getrieben. Die Spindar von M-428 verfahren mit den Galfirdach ebenso, aber niemand würde bestreiten, daß sie empfindungsfähig sind.«

»Nur Horace Frill vom Oxford-Institut in seinem abscheulichen Artikel für die *Interstellaren Studien*«, stimmte Chu nachdenklich zu. Dann wandte sie sich zu Kirk um. »Was die Bedingungen auf diesem Planeten anbetrifft, sind wir zufrieden, Captain – nicht nur hinsichtlich unserer körperlichen Sicherheit, sondern auch was die Sicherheit der nächsten Phase dieser Mission angeht. Hat Sie das, was Sie gesehen haben, zufriedengestellt?« Sie sprach formell. Sie hatte immer formelle Distanz zu ihm gehalten, doch in ihrem winzigen Greisinnengesicht leuchteten dunkle Augen. Wie die Augen Helens, als sie sich auf dieser seltsamen und schönen Welt umgesehen hatte.

Kirk lächelte. »Ja«, sagte er. »Ich habe zwar ein paar Bedenken, aber nicht mehr als die, die Dr. Shorak schon artikuliert hat. Ich werde Starfleet melden, daß ich hier keine außergewöhnlichen oder unmittelbaren Gefahren sehe; daß die Kontaktphase weitergehen kann. Morgen ...«

»Wenn Sie nichts dagegen haben ...«, sagte Chu,

auch diesmal mit einer formellen Neigung ihres Kopfes. »Mein Kollege und ich haben Dr. Shoraks Einladung angenommen, die Nacht hier zu verbringen – unsere erste auf dem Planeten. Wir können morgen kurz zum Schiff zurückkehren, bevor es die Kreisbahn verläßt.« Freude und Eifer waren in ihrer Stimme fühlbar. »Helen ...?«

Kirk drehte sich um, um die Frau an seiner Seite anzusehen, die plötzlich still geworden war.

Vielleicht sehe ich sie morgen zum letztenmal, dachte er. Die Vergangenheit hatte ihn gelehrt, bei Abschieden philosophisch zu sein, weil bestimmte Menschen einem manchmal wiederbegegneten.

Und ebenso wußte er, daß sie, wenn sie einem wiederbegegneten, nur selten die gleichen waren.

»Ich ...«, sagte Helen langsam. »Ich glaube, ich verbringe die Nacht auf dem Schiff.« Sie schaute dabei weder Chu noch Kirk an. Der Blick ihrer haselnußbraunen Augen richtete sich nach unten, ihr knochiges Gesicht blieb unbewegt.

Nomias' steife Lippen verzogen sich leicht. Er behielt das, was er dachte, für sich. Chu hingegen ging zu der großen Frau hinüber und nahm Helens kräftige Hand in ihre kleine. In ihrem adretten Khaki-Coverall und den schweren Stiefeln sah sie aus wie ein seltsam zerknittertes Püppchen, das merkwürdig den Midgwin glich. Ihre Stimme war ausdruckslos, als sie sagte: »Wenn du morgen kommst, kannst du unsere Sachen doch mitbringen.« Ihre schwarzen Augen blickten in das gesenkte Haselnußbraun hinauf und zeigten hinter gelehrter Losgelöstheit Verständnis. *Oder auch nicht,* schien sie stumm hinzuzufügen.

»Es erspart uns einen Transport an Bord«, sagte sie weiter, während ihr kluger, dunkler Blick über Kirk hinweghuschte, als bewerte sie die Entscheidung, von der sie wußte, daß Helen sie würde treffen müssen, doch sie sagte nichts, um sie zu beeinflussen. Und wirklich, da die Entscheidung, wie Mr. Spock sagen würde, völlig irrational war, gab es auch nicht viel zu sagen, was Helen nicht schon selbst überdacht hätte. Statt dessen fuhr sie fort: »Was das Thema Transporter angeht, stimme ich dem lieben Dr. McCoy zu … Die Vorstellung, daß die Atome meines Körpers wie ein Beutel voll Puzzleteile zerlegt und wieder zusammengesetzt werden, hat mir noch nie behagt.«

Helen kicherte leise, obwohl ihr nicht danach zumute war, und drückte Dr. Chus Hand. »Danke.«

Die alte Frau streichelte lächelnd ihren Arm. »Gute Nacht. Meine Sachen stehen an der Tür in der Ecke meiner Kabine … Ich würde es zu schätzen wissen, wenn Sie noch mal einen Blick in die Schubladen werfen. Nomias' Sachen stehen in Kisten neben seiner Koje. Dann sehen wir uns also morgen.«

Oder auch nicht, dachte Kirk erneut. Er verdrängte die Worte aus seinem Geist.

Helen sagte nichts. Sie drehte sich nur um und nahm den Pfad in Richtung Kral, wobei sie dicht an den Reihen der träumenden Midgwin vorbeikam. Das Areal neben den Felsen der Schlucht war für den Transport festgelegt worden. McCoy war schon auf dem Weg dorthin. Er hatte L'jians Probenbehälter unter den Arm geklemmt – den jämmerlich dünnen Beweis, daß die ›reiche und komplexe‹ Kultur, wie Thetas sie nannte, tatsächlich eine solche war, nicht nur der Traum eines Anthropologen, den ein Politiker für sich nutzbar machen konnte. Diese von der Agrikultur unberührte Welt war für eine Kolonisation ideal. Ein Blumenkranz, ein paar schlammbeschmierte Stöcke … Die kleine Anthro-Abteilung würde sie sorgfältig einlagern und irgendwann weitergeben, wie Helen es gesagt hatte, damit andere sie genauer analysierten.

Als Kirk Helen in der Dunkelheit verschwinden sah, spürte er einen stechenden Schmerz und wußte in seinem Inneren, was sie hier zurücklassen würde. Hinter sich hörte er Nomias mit einem leicht überlegenen Schlenker in der Stimme zu Chu sagen: »Wenn du glaubst, daß du sie morgen wiedersiehst, bist du schief gewickelt.«

Chu schnaubte, als sie und er sich wieder der Hütte zuwandten. Ihr langer weißer Pferdeschwanz leuchtete im Mondschein wie vom Frost gemordetes Gras. »Ach, sei doch nicht albern.«

»Es freut mich, daß Sie der Meinung sind, einen Bericht zugunsten der hiesigen Umstände abgeben zu können«, sagte Shorak leise, als er und Kirk einen Moment neben dem erlöschenden Feuer standen. »Ich gebe zu, daß das gelegentliche Mißtrauen von Starfleet angesichts bestimmter Dinge gerechtfertigt ist. Die Midgwin sind nicht leicht erklärbar.«

Hinter ihnen, auf dem dornigen Hang, war der Kral fast zur Ruhe gekommen, doch Kirk, der durch die mondbeschienene Nachtbläue lugte, erkannte, daß die Midgwin noch immer in dichten Reihen saßen. Nun wiegten sie sich zwar nicht mehr, aber der Friede und die Freude an der Gemeinschaft schienen auf der Nacht zu liegen wie der Duft von Sommergras: heilend, mitfühlend, umhüllend. Sie hegten sogar den steifen vulkanischen Forscher, fiel Kirk mit leichter Erheiterung ein, ob er es nun zugibt oder nicht. Und ebenso würden sie die neuen Forscher hegen… Sie würden jeden hegen, jede lebende Seele in dieser Ortschaft und der Welt, die sich in ihrem Bann befand.

Er lächelte. »Ich weiß zwar nicht genau, ob ich die Erklärung, die ich bekommen habe, verstehe, aber in der Föderationscharta steht nirgendwo, daß wir einander verstehen müssen… Wir sollen uns nur bemühen, es zu tun.« Er streckte die Hand aus, und Dr. Shorak nahm sie ohne das geringste Zögern, wie es bei Spock üblich war – und Spocks instinktive Vermeidung eines körperlichen Kontakts war viel geringer als bei den meisten Vulkaniern. Allem Anschein nach hatte das Leben bei den Midgwin wenigstens diese Auswirkung.

Als Kirk über den gewundenen Pfad und durch den stillen Kral spazierte, ging der Mond unter. Überall saßen Midgwin in zusammengerollten Spiralen mitfühlenden Friedens. Ihre dreieckigen, platten Köpfe leuchteten wie Straßenpflaster in alle Richtungen. Ein Meer aus Leben spülte gegen die niedrigen Kuppeln ihrer Häuser und die hohen Seiten der Felsen. Es leben so viele in diesem kleinen Gebiet, dachte er, die versuchen, sich mühsam mit Wildfrüchten und Körnern durchzuschlagen.

Trotzdem hatten Shorak und auch Chu Nahrungsergänzungen abgelehnt. Wie Helen erklärt hatte, hätte es sie irreparabel von der Gemeinschaft entfremdet. Es war gierig … und kündete von mangelndem Vertrauen in Rhea, die Erdgeistmutter, die ihren Kindern gab, was sie brauchten, wenn sie es brauchten.

Kirk schüttelte den Kopf. Nein, dachte er. Das verstand er nicht.

Vor sich, im gedämpften Licht der Sterne, das in die Dunkelheit der Schlucht fiel, sah er die Umrisse Helens und McCoys. Sie unterhielten sich nicht, aber Helen hatte einen Behälter an sich genommen und hielt ihn zwischen den verschränkten Armen. Ihr Blick war gesenkt, ihr zerknitterter Overall wurde vom gefilterten Licht farblos gebleicht. McCoy, der ein Stück von ihr entfernt stand, schaute sich wortlos um und hing seinen eigenen Gedanken über diese seltsame und schöne Welt nach.

Pille muß wie jeder wissen, dachte Kirk, was es bedeutet, daß Helen über Nacht auf die *Enterprise* zurückkehrt. Pille würde begreifen, was der Entschluß, auf dem Schiff zu bleiben, für sie bedeutete.

Falls es der Entschluß ist, den sie trifft.

Als er unter den Bäumen hervortrat und das Knirschen seiner Stiefel auf dem Kies ertönte, hob sie den Kopf und begrüßte ihn mit einem fast entschuldigenden Lächeln, das ihm sagte, daß sie noch keinen Beschluß gefaßt hatte.

Er wollte, daß sie blieb. Und, dachte er, über seine eigenen Reaktionen fast amüsiert, ich will *jetzt* wissen, wie ihre Entscheidung ausfällt. Er wollte sich sicher fühlen. Er wußte schon jetzt, daß ihm eine lange Nacht bevorstand, in der er sich fragen würde, ob diese Frau in den nächsten beiden – und mit Glück auch in den nächsten sechzig – Jahren an seiner Seite blieb oder nicht.

Aber wie Chu wußte auch er nicht, was er sagen sollte.

Dennoch war ein Gefühl der Erleichterung in seiner Brust, als er den Kommunikator aufschnippte und sagte: »Holen Sie uns rauf, Scotty.«

Der Mond war untergegangen, das Dunkel weicher geworden. Diffuses Sternenlicht fiel auf das, was Taschen aus samtener Schwärze gewesen waren, und beschien die eigenartigen, niedrigen Pflanzen, die auf den Wänden der Schlucht wuchsen. Die würzige Süße ihrer Blüten tränkte die staubige Luft. Und im Schatten der Felsen sah Kirk plötzlich den Umriß eines einsamen Midgwin, dessen gedrungener, hülsenartiger Leib kaum von einem Gewächs oder Felsen unterscheidbar war. Im gleichen Moment, in dem er sich die Frage stellte, was einen Midgwin dazu bringen konnte, sich freiwillig vom Bewußtseinsnetz auszuschließen, erkannte er im matten Sternenlicht das wulstige Netz der Tätowierungen und die häßlichen Hautflecke der Disruptornarben und las feindseligen

Haß in Yarblis Geshkerroths fischähnlichen gelben Augen.

Dann umhüllte ihn das kalte Glitzern des Transporterstrahls und zerlegte seine Atome in Elektrizität und seinen Geist in einen blitzenden Strom aus durch die Finsternis springenden Neuronen.

3

Irgend etwas stimmte nicht. Mr. Spocks Hand schlug fast unbewußt auf den Quarantäne-Notknopf. Das Band aus bernsteinfarbenem Licht flammte rings um die Decke des Transporterraums wie eine Adelskrone auf, und die Drucktüren glitten mit einem geölten pneumatischen Zischen an ihren Platz, noch ehe sich die drei goldenen Gestalten im Licht des Strahls zu menschlicher Form verfestigten. Transporterassistent Oba schaute Spock verdutzt an, und Captain Kirk, der nach einem raschen Blick auf die blitzenden Lichter schnell von der Transporterscheibe trat, fragte: »Was liegt an, Mr. Spock?«

Doch auch nach der ersten Sekunde – wie während des aufflammenden Impulses – hätte der Vulkanier es nicht sagen können. »Ich weiß nicht genau, Captain.« Seine tiefe, leicht rauhe Stimme zeigte keine Rechtfertigung, keine Ungewißheit, und auch als er sprach, blickte er sich suchend und analysierend in der hellerleuchteten Kammer um ... McCoy war mit der für ihn typischen Geschwindigkeit von der Transporterscheibe getreten, als befürchte er – er befürchtete es trotz Kyles wiederholter Versicherungen fast wirklich –, der Strahl könne sich wieder einschalten und ihn in ein elektrostatisches Zwischenreich zurückreißen. Dr. Helen Gordon blieb einen Augenblick dort, wo sie erschienen war. Sie wiegte einen Duraplastbehälter in den Armen und maß den Captain mit einem besorgten Blick.

»Ich habe den Eindruck, außer Ihnen ist noch etwas hier materialisiert.«

Kirk kniff die Augen zusammen und suchte den Raum noch einmal ab. »Aber gesehen haben Sie nichts?«

»Negativ, Captain«, erwiderte Spock steif. »Es war nur ein unterschwelliger Eindruck.«

»Mr. Oba?«

Der Kommunikator der Steueranlage knisterte. Die Stimme des diensthabenden Offiziers auf der Brücke wurde hörbar. »Mr. Spock? Wir haben die Anzeige eines Quarantäne-Notfalls bekommen ...«

Kirk betätigte den Knopf an der Vorderseite des Geräts und wandte sich dem kleinen schwarzen Auge des an der Wand befindlichen schiffsinternen Bildempfängers zu. »Wir haben eventuell eine Alarmsituation, aber im Moment noch nichts Konkretes.« Er wandte sich an den Transportassistenten.

Oba schüttelte den Kopf. »Mir kam alles koscher vor, bis Mr. Spock den Panikknopf gedrückt hat.« Seine langen, schlanken, ebenholzfarbenen Finger gaben schon die Playback-Sequenz ein. Als die Messung durchkam, standen alle, einschließlich Helen, rund um die Steueranlage.

»Ich habe doch immer gesagt, man kann den Dingern nicht trauen«, knurrte McCoy. Er warf einen Blick auf die Transportscheiben – kalte, silberne Kreise auf dem roten Kammerboden.

»Ich bringe Ihren Vorbehalten zwar Verständnis entgegen, Doktor«, erwiderte Spock und gab mechanisch die visuelle Wiederholung der Transportsequenz ein, »aber die *Enterprise* verfügt leider nicht über Strickleitern, die lang genug wären, um einen Planeten zu Fuß zu erreichen.«

»Ach, hören Sie doch auf, Mr. Spock«, neckte Dr. Gordon den Vulkanier mit einem schiefen Grinsen. »Sie könnten das Schiff doch etwas näher an den Planeten heranfahren.«

»Nicht einmal, um Dr. McCoy zu Dank zu verpflichten.« Spock musterte die Zeitlupensequenz, die nun auf dem kleinen Bildschirm der Steueranlage ablief: Das einleitende Glitzern der Materiestrahlen, das schrittweise Materialisieren der schillernden Gestalten, die sich schnell verfestigten, als die Atome sich neu zusammenfanden. Dann spielte er sie noch einmal ab und studierte den Raum zwischen und hinter den sich materialisierenden Gestalten. Captain Kirk, der den Schirm über Spocks Schulter hinweg gemustert hatte, durchstreifte nun vorsichtig jede Ecke des Raumes und stieg dann wieder auf die Transporterplattform. Seine braunen Augen waren halb geschlossen; er drehte den Kopf in alle Richtungen, als lausche und wittere er nach irgendeiner Anomalie.

»Die Aufzeichnung zeigt nichts Ungewöhnliches.«

Der Captain kehrte zu der kleinen Gruppe an der Konsole zurück und betätigte den Kommunikationsschalter. »Lieutenant Dawe? Können Sie auf Submikron-Niveau eine eingehende Lebensanzeigemessung des Transporterraums vornehmen? Schicken Sie uns das Ergebnis rein.«

Der Transporterraum – das hatten auch die Raumschiffgestalter gewußt – war bei Forschungsmissionen die Achillesferse. Transporterräume und Shuttlehangare verfügten nicht nur über die Fähigkeit, eine fast unmittelbare Quarantäne einzuleiten, sondern waren auch mit den besten und präzisesten schiffsinternen Tastern ausgestattet. In den Anfangstagen der Warpantrieb-Forschung hatte es eindeutig zu viele Fälle scheußlicher blinder Passagiere in Gestalt von Viren, Larven und unbekannten Parasiten gegeben, die sich in den Luft- oder Kabelschächten vervielfacht oder geklont hatten, sofern sie nicht gewachsen waren. Eindringlinge dieser Art konnten leicht eine komplette Schiffsmannschaft ausradieren, bevor man sie vernichtete, und manchmal schon, bevor man sie bloß entdeckte.

Als Spock die Ergebnisse las, mit denen der Schiffscomputer ihn versorgte – McCoy sah ihm dabei über die Schulter –, konnte er keine Anomalie im diesem Raum feststellen und fand keinen Beweis, der auf irgendeine Lebensform hindeutete. Allmählich verblaßte sogar der erste flüchtige Eindruck, daß sich noch etwas hier aufhielt. Spock konnte sich nicht mehr genau an das erinnern, was er empfunden hatte. Er wußte nur noch, daß er den Eindruck gehabt hatte, daß irgend etwas nicht stimmte, und daß er sofort reagiert hatte, um eine mögliche Verbreitung zu verhüten.

»Äußerst merkwürdig«, sagte Spock, nachdem er die Messungen eine halbe Stunde lang mehrmals begutachtet hatte. Sie offenbarten nichts. Er schaute zum Captain hinüber, der noch immer langsam an den Metallwänden entlangschritt, sie dann und wann berührte und zu den Licht- und Luftschächten hinaufsah, als suche er nach einem möglichem Fluchtweg. »Captain …«

Spock hielt inne, denn der Captain hatte die Augen geschlossen. Seine Brauen zogen sich leicht zusammen. Er lauschte – Spock hätte beinahe ›schnupperte‹ gesagt – nach etwas, nach irgendeinem Hinweis; nach etwas, das man hören oder sehen konnte. Doch als Spocks Stimme ertönte, machte er die Augen schnell auf. »Ja, Mr. Spock?«

»Haben Sie eine Hypothese, die auf dem basiert, was Sie auf dem Planeten erfahren haben?«

Der Captain zögerte eine geraume Weile, dann schaute er anderswo hin. »Ich weiß … nicht genau. Nein.« Er schüttelte den Kopf. Dann sagte er, etwas fester: »Nein.«

»Dr. Gordon? Sie haben doch die einheimischen Lebensformen von Elcidar Beta III studiert.«

Dr. Gordon, die während des größten Teils der Untersuchung still daneben gestanden hatte, schüttelte den Kopf. Mr. Spock war ihr Techtelmechtel mit dem Captain nicht entgangen; er war auch nicht im geringsten überrascht gewesen, als der Captain in der Messe am ersten Abend an den Tisch der Forscher gegangen war.

Drei Jahre interessierter Beobachtung hatten Spock mit James Kirks Reaktionen hinsichtlich der Weiblichkeit der menschlichen oder menschenähnlichen Rassen vertraut gemacht, und obwohl er sich selbst nicht von irgendeiner dieser Frauen körperlich angezogen fühlte, konnte er seit geraumer Zeit vorhersagen, welche Frau aus welcher Gruppe an die Gefühle des Captains appellierte. Dr. Gordon wies nur wenige der körperlichen Attribute auf, die die Vorlieben des Captains ansprachen: Sie war sechs oder sieben Zentimeter größer als die größte Vertreterin der Musterkollektion, die Spock bis dato kannte. Sie hatte fast die Größe des Captains; ihre Brauen waren dunkler und dichter, ihr Kinn war eckiger. Zwar war Spock auf den ersten Blick äußerst neugierig gewesen, was ihre nichtkörperlichen Faktoren anging, aber natürlich war er im Gegensatz zu Dr. McCoy oder Mr. Scott keinesfalls geneigt, solche Informationen mit den Männern der Menschenspezies zu besprechen.

Er hatte innerhalb weniger Tage begriffen, daß auch er die Frau hätte ansprechend finden können – vorausgesetzt, er hätte zugelassen, daß seine menschliche Seite die vulkanische Ausbildung, die ihm das Volk seines Vaters hatte angedeihen lassen, überwand. Aber dazu hätte er auch seine stillschweigende Entschlossenheit aufgeben müssen, seelisch hundertprozentig vulkanisch zu werden, auch wenn seine Chromosomen es nicht waren. Dr. Gordon wies einen scharfen Verstand, eine klare Logik, einen hohen Grad an abstrakter Ethik und eine geistreiche, wenngleich manchmal auch leider leichtfertige verbale Oberflächlichkeit auf. Doch Spock vermutete aufgrund früherer Beobachtungen, daß dies nur sekundäre Faktoren im anfänglichen Interesse des Captains gewesen waren. Trotzdem hatte er ihn in drei Jahren nur einmal so ernsthaft mit einer Frau beschäftigt gesehen. Es hatte sehr lange gedauert, bis er über Edith Keelers Tod hinweggekommen war – aber irgendwie, nahm Spock an, würde er sich nie ganz davon erholen. Seine vulkanische Logik mißbilligte zwar ein Verhältnis, das, um es milde auszudrücken – eine Einladung an die Unproduktivität war –, aber irgendeine rebellische menschliche Ecke seiner Seele spendete Kirks Urteilsvermögen Beifall.

Trotzdem, ermahnte er sich streng, geht es mich überhaupt nichts an.

»Die ersten Berichte über Midgwis«, sagte Dr. Gordon nun, »sprechen von kleinen, sehr schnellen Raubtieren und etwas namens Sheefla, das man angeblich nur schwer zu sehen bekommt. Aber laut Shorak meiden die Sheefla Ortschaften, besonders dann, wenn das Bewußtseinsnetz aktiviert ist.«

»Und jedes kleine Raubtier hätte eine physikalische Spur an den Wänden hinterlassen, wenn es in einem Schacht verschwunden wäre«, fügte Dr. McCoy hinzu. Er ging dorthin, wo der Captain noch stand. Seine scharf umrissenen, jungenhaften Gesichtszüge wurden honigfarben gefleckt von den gelben Warnlampen, als er zu den vergitterten Luftschächten hinaufblickte, die der Transporterkammer am nächsten lagen. »Und davon hat die Mikroortung keine Spur gezeigt.«

»Jedenfalls«, fügte Dr. Gordon hinzu, »hätten sie sich nicht so schnell bewegen können, um durch die Drucktüren zu kommen. Auch die Aufzeichnung zeigt keine Spur von ihnen.«

»Nein«, sagte der Captain langsam. Er schaute McCoy und Spock an, als sähe er sie zum erstenmal. »Nein, ich nehme an, es war irgendeine Art elektromagnetischer Effekt des Transporters. Wie eine statische Fehlzündung ... Ist das nicht möglich, Mr. Oba?«

Oba nickte. »Ich habe schon öfter gehört, daß die Strahlen einen ›Geist‹ ausspucken ... Gesehen habe ich allerdings noch keinen. Ich werde Mr. Scott fragen.«

»Tun Sie das«, sagte der Captain. »Da fällt mir ein, ich habe in der *Sternenschiff*-Ausgabe 23.5 etwas darüber gelesen.« Er trat zwischen Oba und Spock an die Konsole und bediente einen Schalter. »Alle örtlichen Systeme überprüft, Mr. Dawe. Falscher Alarm. Quarantäne deaktivieren.« Seine Finger gaben einen vierstelligen Sicherheitskode ein. Kurz darauf zischten die Drucktüren auf und das gelbe Licht erlosch.

Wie immer, wenn dies passierte, empfand Spock einen leichten Anflug von Unbehagen und fragte sich, ob sie wirklich alle Eventualitäten ermittelt hatten. Derart beschäftigt, war er sich einen kurzen Augenblick lang nur vage bewußt, daß Dr. Gordon einen Schritt auf den Captain zutrat, als dieser mit der für ihn typischen Lebhaftigkeit durch die geöffneten Türhälften schritt. Doch seine Ohren waren schnell, und er hörte, wie möglicherweise nur wenige im Raum, das leise Wispern ihrer unsicheren Stimme. »Jim ...«

Schon drehte der Captain sich im Türrahmen um, umrahmt von der klaren weißen Beleuchtung des Korridors. Spock glaubte einen Moment lang, er wolle etwas sagen – entweder zu ihm oder zu Dr. Gordon, die neben ihm stand.

Doch dann schüttelte Kirk den Kopf und überlegte es sich anders. »Gute Nacht, meine Herren«, sagte er nur. »Gute Nacht, Helen.« Dann war er verschwunden.

»Bist du in Ordnung?«

Die kleine Gästekabine war matt beleuchtet. Es war zwar möglich, die schwach strahlenden Sicherheitsleuchten zum Schlafen abzuschalten, doch dies taten nur wenige. Das Licht aus dem Korridor von Deck 5, das hinter Lieutenant Uhura zu ihr hineinfiel, als sie im Türrahmen stand, war zu dieser abendlichen Stunde auch nicht sehr hell. Doch nun konnte Uhura erkennen, daß Helen für die Abreise gepackt hatte. Kleine Bündel ihrer privaten Besitztümer lagen dem Bett gegenüber in einer ordentlichen Reihe an der Wand.

Ein Rucksack. Ein kleiner Beutel. Kletterstiefel. Eine Mikrofilmablage. Uhura wußte von früheren Besuchen in Helens Kabine, daß es sich bei diesen Aufzeichnungen hauptsächlich um Klassiker der interstellaren Feldarchäologie und um alle Berichte über die Midgwis handelte.

Helen saß, in einen Schlafanzug aus dünnem weißem Batist bekleidet, das zottige, kaffeebraune Haar frei über die Schultern fallend, mit gekreuzten Beinen auf der rostfarbenen Tagesdecke ihrer schmalen Koje. Ihr Blick schwankte irgendwie zwischen Erleichterung, Freude und Frustration.

Uhura begriff, daß sie eigentlich den Captain erwartet hatte.

Und das Gespräch mit ihm mehr oder weniger fürchtete.

»Es wird mir schon gutgehen.«

»In zwanzig Jahren geht's uns *allen* gut«, sagte Uhura mit einem Lächeln. »Wie geht's dir *jetzt?*«

Als Uhura sich auf das andere Ende des Bettes hockte, lachte Helen mit leiser, ironischer Erheiterung. Sie deutete auf die Gepäckbündel an der Wand. »Die anderen haben gesagt, sie wollen die Nacht auf dem Planeten verbringen. Ich habe gesagt, ich komme morgen zu ihnen runter.«

Uhura schwieg. Sie kannte den letzten, verzweifelten Stoß, den ein Beschluß benötigte, wenn er gefaßt werden mußte, aus eigener Erfahrung. Die hochgewachsene Anthropologin seufzte. Eine tiefe, schmerzliche Bö schien aus der Tiefe ihrer Seele zu kommen. Sie schlang ihre langen Arme um sich. »Gott, wie mir das zum Hals raushängt«, sagte Helen ohne Groll, als wüßte sie, daß Uhura genau wußte, was sie damit meinte.

»Möchtest du einen Kaffee?« fragte Uhura, denn Helen wirkte eisig vor innerer Kälte, und die hatte nichts mit dem bestens gesteuerten Klima der *Enterprise* zu tun.

Helen nickte. Die VIP-Gästekabinen waren mit Nahrungsklappen ausgerüstet. Als Uhura durch den Raum ging, um die Bestellung einzugeben, bemerkte sie: »Tja, es ist zu schade, aber du kriegst nur das, was hier rauskommt.«

Dies brachte Helen zum Lachen, wie Uhura es sich erhofft hatte. »Also, bitte! Unteroffizier Brunowski würde Seppuku begehen, wenn er dich sagen hört, seine Küchenmaschinen könnten keinen anständigen Kaffee machen.«

Uhura entnahm dem Schacht einen blaugrauen Velschaum-Becher und wandte sich wieder der Koje zu. »Man kann die Raum-Zeit krümmen und Molekularstrukturen entwirren, aber trotz der Feinabstimmung des Schiffscomputers ist es einfach nicht möglich, ohne *echte* Bohnen richtigen Kaffee zu machen. – Möchtest du denn ...«, fügte sie leise hinzu, »morgen runtergehen?«

Helen schaute mit einem verlegenen Lächeln und einem Blick zu ihr auf, der ihre Augen im gedämpften Licht der Leselampe an der Koje feucht schimmern ließ. »Ich weiß nicht«, sagte sie hilflos. Und als Uhura neben ihr saß und sich unter dem rotschwarzen Kaftan, den sie während der Freiwache trug, auf ihre langen Beine hockte, fügte sie hinzu: »Ich glaube nicht.«

Uhura seufzte, und sie schwiegen eine Weile. Dann sagte sie: »Ich habe mal nachgesehen. Du bist zwar irgendwie überqualifiziert, aber wenn wir erst mal auf Sternbasis Neun sind, könntest du als Fähnrich anfangen und als Assistentin von Lieutenant Bergdahl in der Anthro/Geo-Abteilung arbeiten ...« Sie hielt inne, denn Helen schüttelte sich.

»Ist das die einzige offene Stelle? Bei Bergdahl?«

»Ich fürchte, ja. Und das auch nur deswegen, weil Emiko in die Eingabe wechseln will. Da ist allerhand los.«

»Ich nehme an, Emiko wartet nur auf die Möglichkeit, sich der Arbeit bei Bergdahl zu entziehen«, fügte Helen finster hinzu. Auch Uhura war längst zu diesem Schluß gelangt.

»Er ist zwar ein verdammt guter Forscher«, fuhr Helen fort, »aber er wird nie vergessen, daß ich – im Gegensatz zu ihm – meinen Doktor gemacht habe ... Und außerdem wird er *nie* vergessen, daß ich als ›Frau des Captains‹ an Bord gekommen bin.« In ihrer Stimme schwang plötzlich Bitterkeit mit. Uhura wollte zu einem Protest ansetzen, aber er kam einen Bruchteil zu spät. Sie wußte, daß Helen recht hatte, zumindest was den verbitterten und zickigen Anthro/Geo-Häuptling anbetraf, und außer ihm wahrscheinlich auch noch andere an Bord. Helens Blick war defensiv, als sie sagte: »Jedenfalls werden sie es so sagen.«

»Aber nur für eine Weile. Und auch nur die Tratschmäuler. – Und die«, fügte Uhura klugerweise hinzu, »kennt ohnehin jeder. Technisch gesehen werdet ihr zwei unter Spock arbeiten. Du wirst den alten Hühnerhund also nur die halbe Zeit sehen ...«

»Aber in der anderen Hälfte habe ich ihn immer um mich.« Helen stellte den Kaffee beiseite – er war trotz der Kunst der Küchenmaschinentechnik fast so geschmacklos wie immer – und schüttelte das lose Gewirr ihres dunklen Haars. »Verdammt, Uhura, ich kann doch nicht dem Mann aus dem Weg gehen, dessen Assistentin ich bin. Und ich komme auf dieses Schiff, um zu arbeiten, um meinem Beruf nachzugehen ... um das von meinem Beruf zu retten, was ich kann, nachdem ...« Sie hielt die Worte, die ihr auf der Zunge lagen, zurück.

Uhura sagte nichts. Ihr wurde klar, daß es angesichts der Umstände auch nicht viel dazu zu sagen gab.

»Verdammt ...«, murmelte Helen erneut.

»Du hast sechs Monate«, begann Uhura zögernd.

Die jüngere Frau musterte sie mit einem ironischen Blick. »Glaubst du wirklich, daß die *Enterprise* in einem halben Jahr nach Midgwis zurückkommt? Daß es nicht zu irgendeinem Notfall kommt, zu irgendeiner unerwarteten Mission, die euch vierzig Sektoren weit von hier fortbringt? Darin besteht doch die *Aufgabe* eurer Raumschiffe, Uhura. Ihr seid die Springer der Flotte, nicht die Bauern. Wie oft ist die *Enterprise* denn auf regulärer Grundlage zu einem Planeten zurückgekehrt, den sie einmal besucht hat? Jim ist nicht sein eigener Herr. Er ist es nicht mehr als ...«

Sie schluckte auch diese Worte hinunter, und Uhura beendete den Satz für sie: »... als du?«

Helens Wangen röteten sich im ockerfarbenen Schein der Lampe.

Uhuras Lippen formten ein verzerrtes Lächeln. »Warum sind wir deiner Meinung nach in der Flotte so eng befreundet? Weil wir alles sind, was wir haben ... Vorausgesetzt, man hat überhaupt etwas. Aber das hat man nicht. Man hat es nie.«

»Nein«, seufzte Helen. »Nein, man hat es nie.« Sie warf erneut ihr Haar zurück und starrte in die dunklen Ecken des kleinen Raumes. Dies schien sie an irgend etwas zu erinnern, denn nun schaute sie wieder Uhura an und fragte: »Hast du auch nachgeschaut, mit wem ich mir eine Kabine teile, wenn ich mich verpflichte?«

»Habe ich versucht«, sagte Uhura zurückhaltend. »Aber so was kann man nie im voraus wissen. In der Regel findet der Computer sehr gut heraus, wer mit wem harmoniert, aber bei Neuzugängen während einer Reise bleibt es reiner Zufall. Ich weiß, daß die Zimmergenossin Zinks gerade gewechselt hat …«

»Laut dem, was Giacomo aus der Computerabteilung sagt, wechseln ihre Zimmergenossinnen *ständig*. Weil Zink nämlich nie die Klappe hält.«

Helen schwieg eine Weile und rieb ihre großen Hände aneinander, als sei ihr kalt. Sie hatte die Knie bis ans Kinn gezogen. Die VIP-Gästequartiere waren schalldichter als die anderen Schiffskabinen; hier hörte man nicht das leiseste Murmeln, wenn jemand durch den Korridor ging. Man vernahm nur das leise, unterschwellige Pochen der Ventilation und das ferne Summen in den Wänden, den Widerhall der Generatoren und Pumpen, den Herzschlag des Schiffes, den man mehr spürte als hörte.

Nach einer Weile sagte Helen leise: »Tatsache ist, daß ich ihn nicht verlieren möchte. Ihn zu verlieren … Ich weiß nicht. Diese sechs Monate, dieses Jahr, oder zwei Jahre …« Sie stand auf, eine impulsive Bewegung wie die einer großen Löwin, und schritt in dem Raum auf und ab, wobei ihre nackten Füße kein Geräusch auf dem Boden erzeugten. »Zeit kann so kostbar sein, und sie vergeht so schnell. Wenn ich fünfzig bin, möchte ich nicht zurückschauen und sagen: ›Ich hatte einen Mann gefunden, den ich wie keinen anderen liebte, aber wir hatten beide andere Verpflichtungen.‹«

Uhura preßte plötzlich die Lippen aufeinander und blickte zur Seite.

»Ich habe mein Leben lang studiert und mich dazu

ausgebildet, dem Wissen des Universums etwas hinzuzufügen und zu lernen, wie man mit anderen Spezies zusammenarbeitet. Aber meine Arbeit wird meist isoliert getan. Und ich möchte ...« Helen schüttelte den Kopf, ihre Stimme brach wie ein Balken unter plötzlicher Belastung.

»Und der Captain?« fragte Uhura.

»Für ihn ist es auch nicht leicht.« Helen hielt inne und holte tief Luft. »Ich werde nämlich nicht mein Leben lang Uriah Heeps dritte Assistentin sein. Wenn wir zusammenhalten, ist irgendein Kompromiß möglich. Täten wir es nicht ...« Sie schüttelte den Kopf. »Wir haben nichts. Da!« Sie lächelte schwach, doch in ihren Augen glitzerten wieder Tränen. »Jetzt habe ich mich selbst überredet.«

Uhura stand mit einer glatten Bewegung auf, trat an Helen heran und drückte sie fest an sich. »Eigentlich möchte ich ›Tu nichts, was du später bereust‹ sagen«, sagte sie sanft, »aber eigentlich glaube ich, daß ich mich freue, daß du etwas länger bei uns bleibst. Willkommen an Bord.«

Helen drückte ihre Hand. Sie hatte einen festen Griff, wie ein Mann. »Danke«, hauchte sie, und Uhura spürte, daß sie den Tränen nun wirklich ganz nahe war. »Danke, daß du gekommen bist.«

Wenn sie allein ist, dachte Uhura, wird sie weinen.

Sie wünschte Helen gute Nacht und ging im matten Licht der Nachtbeleuchtung durch den Korridor, denn wer in diesem Sektor wohnte, arbeitete in der Tagschicht, und alle – oder fast alle – würden jetzt schlafen. Sie hatte zwar ›Tu nichts, was du später bereust‹ gesagt, aber sie wußte, daß es Helen so oder so leid tun würde. Es lag an der Natur der Wahl. Doch sie wußte aus eigener Erfahrung, daß nichts mehr schmerzte als eine Entscheidung, die man *nicht* traf. Wenn Helen weinte, waren es Tränen des Bedauerns für den Weg, den sie nicht gegangen war, doch der Schmerz war weniger verzweifelt und weniger schrecklich, als der der Unentschlossenheit.

Uhura zog den Kaftan enger um sich und kuschelte sich in ihn hinein, als wäre ihr kalt, obwohl die milde Kühle in den Korridoren der *Enterprise* immer gleich war. Sie erinnerte sich an Ihre eigenen Entscheidungen und an die Wege, die sie nicht gegangen war.

Man konnte es sich nicht zu oft erlauben, darüber nachzudenken. Unendliche Vielfalt in unendlichen Kombinationen, würde Mr. Spock sagen ... Aber wählte man keinen der mannigfaltigen Wege aus, die sich vor einem auftaten, nahm man überhaupt keinen. Und im Weltraum waren die Entfernungen so riesig und die Zeiten so lang. Sie konnte nur hoffen, daß Helen mit ihrer getroffenen Wahl glücklich wurde.

Und Captain Kirk ...

Sie bog in den Gang ein, der zum Turbolift zu den Quartieren der Offiziere auf Deck 4 führte, und blieb stehen.

In den drei Jahren war sie zahllose Male durch die matt beleuchteten Korridore gegangen, auch dann, wenn sie, wie jetzt, völlig leer und still vor ihr gelegen hatten. Sie spürte nur das fast tonlose Pulsieren der weit unter ihr befindlichen Generatoren. Selbst wenn sie vom Freizeitdeck gekommen war, auf dem die schrecklichen Horrorfilme liefen, von denen Mr. Sulu nicht genug bekam, hatte sie in der leeren Verdunkelung nie Unbehagen empfunden ... Denn trotz Uhuras lebhafter Phantasie arbeitete ihr praktischer Verstand auf andere Weise.

Doch nun spürte sie es: die kriechende Kälte einer irrationalen Furcht.

Sie ging einen Schritt zurück und ermahnte sich, nicht albern zu sein. Doch ihre Hände waren kalt. Ihr Blick suchte die dunklen Nischen ab, musterte den vor ihr liegenden Gang, suchte nach einem anomalen Schatten, nach Bewegung, nach einem Bruch in dem vertrauten Muster, das ihre Sinne eventuell dazu gebracht hatte, auf diese Weise zurückzuweichen; nach dem, das dazu geführt hatte, daß die Alarmklingeln in ihrem Unterbewußtsein schrillten.

Doch es war nichts da. Nur eine Dunkelheit, die nicht sonderlich dunkler war als sonst; eine Stille, die auf sie zu warten schien; die sie mit schrecklicher Gespanntheit von irgendeiner Stelle aus beobachtete, zwischen der rechten Wand und der geschlossenen Turbolifttür.

Uhura blieb eine ganze Weile stehen und musterte den leeren Korridor. Sie spürte, daß sich eine zunehmende, schleichende Kälte in ihr breitmachte, und sie kämpfte verzweifelt gegen das schreckliche Gefühl, daß irgend etwas auf sie zukam. Etwas, das sich langsam, tastend, unsicher an der Wand entlang bewegte ... Etwas, das nach ihr griff und den Versuch machte, die Silben ihres Namens auszusprechen.

Aber da ist doch nichts. Sie wich einen weiteren Schritt zurück und redete es sich wieder und wieder ein ...

Dann wandte sie sich schlagartig um und ging schnell den Weg zurück, den sie gekommen war. Es gab nur einen Turbolift, der von Deck 5 aus zu den kleineren Decks der Primärhülle über dieser Stelle führte, aber sie folgte dem Gang zu einem der Aufzüge, die zum Hauptaufenthaltsraum des Schiffes ins darunterliegende Deck führten. Als sie aus dem Turbolift kam, sich einen Weg zwischen den Tischen und Sofas des hell erleuchteten Raumes bahnte und ihren zahlreichen Bekannten von der Spätschicht zuwinkte, die an weißen Kunststofftischen bei Küchenmaschinenkaffee und anderen Delikatessen pausierten, die man aus den wiederverwerteten Rohstoffen im untersten Laderaum fabrizierte, verwünschte sie sich innerlich und schalt sich eine Närrin ...

Am anderen Ende des Aufenthaltsraumes, der sich über die Mitte von Deck 6 ausbreitete, stieg sie in den nach oben und zur Brücke führenden Hauptturbolift und versuchte beiläufig zu klingen, als sie ›Deck vier‹ sagte. Sie fühlte sich eigenartig verlegen, als könne der Turboliftcomputer ihre Stimme erkennen und sie fragen, warum sie einen solch sinnlosen Umweg gemacht hatte.

Als sie vom Turbolift aus durch den langen, matt beleuchteten Korridor zu ihrer Kabine eilte, warf sie, auch wenn sie wußte, daß es hinter ihr nichts zu sehen gab, des öfteren einen Blick über die Schulter.

4

»Helen!« Beim Geräusch der sich öffnenden Tür des Transporterraums rutschte Chefingenieur Montgomery Scott aus der Zugangsluke der Hauptsteuerkonsole und stand mit einem Lächeln auf. Bei den wenigen Gelegenheiten, die er in den vergangenen paar Wochen gehabt hatte, das Freizeitdeck aufzusuchen – dies hauptsächlich zu den Mahlzeiten –, hatte er einige lange Gespräche mit Dr. Gordon geführt, die zu den wenigen Menschen an Bord gehörte, die seine Liebe zur Dudelsackmusik teilten. Außerdem waren, da er zu den älteren Besatzungsmitgliedern zählte, seine Instinkte als Ehestifter stark ausgeprägt. Sein erfreuter Gesichtsausdruck schwankte einen Moment, als er sah, daß sie Rucksäcke und Beutel schleppte, aber sie lächelte ihn an und schüttelte den Kopf.

»Chu und Nomias«, erläuterte sie.

Scotty strahlte. »Dann bleibst du also?«

Sie nickte. Doch als der Chefingenieur sie erneut ansah, erkannte er in ihrem Gesicht die Anzeichen einer durchwachten Nacht: die dunklen Ringe unter ihren Augen, die Falten um den Mund. Die Wahl, wurde ihm klar, war ihr zwar schwergefallen, doch er persönlich konnte nicht verstehen, wie jemand auch nur einen Moment zaudern konnte, wenn man ihn vor die Wahl stellte, sich der Mannschaft der *Enterprise* anzuschließen oder wer weiß wie viele Jahre auf einem Hinterwäldlerplaneten zu verbringen, dessen Bewohner bisher weder das Rad erfunden hatten, noch die Absicht verfolgten, dies je zu tun. Trotzdem – es war ihr erlernter Job.

Sie lächelte und zwang sich, frohgemut zu klingen. »Ich stelle heute den Antrag, provisorisch in die Flotte aufgenommen zu werden. Wenn wir Sternbasis Neun erreichen, müßten meine Papiere schon dort sein. Ich arbeite bei Bergdahl in Anthro/Geo.«

»Au weia«, murmelte Scotty voller Abneigung. »Dann laß dich bloß nie von diesem milchgesichtigen Burschen mit einem Glas Wein in der Hand erwischen; es sei denn, du bist scharf drauf, dir drei Monate seine Moralpauken anzuhören.« Während er sprach, nahm er ihr die beiden schwersten Beutel ab und trug sie zu den Transporterscheiben. Helen folgte ihm mit dem Rest der geordneten Gepäckstücke. »Was hat denn der Captain gesagt, als du's ihm erzählt hast?«

Sie verharrte zögernd auf den Stufen zur Transportkammer. »Er weiß es noch gar nicht«, gab sie zu. »Ich habe meinen Entschluß erst sehr spät getroffen.«

Scottys Augen funkelten. »Dann müßte er gleich kommen …« Er lächelte. »… um sich von dir zu verabschieden.«

Ihr verlegenes Erröten widersprach dem schnellen Schütteln ihres Kopfes, aber er hatte gesehen, daß sie sich beim Betreten des Raumes umgeschaut hatte. Sie hatte wohl erwartet, ihn hier anzutreffen. »Gibt es irgendein Problem?« fragte sie schnell und deutete auf die Konsole, aus der die Beine von Transporterchef Kyle durch die offene Zugangsklappe ragten.

Scotty schüttelte den Kopf und vergaß angesichts der anliegenden größeren Erwägungen sämtliche Erwägungen und Spekulationen über seinen Captain und dessen Romanzen. »Nichts, was wir nicht hätten aufspüren können«, sagte er.

»Meinst du damit etwas, was den Rückkopplungsgeist betrifft, den wir uns gestern abend eingefangen haben?«

»Aye. Aber mehr als eine Rückkopplung war es wirklich nicht.« Scott zuckte die Achseln. »So was passiert schon mal, wenn etwas Staub oder fremde Materie im Transporterraum ist und eine mitfühlende Resonanz auffängt. Dann kriegt man einen Energiesprung, aber er ist nie stark genug, um jemanden in Gefahr zu bringen. Dann funkt es halt ein bißchen. Mr. Spock war nicht der erste, der in solch einem Fall den Quarantäneknopf gedrückt hat.«

Er begab sich wieder an die Konsole und hockte sich hin, um die Messungen des mikrofeinen Orters abzulesen. Er stand auf Null. Innerhalb der versiegelten Stromkreise der Konsole existierte nicht die Spur eines fremden Atoms; nicht einmal der gelegentliche Film aus Kondenswasser, das manchmal durch die Luftfilter sickerte ... Nichts. Es war natürlich erfreulich, dies zu wissen, aber die Frage harrte noch immer ihrer Antwort.

Scott richtete sich auf und schüttelte den Kopf. »Früher, bevor man in der Verkabelung Filex-Schilde verwendet hat, ist es häufiger passiert. Ich weiß noch, daß wir einen Eindringlingsalarm im Schiff hatten, der uns vierundzwanzig Stunden lang in der Kreisbahn von Lyra Omicron VI festhielt. Wir haben das Schiff mit Flohkämmen abgesucht, aber nichts gefunden – nur das geheime Schokoladenversteck der Chefbibliothekarin. Aber man muß trotzdem vorsichtig sein.«

Helen lächelte und zog leicht den Kopf ein. Eine Weile herrschte Schweigen.

»Uns bleiben noch ein paar Minuten«, sagte Scott einen Augenblick später. »Wenn du den anderen erzählen willst, daß du dich nun doch nicht zu ihnen gesellst, können wir eine Frequenz zum Planeten für dich freimachen.«

»Ich spreche von der Brücke aus mit ihnen, wenn Jim ... wenn der Captain Verbindung mit ihnen aufnimmt. – Ich nehme an«, fügte sie mit dem Anflug eines Lächelns hinzu, »ich muß noch lernen, ihn Captain zu nennen, wenn ich zur Mannschaft gehören will. Danke.« Sie warf einen Blick auf die Wanduhr. »Es ist 7.00 Uhr ... Da müßte er doch jetzt auf der Brücke sein, nicht wahr?«

»Aye ...« Scott nickte. Er sah, daß sie den Kopf schüttelte, als wolle sie irgendeinen Gedanken oder eine Enttäuschung wegfegen – oder als rede sie sich ein, nicht albern zu sein.

Helen lächelte. »Dann gehe ich mal zu ihm rüber.«

Dann war sie weg und überließ Scotty wieder dem Rätsel des Geistes, den es eigentlich gar nicht geben durfte.

Auf der Brücke herrschte das gelassen gründliche Chaos, das immer herrschte, wenn die *Enterprise* sich darauf vorbereitete, eine Umlaufbahn zu verlassen. Helen fing den Seitenblick Uhuras auf, als sie zum Kommandosessel des Captains ging, wo Kirk Mr. Spocks Lagebericht lauschte. Helen wartete, bis er fertig war, dann trat sie einen Schritt näher heran und sagte: »Captain?«

Kirk drehte den Kopf, und Helen zuckte in einem verblüfftem Schreck leicht zurück. Sie hatte zwar vermutet, daß er in der vergangenen Nacht nur wenig Schlaf gefunden hatte, aber daß es sich so auswirken könnte, hatte sie nie vermutet ... Sein Gesicht sah verkniffen und eigenartig grau aus, und ihr wurde schlagartig bewußt: Wenn die Sorge über ihren Beschluß – hinsichtlich der Verpflichtungen, die sie miteinander eingingen – ihm derlei antun konnte ...

Blödsinn, dachte sie. Es war eine lächerliche Eitelkeit ihrerseits, den Gedanken auch nur zu erwägen.

Irgend etwas anderes setzte ihm zu, irgend etwas

Ernsthaftes. Sie hörte es an seiner Stimme, als er sagte: »Ja ... Helen?«

Sie machte es kurz. »Ich bin hier, um meine Versetzung auf die *Enterprise* zu beantragen ... Ich bitte um provisorische Aufnahme in die Flotte.«

In seinem Blick veränderte sich etwas. Sie nahm aus den Augenwinkeln wahr, daß Mr. Spock schnell eine Augenbraue hob und daß Sulus und Chekovs Schultern sich leicht spannten, als sie von der Steuerkonsole aufschauten und ihr mit einem Lächeln gratulierten. Der Captain jedoch nickte nur und sagte: »Hast du einen ...« Er hielt urplötzlich inne und sah einen Moment lang so aus, als suche er nach einer Erwiderung; als bemühe er sich, darüber Klarheit zu finden, wie sein nächster Schritt aussehen müsse.

Er ist überrascht, dachte Helen mit dem gleichen Schreck, den sie verspürt hätte, hätte er ihr urplötzlich einen Krug mit eiskaltem Wasser ins Gesicht geschüttet. *Er hat wirklich nicht damit gerechnet.*

Aber wieso denn nicht? Nach allem, was wir auf dem Planeten besprochen haben ...

In ihrem Inneren schien alles zu erkalten, als hätten die Lebenserhaltung und die Schwerkraft plötzlich eine Fehlfunktion.

Er erholte sich schnell von seiner Überraschung und rang sich ein Lächeln ab. »Lieutenant Uhura, senden Sie eine Subraum-Anfrage zur Weiterverarbeitung an Sternbasis Neun. Sie kann fertig sein, wenn wir dort ankommen.«

»Aye, Captain.« Helen hörte die Freude in der warmen Altstimme des Kom-Offiziers. Doch als sie verwirrt, verletzt und an allen Knochen zitternd zu Kirk zurückschaute, erkannte sie verschleierte Ungewißheit in seinem Blick.

Sie schaute in die freundliche, leicht wachsame Leere seiner Augen und dachte: *Ich habe gesagt, daß ich zur*

Flotte möchte. Jetzt kann ich mich doch nicht umdrehen und sagen, nein, danke ...

Bevor sie etwas sagen konnte, fiel Uhura ein. »Die Forschungsgruppe meldet sich, Captain. Soll ich es auf den Schirm legen?«

Kirk wandte sich etwas zu dankbar ab. »Holen Sie's her, Lieutenant.«

Und da, auf dem Hauptschirm, waren der Ort, der ihr neues Heim hätte werden sollen, und die Leute, die – zumindest in den nächsten drei Jahren – ihre Familie gewesen wären. In den Jahren, die sie nun auf dem Schiff verbringen würde ... bei Jim ... Jim, der mit verdutzter Überraschung auf etwas reagiert hatte, was sie am vergangenen Abend besprochen hatten ...

Lange Morgenschatten spritzten heißes Blau auf den staubigen Boden rings um die unbedeutende, klumpige Masse des Forschungsinstituts. Im heftigen Licht der planetaren Oberfläche wirkte alles eigenartig und brennend. Die kurzen Stämme der Walzenbäume ragten als goldener Schutzschirm hinter der Hütte auf. Das dunkle Gewirr von Dornen und die weiche gelbe Wiese erstreckten sich über den Hügel ... die Wiese, an deren Rand sie und Kirk am vergangenen Abend spazierengegangen waren ... *Hör auf, daran zu denken!* Rund um die gelöschte Feuergrube vor der Tür waren die Gepäckstücke aufgestapelt, die sie eine halbe Stunde zuvor in den Transporterraum gebracht hatte, und daneben standen die Leute, die ihre Kollegen geworden wären: Thetas, ein kleiner, sich schnell bewegender Gnom, mit großen, dunklen argelianischen Augen und den schroffen Narbentätowierungen, die sich wie ein Urwald über seine Arme und seinen Rücken zogen; Shorak, steif und gelehrt mit seinem sorgfältig gestutzten Bart, und L'jian, die ungeduldig einen Eisenkamm in ihr wildes Haar steckte; Nomias mit seinem hochmütigen Lächeln. Und Chu, runzlig, winzig, nett.

Am Bildschirmrand, in respektvoller Entfernung, stand eine kleine Gruppe der Midgwin. Große, fischartige Augen beobachteten und blinzelten unergründlich. Zwischen ihnen erkannte sie den alten Patriarchen Arxoras, sein langes weißes Haar wie ein dünner Umhang über seinen mageren Schultern, eine weiße Blume in jeder Hand.

»Dr. Shorak, Dr. Chu«, sagte James Kirk. Helen spürte, wie ihr Herz erkaltete und schwer von Furcht wurde, und sie fragte sich, was er wirklich empfand. Sie wünschte sich, sie wäre sich ihrer selbst auf die eine oder andere Art sicher.

Um zwei Uhr morgens war ihr alles so klar erschienen …

»Dr. Gordon hat beschlossen, der Mission auf Midgwis eine Absage zu erteilen und statt dessen mit der *Enterprise* zur Sternbasis Neun zurückzukehren.« Jeder Forscher hätte dies tun können, aus welchem Grund auch immer – vom vorherrschenden Klima über persönliches Wohlergehen bis zu einer ungünstigen astrologischen Konjunktion. Man brauchte nur zu beschließen, nicht an dem Unternehmen teilzunehmen, für das man ausgebildet worden war. Aber Helen hatte das schnelle Herabsacken von Nomias' beweglichen blauen Lippen und das leichte Herabsacken von Chus Schultern gesehen, als ihr klar geworden war, daß die junge Kollegin eine Wahl getroffen und den Weg in eine Richtung genommen hatte, die sie sich vor vielen Jahren vorgenommen hatte, nicht zu nehmen.

»Wir werden auf Sternbasis Neun Vorkehrungen für einen Ersatz treffen«, fuhr Kirk fort, »den man aus ihrer Alternativliste auswählt. Er dürfte mit dem frühestmöglichen Transport hier eintreffen.«

»Aber bis dahin fehlt …«, fing Nomias an. Shorak fiel ihm ins Wort.

»Danke, Captain. – Dr. Gordon …«

Helen trat vor, in den Fokus des kleinen Bildaufnahmegeräts, dem Bestandteil des neuen Senders, den die *Enterprise* mit der Verstärkung zusammen zu ihnen gebracht hatte.

»Wir respektieren Ihre Wahl«, sagte der Vulkanier, »und auch den nötigen Mut, zu diesem späten Zeitpunkt einen alternativen Kurs einzuschlagen.« Er trat mit einem Nicken zurück. Vulkanier neigten dazu, unverblümt zur Sache zu kommen, wenn sie weit von den komplizierten Formalitäten entfernt waren, die ihre hierarchische Struktur erforderte.

»Ich wünsche Ihnen Glück«, sagte Chu, »und auch Ihnen, Captain. Vielen Dank für die schöne Reise.«

Kirk neigte den Kopf, und der Schirm wurde dunkel. Helen, die neben ihm stand, beobachtete sein Profil aus dem Augenwinkel. Sein Gesicht verriet nichts. Dann sah sie, daß sein Blick sie traf, von der Seite studierte, unergründlich erwägte, und sie dachte: *Es ist eine Schande. Gott, es ist eine Schande.*

Sie fühlte sich hundeelend. Sie nickte ihm ein formelles ›Captain‹ zu und verließ schnell die Brücke.

Hinter ihrem Rücken hörte sie, daß er Mr. Sulu anwies, mit Warpfaktor 4 den Kurs zur Sternbasis Neun zu setzen.

Als die Schicht endete, verblieb Captain Kirk auf der Brücke, ins Studium der Meldungen vertieft, die den Transportergeist von gestern betrafen. Nachdem Lieutenant Uhura die Gästekabinen abgesucht hatte, stieß sie im Lazarett auf Dr. Gordon – in einem kleinen Labor, in dem Schwester Chapel nach Dienstschluß geblieben war, um eine Analyse jener Kräuter vorzunehmen, die man von dem Planeten mitgebracht hatte.

Als Uhura durch den Korridor kam, hörte sie Helens Stimme und trat ein. Die Tür schloß sich in dem Moment hinter ihr, in dem Chapel sich auf ihrem hohen

Laborstuhl umdrehte, um Helen konzentriert mit ihren blauen Augen anzusehen. Helen hatte mit Uhura und ihr eine Menge Zeit auf dem Freizeitdeck verbracht. Sie hatten Puzzles gelegt und sich unterhalten. Sie hatten in der Hauptsache unbedeutende Gespräche geführt, aber sich doch zunehmend angefreundet. Auf dem Labortisch vor der schlanken blonden Krankenschwester lag ein halbes Dutzend abgestufter Zylinder, jeder mit einer klaren Flüssigkeit gefüllt. Vor ihr lag ein Stapel Flimsiplastausdrucke, mit Anmerkungen in der kaum lesbaren Handschrift Dr. McCoys versehen.

»Du kannst doch noch zurück«, sagte Chapel sanft.

Helen, die im Raum auf- und abgegangen war, schüttelte nur den Kopf. Sie trug noch immer ihren mit zahlreichen Taschen versehenen Khaki-Forscheranzug. Ihr dunkles Haar war mit einem Lederriemen und einer Bronzenadel hochgesteckt. Sie schaute Uhura an, und ihre haselnußbraunen Augen blickten verwirrt, als sie sagte: »Du warst doch dabei. Habe ich es mir nur eingebildet? Ich habe zwar nicht erwartet, daß er mir mit Freudentränen in die Arme sinkt, aber ... Er sah so überrascht aus. Er war nicht einfach baff. Er wirkte nicht mal erleichtert. Nur etwas überrascht. Ihr kennt ihn doch ...«

»Ich weiß eigentlich nicht, ob ihn überhaupt eine Frau richtig kennt«, sagte Uhura. Sie zog einen Laborstuhl heran und nahm auf ihm Platz, während Chapel sich wieder ihrer Tätigkeit widmete und die Temperaturkontrollen an einem Zylinder einstellte.

Im Prinzip kannten weder Chapel noch Dr. McCoy einen Feierabend. Obwohl sie über mehr unverplante Zeit verfügten als jeder andere auf der *Enterprise,* waren sie in Wirklichkeit – wie die Stabsoffiziere – jederzeit im Dienst. Uhura hatte gewußt, daß sie Christine hier finden würde. Wenn sie nicht gerade an einem von Dr. McCoys aktuellen Testverfahren arbeitete, schrieb sie an einem Aufsatz für die *Zeitschrift der Fremdrassenpathologie*. Sie hatte auch gewußt, daß Helen sich möglicherweise bei ihr aufhielt. Sie war an Dr. McCoys Büro vorbeigekommen und hatte auch ihn noch bei der Arbeit gesehen. Auf einer Forschungsmission konnte es sich ein medizinischer Offizier nicht leisten, sich nur auf existierende Informationen oder Praktiken zu verlassen. Wenn man mit einem konstanten Bombardement fremder Mikroben, unbekannten Umständen und sich verändernden Biosystemen zu tun hatte, konnte die Kenntnis neuer Möglichkeiten buchstäblich der Unterschied zwischen Leben und Tod jedes Mannschaftsangehörigen sein.

Uhura stützte sich mit dem Ellbogen auf dem Labortisch ab und fügte leise hinzu: »Außer dir, würde ich meinen.«

»Wie komisch ...« Chapel hielt in der Arbeit inne und schrieb flink eine Zahlenreihe nieder, die auf dem kleinen Bildschirm am Ende des Labortisches aufgeflackert war.

»Was?« Helen ging zu ihr hin, und Uhura drehte sich um. Beide waren im Moment aufgrund der Unsicherheit in Chapels Stimme vom rätselhaften Verhalten Captain Kirks abgelenkt.

»Nun ...« Christine zog noch einmal Dr. McCoys Notizen zu Rate. »Das Komische ist, daß nichts komisch ist. Also, es handelt sich um homöopathische Substanzen. Sie enthalten nichts, was die medizinischen Wirkungen erklären könnte, die Dr. McCoy – und Dr. L'jian – unten auf Midgwis beobachtet haben.«

»Er hat gesagt, die Tricordermessungen hätten ihn verwirrt«, sagte Helen nachdenklich. »Ich weiß, daß er fortwährend gemessen hat.«

Chapel nahm eine Messung an der zweiten und dritten Phiolenreihe vor und trug sie in ihrem Datenblock ein, als sie sagte: »Er hat gesagt, sie sähen alle aus, als würde es ihnen an zehn bis zwölf grundlegenden Vitaminen fehlen ...«

»Sie sahen aus, als wären sie kurz vor dem Verhungern«, sagte Helen offen. »Es hat mir ... ein wenig Angst gemacht.«

»So, wie sie hungern, dürfte von ihrem Immunsystem praktisch nichts mehr übrig sein. Und laut den Messungen *ist* auch nichts mehr davon übrig! Wie bei den Midgwin. In L'jians Analyse von uralten Knochen steht, die Midgwin seien im Vergleich zu dem, was sie noch vor fünfzig Jahren dargestellt haben, furchtbar unterernährt.«

Uhura runzelte die Stirn. Auch sie witterte, daß hier etwas nicht normal war. Helen sagte: »Das haben auch die Vorberichte gemeldet. Aber da unten wirkten alle, als seien sie bei bester Gesundheit.«

»Genau.« Chapel blickte von ihren Notizen auf. »Dr. McCoy ist die Wände hochgegangen. Laut Thetas ist es zu einer Reihe von Seuchen gekommen, mit denen man unweigerlich rechnen muß, wenn die Nahrungsquellen einer Welt zur Neige gehen. Doch jede Seuche hat nach einem Dutzend Opfern wie von selbst geendet. Dr. Shorak schreibt es irgendeiner Art Kräutermedizin zu, aber in keiner der Kräuter, die wir getestet haben, finde ich etwas, was diese Behauptung rechtfertigt. Hast du bei deinen Messungen und bei der Vorbereitung der Arbeit auf dem Planeten irgend etwas gefunden, das dies eventuell erklärt?«

Helen dachte kurz nach. Dann schüttelte sie den Kopf. »Über Midgwis wurde nämlich fast nichts geschrieben«, sagte sie. »Die ersten Meldungen haben die Midgwin als nicht empfindungsfähig eingestuft. Da stand, sie seien bestimmt nicht die vorherrschende planetare Lebensform, dies seien die Bargump. Die Midgwin siedeln nur in Landstrichen, in denen die Bargump nicht brüten. Sie gehen ihnen aus dem Weg. Erst vor fünf Jahren hat jemand vermutet, daß sie überhaupt eine Kultur haben könnten, und erst vor zwei Jahren, nach dem Friedensvertrag von Organia, war die Föderation bereit, die Forschung zu finanzieren, um die Klingonen daran zu hindern, dort einzumarschieren und den Planeten auszubeuten wie seinerzeit Marcipor II. Man weiß heute noch nicht, ob die Marcipex eine empfindungsfähige Rasse waren. Und jetzt wird man es auch nicht mehr erfahren. Aber man hat dort Artefakte gefunden ... Deswegen ist das Unternehmen Elcidar Beta so wichtig. Deswegen sind die dort gemachten Funde so ...«

Sie brach plötzlich ab, und Uhura, die das Zucken des Schmerzes in ihren dunkelbraunen Augen sah, erinnerte sich an die seltsame, goldbeleuchtete Landschaft, die sie auf dem Bildschirm gesehen hatte, an die fremdartige Schönheit des Planeten.

Auch Chapel schien es gesehen zu haben, denn sie fragte leise: »Hast du schon mit ihm gesprochen?«

Helen gab keine Antwort.

»Er hat die Brücke den ganzen Tag nicht verlassen«, sagte Uhura.

»Ich weiß«, sagte Helen leise. »Ich dachte, er käme aufs Freizeitdeck, wie früher, wenn er eine Pause einlegte, und wenn's nur eine kurze war ...« Sie schüttelte erneut den Kopf.

»Ich bin nämlich in solchen Dingen nicht sehr gut«, fügte sie hinzu. »Ich weiß, es klingt dumm. Mit vierundzwanzig sollte man wahrscheinlich mehr Erfahrung haben, aber ... Ich habe verdammt schwer für mein Studium gearbeitet. Ja, sicher – ich hatte andere Freunde, aber keiner war mir auch nur annähernd wo wichtig wie mein Studium.«

Sie zuckte die Achseln und wich Chapels besorgtem, mitleidigem Blick aus. »Deswegen weiß ich eigentlich nicht, ob er nun eigenartig reagiert oder nicht. Ob er mir aus dem Weg geht oder ob es nur etwas typisch *Männliches* ist.«

»Für manche Männer wäre es *wirklich* typisch«, sagte Uhura leise. »Aber ich hätte geschworen, daß der Captain anders ist. Er war noch nie absichtlich gefühllos ...« Sie dachte stirnrunzelnd daran, wie geistesabwesend der Captain sich den ganzen Tag auf der Brücke verhalten hatte. Er hatte die schiffsinternen Meldungen wiederholt doppelt geprüft. »Um die Wahrheit zu sagen, ich habe den Eindruck, ihm geht seit der Rückkehr von Midgwis ständig irgend etwas durch den Kopf.«

»Auch das könnte sein«, sagte Chapel nachdenklich.

»Und als Besatzungsmitglied von relativ niedrigem Rang«, endete Helen mit einem verlegenen Grinsen, »geht mich der Grund eigentlich gar nichts an.« Ihr Gesicht strahlte Erleichterung aus, aber Uhura ging davon aus, daß es sich um eine unsichere Erleichterung handelte. Sie hoffte, das, was sie gesehen hatte und von dem sie verdammt genau wußte, daß sie es gesehen hatte, nicht gesehen zu haben.

»Der Dienstgrad spielt dabei keine Rolle«, sagte Uhura fest. »Du bist im Augenblick die einzige an Bord, die umfassende Forschungen bezüglich Midgwis betrieben hat. Wenn es auf dem Planeten etwas gibt, das den Captain besorgt macht ...«

»Schwester Chapel ...« Die Labortür glitt abrupt auf, und im Rahmen stand die magere, in einen blauen Kittel gekleidete Gestalt Dr. McCoys. Er nickte Uhura und Helen grüßend zu – es kamen laufend Menschen ins Lazarett, doch Chapels Arbeit schien nie darunter zu leiden – und wandte sich an seine Assistentin. »Haben Sie die Tür zum kleinen Med-Labor zufällig ungesichert gelassen?«

Chapel schüttelte den Kopf. »Nein ... Die Proben dort müssen sich doch in kontrollierter Umgebung befinden, wenn wir an ihnen akkurate Messungen vornehmen.«

»Und Sie haben den neuen Türkode niemandem mitgeteilt?«

»Nein. Sie haben ihn doch erst vorgestern geändert – und wer außer Ihnen und mir sollte schon dort hineingehen?«

»Eben«, sagte McCoy leise. »Kommen Sie doch bitte mal mit.« Als Helen und Uhura sich anschauten und Anstalten zum Aufbruch machten, fügte er hinzu: »Sie können es sich auch anschauen, meine Damen. Der Versuch ist ohnehin in die Hose gegangen.«

Das kleine medizinische Labor lag hinter dem gebogenen Hauptgang des Lazaretts, in einer Position, die McCoys Privatlabor auf der anderen Seite des Hauptringes entsprach. Ihm fehlten die komplizierten Einrichtungen des medizinischen Hauptlabors und des biochemischen Labors; es wurde im allgemeinen für Langzeitexperimente genutzt, die in steriler Umgebung stattfanden. »Es handelte sich nur um eine Routinevoranalyse von Blut- und Flüssigkeitsproben, die wir auf Persis Nova an Bord genommen haben«, erläuterte McCoy und trat zur Seite, um die drei Frauen zuerst in den kahlen Raum zu lassen. »Abgesehen davon, daß wir die Informationen für einen vorläufigen Bericht über einen anderen Planeten im umstrittenen Klingonen-Grenzgebiet brauchen, war bestimmt nichts Ungewöhnliches an ihnen.«

»Gütiger Himmel!« rief Uhura aus. Sie wich zurück und schaute sich bestürzt in dem kleinen Raum um. »Warum, in aller Welt …?«

Sämtliche Behälter, sämtliche Becher, sämtliche Teströhrchen auf dem langen Tisch und dem dahinter stehenden Regal waren umgestoßen worden. Auch die Schüsseln mit den weichen, ascheartigen, getrockneten Fällprodukten und die Pülverchen waren von verstreuten Dünen ihrer Inhalte umgeben, als hätte eine ungeduldige Hand sie wild hin und her geschoben. Destilliertes Wasser breitete sich in Pfützen auf dem Boden aus; die schädlicheren Lösungen bildeten bunte Lachen auf dem Tisch oder klebten als halb geronnene Klumpen an den Behältern, in denen sie gewesen waren. In der Luft hing der vage, süßliche Geruch organischen Verfalls; er ließ Uhura vor Abscheu die Nase rümpfen.

»Schauen Sie mal dorthin.« McCoy deutete ans Tischende, wo die Blutproben gestanden hatten.

Chapel runzelte die Stirn. Sie wirkte verblüfft, aber auch leicht erschreckt. »Was …?«

»Als hätte jemand versucht, etwas mit dem Zeug zu schreiben«, sagte Uhura langsam. »Und zwar mit einem Finger. Schauen Sie.« Ihre schlanke Hand fuhr an den langen Schlieren entlang, die aus den klebrigen Pfützen hervorstachen. Es waren zackige, ungelenke Spuren, wie von Kinderhand gezogen, und sie verliefen im Nichts.

»Warum sollte irgend jemand so etwas tun?« fragte Chapel verdattert.

»Und wie ist er hier reingekommen?« fragte Uhura. Sie blickte zu der Stelle hinauf, an der sich die Decke und die Wände trafen, dorthin, wo sich die schmalen Luftschächte befanden. »Das Ventilatorgitter ist nur zehn Quadratzentimeter groß …«

Auch Helen musterte das kleine metallene Viereck über der Tür und maß mit berechnendem Blick die Entfernung zwischen ihm und dem Tisch. Als sie sich umdrehte, traf ihr Blick den des nachdenklich wirkenden McCoy.

»Vielleicht irgend etwas, das aus dem Ventilatorschacht herausgeragt ist?«

»Ein Tentakel oder ein Pseudopodium?« erwiderte McCoy sinnierend. Hinter ihnen tauschten Uhura und Chapel einen nervösen Blick. Wenn sie einen Eindringling an Bord hatten, einen blinden Passagier ... Es war der Alptraum aller Raumfahrer, die Quelle Tausender Geschichten, ob sie nun echt oder erlogen waren, mit denen die Neulinge an Bord einander nach Dienstschluß auf dem Freizeitdeck unterhielten.

»Es könnte zwar ein gewisses Ausmaß an Unbeholfenheit über diese Entfernung hinweg erklären ... Aber ich will einen Besen fressen, wenn diese Schlieren nicht von einem Finger erzeugt worden sind.« McCoy schob den einzigen hochbeinigen Laborstuhl unter den Luftschacht, holte ein kleines Vergrößerungsglas und eine winzige Taschenlampe aus einer Tischschublade und kletterte hinauf. Er leuchtete so weit wie möglich in den Schacht hinein – etwa zwanzig Zentimeter tief, bis an den Filter –, beschnupperte den sanften Strom der kühlen austretenden Luft und untersuchte dann die sauberen Maschen des Gitters, zuerst visuell, dann mit dem Tricorder, den Chapel ihm hinaufreichte.

»Nichts«, sagte er nach einer Weile. »Keine Ablagerungen oder Flecke irgendwelcher Art, nicht mal von den Lösungen. Keine Kratzer, keine Schlieren, kein Anzeichen dafür, daß das Ventilationsgitter entfernt wurde.« Er stützte sich sorgfältig mit einer Hand an der Wand ab, stieg vom Stuhl und schaute sich erneut in dem zertrümmerten Labor um. Dann ging er zum Kommunikationsport an der Tür, gab die persönliche Nummer des Captains ein und sagte: »Hier ist McCoy. Wir haben ein Problem im Lazarett. Ich glaube, du solltest lieber runterkommen.«

5

»Und die schiffsinterne Messung zeigt nichts?« Der Captain warf einen Blick auf den neben ihm hergehenden Mr. Spock, als sie hinter der Gruppe der Wissenschaftler und Wachen auftauchten, die das kleine Labor in der vergangenen Stunde mit allen Analysewerkzeugen des Schiffes untersucht hatten.

Spock blieb stehen. Er warf einen Blick über die Schulter auf den kleinen, gleichmäßig erhellten Raum mit den umgekippten Bechern und Pfützen, die den Boden bedeckten. Nun, er war nicht hermetisch abgeschlossen gewesen, aber irgend etwas an der Situation beunruhigte ihn.

»Negativ, Captain. Ebenso wie die unmittelbar nach dem Quarantänealarm erfolgten Messungen haben sich auch die neuesten Tests jede an Bord des Schiffes befindliche Lebensform vorgenommen – einschließlich der Pflanzen in der Botanik, auf dem Freizeitdeck und in der Unterkunft Mr. Sulus.«

»Ich würde nicht völlig ausschließen, daß irgendeiner von Sulus Exoten entwischt ist und einen Tentakel durch den Luftschacht geschoben hat«, murmelte McCoy. Er verschränkte die Arme vor der Brust und musterte mürrisch das verwüstete Labor. Um die nächste Korridorecke kamen weitere Angehörige des Sicherheitspersonals – das Hauptbüro ihrer Abteilung war nur wenige Gänge entfernt. »Das Ding mit den goldenen Blüten, das er auf Iolos VI gefunden hat …«

»Eine *Aetavis spengleris* hätte wohl nur wenig Interesse an etwas, das die typischen Proteinketten der Persis Nova-Lebensformen aufweist, die mit Ihren Versuchen zu tun haben«, brummte Spock leise. »Daß die Pflanze dermaßen in Sie vernarrt war, Doktor, hatte ausschließlich mit Ihrer Körpertemperatur zu tun... Den meisten Pflanzen mangelt es völlig an ästhetischem Urteilsvermögen...«

»Das wurde mir schon klar, als sie hinter Ihnen her war«, konterte McCoy. Spock hob eine abweisende Augenbraue und wandte sich wieder Kirk zu. Dr. Gordon bog um die Ecke. Sie kam aus der Richtung von Schwester Chapels Dienstzimmer.

Obwohl Spock sich durchaus bewußt war, daß sie ihn ebensowenig anging wie jede andere der zahlreichen Geliebten des Captains, registrierte er interessiert die Schüchternheit, mit der sie sich dem Captain näherte – die Art, wie sie kurz anhielt, als sie ihn sah, um dann mit einer Unsicherheit näher zu kommen, die sich fast zu einem Zögern auswuchs, als befürchte sie eine Abfuhr. Ihm war heute morgen auf der Brücke ihre Enttäuschung aufgefallen, als Kirk über ihren Entschluß, auf der *Enterprise* zu bleiben, hinweggegangen war. Ihr Entschluß hatte Spocks Ansichten über die Stärke ihrer Logik modifiziert. Er persönlich hielt es für irrational, einen Glückwunsch zu erwarten, wenn man seine Laufbahn ab- oder unterbrach, auch von dem Mann, um dessentwillen man diesen Entschluß getroffen hatte.

Aber warum Dr. Gordon eine Abfuhr hätte erwarten – oder befürchten – sollen, war Spock ein Rätsel.

»Ich habe mir noch mal alle provisorischen Gutachten über die Lebensformen von Midgwis angesehen«, sagte sie auf ihre rauhe, ziemlich abrupte Art. »Es gibt dort nichts, das in der Lage wäre, in ein verschlossenes Labor einzudringen; es gibt nicht einmal etwas, das unentdeckt an Bord gelangen könnte...«

»Nichts, von dem du etwas weißt«, sagte Kirk leise.

Helen zögerte. Ein kurzes Stück den Korridor hinab hatte Sicherheitschef DeSalle eine weitere Luftschachtklappe geöffnet und suchte in dem quadratischen Metallrohr mit einem Infraskop und einem Vergrößerungsglas nach Schlieren oder Flecken auf dem feinen Feuchtigkeitsfilm, der sich auf den Filtern sammelte. Im Inneren des Labors hielt Schwester Chapel den Reflektor des Schiffsfotografen, der aus jeder vorstellbaren Perspektive und mit jeder denkbaren Beleuchtung Aufnahmen von den Flüssigkeitspfützen machte, um sie später vom Computer und von DeSalle höchstpersönlich analysieren zu lassen.

»Du hast selbst gesagt, daß es sich um provisorische Gutachten handelt«, fuhr der Captain fort. »Deine …« Er unterbrach sich, sprach den geplanten Satz nicht zu Ende, dachte nach und meinte dann: »Das Forschungsteam hat den Planeten nur oberflächlich untersucht. Auch Shorak und seine Leute haben nur einen kleinen Teil der Welt gesehen. Sie haben doch im Grunde keine …« Er hielt inne und runzelte die Stirn, als wäge er seine Worte sorgfältig ab, als sortiere er ein Gewirr von Vorstellungen, die es auszudrücken galt. »Ich habe den Eindruck, daß auch ihre Beobachtungen … häufig fehlerhaft waren.«

McCoy schaute sich jäh um, als sei er verblüfft. Spock hob eine Braue, um den Eindruck noch zu verstärken. Kirk hingegen schüttelte den Kopf, als sei er nicht fähig oder nicht willens, mehr zu sagen.

»Wir haben die Möglichkeit natürlich nicht eliminieren können, daß der Eindringling das Labor auf ganz normale Weise durch die Tür betreten hat«, warf Spock nach einer Weile ein. »Und ebensowenig die Möglichkeit, daß es sich um ein Mitglied der Besatzung handelt …«

»Warum sollte jemand darauf aus sein, den Versuch

zu stören?« fragte McCoy. Spock musterte ihn mit einem Blick milder Überraschung.

»Ich bin kein Experte in Sachen menschlicher Schrullen und Motive, Doktor. Ich sage nur, daß wir bei unserer Suche nach dem scheinbar Unmöglichen das Offensichtliche nicht aus den Augen verlieren sollten. Es ist doch eine ganz einfache Sache, das simple Sicherheitsschnappschloß einer Tür dieser Art zu knacken.«

»Nein«, sagte Kirk leise. Sein Blick wanderte, zwar nicht unruhig, aber mit einer Art verengter Bedächtigkeit, von der Tür des verwüsteten Labors fort und an den gekrümmten, hellblauen Wänden entlang. Er musterte die Schachtgitter, die Türen, die kleinen Zugriffsluken und die Leitungen, die in den Irrgarten der Wände und Tunnels des Schiffes führten. DeSalle und sein Assistent packten ihre Funde ein und schüttelten unbehaglich den Kopf. Alles war fotografiert worden. McCoy und Chapel machten sich daran, die umgefallenen Becher aufzuheben und das Verschüttete aufzusaugen. »Nein, da ist etwas. Ich habe es schon im Transporterraum gespürt.«

»Die Computeranalyse«, sagte Spock, »offenbart aber nichts Unstimmiges ...«

»Ich würde sagen, sie offenbart bloß die Grenzen des Computers.«

Als Mr. Spock wieder in seinem Quartier war, schaltete er mit der für ihn typischen Bedächtigkeit den Bildschirm seines Computers ein und schaute sich noch einmal die Ermittlungsergebnisse an, die die Wache in dem kleinen medizinischen Labor gemacht hatte. Er studierte auch die Resultate der an Bord erfolgten Lebensformmessungen, die die Untersuchung begleitet hatten, und die Meßergebnisse während des Quarantänealarms. Er bat um die aktuellsten Resultate des Analyselabors, in dem DeSalle, auch wenn er nur wenig gefunden hatte, wahrscheinlich trotz der späten Stunde noch tätig war. Doch wie er Captain Kirk selbst informiert hatte, gab es keine Anomalien.

Trotzdem war ihm unbehaglich zumute. Er wußte, daß der Captain ein scharf entwickeltes Gespür für unterschwellige Strömungen hatte, eine feine Nase für kaum spürbare strukturelle Unregelmäßigkeiten, die die Menschen gemeinhin den ›sechsten Sinn‹ nannten, obwohl es sich dabei in Wirklichkeit nur um den wirkungsvolleren Einsatz der existierenden fünf Sinne handelte.

Und er traute dem Urteilsvermögen seines Captains ganz und gar. Er hatte die Intelligenz und die Instinkte James Kirks bei Dutzenden von verzwickten, gefährlichen planetaren Unternehmungen und Hunderten von Schachpartien in Aktion gesehen und wußte, daß der Captain über etwas gebot, an dem es ihm persönlich mangelte: die Überzeugung, daß auch harte Fakten Grenzen hatten, und die Fähigkeit, diese Grenzen zu erkennen.

Irgend etwas machte dem Captain zu schaffen. Er hatte es schon an diesem Morgen auf der Brücke gemerkt. Er hatte es in der Anspannung seines Gesichts gesehen, in den Anzeichen von Schlaflosigkeit und Überanstrengung. Er vermutete, daß Kirk den größten Teil der Nacht wachgelegen hatte. Wahrscheinlich hatte er sich genau diese Meßergebnisse auf dem eigenen Bildschirm angesehen und versucht, in ihnen irgendeinen Fehler zu finden, irgendeinen verräterischen Hinweis, daß seine persönlichen Instinkte stimmten – daß sie, auch wenn alle Beweise das Gegenteil behaupteten, wirklich einen Eindringling an Bord hatten.

Doch wie Spock schien er nichts gefunden zu haben, weil es nichts zu finden gab.

Spock verbrachte viel Zeit damit, im warmen Zwielicht seiner Kabine auf den Bildschirm zu schauen. Die

Enterprise war ein Schiff, das in erster Linie für eine terrestrische Mannschaft geschaffen war, auch wenn das maximale Aufdrehen der Heizung seines Privatquartiers einen Vulkanier mit angenehmer Wärme versorgen konnte. Nach einer Weile streckte Spock die Hände aus, gab eine neue Sequenz ein und spielte die Videoaufzeichnung der Ereignisse des vergangenen Abends im Transporterraum Bild für Bild ab. Er sah sich zwar den Quarantäneknopf drücken, aber eigenartigerweise nicht das typische, glitzernde Aufflackern des Rückkopplungsgeistes, von dem jeder annahm, daß er ihn gesehen hatte.

Es war überhaupt nichts da.

Nichts außer seiner Erinnerung an die vorübergehende, flüchtige Überzeugung, daß sich im Transporterraum etwas befunden hatte, das nicht dort hingehörte.

Dann vernahm er hinter sich kaum hörbare Schritte auf dem Korridor.

Spocks Reflexe waren schnell. Im gleichen Augenblick, in dem er sich umdrehte, tastete sein Bewußtsein nach der Anomalie, dem Gefühl, daß in seiner Unterkunft niemand gewesen sein *konnte,* als er eingetreten war. So matt die Beleuchtung auch war, sein ausgeprägtes Gehör hätte das Atmen vernommen, und ebenso das Knarren von Stiefelleder, das leise, nur unterbewußt wahrnehmbare Rascheln, das ein bekleideter menschlicher Körper erzeugte ...

Und tatsächlich – es war niemand hinter ihm.

Mr. Spock blieb eine Weile so sitzen: auf dem Stuhl halb herumgedreht. Er musterte den kleinen, irgendwie nichtssagenden Raum, der sich hinter ihm ausbreitete. Auch die Offizierskabinen von Raumschiffen waren nicht groß. Sie boten nur wenig Möglichkeiten für Verstecke. Obwohl Spock inzwischen wieder mit seinem Vater sprach, war seine Trennung von der Familie auf

Vulkan trotz aller erlesenen Höflichkeit so stürmisch gewesen, daß er nur wenige Andenken besaß, die ihn an die Welt erinnerten, die ihn stets nur als Mischling und Außenseiter gesehen hatte. Ein Regal enthielt einige auf verschiedenen Welten gefundene geologische Kuriositäten; die drei Terminals auf dem Schreibtisch erlaubten ihm Zugriff auf alle Programme oder wissenschaftliche Journale, wie er zu lesen wünschte. Hätte man eine dermaßen unlogische Methode anwenden wollen, um die straffe Sauberkeit der Tagesdecke zu prüfen, hätte man eine Münze von der spartanischen Koje abprallen lassen können.

Es gab in diesem Raum nichts, das jemanden oder etwas verbergen konnte, und jede Ecke war sofort vom Schreibtischstuhl aus einsehbar.

Trotzdem stand Mr. Spock auf und ging so, wie Captain Kirk am Abend zuvor, durch den kleinen Raum. Er schaute sich um und lauschte. Er schnupperte beinahe nach Anomalien und weiteren Hinweisen, die mit dem zu tun hatten, was er gehört oder zu hören geglaubt hatte.

Es war natürlich nichts da. Mr. Spock tat die Sache als simple zufällige Klangbrechung ab, speicherte den Zwischenfall für eine eventuelle spätere Überprüfung in seinem Geist ab, zog sich aus, duschte, meditierte und ging zu Bett.

»Jim?« Als die Tür sich hinter Helen schloß, fiel das Licht aus dem Korridor – es war wie immer in der künstlichen Nacht auf der *Enterprise* in diesem Teil der Offiziersunterkünfte gedämpft – in die Augen des Mannes, der hinter dem kleinen Schreibtisch saß. Sie verharrte kurz. Er hatte sich schnell herumgedreht, um sie beim Eintreten anzusehen, und momentan zeigte sein Blick Vorsicht und eine fast animalische Qualität, die seine Augen in die eines Fremden verwandelten.

Doch dann verbarg ihn das Zwielicht, und seine Stimme war die Stimme Jim Kirks. »Helen …« Er stand auf, kam zu ihr und schloß sie in die Arme.

»Jim, einen Moment!« Sie preßte die Hände gegen seine Schultern und schob ihn zurück. Einen Augenblick lang verengte sich sein Griff gierig um ihre Taille. Er zerrte an ihr, und sie verspürte flüchtig eine Kraft, die nicht auf sie hören, die sie nicht loslassen wollte.

Doch im nächsten Moment löste sich sein Griff leicht. Er trat zurück und schaute sie an. Sein Gesicht mit den eigenartigen neuen Sorgenfalten wirkte im Zwielicht unergründlich.

»Was ist los, Jim?« Ihre Stimme bebte leicht, denn sogar in seinen Armen, wo sie den ganzen Tag hatte suchen wollen, was sie trösten konnte, empfand sie eine Art Befremden, als wehre er sie ab, als hielte er etwas zurück. Sein Kopf war nun leicht zur Seite geneigt. Die einzige Nachtleuchte in der Schlafnische hinter ihm fing auf seinem hellen Haar einen schimmernden Rand ein. Er sagte nichts.

»Wir haben … die Wahrheit gesagt«, fuhr sie fort. Sie stolperte über die Worte, verwünschte sich, weil sie nicht wußte, wie sie das sagen sollte, was sie sagen wollte, ohne unbeabsichtigt das zu zerstören, was zwischen ihnen lag. »Bitte, sag mir die Wahrheit.«

»Die Wahrheit worüber?« Seine Stimme war steif, mechanisch, anders. Sie hatte einst geglaubt, sie sei in der Lage, jede Variante und jede Graduierung aus ihr herauslesen zu können …

Sie hatte geglaubt, ihn zu kennen. Was sollte sie jetzt tun? Sollte sie so tun, als sei alles in Ordnung, und darauf hoffen, daß alles wieder ins reine kam?

»Die Wahrheit über mich«, stammelte sie langsam. »Die Wahrheit über … über uns. Heute morgen auf der Brücke, als ich sagte, ich bleibe auf dem Schiff … Da hast du ... Da hast du nur ›In Ordnung, schön‹ gesagt ...« Sie hielt inne, suchte nach Worten, wollte nicht wie eine Schlingpflanze klingen, die ihn gereizt an Versprechungen erinnerte, die sie sich nur einbildete und nun winselte, weil er ihr nicht genug Aufmerksamkeit schenkte. Aber irgend etwas *stimmte* hier nicht. Sie wußte auch nicht, was es war; sie wußte nicht einmal, wieso sie es wußte. Sie war sich seiner Hände, die auf ihren Hüften ruhten, brennend bewußt.

Da er noch immer nichts sagte, fuhr sie schnell fort: »Aber du warst ... überrascht. Jedenfalls hast du so ausgesehen ... Ist es dir nicht recht, wenn ich bleibe? Ich kann noch zurück ...« Ihre ganze Seele schüttelte sich bei der Vorstellung, was Nomias dazu sagen würde.

Sein Schweigen – das Schweigen, das ihr so berechnend erschien – machte sie verrückt. »Jim, sag etwas! Sag mir, was mit dir los ist! Ich weiß, daß du dein Schiff liebst. Ich weiß, daß du deinen Beruf liebst. Ich verlange doch nicht von dir ...« Ihre verzweifelte Stimme versagte. Als sie ihm ins Gesicht sah, konnte sie nur wenig erkennen, da sein Rücken dem gedämpften Licht zugewandt war, aber sie konnte fast sehen, wie sich die Räder seiner Gedanken drehten, wie sie rechneten, wie sie irgendeine Erklärung zusammenschusterten. Ihre Hände spürten die Spannung in den Muskeln seines Brustkorbes, die Unsicherheit, als er zögerte, um das Richtige zu sagen.

Dann erwiderte er gedehnt: »Helen ... Du sagst, ich hätte heute morgen nicht so reagiert, wie du es erwartet hast. Wie hätte meine Reaktion denn aussehen sollen?«

»Darum geht es doch nicht!« sagte sie erschöpft, müde und höchst verwirrt. »Ich möchte nur wissen, *warum* du so reagiert hast!«

Wieder eine lange Pause. Dann, langsam, den Weg

noch immer sorgfältig wählend, als stückele er Einzelteile zuvor erfolgter Gespräche zusammen: »So etwas ist mir noch nie zuvor passiert. Es ist … mir neu …«

Er zögerte erneut, und fuhr dann schnell fort: »Helen, können wir ein anderes Mal darüber reden?«

»Verzeihung!« Gewissensbisse plagten sie. »Ich hätte dir jetzt nicht damit kommen dürfen. Du hast etwas im Transporterraum gesehen – oder gespürt, nicht wahr? Das gleiche, das auch Mr. Spock gespürt hat?«

»Ja.« Er stieß die Worte beinahe hervor. »Ja … Irgend etwas ist an Bord. Ich weiß es. Ich spüre es. Gib mir ein paar Tage Zeit, Helen. Wir werden … darüber reden. Wir werden es klären. Aber nicht jetzt.«

»In Ordnung.« Es ist besser als nichts, dachte sie. Vielleicht hatte es ja überhaupt nichts mit ihr zu tun …

Sie wandte sich zum Gehen, doch plötzlich griffen seine Arme fest zu und zogen sie an ihn. Überraschter als sonst etwas gab sie nach.

Sie hatte sich den ganzen Tag nach ihm gesehnt. Sie hatte sich gewünscht, daß der Tag so endete …

Doch sie wollte nicht seinen Körper; sie wollte sich seiner sicher sein. Trotz seiner Worte empfand sie nur noch tiefere Verwirrung, da sie nicht wußte, ob es angebracht war zu gehen oder zu bleiben – ihre eigenen Bedürfnisse zu beteuern oder sich den seinen hinzugeben. Sie hatte nie zuvor gespürt, daß er als Mann einer Spezies angehörte, die ihr absolut fremd war, und mehr als alles andere hätte sie Uhura gern gefragt, was sie nun tun sollte …

Das krachende Geräusch riß Spock in der desorientierenden Dunkelheit aus dem Schlaf. Er blieb einen Moment lauschend liegen und fragte sich, was er gehört hatte.

Logischerweise, fiel ihm ein, hätte er gar nichts hören dürfen. Obwohl die Schallabdichtung der Mannschaftsquartiere teurer Luxus war, brauchte man zumindest auf Fünfjahresmissionen ein gewisses Maß an Ruhe, und sämtliche Besatzungsmitglieder – auch die wirklich Geselligen, wie Mr. Scott und Bray aus der Instandhaltung – befolgten strikt die Lärmvorschriften. Obwohl Mr. Spock im allgemeinen hinter der Tür jedes Raumes, an dem er vorbeikam, Stimmen hörte – und gelegentlich auch hinter den Wänden seiner eigenen Unterkunft, konnte nicht einmal sein überempfindliches Gehör Worte voneinander unterscheiden,

Doch als er lauschend dalag, hörte er nichts, denn es war mitten in der künstlichen *Enterprise*-Nacht.

Maschinengeräusche? fragte er sich. Aber das kaum wahrnehmbare Summen der Maschinen und Systeme, der Adern und Nerven im metallenen Leib des Schiffes, das den Hintergrund all seiner Wahrnehmungen ausmachte, klang normal. Trotzdem glaubte er, daß das, was er gehört hatte, ein Schiffsgeräusch gewesen war, und kein von Menschen erzeugtes ...

Dann hörte er es erneut. Irgendwo in der Nähe ... Aus irgendeinem Grund ging er nicht davon aus, daß es sich mit ihm im gleichen Raum befand, aber wenn es woandersher kam, hätte er es logischerweise nicht so deutlich hören können.

Klopfte da jemand an ein Schott?

Abgesehen davon, daß es sich um ein Klopfen handelte, war das Geräusch nicht identifizierbar: Es war schwerfällig, heftig, wütend. An seinem Rhythmus war etwas, das ihn zu der Vermutung brachte, daß es empfindungsfähig und nicht mechanisch war. Ein enttäuschter, hoffnungsloser Schrei, den jemand äußerte, der keine Laute ausstoßen konnte.

Der Raum war irgendwie kalt. Ein Zeitnehmer lief, der die hohe Temperatur bei Nacht reduzierte, um das vulkanische Wüstenklima zu simulieren, das seine Physiologie noch immer beherrschte, doch aus irgendeinem Grund empfand er eine kalte, feindselige Klammheit. Spock zog die Decke enger um sich, aber es nützte nichts. Kurz darauf warf er sie beiseite, schaltete das Licht neben der Koje an und ging zur Tür.

Draußen auf dem Korridor konnte er das Klopfen nicht mehr hören.

Als er die matt beleuchtete Reihe der geschlossenen Türen der anderen Offiziersquartiere begutachtete, die sich vor ihm um die Krümmung von Deck 5 erstreckten, fiel ihm etwas ein: Wenn die Harmonien stimmten, war es möglich, daß die Wände selbst bestimmte Geräusche transportierten. Ja, in der Tat, vielleicht waren sie auch für die leisen, fast verstohlenen Geräusche verantwortlich gewesen, die seine Gedanken schon früher an diesem Abend gestört hatten. Aber es hätte auch ohne weiteres ein Geräusch gewesen sein können, das aus dem Gang gekommen war – sein vulkanisches Gehör vernahm häufig die Schritte und Stimmen von Menschen, die sich in dem Gang aufhielten, der an seiner Tür vorbeiführte.

Als Spock wieder in den Raum zurückkehrte, hatte das Klopfen aufgehört. Es war wärmer als zum Zeitpunkt seines Erwachens. Er schaltete das Hauptlicht ein, ging in dessen prosaischem weißen Glanz noch einmal durch die kleine Kabine und untersuchte in der vagen Absicht, daß das Geräusch eventuell durch einen Zugriffs- oder Luftschacht gekommen war, die Ventilation.

Da er nichts Unkorrektes fand, schaltete er das Licht wieder aus und ging zu Bett.

Eine Stunde später war er noch wach. Er hörte stolpernde Schritte. Sie gingen an seiner Tür vorbei. Und er vernahm das gedämpfte Weinen einer Frau, die zu ihrer Kabine unterwegs war.

6

Schon bevor der Alarm gegeben wurde, war die Reise zur Sternbasis Neun sonderbar und merkwürdig beunruhigend.

Anfangs sickerte zu den Stabsoffizieren nur wenig von dem Gerede durch, aber speziell unter jenen, die in den weiter entfernten Ecken des Schiffes tätig waren, kursierte ein Gerücht. Fähnrich Brunowski und Fähnrich Miller äußerten, bei der Arbeit im Hauptcomputerraum auf Deck 8 eine Art Klopfen oder Hämmern gehört zu haben. Zumindest Miller hatte dort gearbeitet. Brunowski aus der Abteilung R&W, Reinigung und Wiederverwertung – bzw. Uniform-Ruinierungsabteilung, wie jene liebevoll die Bordreinigungs- und Molekülzertrümmerungs-/Synthetisierungsabteilung nannten, die nach Feierabend ungern uniformiert waren –, hatte dienstfrei gehabt und seinem Freund Gesellschaft geleistet. Das Geräusch war offenbar irgendwo aus nächster Nähe gekommen, möglicherweise durch einen Luftschacht oder aus den Wänden, aber bevor sie es genauer hatten lokalisieren können, war es verstummt. Miller, ein Schützling Mr. Scotts, den man aufgrund zeitweiser Personalknappheit auf diesem Gebiet zu den Computern abkommandiert hatte, sagte, das Geräusch sei seiner Meinung nach nicht mechanisch erzeugt worden. Ihm war es erschienen, als klopfe etwas oder jemand gegen eine Wand.

Fähnrich Gilden aus der Historik hatte angeblich etwas Ähnliches vernommen, als er im Verbindungsteil auf Deck 11 allein in seinem Quartier gearbeitet hatte. Das Pochgeräusch kam seiner Meinung nach irgendwo aus dem Irrgarten der mit geschichtlichen Dokumenten gefüllten Metallregale, die man auf verschiedenen Planeten gesammelt hatte, damit er sie in den Computer übertrug. Doch er gab zu, daß er sich erst aufgemacht hatte, die Quelle des Geräusches zu suchen, als es schon erstorben war. Gilden war auch einer von mehreren, die sich darüber beschwerten, daß bestimmte Gegenstände – Kaffeetassen, Notizblocks, Ausdruckstapel und Schreibstifte ihren Standort verließen, um dann an Orten aufzutauchen, an denen er sie nicht abgelegt hatte. Ein oberflächlicher Blick in das winzige Quartier des Historikerassistenten lieferte allerdings eine ausreichende Erklärung für das Phänomen der verschwundenen Gegenstände. Trotzdem hätte Gilden, wie Lieutenant Uhura eines Abends auf dem Freizeitdeck anmerkte, in seinem Chaos kaum so lange überleben können, wenn er nicht eine Nase dafür entwickelt hätte, wo er seinen Kram hinzulegen pflegte. Doch ihre Ansicht war die einer Minderheit, jedenfalls am Anfang.

Dies waren also die Dinge, über die man redete. Es gab aber auch solche, die niemand aussprach.

Mr. Scotts winziger Raum in der Ingenieursabteilung war ebenfalls ein Ort, der plötzlich darunter litt, daß bestimmte Gegenstände sich plötzlich anderswo wiederfanden. Das Unerklärlichste war die Kaffeetasse, die von seinem Schreibtisch verschwand und sich anschließend auf einem zwei Meter hohen Gerätespind wiederfand. Mr. Scott verschwieg natürlich auch das eigenartige Gefühl, das ihn überkommen hatte, als er allein im Shuttlehangar gewesen war. Er hatte plötzlich die Gewißheit empfunden, nicht mehr allein zu sein. Das Hangardeck war fast dreißig Meter lang und, da es im Augenblick nicht verwendet wurde, bis auf eine einzelne Reihe auf halber Kraft laufender Lumenflächen, die über die Deckenmitte liefen, sowie den weißen Schein seiner Arbeitsleuchten an der offenen Luke, die er gerade prüfte, unbeleuchtet. Die Shuttles *Herschel* und *Copernicus* ragten am anderen Ende wie Schatten auf, doch das Gebiet rings um die Luke war in alle Richtungen auf etwa zehn Meter erhellt. Scott richtete sich verblüfft auf, denn er hatte nicht gehört, daß die Innentür geöffnet worden war. Er holte Luft, um etwas zu sagen, denn er ging davon aus, es handele sich um einen seiner Assistenten.

Aber es war niemand da.

Es lief ihm kalt den Rücken hinab. Er empfand Kälte und eine irrationale Furcht, die seine Handflächen schweißnaß machte. Er tastete sofort um sich, um seine Arbeitsleuchte hochzuheben und den ihn umgebenden Raum zu erhellen. »Wer ist da?« rief er mit schnell schlagendem Herzen.

Aber niemand antwortete. Die einzigen Geräusche waren das ferne Pulsieren der Triebwerke, das leise Summen der Arbeitsleuchte und das gelegentlich gedämpfte Zirpen des laufenden Prüfgeräts.

Scotty, über sich selbst verärgert, machte sich wieder an die Arbeit. Doch einige Augenblicke später wurden seine Furcht und sein Unbehagen, ganz allein in dem großen, Echos werfenden Raum zu sein, so groß, daß er aufstand. Er nahm die Leuchte mit – eine Vorsichtsmaßnahme, die er unter anderen Umständen nie ins Auge gefaßt hätte, da das schwache Licht der Lumenflächen oben an der Decke zum Sehen völlig ausreichte und er den Hangar so gut wie seine Kabine kannte –, ging zum Hauptschalter hinüber und erleuchtete die ganze riesige Kammer.

Als er wieder an seine Arbeit zurückkehrte, schüttelte er über sich selbst den Kopf. Er ärgerte sich. Eine Tatsache blieb allerdings bestehen: Bei eingeschaltetem Licht fühlte er sich sicherer.

Ungefähr zu dieser Zeit wurde Mr. Spock in den Hauptcomputerraum hinuntergerufen.

»Wir haben es drei- oder viermal gehört, Sir«, meldete Miller und strich mit seiner großen Hand über seinen steifen Bürstenschnitt. »Manchmal klingt es wie ein Pochen. Ich habe es gehört. Giacomo hat es auch gehört ...« Er schüttelte den Kopf. Spock war mit Millers Arbeit vertraut. Er kannte ihn als Mr. Scotts Assistenten in der Ingenieursabteilung und als Ersatzmann für einen höherrangigen Computertechniker. Er wußte, daß man auf sein Urteil bauen konnte.

»Der gesunde Menschenverstand sagt mir, daß es ein mechanisches Geräusch sein muß – schließlich gibt es auf Raumschiffen keine *Mäuse* –, aber sein Auftreten ist so unregelmäßig, daß es mich verunsichert.«

»Faszinierend.« Spock marschierte nachdenklich um das Kernstück des Hauptcomputers herum – einen schulterhohen, zwei Meter langen und fast einen Meter dicken Monolithen. Er war von konzentrischen Kreisen aus Datenspeichern, Terminals, Programmwürfeln, Arbeitstischen, Mikrofilm-Scannern und Monitoren umgeben und in neutralem Flottenblau gestrichen. Seine Stiefel klopften hohl über den höher liegenden Doppelboden, der das Gewirr der Kabel und Leitungen verbarg, die das gewaltige Nervenzentrum mit jedem Bildschirm des Schiffes verbanden. »Wo kommt das Geräusch Ihrer Meinung nach her? Aus diesem Raum?«

»Eigentlich nicht. Zuerst dachte ich, es kommt irgendwie aus dem Boden – hier drunter befindet sich ein etwa vierzig Zentimeter hoher Kriechgang. Aber um der Wahrheit die Ehre zu geben, Sir: Es ist verdammt schwer zu sagen.«

Spock nickte. Es erschien ihm fast unmöglich, daß ein menschliches Gehör, speziell in Sachen Richtungsfindung, so jämmerlich sein konnte, aber es fiel ihm auch schwer zu verstehen, wie Menschen den erdrückenden, widerwärtigen Ansturm tierischer Proteine ertragen konnten, mit denen sie sich regelmäßig vollstopften. Miller hatte wenigstens eine korrekte Meldung abgegeben. Vielleicht war die eigenartige Beschaffenheit des Geräusches, dessen Richtung man nicht bestimmen konnte, bezeichnend für das Phänomen.

»Danke, Fähnrich«, sagte Spock. Er trat wieder an den Arbeitsplatz, an dem er seine kleine Feuerwehrausrüstung zurückgelassen hatte, um ihr eine Taschenlampe zu entnehmen. »Ich bleibe eine Weile hier. Machen Sie weiter.«

Spock hatte ein Stunde und zwanzig Minuten gearbeitet, ohne etwas zu finden, als er das Geräusch selbst hörte.

Ihm fiel auf, daß irgend etwas nicht stimmte, als das plötzliche Plärren der kratzigen, exotischen Musik aus dem Raum über ihm erklang. Er lag gerade in der Enge des Hohlraums unter dem Boden und prüfte mit der Taschenlampe und einem Ionenstrahl akribisch jeden Zentimeter Kabel und Draht. Das Geräusch ließ Spock zusammenzucken, und er konnte gerade noch verhindern, daß er mit dem Kopf an die Unterseite des doppelten Bodens knallte. In der Musik erkannte er eine der übertriebeneren Formen dessen, was man auf der Erde eventuell als Schlagermusik bezeichnet hätte, und auch wenn es ihm ein Rätsel war, wie jemand bei diesem Gedudel arbeiten konnte, wurde ihm klar, daß irgend jemand – wahrscheinlich Miller – irgendwo im Raum einen Recorder eingeschaltet hatte.

Kurz darauf fiel ihm auf, daß er das hohle Trommeln der Schritte nicht gehört hatte, die über den Boden hätten gehen müssen, um das Gerät einzuschalten.

Spock tauchte aus der Luke auf und lokalisierte die Anlage, einen glatten schwarzen Kasten von der Größe seiner Hand, die in einem Regal mit Ersatzbatterien lag.

Er schaltete sie ab, blieb stehen und schaute sich in dem leeren Raum um.

Wenn jemand von der Tür aus zum Regal gegangen wäre, hätte er es bestimmt gehört.

Mit dem abrupten Verstummen des Geräusches wirkte die im Raum herrschende Stille noch tiefgründiger. Der Hauptcomputerraum lag im Herzen von Deck 8 und war ein Nervenzentrum, das man sorgfältig gegen den Fall eines Angriffs oder einer Katastrophe schützte. Obwohl der Raum auf einer Seite von Freizeitanlagen und auf einer anderen von der R&W umgeben war, war seine Abschirmung dergestalt, daß von den Gängen und Räumen außerhalb kein Geräusch zu ihm durchdringen konnte. Spock stand da, wiegte den Recorder leicht in seinen knochigen Händen und lauschte. Ihm war, als prickele ein eigenartiges, schleichendes Unbehagen auf seiner Haut, das seine Atmung, wenn auch nur für einen kurzen Moment, beschleunigte.

Es war natürlich absurd. Spock holte ruhiger Luft und konzentrierte sich darauf, der Ursache dieser – Furcht? – auf den Grund zu kommen. Sein Gehör war so scharf, daß es Schallwellen entdecken konnte, die kein anderer vernahm, aber im Moment war nichts dieser Art zu vernehmen. War es also vielleicht ein Geruch? Es gab furchteinflößend wirkende Gase, und das Ventilationssystem der *Enterprise* war hinreichend selektiv, daß man ein Gebiet damit hätte fluten können, ohne die danebenliegenden Räume zu verschmutzen. Spock trat schnell an einen Leseschirm, gab den Kode für die Luftqualitätsmeldung ein und stellte fest, daß mit den kurz darauf vor seinen Augen aufblitzenden Zahlen, die den Schirm füllten, alles in Ordnung war. Und ebensowenig konnte man irgend etwas für das plötzliche Gefühl der eisigen Kälte verantwortlich machen.

Dann hörte er ganz in seiner Nähe ein Klopfen.

Miller hatte recht. Das Geräusch hatte ganz und gar nichts Mechanisches.

Es war allerdings praktisch identisch mit dem Klopfen, das er schon zuvor in seiner Kabine gehört hatte, siebzehn Stunden nach der Abreise von Midgwis. Es war weniger heftig und weniger wütend. Warum, fragte sich Spock, beharre ich darauf, es in einem emotionellen Zusammenhang zu sehen? Wieder eine unterschwellige Ahnung, die es zu untersuchen galt …

Und wie Miller gesagt hatte, war es praktisch unmöglich herauszukriegen, aus welcher Richtung es kam.

Erst jetzt wurde Spock klar, daß er den Recorder noch in den Händen hielt. Miller würde zwar zweifellos etwas gegen den Verlust seiner Unterhaltungssoftware haben, aber Spock schaltete das Maschinchen auf multidirektionale Aufnahme. Dann wandte er sich der Tastatur des nächsten Monitors zu, um in dem Raum, in dem er sich aufhielt, sämtliche Lebensformen, Energiequellen, die Atmosphäre, die Schwerkraft und alles andere zu messen.

Er bekam nicht das geringste Ergebnis. Keine Anomalien, nichts Unerklärliches.

Noch bevor der Computer damit fertig war, ihm die Informationen zu geben, endete das Klopfen.

Als Spock den Recorder später abspielte, stellte er fest, daß die Maschine zwar Radovic Ja'ans *Mir schlottern alle Knochen* gelöscht, aber keinen Laut aufgezeichnet hatte.

Fähnrich Reilly war der erste, der das Wort ›Geist‹ aussprach.

»Pah«, sagte Chekov und mischte seine Karten. »Wer traut schon einem Iren, der an Geister glaubt …«

»Jedenfalls kannst du jedem Iren trauen, der sagt, er

kann dich beim Zocken schlagen. Wer behauptet denn, daß es keine Geister gibt? Habt ihr Russen nicht das Worodny-Institut gegründet ...?«

»Sicher. Aber wir haben es korrekt gemacht – nämlich streng wissenschaftlich.«

Reilly schnaubte. Am anderen Ende des langen Tisches im Freizeitraum waren Uhura und Chapel damit beschäftigt, die Stücke des neuesten Puzzles der Kom-Spezialistin zu sortieren. Auf der anderen Seite des Raumes spielte der vierschrötige, dunkelhaarige und in einem schlampigen roten R & W-Overall gekleidete Fähnrich Brunowski auf dem Piano selbstsicher und mit überraschend leichter Hand einen Ragtime. Fähnrich Tracy Giacomo sang zur großen Erheiterung einiger jüngerer Dienstgrade eine recht skurrile Raumfahrerballade.

»Und ihr habt auch so gut wie nichts herausgekriegt, nicht wahr?« konterte Reilly und schob seinen Spickzettel ein Stück von Chekov fort.

»Weil's nichts herauszukriegen gab«, erwiderte der Russe und schaute von seiner enttäuschenden Sammlung aus Fünfen und Sechsen auf. »Warum sagst du nicht einfach, wir haben einen Werwolf an Bord, und beläßt es dabei?«

Sulu, der über Uhuras Schulter kiebitzte, lachte. »Kannst du dir einen Werwolf auf einem Planeten mit vier Monden vorstellen, die nacheinander voll werden? Er würde einen Nervenzusammenbruch kriegen ...«

»Oder einen Vampir auf einer Welt wie Trigonis, die drei Sonnen und die größten Silbervorkommen in der Galaxis hat?« fügte Uhura hinzu und schaute mit einem schelmischen Grinsen von ihrem Spiel auf.

»Über alles müßt ihr spotten, ihr Heiden«, sagte Reilly heiter. »Es müßte aber schon ein sehr gerissener Werwolf oder Vampir sein, der in ein Labor eindringt und alles verschüttet, was man verschütten kann, nicht, Christine?«

»Das war doch nur ein Unfall«, sagte Uhura schnell. Doch als sie ihre Freundin anschaute, damit diese es bestätigte, war der Blick der Krankenschwester nach unten gerichtet, auf die hellen, bunten Plastikteilchen, die sie über die Tischplatte bewegte, und ihr schmales Gesicht war gerötet.

»Einmal ist Zufall, meint das Genie«, hetzte Reilly und warf eine Locke zurück, die ihm von der Stirn in die Augen hing. »Aber zweimal ist Glückssache. Wie oft ist es passiert, Chris?«

Chapel hob den Blick, um Uhura anzusehen. »Mit der Sache von gestern nacht«, sagte sie leise, »war es viermal.«

»Viermal!«

In der erschreckten Stille hörte man die ziemlich durchdringende Stimme von Unteroffizier Zink, die gerade an mehrere interessierte Dritte Einzelheiten aus dem Liebesleben einer ehemaligen Zimmergenossin zum Besten gab. Rund um das Piano fegte ein Lachsturm, und drüben an den Essensautomaten ließ sich Lieutenant Bray von der Instandhaltung über die Vorstellungen aus, die das Küchenmaschinenprogramm von Kakao hatte.

»Die Labors waren jedesmal abgeschlossen«, fuhr Chapel mit gedämpfter, unbehaglicher Stimme fort. »Es ist nie das gleiche Labor. Es sind nur die, in denen Flüssigkeiten lagern. Es ist auch zwecklos, die Reagenzgläser abzudecken; die Hüllen werden abgezogen, ohne daß die Gläser selbst zerbrochen werden.« Sie nahm ein Stück mit geradem Rand aus dem vor ihr ausgebreiteten Wirrwarr, als sei es von entscheidender Bedeutung, und schob es, ohne den Blick je auf ihre Zuhörer zu richten, dorthin, wo die restlichen Randstücke lagen.

»Hast du schon mal versucht, im Labor zu bleiben und die Augen aufzuhalten?« fragte Reilly. Er stützte sich, von der Aussicht fasziniert, eine Geistergeschichte zu hören, auf die Ellbogen.

Die Blondine nickte. »An dem Abend, an dem sämtliche Flaschen im Schnapsschrank des Doktors geöffnet und ausgeschüttet wurden.« Sie nahm ein weiteres Randstück. Ihre langen Finger arbeiteten so gewandt, als manipuliere sie diverses Laborzubehör oder führe einen Kampf um Leben und Tod. Sie strahlte selbst in Freizeitkleidung – einem Manövertrikot und einem ausgebeulten Starfleet-Pullover – etwas Dienstliches aus; eine stille Reserviertheit, die sie meist älter wirken ließ, als sie eigentlich war.

»Gestern abend haben wir in allen Labors Recorder aufgestellt. Drei davon haben bestens funktioniert. Der vierte – er stand in dem Labor, in dem die Becher umgekippt wurden – hat nichts aufgezeichnet. Er muß eine Fehlfunktion gehabt haben, obwohl er morgens noch ausgezeichnet funktioniert hat. Er ist einfach ... nicht angegangen.«

Reilly und Chekov hatten ihr Spiel aufgegeben und rutschten näher, um ihr zuzuhören, doch es fiel auf, daß Reilly seine Karten behielt. Obwohl Helen Gordons Sitz sich in der Nähe befand – durch eine groteske Topfpflanze, die allen unter den Namen Menschenfressendes Ungeheuer bekannt war, halb vom Tisch verborgen –, schaute sie nicht von dem kleinen Leseschirm an ihrer Sessellehne auf, doch Uhura sah, daß sie den Knopf für die nächste Bildschirmseite seit zehn Minuten nicht mehr bedient hatte.

Chapel suchte ein weiteres Stück aus der Masse heraus und legte es nach einem nachdenklichen Moment neben ein anderes, das offenbar sein Gefährte war. »Das Eigenartige ist«, fuhr sie fort, »daß etwa die Hälfte der Flüssigkeitspfützen ... berührt worden sind. Als hätte jemand einen Finger an ihren Rand gelegt und mit der Flüssigkeit Schlieren gezogen ... Manchmal ist irgendein verschüttetes Pulver mit hineingemischt worden. Ich rede hier von Flüssigkeiten, die hochätzende Wirkung haben und die Fingerspitzen eines Menschen in Sekundenschnelle bis auf den Knochen verbrennen. Im Gegensatz zu dem, was Mr. Spock meint – daß es einfach ist, ein Sicherheitsschloß zu knacken; was vielleicht fürs erste Mal zutrifft, da wir seither alles zehnfach abgesichert haben –, sieht es eigentlich nicht so aus, als würde uns irgendein Besatzungsmitglied üble Streiche spielen.«

Giacomo hatte ihr Lied beendet, doch inmitten des Geschnatters und der Gespräche rund um das Piano konnte man Brunowski noch immer spielen hören. Er wechselte mit einer Lässigkeit, die nicht im geringsten zu seinem abenteuerlichen Äußeren paßte, von Ragtime zu Vivaldi. Miller hatte sich zu ihm auf die Bank gesetzt; kurz darauf fädelte sich das liebliche Klagen einer Harmonika in die Melodie ein.

»Was aber noch nicht bedeutet, daß es ein Geist war«, sagte Chekov stur. »Es ist beispielsweise niemand gestorben ...«

»Mach dich doch nicht lächerlich, Alter«, konterte Reilly. »Seit Anfang unseres Unternehmens haben wir Dutzende verloren!«

»Es ist aber viel wahrscheinlicher«, sagte Sulu ruhig, »daß wir es mit einem Eindringling zu tun haben.« Er war aus der nebenan liegenden Turnhalle gekommen und trug ein eng anliegendes schwarzes Trikot. Seine schweißbedeckten nackten Arme und sein Gesicht glänzten im sanften Licht wie geöltes Eichenholz.

»Wer macht sich hier lächerlich?« gab Chekov zurück. »Wir haben das Schiff wiederholt von allen Seiten geprüft und nicht die geringste Spur von einem Eindringling gefunden. Und außerdem: Warum sollte ein Eindringling seine Zeit damit verbringen, in Dr. McCoys Labors einzubrechen, um irgend etwas zu verschütten?«

Uhura stand im Schutz des allgemeinen Lärms mit der für sie typischen Tänzerinneneleganz auf und ging an dem Menschenfressenden Ungeheuer vorbei dorthin, wo Helen noch immer schweigend in ihrem Sessel saß. Sie legte eine schlanke Hand auf die Schulter der jüngeren Frau. Helen zuckte zusammen und schaute auf.

»Was ist los?« fragte Uhura leise.

Helen sah nicht gut aus. Ihre haselnußbraunen Augen waren von dunklen Erschöpfungsringen umgeben, und die angespannten Linien, die von der Nase zum Mund und rings um die Augen liefen, wirkten wie tiefe Rinnen. Sie war still gewesen, zu still, und als Uhura nun auf sie hinabschaute, sah sie etwas Verquollenes, das von Tränen kündete – keine geflossenen und vergessenen Tränen, sondern Tränen des hoffnungslosen Klagens, die immer wieder kamen, wenn sie allein in der Gästekabine war, die sie bewohnte, bis man sie auf Sternbasis Neun offiziell in die Flotte aufnahm.

»Hör mal«, sagte Chekov ungeachtet der Tatsache, daß Reilly ihm listig grinsend in die Karten linste, zu Chapel, »es muß sich doch irgendwie in den Messungen bemerkbar machen. Mit einem Ionenscanner kann man sogar elektrostatische Lebensformen messen ...«

»Aber nur die, die wir kennen«, konterte Sulu.

»Außerdem gibt es auf Midgwis keine elektrostatischen Lebensformen ...«

»... die wir kennen«, wiederholte Sulu. »Ich weiß, daß der Captain eine Subraum-Anfrage an das Forschungsteam gesandt hat, um sich danach zu erkundigen ...«

»Es ist nichts«, sagte Helen auf Uhuras Frage, ihre Stimme war fast unhörbar unter dem allgemeinen gutmütigen Lärm, der sie umgab. Ihre Hand spielte nervös an den Kanten des Lesebildschirms, und Uhura sah, wie abgebissen ihre Fingernägel waren, wie zappelig ihre Berührung. Es bereitete ihr Unbehagen, wenn sie sah, daß Helen sich von der starken, selbstsicheren Frau, die mit der Forschergruppe an Bord gekommen war, zu etwas anderem verändert hatte. Es gefiel ihr nicht einmal, daß sie nichts mehr mit der Frau gemein hatte, die, sich ihrer Zukunft ungewiß, doch zuversichtlich, daß alles gut ausgehen würde, auf die Brücke gekommen war, still in Kirks Gesicht gesehen und gesagt hatte, sie beantrage ihre Versetzung auf die *Enterprise* …

Irgend etwas war seither passiert. Irgend etwas Drastisches.

Helen sagte langsam, ohne ihre Freundin anzusehen: »Ich … Es ist nur so, daß ich … daß ich beschlossen habe, doch nicht in die Flotte einzutreten. Wenn wir Sternbasis Neun erreichen, frage ich per Subraumfunk auf Midgwis an und erkundige mich, ob man mich noch haben will.«

Uhura sagte eine Weile nichts. Die Tür des Freizeitraums ging auf, Mr. Spock trat ein. Er durchquerte den Raum mit der für ihn typischen, merkwürdig eleganten Reserviertheit und ging zum Schachbrett, wo er anfing, die Figuren für eine Partie aufzustellen. Uhura entging nicht, daß Christine Chapel den Kopf wandte, und daß sich der hoffnungsvolle Blick ihrer Augen schnell zu sorgfältig verborgenem Schmerz veränderte. In der Regel machte Mr. Spock sich nicht die Mühe, irgend jemanden zu begrüßen, wenn er so den Raum betrat, weil kein logischer Grund dafür vorlag, aber Uhura wußte, daß Chapel – obwohl sie als erste zugab, daß es unlogisch war – sich verletzt fühlte, wenn sie derart ignoriert wurde.

Verdammt, dachte Uhura unglücklich, *kapiert sie denn nicht, daß sie von einem ausgetrockneten Brunnen Wasser verlangt?*

Dann fiel ihr Blick wieder auf Helen. »Möchtest du,

daß ich ihnen die Nachricht sofort schicke?« fragte sie leise.

Helen schüttelte den Kopf. »Wir haben doch noch keine Nachricht von ihnen erhalten – nicht einmal eine Antwort auf die Anfrage, die der Captain ihnen geschickt hat.« Abgesehen vom Protokoll war etwas bewußt Zurückhaltendes in der Nennung von Kirks Titel, als versuche sie, ihn damit von sich abzutrennen.

Uhura runzelte leicht die Stirn. Die Funksprüche hatten sie beunruhigt. »Nein, sie haben nicht geantwortet«, sagte sie langsam. »Allmählich bereitet es mir Sorgen. Ich habe den Subraum-Sender, den wir ihnen mitgebracht haben, persönlich überprüft. An ihm kann es unmöglich liegen.«

»Vielleicht sind sie beschäftigt ...«

»Zu beschäftigt, um eine Frage über einen möglichen Eindringling auf einem Starfleet-Schiff zu beantworten? Derlei gehört doch zu den höchsten Prioritäten aller ...«

Die Tür des Freizeitraumes ging auf, und Captain Kirk trat ein. Er blieb im Türrahmen stehen und schaute sich um, wie es seine Art war. Als Uhura auf die schmucke, breitschultrige Gestalt in dem goldbraunen Kommandohemd blickte, fiel ihr auf, daß auch er wie ein Mensch aussah, der die Nacht damit zugebracht hatte, in der Dunkelheit seiner Kabine mit Dämonen zu ringen. Sein Gesicht war, wie das Helens, angespannt und müde, wenngleich er es besser tarnte. Das Lächeln, das er aufsetzte, als er den Raum in Richtung Spock und Schachbrett durchquerte, war ein angespannter Abklatsch seines üblichen Grinsens. *Aber Spock fällt es natürlich im Leben nicht ein, ihn danach zu fragen,* dachte Uhura mürrisch. Von Christine hatte sie gehört, daß der Captain McCoy und das Lazarett wie die Pest mied.

Sie sah, daß sein Blick auf Helen fiel. Er hielt inne. Aber Helen sprang schnell auf, und bevor Uhura oder

Kirk etwas sagen konnten, durchquerte sie den Raum in Richtung Tür, die sich vor ihr öffnete. »Helen ...«, sagte Kirk, aber sie war schon verschwunden.

Er blieb eine ganze Weile stehen und musterte die geschlossene Tür, und in dem grüblerischen Ausdruck seiner zusammengekniffenen braunen Augen war etwas, das Uhura verstörte und angst machte.

7

»Weißt du genau, daß wir deswegen keinen Ärger kriegen?« Fähnrich Gilden verlagerte das Gewicht der Kiste, die er auf den Armen trug, und die sperrigen Vierecke der dicken Papierbücher verschoben sich. Es war eine Gesamtausgabe der Margolian-Romane, mit den Originalumschlägen von Brodnax. Um diese Zeit der Spätschicht waren die medizinischen Labors, die den langen, vom Aufzug im Verbindungsteil zur Notbrücke im Diskuszentrum führenden Gang flankierten, in der Regel verlassen. In dem schlechten Licht schien es, als hätten die schattenhaften Gestalten des Historikerassistenten und der Anthro/Geo-Mitarbeiterin eine verstohlene Aura, die auch nicht durch die robusten Kunststoffkisten fester wurde, die sie und der mechanische Frachtläufer schleppten, der wie ein überladener Packesel hinter ihnen herfuhr.

»Wir tun doch nichts Ungesetzliches«, sagte Unteroffizier Emiko Adams.

»Es ist also nicht ungesetzlich, Fähnrich Miller zu bestechen, eine Rumpfsektion zu leeren und zu belüften?«

»Ich habe ihn doch nicht bestochen«, erläuterte Lieutenant Bergdahls Mitarbeiterin gelassen. »Und wenn Brunowski Danny überreden kann, eine Rumpfsektion unten auf Deck 23 so zu belüften, um dort sein Geheimlabor aufzubauen, haben wir doch wohl das gleiche Recht, Gegenstände von antiquarischem Wert einzulagern.«

Gilden zog leicht den Kopf ein – er war ein dünner, mittelgroßer, niedergeschlagen aussehender junger Mann, und seine Schultern waren in dem roten Uniformhemd leicht nach vorn geneigt. »Na ja«, sagte er bescheiden, »was den antiquarischen Wert angeht, bin ich mir nicht so sicher ...«

»Aber natürlich sind die Originalfaxe der Bulletins aus dem Castor-Krieg von antiquarischem Wert«, konterte Adams munter. Ihr zartes, ovales Gesicht – mit den glatten Wangenknochen und den strahlend schwarzen Augen, die ebenso wie ihre winzige Körpergröße ihre privates Dilemma waren – lugte um die Ecke der gewaltigen Kiste, die die mongesischen Romanzen enthielt, eine vollständige illustrierte Ausgabe aller Zyklen. »Und es ist mir *gleich*, wenn die Computerjockeys sagen, wir sollen nur einzelne Romane kopieren – oder die ›besten‹ aus einer Serie. Wer sind wir denn, daß wir sagen können, daß die echten Schundromane nicht ebenso lustig sind? Kopien ›relevanter‹ Artikel aus dem *Erdlog*-Journal sind doch nicht das gleiche, wie sie durchzublättern oder in den Händen zu halten.«

»Tja ...«, sagte Gilden, dem es ein bißchen peinlich war, daß er seinen Packratteninstinkt nicht hatte zügeln können. »Tatsache ist, daß man uns nicht genug Lagerraum gibt, nicht mal zur ›Zwischenlagerung‹. Es heißt immer: ›nur bis zur Eingabe‹ ... Haben die Leute, die die Vorschriften machen, eigentlich eine Ahnung, wie lange es *dauert*, ein ganzes Buch in einen Computer zu füttern? Selbst mit automatischem Scannereinzug? Und dann die Überprüfung der Transkription? Außerdem muß man auch noch alles indizieren und die Analyse prüfen. Und was kriegen wir dafür? Zwei vom Aussichtsraum am Ende von Deck 11 abgetrennte Räume. Und darum haben wir noch kämpfen müssen! Auf Deck 21 gibt es eine *Kegelbahn*, aber zu uns sagen sie:

Schmeißt das ganze Papier weg, nachdem das relevante Zeug eingegeben ist …«

»Die Kegelbahn ist in jeder Schicht voll«, erläuterte Adams. »Sie gehört zu den beliebtesten Freizeiträumen auf dem ganzen Schiff.«

»Und das stinkt mir! Die Leute sollten mit ihrer Zeit etwas Besseres anfangen. Und außerdem«, fügte Gilden hinzu und zog seine spärlichen Brauen zusammen, »könnte ich es nicht mal dann zulassen, daß es einfach weggeworfen wird, wenn ich das Zeug eingegeben habe. Ich weiß zwar, daß es Exemplare in der Sondersammlung des Instituts, auf Memory Alpha und anderswo gibt, aber … Ich kann es einfach nicht.«

»Du solltest es auch nicht«, sagte Adams. In ihren Knopfaugen war ein sanfter, nostalgischer Blick, denn auch sie war eine Packratte.

Als sie an einem Schott vorbeikamen, hinter dem Stimmen zu hören waren, wurden sie leiser. Die Stimmen gehörten Sicherheitschef DeSalle und dem Schiffsfotografen, die die Computeranalyse der neuesten Laboreinbrüche untersuchten. Gilden und Adams beschleunigten ihren Schritt. »Außerdem ist es haarsträubend, daß es keinen Gang vom Verbindungsteillift auf Deck 8 zum Hauptlift gibt«, keuchte Gilden, als sie sich in die Nische am Biochemielabor duckten, wo sich die Turbolifttüren befanden. »Wir müssen direkt an DeSalles Büro vorbei …«

»Wir hätten den Turbolift direkt vom Verbindungsteil aus nehmen können.«

»Das macht um diese Zeit der Spätschicht niemand«, erklärte Gilden. »Jemand könnte sich fragen, wer noch so spät fünfzehnmal hin und her zum Mast rennt. Es wird alles vom Hauptcomputer verarbeitet, und der bereitet es für die Flottenstatistik auf … Was glauben die eigentlich, was wir vorhaben – die Küchenmaschinen ausrauben?«

Die Türhälften des Turbolifts glitten auf. Adams und Gilden mußten eine Reihe von Manövern ausführen, um sich, ihre jeweiligen Lasten und die hochgestapelte Masse des Frachtläufers gleichzeitig hineinzubugsieren. Adams mußte beträchtliche Schaltungen mit dem kleinen Handknebel ausführen, der das Ding steuerte, um die kurzlebige Papierlast zwischen den sich schließenden Türhälften hindurchzukriegen. »Ich frage mich, wie das eigentlich in einem Notfall ablaufen soll. – Deck neun«, fügte er hinzu und sprach zur Decke hinauf.

»Dort ist das Nahrungsförderband«, erklärte Adams, als der Turbolift sich surrend aktivierte. »Er führt vom Mast nach Deck acht.«

Gilden schnaubte geringschätzig.

In der Materialausgabe auf Deck 9 herrschte absolute Stille, aber man hörte das leise Pulsieren der Molekularzertrümmerer, und darunter das kaum wahrnehmbare Flüstern der Generatoren. Wie das leise Schlagen des Schiffsherzens. Deck 9 und 10 des Diskussegments waren, wie die tieferen Decks der Technischen Sektion, der automatisierte Bauch, auf dem die *Enterprise* mit ihrer Mannschaft reiste; hier fanden die namenlosen mechanischen Prozesse statt, ohne die die Strategen der Brücke, die Genies in den Laboratorien und die klugen Computer nur witzlose Eintagsfliegen waren – hilflos vor dem kalten schwarzen Vakuum der Entropie und des Weltraums. Hier gab es weder eine Nachtschicht noch eine erwähnenswerte Tagschicht; nur eine gelegentliche Patrouille, die dafür sorgte, daß die Dinge so funktionierten, wie sie es sollten. Die riesigen, Echos werfenden Räume mit den dichtgedrängten, verwinkelten Maschinen und ihrem Kabel- und Röhrengewirr waren fast dunkel. Gilden und Adams bewegten sich unbehaglich an der gekrümmten Wand des finsteren Korridors entlang. Das Klicken ihrer Stiefelabsätze und das leise Summen des Frachtläufers hallten auf eigenartig beruhigende Weise wider.

»Hier.« Adams stellte ihre Kiste in der düsteren, merkwürdig riechenden Kaverne der Organischen Fabrikation ab und machte sich mit einem kleinen Ganymed-Schraubenzieher an die Arbeit, die Bolzen eines Schotts zu lösen. »Miller hat drei Abschnitte für dich belüftet; den unter diesem hier und den großen darüber. Es müßte ein Haufen Platz sein …«

»Was für ein Typ«, sagte Gilden bewundernd, schob den Kopf durch die entstandene Öffnung und schaute sich um. Der Raum hinter dem Schott war völlig schwarz. Adams nahm eine kleine Taschenlampe von ihrem Gürtel und leuchtete um sich. Die Kammer war etwa drei mal fünf Meter groß und roch noch immer schwach nach der leicht ekligen Schärfe der rohen Kohlenstoff-Wasserstoff-Sauerstoff-Stickstoff-Ladung, die sie enthalten hatte: die Grundelemente, aus denen an Bord Nahrung und Wasser fabriziert wurde. Es war eiskalt hier drin, und ihr Atem wehte weißlich im mattgelben Strahl der Lampe.

»Danny sagt, er würde zusammen mit dem Druck etwas Wärme von den Stromleitungen aus den Molekülschleudern hier einleiten. Er sagt, dann wird es etwas wärmer.«

»Nett von ihm. Ich könnte Papier niemals wehtun.« Gilden duckte sich durch, stellte die Bücherkiste ab und machte sich daran, den Frachtläufer zu entladen. »Ich muß irgend etwas tun, um ihm zu danken.«

Adams schüttelte lächelnd den Kopf. »Er ist mir noch was schuldig«, sagte sie. »Ich habe ihm und Brunowski geholfen, das Computerterminal reinzustellen.«

»Wofür denn?« fragte Gilden verdutzt.

Adams' Grinsen wurde breiter. Sie verlor das Aussehen von geishahafter Zerbrechlichkeit und wurde zu einer typischen Straßengöre. »Nicht für was Illegales«, versicherte sie ihm.

Gilden dachte darüber nach, was er von Dan Miller und John Brunowski wußte, und sagte eilig: »Ich glaube, ich möchte es lieber nicht wissen.«

Adams duckte sich unter die Schottöffnung, und nachdem auch ihr Freund herausgekommen war, schraubte sie die Platte wieder fest. »Hier, das wirst du brauchen.« Sie reichte ihm den Ganymed. »Also, es ist nicht so, daß sie etwas klauen oder schmuggeln wollen, daß sie Schnaps brennen, Glücksspiele betreiben oder Flottengeheimnisse an die Klingonen verscherbeln ... So was ist es nicht.«

»Und wozu brauchen sie dann einen Computerterminal mit Laborqualität? Und eine Küchenmaschine? Und ...?«

»Tja, es ist halt so, daß John ...« Adams brach plötzlich ab und schaute sich jäh um. Die riesige, stille Kammer erschien ihr schlagartig tödlich kalt. »Spürst du es auch?« hauchte sie. Gilden hob eine Hand, um sie zum Schweigen zu bringen. Sein Gesicht war über dem gestutzten Bart kalkweiß.

Irgend etwas hielt sich in dem Fabrikationsraum mit ihnen auf. Sie wußten und spürten es beide. Die Kälte hatte mit dem eisigen Vakuum des Weltraums da draußen nichts zu tun. Es war irgendwie lebendig, man spürte es ... Es befand sich irgendwo in ihrer Nähe, zwischen den geduckten Formen der Molekülschleudern, verborgen in der Finsternis. Von dort aus, wo sie an die Wand gedrückt standen, war der größte Teil des Raumes nicht einsehbar. Er verlor sich im Dunkel und in der Krümmung der Wände, die neunzig Grad der Untertassenkrümmung einnahmen. Doch aus irgendeinem Grund hatte Adams das Gefühl, daß es sich in ihrer Nähe aufhielt ... und bewegte.

Gilden flüsterte neben ihr einen archaischen Fluch.

Ihre Hand suchte automatisch die seine. Etwa sieben oder acht Meter von ihnen entfernt ragte der rechteckige Umriß der Tür auf … *Wenn wir rennen …*, dachte Adams. *Wenn wir es bis dorthin schaffen … Was ist, wenn sie nicht aufgeht?*

Irgendwo zwischen den aufragenden Monolithen der Maschinen fing es an zu klopfen. Ein schwaches, pochendes Geräusch, das metallisch und hohl klang. Adams tastete mit ihrer Taschenlampe umher und leuchtete in die Richtung, aus der das Geräusch kam. Doch da bewegte sich nichts, da rührte sich kein Schatten. Nur das hohle Klopfen. Wie etwas, das sich einen Weg ertastete …

Gilden schob sie mit plötzlicher Kraft auf die niedrige Plattform des Frachtläufers, riß ihr das Steuergerät aus der Hand und stellte den Knebel auf volle Geschwindigkeit. Der kleine Karren schoß winselnd auf die Tür zu, die vor ihnen aufflog und sich, als sie auf den gekrümmten Gang hinauskamen, im Dunkeln hinter ihnen schloß. Sie wappneten sich gegen das Zerren der Zentrifugalkraft und jagten zum Turbolift, so schnell der Motor des Karrens sie tragen konnte. Sie stiegen erst ab, als sie den Lift erreicht hatten, dann sprangen sie hinein und rissen den Frachtläufer hinter sich her, statt ihn mit der Fernbedienung zu lenken.

Sie fuhren mit dem Lift über Deck 7 zum um diese Zeit verlassenen Aufenthaltsraum im Verbindungsteil von Deck 11, ohne sich auch nur im geringsten darum zu scheren, in welcher Statistik diese Fahrt nun auftauchte. Keiner von ihnen wollte aussteigen und zu Fuß durch den matt beleuchteten, Echos werfenden Korridor gehen, der zwischen den Zentral- und Verbindungsteilaufzügen verlief.

Erst als sie wieder in Gildens Büro waren, fanden sie die Sprache wieder. Er hauste in einer vollgestopften Bude, die, wie er gesagt hatte, vom Aufenthaltsraum im Verbindungsteil abgetrennt worden war. Sie war vom Boden bis zur Decke und an ansonsten schulterhoch mit alten Büchern, Zeitschriften, zahllosen Schriftrollenkartons, Briefschnellheftern und Schachteln voller Notizen gefüllt – den Originalunterlagen historischer Aufzeichnungen, die er auf allen Planeten gesammelt hatte, auf denen die *Enterprise* gewesen war. Sie entstammten jeder Kultur und Zivilisation, die sie entdeckt oder erforscht hatte, und warteten darauf, daß sie verarbeitet, eingegeben und zur weiteren Verwendung an die zentralen Speicherbanken der Föderation auf Memory Alpha gesandt wurden. Manches davon hatte seit Jahren – oder Jahrzehnten – niemand mehr angeschaut, nicht mal auf den Planeten, von denen es kam. Im matten Licht der kleinen Schreibtischlampe hatte der Raum die klaustrophobische Ausstrahlung einer Höhle. Adams kuschelte sich nervös zwischen zwei Mammutstapeln alter Bücher und den Videoaufzeichnungen irgendwelcher Abenteuerserien in einen Sessel, während Gilden heißes Wasser aus dem Nahrungsschacht holte: ein Vermächtnis aus der Zeit, als der Raum noch zum Aufenthaltsraum von Deck 11 gehört hatte.

»Echter Lakritztee, hab ich auf Sternbasis Zwölf gekauft«, sagte er und reichte ihr eine nicht sehr saubere, dafür aber hübsch verzierte Tasse. »Die Synthetisierer haben nur Kamille und Minze, und beides schmeckt mehr nach gemähtem Rasen.«

Adams stieß ein leises Kichern aus. Ihre Hand zitterte noch, als sie die Tasse nahm. »Danke.« Gilden wirkte noch immer sehr blaß, und als er seine eigene Tasse nahm, hätte er sie beinahe umgestoßen.

Ihre Blicke trafen sich.

»Melden wir es?«

Adams erinnerte sich an die furchtbare Kälte und das überwältigende Gefühl der Angst. Ihr war klar, daß irgend etwas, das man nicht sehen oder aufspüren konnte, mit ihnen zusammen in dem Raum gewesen war … »Möchtest du erklären, was du um diese Zeit unten in der OrgFab gemacht hast?«

Gilden zögerte. Er war sichtlich hin und her gerissen zwischen seinem Pflichtgefühl und dem, was der Historiker des Schiffes über das Beiseiteschaffen nutzloser Papiere sagen würde, die schon in den Computer eingegeben waren. Er dachte an den Rest seiner wertvollen Lager voller eigenartiger Waffen, Ritualinstrumente und Sammlungen geheimnisvoller Bücher: an die Schriftrollen, Notizbücher und Briefe von seit Jahrhunderten toten Wesen, denen er in den geschichtlichen Seitenstraßen von Hunderten von Welten begegnet war. Sie waren in seinem winzigen Quartier bis an die Decke gestapelt und verstopften jeden Ritz und jede Ecke des kleinen Lagerraums seiner Abteilung und die winzigen Einbauschränke aller Freunde, die er dazu hatte überreden können, ihm etwas Platz zur Verfügung zu stellen.

»Wenn wir jetzt jemanden zum Nachschauen schicken«, sagte Adams sanft, »ist ohnehin nichts mehr da. Im Moment.«

»Ja«, sagte Gilden fröstelnd und nippte an seinem Tee. »Ja, das glaub' ich auch.« Er schüttelte sich wieder und dachte an das Klopfen, das er in seinem Büro gehört hatte. Ihm fielen Dinge ein, die, wenn er gerade nicht hingesehen hatte, verschwunden und anderswo wieder aufgetaucht waren, und er dachte an das Gefühl, daß er ein- oder zweimal gehabt hatte, daß er nicht allein im Raum war … an den Abend, an dem er zum Büro gekommen war und hinter der abgeschlossenen Tür Bewegungen vernommen hatte. »Aber wenn's noch da ist, wenn wir die nächste Ladung runterschaffen … Ich schätze, dann müssen wir uns drum kümmern. Glaubst du, du kannst Danny überreden, eine größere Lampe zu organisieren?«

»Helen …« Es war Uhuras besorgte und verängstigte Stimme, die kurz nach dem schnellen Pochen hinter der Tür erklang. »Helen, ich bin's, Uhura.«

Helen lag im Dunkeln auf dem Bett und antwortete nicht. Sie glaubte nicht, daß ihre Stimme fest blieb, und außerdem: Was hätte sie sagen sollen? Kurz darauf hörte sie, daß die Schritte ihrer Freundin sich im Korridor entfernten. Sie ließ sie allein.

Allein mit ihrer Verzweiflung und schrecklichen nervlichen Verwirrung. Allein mit der Erinnerung an einen Traum, der gleichzeitig ein Alptraum war.

Der Traum …

Helens Kopf sank auf das flache, saubere, standardisierte Starfleet-Kissen.

Der letzte Abend auf Midgwis fiel ihr mit solch intensiver Klarheit wieder ein, daß es ihrem Brustkorb körperliche Schmerzen verursachte. Sie spürte die warme Kraft seiner Hände, die die ihren umschlossen; die feste Sanftheit seiner Lippen. Sie roch den trockenen, süßlichen Grasgeruch und spürte die Wärme, die der Boden auf sie abstrahlte. Im romantischen Mondschein war der zweifelnde Ausdruck seines Gesicht so klar gewesen wie bei Tageslicht. Wenn er gewußt hatte, daß er ihr etwas vormachte, hätte er dann Zweifel verspürt? Oder hatte er den Zweifel bloß vorgetäuscht, um besser dazustehen?

Oder bildete sie sich alles nur ein?

Sie drehte sich um und starrte an die Decke – ein schales, neutrales Blaugrau im Halbdunkel, wie alles bei der Flotte. Ein Hinweis auf das unpersönliche Nichts, das sie an dieser Organisation schon immer verachtet hatte; die vorschriftsmäßige Einfachheit des geringsten gemeinsamen Nenners, den sie seinetwegen hinzunehmen bereit gewesen war.

Helen schüttelte verbittert den Kopf. Wie hatte sie nur *so dumm* sein können? Sich in Jim Kirk zu verlieben ... Jim Kirk *noch immer* zu lieben, beziehungsweise den Mann, von dem sie geglaubt hatte, sie kenne ihn ...

Aber nun wußte sie, daß sie Jim Kirk nie gekannt hatte.

Dies, das wußte sie, mußte die Ursache des Alptraums sein.

Als ihr der Gedanke kam, griff sie schnell zur Nachttischlampe und schaltete sie ein, damit sie die schmale Koje mit beruhigendem Schein umgab. Helen hatte in den vergangenen vier Nächten bei eingeschaltetem Licht geschlafen.

Im Wachzustand wußte sie, was Alpträume bedeuteten. Alpträume, sagte sie sich mit der Stimme sämtlicher Psychologiedozenten, denen sie je zugehört hatte, sind nur die Widerspiegelung des eigenen Entsetzens bei der Erkenntnis, daß Jim nicht das ist, was ich angenommen habe. Das war alles.

Das war absolut alles.

Aber nachts aufzuwachen – oder davon zu träumen, hier, in ihrer Kabine auf der *Enterprise* aufzuwachen ... Oder noch schlimmer: zu träumen, in Jims Kabine aufzuwachen, aufzuwachen und das Ding zu sehen, das neben ihr im Bett lag, das Ding, mit dem sie es getrieben hatte, und zu glauben, es sei Jim ...

Als Xenoanthropologin hatte sie die Vorstellung des Geschlechtsverkehrs mit einer fremden Spezies trotz der zahllosen abgedroschenen Witze, die man in der Anthro-Abteilung darüber riß, nie abgestoßen. Auch in ihren Alpträumen hatte nicht die Fremdartigkeit sie abgestoßen, sondern irgendein tiefergreifendes, undefinierbareres Entsetzen. Und der Moment würde immer wiederkehren, in dem sich das Ding mit einem langsamen Grinsen zu ihr umwandte und sie mit den braunen Augen musterte, die zwar wie die Augen Jims aussahen – aber nicht die seinen waren.

Helen schüttelte sich und verdrängte die Erinnerungen an den Traum. Ein Blick sagte ihr, daß es 22.00 Uhr war, und sie fragte sich, ob der Roman, den sie sich zur Lektüre ausgesucht hatte, sie wachhalten würde. Sie hoffte es inständig ... Sie fragte sich, ob die Alpträume endeten, wenn sie Sternbasis Neun erreicht hatten und sie von diesem verfluchten Schiff herunterkam.

Auf dem Korridor ertönten Schritte. Helen hörte McCoys Stimme, seinen weichen, singenden Südstaatenakzent. »... schwöre, daß ich mich seit der Zeit nicht mehr so gefühlt habe, als meine Butler-Vettern und ich die Mutprobe ablegten, eine Nacht in der Ruine der alten Hawks-Pflanzung zu verbringen ...« Sie fragte sich, ob McCoy ihr etwas geben konnte, was sie am Träumen hinderte, doch ihr fehlte der Mut, ihn darum zu bitten.

Weil er dann nach ihren Träumen fragen würde.

Er würde sie fragen, wann sie angefangen hatten.

Und sie konnte ihm ja wohl schlecht erzählen, daß sie an jenem Abend angefangen hatten, an dem sie Midgwis verlassen hatten. Als sie in Jims Quartier gegangen war und in seinen Armen gelegen hatte. Als sie plötzlich in sein Gesicht geblickt und aus einem völlig unerfindlichen Grund urplötzlich gedacht hatte:

Dieser Mann ist nicht Jim Kirk.

8

Er ging allein durch die Korridore der *Enterprise.* Er wußte nicht, wie oft er es schon getan hatte.

Diese Vertrautheit half ihm, verlieh seinem Geist und seiner Seele Halt. Seiner Meinung nach hätte er ohne die *Enterprise* nicht überleben können.

In der ersten Sekunde im Transporterraum, als ihm klar geworden war, daß etwas nicht stimmte, als er mit dem Rematerialisierungsprickeln den brutalen Schock verspürt hatte, den reißenden Druck eines fremden Geistes, der ihn aus den sich wieder zusammensetzenden Atomen seines Körpers verdrängte, hatte ihn nur die Tatsache, daß er sich auf der *Enterprise* befand, die er ebenso gut kannte wie die Nervenenden seines eigenen Leibes, daran erinnert, wer und was er war.

Er war James T. Kirk. Und die *Enterprise* war sein Schiff.

Man konnte ihn nicht von hier verdrängen. Man konnte ihn nicht ersetzen.

Er wollte nicht sterben.

Doch in den ersten Sekunden, als er in panischem Grauen auf seinen Körper gestarrt und gesehen hatte, daß er sich bewegte und mit den anderen sprach, die auf ihn reagierten, war er nicht weit vom Tod entfernt gewesen.

Wie gut er sich daran erinnerte, als er lautlos durch die Gänge huschte. Schritt für Schritt. Er zwang seinem Geist die Erinnerung an die eigenen Schritte auf, das leichte Knarren seiner verschwundenen Muskeln und Knochen. Er kam an der Aussichtsempore vorbei, die über den Shuttlehangar hinwegblickte. Es war eine Sektion, von der man wußte, daß sie um diese späte Stunde verlassen war. Eine Sektion, von der er wußte, daß er seinem anderen Ich hier nicht begegnen würde, jenem Alter Ego, jener Kreatur, die nun in seinem Körper im Schiff umging. Links von ihm blickten lange, transparente Aluminiumfenster in die bläuliche Dunkelheit des Hangarabgrundes hinweg. Dort standen die Shuttles immer für Notfälle bereit. Die *Copernicus,* dies wußte er, da er ein dutzendmal über die Empore gegangen war, war ein kleiner, viereckiger, dunkler Umriß in der Finsternis.

Als er begriffen hatte, daß etwas nicht stimmte, hatte er zunächst einen scheußlichen und desorientierenden Schock verspürt. Und dann das Grauen, als er sich selbst aus der Transporterkammer hatte treten sehen und mit befehlsgewohnter Stimme zu Spock hatte sprechen hören …

Und dann die Wut, die blindwütige Hitzeexplosion. Vielleicht hatte die Wut ihn gerettet, hatte sie die sich entwirrenden Elemente seines Geistes in einem pulsierenden Zentrum fokussiert.

Die Wut brannte noch immer in ihm.

Was es auch gewesen ist, dachte er, als er in den späten Stunden der Nachtschicht durch die dunklen Gänge huschte, welch fremder Geist auch von meinem rematerialisierenden Körper Besitz ergriffen hat – und was er auch mit dem Schiff anfangen will –, ich werde überleben. Ich werde ihn besiegen.

Aber wie sollte er dies ohne festen Körper tun? Ohne eine Möglichkeit, sich mit seinen Freunden zu verständigen? Er verfügte nicht einmal über die Fähigkeit, ihnen zu sagen, daß der Mann, mit dem sie sprachen, der Mann, dessen Befehle sie entgegennahmen, der

Mann, der die *Enterprise* – SEINE *Enterprise* – kommandierte, ein Betrüger war.

Und so ging er weiter, allein.

In der Technik auf Deck 16 war Scotty liebevoll damit beschäftigt, am Fundament der Steuerbord-Jeffries-Röhre des Trägermasts einen Energieumwandler auszubauen und zu reinigen. Er nahm sich mit Reinigungslöser und feinsten Lasern jedes Kabel und jeden Servo vor und erklärte Miller, der vor der Luke auf dem Boden in einem ordentlich ausgelegten Werkzeugchaos hockte und den Kopf zu ihm hineinschob, um zuzuhören, genau, wohin jede Stromleitung verlief und warum.

»... also auf den Zerstörern, den Kreuzern der Saladin-Klasse, zweigt man nie soviel Saft vom Haupttriebwerk in die Ersatzrelais ab. Das Gehäuse ist ungefähr einen halben Meter breiter, und die Leitungen laufen drumherum ... Sehen Sie?«

Miller zwängte sich neben seinem Ausbilder ins Röhrenfundament und leuchtete mit einer Taschenlampe in den engen Raum hinauf. Er hatte zwar schon den ganzen Tag im Computerraum verbracht, in den er abkommandiert worden war, aber er war, wie Montgomery Scott, ein Mensch, der lieber Maschinen auseinandernahm, statt zum Essen zu gehen. »Wenn man also den Azimut auswechseln müßte, und die Servocams einen hängen lassen ...«

Scotty strahlte vor Freude, daß er einen Schüler hatte, der so dachte wie er selbst. »Tja, jetzt erzähl ich Ihnen mal ein kleines Geheimnis: Es gibt eine Zugangsröhre zu den mechanischen Kabelziehern. Sie läuft an dieser Seite des Gehäuses hinauf, aber wenn man unter Druck steht, kann man auch da raufgehen und den Winkel manuell verstellen ...«

Miller drehte plötzlich den Kopf, glitt mit dem Oberkörper aus der Röhre und fuhr herum, um die große, rot beleuchtete Kammer hinter sich abzusuchen. Kirk sah Furcht in den braunen Augen des jungen Mannes. Er verhielt sich ruhig in der Nähe der großen, dunklen Masse der Steuerbordturbine. Miller stand einige Meter von ihm entfernt flach an der Wand, schaute durch den Korridor zum Shuttlehangar und dann schnell wieder zurück in den Hauptturbinenraum.

Scotty kroch aus der Röhre und baute sich neben ihm auf. Auch sein breites, gemütliches, mit schwarzen Brauen versehenes Gesicht zeigte Besorgnis. »Was ist denn, Junge?«

»Ich weiß n ...« Miller zögerte. »Nichts«, sagte er. »Haben Sie auch bemerkt, daß es kälter geworden ist?«

Scotty dachte lange nach, bevor er den Kopf schüttelte. Kirk huschte lautlos durch den Korridor und an der dunklen Instandhaltungswerkstatt, den verwaisten Reparaturnischen und dem Hilfslazarett vorbei. Er suchte wieder Stille und Sicherheit.

Es fiel ihm immer schwerer, sich daran zu erinnern, wie sich seine Hände und Füße angefühlt hatten und wie es gewesen war, als er gegangen, gesprochen und geatmet hatte. Er mußte sich immer stärker darauf konzentrieren, diese Empfindungen neu zu erwecken, um in seinem Geist nach und nach den Elektronenschatten jeder Wimper und jedes Fingernagels zu erschaffen. Die Konzentration ermüdete ihn noch mehr. Irgendwann, wurde ihm bewußt, mußte er schlafen – doch ohne lebendiges Gewebe, das diesen Schatten enthielt, würde alles, was sein Willen zusammenhielt, wie Rauch im Wind vergehen.

Nach dem Erlebnis des geteilten Bewußtseins mit dem fremdartigen Herrscher Sargon hatte er Spock nach der Funktionsweise dieser Art der persönlichen Selbstprogrammierung befragt. Spock, der unerfreuliche eigene Erinnerungen an dieses Erlebnis hatte, war lange Zeit schweigsam gewesen und hatte dann, zum erstenmal, seit sie sich kannten, den vulkanischen Begriff *Katra* erwähnt.

Soweit Kirk es verstanden hatte, war das *Katra* das Innenbewußtsein, die mentale Wirklichkeit eines intelligenten Lebewesens: die Seele. Doch als Vulkanier hatte Spock Begriffe wie ›neuroelektronische Hirnmuster‹ und ›Interaktion mit der physikalischen Form des Körpers‹ verwendet. Es gebe, hatte er gesagt, Übungen, die das *Katra* bewußt gegen Auflösung stärkten und ›erdeten‹.

Später, bei der Suche nach einer Möglichkeit, mit dem Streß fertigzuwerden, der auf dem Captain eines Raumschiffes lastete, hatte Kirk seinen Ersten Offizier dazu gebracht, ihn einige Formen vulkanischer Meditation zu lehren. Zwar hatte er nicht vorgegeben, irgendeine spirituelle Überlieferung der uralten und geheimnisvollen Rasse zu begreifen, doch nach der Ausübung der äußeren Formen der Meditation hatte ihm allmählich gedämmert, worum es dabei überhaupt ging.

Auch dies, dachte er, hat bis jetzt mein Leben gerettet. Zumindest hatte es ihm eine grobe Vorstellung von dem geliefert, was er tun mußte.

Aber er wußte nicht, wie lange er alles zusammenhalten konnte.

So wie die Dinge standen, konnte er sich nur an das klammern, was er wußte und kannte – an die Erinnerungen seines Körpers, an die Knochen, die Nerven und Arterien der *Enterprise.*

Auf Deck 23 war es, abgesehen vom dumpfen Pulsieren der Molekülumwandler der Hauptfabrikation auf dem Deck darüber, dunkel und still. Hier, zwischen den Frachträumen, war es immer still. Nur ein Lichtstreifen markierte in dem dunklen Gang die Schottplatte, hinter der Unteroffizier Brunowski an seinen mysteriösen Projekten bastelte, von denen niemand wußte, welchen Zwecken sie dienten. Über den leicht metallischen Gerüchen von Staub, Ruß und Maschinenöl der großen Frachträume wehte der verträumte Duft zartbitterer Schokolade durch die Luft.

Im Inneren des Geheimlabors, einem vier mal fünf Meter großen Massenlagerabteil des Außenrumpfes – Brunowski hatte seinen unheilbar gutmütigen Freund dazu überredet, den Raum mit ›geborgter‹ Luft zu füllen –, saß der R&W-Unteroffizier an einem Tisch Marke Eigenbau. Vor ihm standen ein Terminal von Laborqualität, ein Sortiment archaischer Einstellknöpfe und Skalen, und etwas, das so aussah wie ein Molekular-Synthetisierer aus der Kombüse. Zusammengeflickte Kabel schlängelten sich die Wände hinauf, verbanden das gesamte Ding mit dem Hauptcomputer und den Stromleitungen, die die Fabrikation des über ihm liegenden Deck speisten. An der Decke warf eine grob verkabelte Lumenfläche gelbes Licht auf den strubbeligen Lockenkopf des jungen Mannes, der gerade eben – aber wirklich nur gerade eben – der Starfleet-Vorschrift von ›sauber‹ und ›ordentlich‹ entsprach. In seinen dunklen Augen war ein Blick von fast manischer Konzentration, als er die Skalen um Millimeterbruchteile bewegte und den winzigen Veränderungen im leisen Summen der Maschine lauschte.

Urplötzlich gab die Lumenfläche ein leises Knistern von sich und erlosch.

Brunowski fuhr in seinem Sessel herum, blieb erstarrt sitzen und stierte auf das schmale Rechteck der Schottöffnung. Kirk trat ein Stück zurück, obwohl er wußte, daß sich in dem matten Korridorlicht keine Gestalt abzeichnete. Er war sich bewußt, daß er die Eigenbau-Verkabelung irgendwie dazu gebracht hatte, ihren Geist aufzugeben. Es hing irgendwie mit der Energie seiner Präsenz zusammen, ebenso wie die von ihm ausgehende eigenartige Kälte. Er konnte es nicht immer steuern, und auch das Klopfen nicht, das manchmal dort ausbrach, wo er sich aufhielt. Aufgrund eines Dutzends kleinerer Ausrutscher wußte er, daß Brunowski nicht zu jenen gehörte, denen man leicht Angst einjagte, doch nun sah er in der schwachen, gelben Beleuchtung des Bildschirms, daß das formlose, unrasierte Puddinggesicht Furcht zeigte.

Nach einer geraumen Weile, in der Brunowski den Blick nie vom Schott abwandte, griff er nach der Taschenlampe, die neben ihm auf dem Tisch lag, und schaltete sie ein. Das reflektierte Licht ließ den Schweißfilm auf seiner Stirn aufglänzen, aber der Strahl blieb gleichmäßig, als er über die Öffnung fuhr, in der Kirk gestanden hatte. Langsam, zögernd, kam der Mann auf die Beine und näherte sich der Stelle. Kirk trat noch ein paar Schritte in die Dunkelheit des Korridors zurück.

Hinter ihm stieß die Küchenmaschine ein leises Husten aus, und der Geruch der zartbitteren Schokolade wurde schlagartig von dem süßsauren Schweinefleisches ersetzt – dem Starfleet-Standard. Brunowski fluchte ziemlich überrascht, dann sagte er vor sich hin: »Der Teufel soll mich holen, wenn es hier nicht spukt!«

Doch Kirk wußte: Er würde, wie Gilden und Adams, niemandem etwas davon erzählen, egal wie oft er seine Anwesenheit auf diesem tiefen Deck auch spürte.

Es war nun so spät, daß er das Gefühl hatte, höher hinaufsteigen zu können, in den Zentralmast des Diskussegments.

Während der Nächte des endlosen Herumziehens, des Huschens durch vertraute Korridore und leere, verdunkelte Laboratorien, war ihm bewußt geworden, daß auch der andere Kirk, der Betrüger, der seine Stelle eingenommen hatte, unterwegs war. Er kannte zwar den Grund nicht, da er strikt jede Gelegenheit mied, einem Lebewesen zu begegnen, dessen mentale Fähigkeiten, falls sie einander trafen, sehr wahrscheinlich seinen Untergang herbeiführen würde, aber er wußte, daß der Betrüger unterwegs war und wie er selbst über die Decks und Korridore des Schiffes streifte. Vielleicht, dachte er, sucht er meine Spuren oder irgendwelche Zeichen. Aber die *Enterprise* war groß und bot unendlich viele Verstecke. Vielleicht hatte er auch irgendeinen anderen Grund.

Doch in den letzten Stunden der Nachtschicht, wenn nur noch eine Restmannschaft wach und das Summen der *Enterprise*-Maschinen praktisch das einzige Geräusch war, das man in sämtlichen verdunkelten Gängen hörte, schlief auch der Betrüger. Dann war das Schiff zeitweise wieder sein, und er traute sich, die Laderäume und weitläufigen, summenden, automatischen Wiederverwertungsanlagen zu verlassen, um das zu tun, was er tun konnte, um sein Reich zurückzugewinnen.

Fähnrich Giacomo arbeitete im Hauptcomputerraum auf Deck 8, als Kirk dort ankam. Sie war ein schlankes, hübsches, dunkelhaariges Mädchen in der kurzen blauen Uniform der Wissenschaft und nahm Routineeingaben vor, die eher dazu dienten, sie irgendwie zu beschäftigen, statt von irgendwelchem wirklichen Nutzen zu sein. Die Erfahrungen von Tausenden von Raumschiffen, die aus den Anfangstagen der Föderation stammten und die die Vulkanier und andere raumfahrende Völkern weitergegeben hatten, besagten, daß der Hauptcomputer eines Schiffes nie unbeaufsichtigt bleiben durfte, so langweilig und routinemäßig die Tätigkeit des Babysitters auch ausfiel. Dies war etwas, was andere Maschinen nicht erledigen konnten. Menschen machten zwar Fehler, aber sie verfügten ebenso über menschlichen Instinkt und menschliches Urteilsvermögen.

Kirk durchquerte den Raum in Richtung Computer. Der ›Schiffscomputer‹, das wußte er genau, bestand eigentlich aus drei separaten Einheiten: hier auf Deck 8, und an zwei weiteren Orten in der Technischen Sektion. Seine wichtigsten Systeme waren doppelt und dreifach gesichert, alle Teile durch Supraleiter-Nervenbahnen miteinander verbunden; diese liefen dann zu den Monitoren, Leseschirmen und Visikoms in fast allen Schiffsräumen. Doch hier war das Herz des Computers, sein Hirn, das zentrale Nervengeflecht ... Hier, in den abgerundeten Gehäusen aus nichtssagendem blaßblauem Metall; mitten im Diskus, im innersten Schiffskern.

Und nach dem Zwischenfall mit Redjac auf Argelius II war es bestens abgeschirmt.

Man konnte sich unmöglich gegen das hundertprozentig Unerwartete wappnen – und Kirk glaubte fest daran, daß irgendwo in der Galaxis intelligente Lebensformen mit absolut unvorstellbarer Struktur und Fähigkeiten lauerten, auf die man sich gerade deswegen nicht vorbereiten konnte. Doch ein Teil der *Enterprise*-Mission – der wichtigste Teil – bestand darin herauszukriegen, was man unterwegs alles austüfteln mußte. Deswegen hatte Mr. Spock mit Hilfe der Xeno/Anthro/Bio-Unterlagen ein Extrapolationsprogramm ersonnen und ein schwaches Elektronen-Bombardierungsfeld über die Geräte in den ineinandergreifenden konzentrischen Kreisen der Einheiten gelegt, das seiner Meinung nach verhinderte, daß ein intelligentes Bewußtsein mit der Absicht in den Computer eindrang, ihn als elektronisches Gehirn zu verwenden. Das Schiff war vom richtigen Funktionieren des Computers viel zu abhängig – und der Computer viel zu sehr in den verschiedenen Programmpfaden verstrickt –, als daß man zulassen konnte, daß dergleichen noch einmal geschah.

Das Ironische daran, dachte Kirk mit einem Anflug seines alten Humors, besteht darin, daß ich mit dem

Befehl an Spock möglicherweise mein eigenes Todesurteil gesprochen habe.

Und da er keine Ahnung hatte, was der fremde Eindringling mit seinem Körper und seinem Schiff vorhatte ... Wer konnte wissen, wie viele Todesurteile darüber hinaus anstanden?

Kirk musterte die abgerundeten Speicherreihen, die Datenschränke, die Gedankeneinheiten, die den weiträumigen, hell erleuchteten runden Raum füllten: das Hirn seines Schiffes, durch das jede Änderung der Atemlufteinstellung und Kabinentemperatur verlief. Es steuerte alles, von der Umwandlungsquote der Antimateriehülsen bis zur Größe der Uniformen, die R&W fabrizierte. Es analysierte, dokumentierte, übersetzte, legte Akten an, führte automatische Logbücher und maß die Zeit. Es verfügte über mehr als genug Speicher, um die Synapsen eines menschlichen Gehirns unterzubringen.

Spock hatte ihm erzählt – und Sargon ebenso –, daß sich der Elektronenschatten seines Bewußtseins – das *Katra* – ohne eine gewisse physikalische Struktur irgendwann zerstreuen, auflösen würde. Ohne die anfängliche Stabilisierungsmatrix der Transporterstrahlen wäre es wahrscheinlich längst dazu gekommen. Kirk hatte keine Ahnung, wie lange es dauerte, und Spock war, wie immer, wenn die Diskussion die dunklen und geheimen Methoden vulkanischer Spiritualität berührte, bei diesem Thema nicht sehr informativ gewesen. Doch Kirk spürte es in seinen Knochen *(Wenn man mal davon absieht,* dachte er sarkastisch, *daß ich keine Knochen habe.),* daß es nicht mehr lange dauern würde.

Giacomo schaute von ihrer Arbeit am mittleren der drei Hauptterminals auf. Ihre sich flink bewegenden Finger kamen stolpernd zum Halten, als sie den stillen Raum mit Blicken absuchte. Sie schüttelte sich und rieb ihre dünnen Arme. Als Kirk den Ausdruck in ihren

Augen sah, wußte er, sie hätte noch mehr Lampen eingeschaltet, wären welche dagewesen. Ihre Hand rutschte ein Stückchen auf den Kom-Verbindungsknopf zu, dann zog sie sie zurück, als rede sie sich ein, nicht albern zu sein. Aber er sah, daß ihre Finger zitterten. Ohne zu ahnen, daß sie ihren Freund Brunowski in seinem illegalen Wiederverwertungslabor nachäffte, murmelte sie vor sich hin: »Es ist mir schnuppe, was die anderen sagen. Der Teufel soll mich holen, wenn es hier nicht spukt.« Kirk huschte lautlos an die Wand am anderen Ende des Raumes.

Und fing an zu klopfen.

Er wußte nicht genau, wie er das Klopfen erzeugte. Er wußte nur, daß er es konnte – es war eine Art kontrollierten Pochens mit dem Verstand. Als er das Geräusch zum erstenmal erzeugt hatte, war es unbewußt geschehen – eine Reaktion aus purer, blinder Wut, aus hilflosem Grauen, als der Eindringling, der Fremde, wer und was er auch sein mochte und wie seine Ziele auch aussahen, Helen in die Arme genommen und ihr wehgetan hatte ... Seiner Meinung nach hatte er sie auf eine Weise verletzt, die nie wieder heilen würde.

Und er hatte rein gar nichts dagegen tun können.

Es war nun die Wut, die ihn aufrecht hielt, und er richtete all seine Kraft und Konzentration in die Anstrengung, sich zu verständigen. Es war äußerst schwierig, simple Töne zu erzeugen. Morse- oder andere Kodes standen nicht zur Debatte; er hatte einfach nicht genügend Kontrolle.

Giacomo zuckte zusammen und riß entsetzt die dunklen Augen auf. Aber sie stand nicht auf, um ihren Posten zu verlassen. Mit dem wenigen, was sein Verstand von der Pein seiner Aufgabe erübrigen konnte, bewunderte Kirk ihren Mumm und wünschte sich, er hätte ihr keine Angst einzujagen brauchen. Aber er mußte Spock erneut herholen, damit er die Angelegenheit noch einmal untersuchte. Er hatte es schon einmal getan. Als Spock die Zeit geduldig und ruhig damit verbracht hatte, eine vernünftige Erklärung zu suchen, hätte er seinen Kopf gegen die Wand knallen können.

Aber er konnte nichts machen. Er mußte sich irgendwie mit irgend jemandem verständigen. Er brauchte dringend Hilfe, sonst war es zu spät – zu spät für ihn, und vielleicht auch für alle anderen.

»Ich weiß nicht, Spock.« Dr. McCoy kippte zwei Zentimeter Bourbon in ein Wasserglas und verschloß den medizinischen Sicherheitsschrank, in dem er seinen Schnaps aufbewahrte – der Schrank, fiel Spock ein, in dem an dem Abend, an dem sie alle Flüssigkeiten der medizinischen Labors in unzerbrechliche Behälter gefüllt hatten, alle Flaschen zerschlagen worden waren. McCoy drehte sich um und hockte sich auf den Rand der Schreibtischplatte. »Es gibt mehr Dinge zwischen Himmel und Erde, als Ihre Philosophie sich erträumen kann oder in Ihrem Computer enthalten sind. Und wenn es ein fremdes Wesen ist, dann ist es das verdammteste, von dem ich je gehört habe.«

Spock, der steif auf einem Laborstuhl saß, erwiderte: »Es gibt keinen Beweis, daß die Zerstörungen nicht von einem Besatzungsmitglied der *Enterprise* hervorgerufen wurden. Alle Messungen besagen, daß sich keine unbekannte Lebensform an Bord befindet.«

»Die Messungen können nicht einmal meine Großmutter beeindrucken ... Beim erstenmal hat vielleicht jemand den Türkode geknackt. Aber nachdem wir alle Eingänge mit Sicherheitsschlössern versehen haben ...«

»Ich bezweifle, daß es mit den wissenschaftlichen und technischen Gerätschaften, die uns auf der *Enterprise* zur Verfügung stehen, auch nur einen Raum an Bord gibt, den ein Mensch, der es wirklich darauf anlegt, nicht betreten kann. Und außerdem kann ich leider nicht erkennen, was Ihre Großmutter mit der Genauigkeit unserer Sensoren zu tun hat.« Der Vulkanier legte seine langen, knochigen Hände um seine angezogenen Knie. Zu dieser späten Stunde herrschte Stille im Lazarett. Als Spock nach der Schachpartie mit dem Captain den Freizeitraum verlassen hatte, war Schwester Chapel noch dort geblieben, mit dem verwirrenden Ritual des Bildzusammensetzens beschäftigt. Selbst Uhura war längst gegangen.

Die Schachpartie war nicht zufriedenstellend verlaufen. Der Geist des Captains war eindeutig mit dem irrationalem Verhalten Dr. Gordons beschäftigt gewesen, auch wenn er es nicht zur Sprache gebracht hatte und Spocks vulkanische Erziehung schon die Vorstellung einer Nachfrage undenkbar machte. Spock hatte interessiert, wenn auch beunruhigt, festgestellt, wie nahe die Affäre mit Dr. Gordon dem Captain ging. Zu welcher Wendung es auf Midgwis auch gekommen war, die Auswirkungen des Beschlusses der Anthropologin, auf der *Enterprise* zu bleiben, schien sich auf beide betroffenen Parteien nachteilig auszuwirken. Das Schachspiel des Captains hatte sich, auch wenn es nicht schlechter geworden war, eindeutig qualitativ verändert, und nach der ersten Partie hatte er sich entschuldigt und war zu Bett gegangen. Er hatte erschöpft ausgesehen, wie übrigens schon seit dem Tag, an dem die Probleme mit Dr. Gordon angefangen hatten. Spock mußte sich beschämt eingestehen, daß er Sorge um den Captain empfand.

Er war, noch immer wachsam, ins Schiffslazarett gegangen und hatte Dr. McCoy über die neuesten Manifestationen des mutmaßlich an Bord befindlichen Eindringlings brütend vorgefunden.

»Das ›Wie‹«, fuhr Spock fort, »interessiert mich im Grunde weniger als das ›Warum‹. Daß die medizinischen Labors das Ziel sind, war natürlich von Anfang an klar ...«

McCoy runzelte die Stirn. »Klären Sie mich auf, Holmes.«

Spock hob fragend eine Braue. »Es dürfte sogar einem Menschen klar sein, Doktor, daß die medizinischen Labors die einzigen sind – oder waren –, in denen man auf freistehende Behälter mit Flüssigkeiten stößt, die wenigstens ein Drittel der Zeit unbewacht sind. Da ansonsten nur sehr wenig beschädigt oder auch nur durcheinandergebracht wurde, steht fest, daß die Flüssigkeiten irgendwie etwas mit der Störung zu tun haben ...«

»Aber ist doch unlogisch!« McCoy stützte sich am Rand des hinter ihm stehenden Schreibtisches ab und schaute frustriert zu dem Vulkanier auf. »Und bestimmt nicht für einen Menschen! Die Hälfte der Flüssigkeiten war anorganisch und hätte jeden umgebracht, der versucht hätte, sie zu trinken. – Nein, Spock«, seufzte er kopfschüttelnd. »Allmählich klingt alles eher nach ...«

Er zögerte, drehte das Wasserglas kurz in der Hand und musterte es, als sei er vorübergehend ins Nachdenken über den reflektierten Schein des Deckenlichts auf den komplizierten Kohlehydratverbindungen seines Inhalts versunken. Dann schauten seine scharfen blauen Augen wieder zu Spock hinauf. »Was haben Sie an Literatur über Poltergeist-Erscheinungen gelesen, Spock?«

»Weniger als null Komma fünf Prozent dessen, was in der Akademie-Bibliothek vorhanden ist«, erwiderte Spock mit der für ihn typischen Genauigkeit. »Von den Bändern, die im Bibliotheksabschnitt des *Enterprise*-Computers vorhanden sind ...«

»Und dabei sind Ihnen keine Ähnlichkeiten aufgefallen?«

Spock schwieg. Er war instinktiv unwillig, Themen anzuschneiden, die selbst Vulkanier selten mit anderen Vulkaniern besprachen.

»Das Klopfen; verschobene Gegenstände; die ...«

»Poltergeist-Erscheinungen sind mir vertraut«, erwiderte der Wissenschaftsoffizier langsam. »Das vulkanische Wort dafür lautet *Eschak.*«

McCoy blinzelte. »Ich hätte nicht geglaubt, daß die Vulkanier etwas so Irrationales wie Geister kennen.«

»*Eschak* ... Poltergeister. Willkürliche und destruktive psychokinetische Effekte haben, wie auch Sie wissen, Doktor, nichts mit den kettenrasselnden kopflosen Reitern zu tun, mit denen Menschen sich so gern in Angst versetzen. Sie sind, wie Sie sagten, irrational, und das ist vielleicht ein Grund, warum sie auf Ihrer Welt viel öfter auftauchen als auf der meinigen ...«

»Jetzt sagen Sie bloß noch«, ächzte McCoy, »daß auch Ihre Geister zu logisch denken, um in Häusern zu spuken.«

»Ich möchte am liebsten über gar nichts sprechen, von dem ich so wenige Daten habe«, erwiderte Spock freundlich. »Und trotzdem ...« Er setzte eine finstere Miene auf, seine dunklen Augen konzentrierten sich auf irgendeine Überlegung. Im Gegensatz zu dem, was die meisten Menschen glaubten, waren Vulkanier keine hundertprozentigen Geschöpfe der Vernunft: Ihre berüchtigte Logik war eigentlich nichts anderes als eine notwendige Verteidigung gegen die andere Seite der vulkanischen Natur. Aufgrund der bei Vulkaniern verbreiteten Meditationspraxis und anderer spiritueller Verfahren kamen *Eschak*-Fälle tatsächlich nur selten vor: pro Jahrhundert nicht mehr als einer oder zwei, und heutzutage eher noch weniger. Doch neben jenen, die man bewiesen hatte, wirkten menschliche Poltergeist-Erscheinungen lächerlich kraftlos.

»Trotzdem«, fuhr Spock fort, »handelt es sich bei den

meisten dieser Fälle, ob sie nun auf Ihrer oder meiner Welt vorkommen, um Manifestationen, die mit einem menschlichen Brennpunkt zu tun haben – in der Regel um einen kleinen Jungen oder ein Mädchen, oder um jemanden, dessen Geist stark zerrüttet ist.«

Ihre Blicke trafen sich.

»Was ist mit ihr los, Spock?« sagte McCoy nach einer geraumen Weile. »Und mit Jim? Als ich die beiden heute abend im Freizeitraum gesehen habe ...«

»Es steht mir eindeutig nicht zu«, erwiderte Spock, »die romantischen Verstrickungen des Captains zu ermitteln oder zu diskutieren.«

»Verflucht noch mal, Spock, Sie wissen doch so gut wie ich, daß es nicht nur eine romantische Verstrickung ist! Jim meint es mit der Frau verdammt ernst ...«

»Sie verstehen vermutlich mehr von diesen Dingen als ich, Doktor«, sagte der Vulkanier trocken. »Aber es sieht so aus, als sei Dr. Gordon seit ihrem Ausflug auf den Planeten Midgwis in einem Zustand starken emotionalen Aufruhrs. Davor wurden keine Manifestationen von Poltergeist-Erscheinungen gemeldet – und ganz gewiß nicht vor Dr. Gordons Auftauchen auf dem Schiff. Nun könnte man die Theorie aufstellen ...«

Das Interkom auf dem Schreibtisch erwachte mit einem scharfen Pfeifen zum Leben. McCoy streckte die Hand aus und betätigte den Schalter. »Hier ist McCoy ...«

Uhuras Stimme meldete sich. Sie war außer Atem und zitterte. »Doktor, ich bin unten in Helens Kabine – im Besucherquartier. Können Sie bitte sofort kommen?«

9

Sie spazierte mit Jim durch den Aussichtsraum auf Deck 12. Es war gegen Ende der Spätschicht. Sie waren schon in seiner Kabine gewesen. Im warmen Nachhall der Liebe hatte er ihr von seinem Schiff erzählt, und sie hatte gesagt: »Kannst du es mir mal zeigen?« Er hatte leise gelacht. »Was denn – jetzt?« Nun, im Traum des Tiefschlafs, spürte Helen noch immer die Berührung seiner Lippen an ihrer nackten Schulter, und sie lächelte noch immer darüber, wie die Stirnlocke seines zerzausten blonden Haars in seine Augen hing. Aber sie sah Freude in seinem Blick.

Der Aussichtsraum war, wie alle Aufenthaltsräume im Verbindungsteil, ein langer, schmaler Streifen. An einem Ende war der Notausgang, am anderen ein Turboliftschacht. Eine Doppelreihe von Stühlen verlief in seiner Mitte. Dann war da ein Nahrungsautomat, programmiert auf die beliebtesten Speisen und Getränke. Um diese Zeit war der lange Raum leer und nur gedämpft beleuchtet. Die Sterne draußen wirkten sehr nah.

Wenn Helen vor dem schweren Plex der Fenster stand, konnte sie sehen, wie sich die Unterseite der Primärsektion wie ein gewichtsloser Fallschirm aus blaßgrauem Rhodium über ihr ausbreitete, und darunter die lange, robuste Hülse der Technischen Sektion. Doch unter der Hülse lag die im wahrsten Sinn des Wortes kohlrabenschwarze und über jedes Vorstellungsvermögen hinausgehende Unendlichkeit. Die

Sterne in der Tiefe funkelten und glitzerten nicht, sondern sie schienen in kaltem, knöchernen Licht, das die dunkle Struktur der großen Gondeln und ihrer schlanken Masten seltsam zerbrechlich wirken ließ.

Oberhalb der gesamten silbernen Oberfläche leuchteten Lichtstecknadeln, winzige Mahner der Lebenswärme, die zeitweilig sogar die Entropie der Unendlichkeit verwirrte, das typische Frohlocken der menschlichen Natur, die in der allumfassenden Finsternis des schnellen Eroberns fähig ist.

Sie war erst zum zweitenmal auf einem Schiff, das sich im Weltraum befand. Der Passagierraumer, der sie auf dem Mars, in dessen überkuppelten Kolonien sie aufgewachsen war, abgeholt und zur Universität nach Delta Cygnus gebracht hatte, hatte keinen Aussichtsraum gehabt. Auf der *Enterprise* hatte sie mit Interesse festgestellt, daß die Aussichts- und Aufenthaltsräume des Verbindungsteils – und die Historische Abteilung, die ebenfalls dort lag – trotz der Lebenserhaltungssysteme beträchtlich kälter waren als die Schiffsinnenzonen. Die Wand, die sie von der Unendlichkeit trennte, war eisig.

Sie schaute in Jims Gesicht und sah in ihm die Träume, die das Sternenlicht in seinen Augen reflektierte.

»Es geht dir um die Freiheit hier draußen, nicht wahr?« sagte sie leise. »Es geht dir weniger um das Schiff, als darum, wohin es fährt.«

Er dachte lange nach, bevor er antwortete. Die matt beleuchtete Intimität des Raumes hatte etwas, das trotz ihrer Leere der warmen Beengtheit der Kabine ähnlich war, die sie gerade verlassen hatten. Es war auf eine gewisse Weise so, als lägen sie noch immer eng umschlungen wie zwei Tiere in einem unterirdischen Bau. Helen kannte keinen Mann, bei dem es ihr eingefallen wäre, dies zu sagen – sich nach dem Warum, dem

Herzklopfen zu erkundigen, von dem nur wenige gern zugaben, daß sie es empfanden …

Aber bei Jim war es irgendwie leicht.

Langsam, als wäre es eine nur schwer artikulierbare Sache, sagte er: »Eigentlich … weiß ich es gar nicht. Eigentlich ist es gar keine Freiheit. Wenn es mir um die Freiheit ginge, wäre ich vermutlich zu den Freihändlern gegangen, zu den Planetenspringern … Wenn man Freiheit will, geht man nicht unbedingt zur Flotte. Ich glaube auch nicht unbedingt, daß es die Macht ist. Kann sein, daß ich Macht über vierhundertdreißig Menschen habe, aber wenn man darüber nachdenkt, ist es nicht sehr viel. Mir ist, als hätte ich die Worte dafür vergessen. Sehnen …« Er schüttelte den Kopf, seine hellen Brauen sanken in Richtung seiner geraden, wohlgeformten Nase.

»Früher habe ich mich für verrückt gehalten«, fuhr er leise, wie in einem Selbstgespräch, fort. Als hätte er seit Jahren mit niemandem mehr gesprochen, dachte Helen, oder überhaupt noch nie. »Einfach hinauszuziehen … Welten zu sehen … Da zu sein, wo noch niemand gewagt hat hinzugehen. Zumindest niemand, der mir je begegnet ist. Niemand, den ich kenne.« Sein Arm, der um ihre Taille lag, griff etwas fester zu, eisenstark, aber es war kein Verlangen in seinem Griff – es war längst gesättigt –, sondern nur eine Art Dankbarkeit, daß jemand da war. Sie hatte den Eindruck, als sei dieser Mann ebenso wie der reservierte Mr. Spock trotz aller Schürzenjägerei eigentlich den größten Teil seines Lebens allein gewesen.

»Wenn man es auseinandernimmt, klingt es albern«, sagte er nach einer Weile. »Aber wenn es in einem steckt und einen ruft …«

»… kommt es raus«, sagte Helen leise. Was es auch sein mochte – ein namenloses Sehnen. »Ich bin erdverbundener. Ich will sehen, wie die Dinge zusammenpassen und was unter ihnen vor sich geht. Es klingt wirklich albern, wenn man sagt, man habe sein Leben damit verbracht zu erkennen, wie die Dinge funktionieren, aber ... Ich mußte es tun. Ich konnte nicht anders. Aber bei meinem Leben – ich kann es nicht erklären.«

»Wenn wir das Warum erklären könnten«, sagte er mit dem traurigen Anflug eines Lächelns, »würden wir es uns auch ausreden, und dann wären wir ärmer dran.«

Dann hatte er sie enger an sich gezogen, und sie hatten sich geküßt. Nicht leidenschaftlich, nur mit dem Genuß der Zuneigung und aus der Vorstellung, daß der Captain der *Enterprise* einen guten Mann abgab, mit dem man eine aufregende Affäre haben konnte. Doch dann fand Helen sich bei dem Gedanken wieder, daß Jim Kirk ein Mann war, den sie längere Zeit kennen wollte ...

Sie drehte sich beunruhigt im Schlaf und versuchte aus der klebrigen Finsternis ihrer Träume zu erwachen.

Irgend etwas stimmte nicht.

Ihre Hand drückte auf den Schalter der Nachttischlampe – sie war an, wie auch der kleine Lesebildschirm neben dem Bett. Auf Seite 215 leuchtete noch immer in gelber Schrift auf dunklem Hintergrund der Kriminalroman mit dem Titel *Unsere Stadt muß sauber bleiben.*

Aber sie wachte nicht auf.

Sie sank wieder zurück, diesmal in den Alptraum.

Es war der Alptraum, der ihr erschreckend vertraut geworden war, der Alptraum, in dem Jim die Arme um sie schlang, seine Lippen fest, rauh, brutal und unpersönlich auf die ihren drückte. Der Alptraum ihrer privaten Verwirrung und Unentschlossenheit. Noch nie zuvor hatte sie das furchterregende Gefühl des Genommenwerdens durch einen völlig Unbekannten erlebt. *Aber es ist doch Jim!* redete sie sich verzweifelt ein.

Doch wenn sie in seine Augen schaute, wußte sie, daß es nicht Jim war.

Sie wußte nicht, wer es war.

Oder was.

Dann lag sie schlafend auf ihrem Bett – vielleicht war es auch Jims Bett, denn im Traum konnte sie es nicht erkennen. Im Traum erkannte sie im schwachen Schein der Nachtlampe, daß jemand neben ihr lag; ein verschwommener Hügel unter zerwühlten Laken. Schwacher Lichtschein auf – eventuell – blondem Haar …

Sie bemühte sich entsetzt zu erwachen, bevor er sich umdrehte und sie mit dem Gesicht ansah, das nicht Jim gehörte. Es war nicht einmal menschlich. Sie mußte wach werden, sie mußte so viel Luft in ihre Lunge pumpen, um zu schreien und sich so zu wecken. Aber es gab keine Luft …

Laßt mich hier raus! Laßt mich raus, bevor er sich umdreht …

Die Laken rührten und bewegten sich.

Es gelang ihr, die Augen zu öffnen.

Sie bekam noch immer keine Luft.

Ihr Schädel pulsierte. Der Raum – ihre Kabine; nicht Jims Quartier, in dem sie im Traum gelegen hatte – war mehr oder weniger dunkel, wenn man vom orangefarbenen Schein des Bildschirms und dem Leuchten der Nachtlampe absah. Sie wollte Luft holen, aber es ging nicht. Ihre Lunge saugte, ihre Nebenhöhlen waren voll von einem eigenartigen, metallischen Geruch. Panik überflutete sie; die Panik, daß sie vielleicht noch immer träumte …

Sie schaute neben sich aufs Bett und sah, daß das Ding aus ihren Träumen nicht da war. Summende Nebelhaftigkeit erfüllte ihren Kopf, es war wie Schlaf oder etwas ihm Ähnliches. Es desorientierte und flößte Entsetzen ein. Helen kämpfte sich aus der Tagesdecke und rutschte empfindungslos zu Boden. Sie zog sich auf die Beine, tastete benebelt um sich, nicht ganz sicher, ob sie noch schlief oder wach war. Was hier auch geschieht, dachte sie starr, irgend etwas stimmt hier nicht, hier läuft irgend etwas völlig daneben. Sie mußte den Raum unbedingt verlassen.

Schwankend wie eine Volltrunkene schaffte sie es zur Tür. Ihre Finger tasteten nach dem Öffner.

Nichts passierte.

Panik überschwemmte sie. Panik, neben der das Entsetzen des Traumes wie ein Blatt verschwand, das von einem Strom fortgetragen wird. Irgend etwas war in der Kabinenluft, irgend etwas, das ihre Lunge belastete. Es brannte, erfüllte ihren Kopf mit einem schwerfälligen Brummen und packte ihre Glieder in Blei. *Das Schiff!* dachte sie. *Die Lebenserhaltungssysteme haben versagt … Es ist ein Notfall … Der Eindringling … Es gibt* wirklich *einen Eindringling … Er hat die Lebenserhaltungssysteme abgeschaltet!* Ihr fiel ein, daß ihr jemand den Notschalter der Tür gezeigt hatte, aber ihr fiel nicht ein, wo er war oder wie man ihn bedienen mußte. Ihr Blick verschleierte sich schon, als sie auf den winzigen Schreibtisch zustolperte und verzweifelt auf den Kom-Schalter schlug. Wenn sämtliche Lebenserhaltungssysteme abgeschaltet waren, waren auch die anderen tot …

Tot. Sie lag im Sterben …

»Uhura …«, keuchte sie mit brennender Kehle. Ihre Worte waren ein rauhes, gutturales Krächzen, und sie wußte nicht einmal, ob das Interkom funktionierte. »Uhura!«

»Methoamylingas.« Mr. Spock hielt den langen, schmalen Zylinder hoch, damit der Captain und McCoy ihn sehen konnten. Die daumengroße Anzeige an der Spitze stand fast auf Null. »Er wurde in den Luftschacht gelegt, der zu Dr. Gordons Quartier führt. Der Abzugskanal war geschlossen, und die Türsteuerung ausgeschaltet.«

Kirk streckte eine Hand aus, sein Blick war leer und hart.

»Daß es sich um Methoamylin handelt, hätte ich Ihnen auch sagen können«, grollte McCoy und warf einen Blick auf das hohe Diagnostikbett, in dem Helen lag. Ihre dunklen, waagerechten Brauen wirkten vor der grauen Wachsfarbe ihres Gesichts schwarz und erschreckt. »Sie hat Glück gehabt, daß sie noch lange genug bei Besinnung war, um Hilfe zu rufen … Und noch mehr Glück, daß die, die sie gerufen hat, noch wach war und etwas unternehmen konnte.«

»Ich … Ich weiß nicht genau, was mich aufgeweckt hat.« Lieutenant Uhura runzelte die Stirn und zog den schweren schwarzen Stoff ihres Gewandes enger um sich. »Ich … habe mir einfach Sorgen um sie gemacht.« Der Blick ihrer dunklen Augen glitt über Captain Kirk hinweg, aber er schaute nur vor sich hin und reagierte nicht. »Dann … dachte ich, ich hätte etwas fallen hören.« Sie zuckte die Achseln. »Und als ich die Augen öffnete und mich umschaute, blitzte das Kom-Licht auf …«

»Das Methoamylin stammt natürlich aus den Atemtanks, die übriggeblieben sind, nachdem wir die denovianische Konsulatsgruppe nach Giermos gebracht haben«, sagte Kirk ruhig. »Es wurde nicht unter Sonderbewachung gestellt …« Er zögerte und fuhr sich plötzlich mit der Hand über die Augen. Hinter der Härte des wütenden Zorns in seinem Blick nahm Spock Erschöpfung wahr. Kirk sah aus wie ein Mensch, der von seinen letzten Reserven zehrte. Er verbirgt es, dachte Spock, wie man es als Kommandant tun muß. Aber das grelle Licht des Lazaretts zeigte gefühllos die neuen Runzeln in Kirks Gesicht und die Höhlen unter seinen Wangenknochen, wo er sichtlich an Gewicht verloren hatte.

Er ging langsam zum Bett zurück und schaute auf die dort liegende Frau hinab. Der langsame Rhythmus ihrer Atmung war lautlos. Obwohl sie in einer Ohnmacht lag, die so tief war, das sie an ein Koma grenzte, wurde ihre Stirn von einem leichten Zucken bewegt, als kämpfe sie noch immer mit einem quälenden, abgründigen Traum.

»Ich dachte, sie ...«, begann Kirk unsicher. Dann hielt er inne und fragte: »Warum hat sie nicht versucht, mich zu rufen?«

Spock sah, daß sich Uhuras bronzene Lippen leicht zusammenpreßten. Er sah auch den Ausdruck von Verwunderung und Ironie in ihren Augen, und ihm fiel ein, daß Helen an diesem Abend bei Kirks Eintreten aus dem Freizeitraum geflüchtet war. Natürlich ging es ihn absolut nichts an, was hier ablief, und vom vulkanischen Standpunkt aus gesehen zeugte es sogar von erschreckend schlechtem Geschmack, eine so unverhohlene Zurschaustellung von Emotionen auch nur zu bemerken. Hätte ein biochemisches oder technisches Problem dermaßen viele faszinierende Anomalien präsentiert, hätte er ihre widersprüchlichen Hinweise selbstverständlich Tag und Nacht weiterverfolgt.

Spock fragte sich, ob eine Möglichkeit bestand, sich mit Uhura allein über dieses Thema auszutauschen – sobald das gegenwärtige Eindringlingsproblem mit seinen neuen und alarmierenden Verästelungen gelöst war.

Da Uhura nichts sagte, erwiderte Schwester Chapel, die an der anderen Seite des Bettes stand, taktvoll: »Sie war in Panik, Captain. Sie hat sich während der Freiwache oft mit Uhura unterhalten, wenn Sie nicht erreichbar waren.«

»Ach«, sagte Kirk leicht verdutzt. Seine Brauen zogen

sich zusammen, als dächte er nach oder empfinde Schmerzen. »Ich verstehe ...«

»Wirklich?« grollte McCoy, als sie zusammen aus der Intensivstation durch den Gang zu seinem Büro gingen und Chapel und Uhura allein an Helens Bett zurückblieben. Die Tür schloß sich lautlos hinter ihnen. »Tja, Jim, *mir* fällt folgendes auf: Du siehst *ebenso schlimm* aus wie sie. Was, zum Teufel, ist mit dir los? Du meidest das Lazarett, als würden wir hier die Pest verbreiten ...«

»Und ich meide es auch weiterhin, solange mein Schiff bedroht wird.« Kirk machte ein paar Schritte, wandte sich wie ein Tiger im Käfig mit nervöser Ruhelosigkeit um und schaute sie an.

»Die Bedrohung existiert *wirklich*, meine Herren«, fuhr er mit fester, ruhiger Stimme fort. »Ich habe sie erkannt. Ich habe sie gespürt, seit wir Midgwis verlassen haben. Ich habe sie gespürt. Sie versteckt sich irgendwo in den Gängen, irgendwo in den Wänden. Und jetzt ist sie mörderisch geworden.«

»Und hat den einzigen Menschen an Bord angegriffen, der sich eingehend mit der Fauna und den Bewohnern von Midgwis beschäftigt hat«, schloß Spock nachdenklich. »Was bedeutet, daß die Bedrohung intelligent und bis zu einem gewissen Grad auch informiert ist. Obwohl unsere Sensoren nicht das geringste gemeldet haben ...«

»Die Galaxis ist groß, Mr. Spock«, erwiderte Kirk sanft. »Keiner von euch ... keiner von uns ... hat irgendeine Ahnung, wozu die Midgwin wirklich fähig sind.«

»Dann halten Sie es also nicht für Zufall«, sagte der Vulkanier, »daß wir keine Antwort auf unsere Bemühungen erhalten haben, mit dem Forschungsteam auf Midgwis Verbindung aufzunehmen?«

»Nein.« Der Captain schüttelte den Kopf. »Es wird

immer offensichtlicher, daß die Verbindung gewollt unterbrochen wurde … daß uns jemand in Sachen Midgwis im dunkeln tappen lassen will. – Wir kehren um, meine Herren.«

Spock hob eine Braue. Kirk trat an die Kom-Verbindung in der Wand von McCoys Büro und rief die Brücke. »Miss Fontana …«

»Ja, Captain?« kam die Antwort der Navigatorin von der Nachtschicht.

»Nehmen Sie Kurs auf Midgwis. Lieutenant Mahase, unterrichten Sie Sternbasis Neun, daß wir den Kurs aufgrund einer potentiellen Bedrohung der Sicherheit des Schiffes und eventuell der Föderation geändert haben und nach Midgwis zurückkehren. Das ist alles.«

»Es klingt, als ginge es um eine Verschwörung«, sagte McCoy zweifelnd.

»Ich stimme dem Captain zu«, sagte Spock. Er trat an den Tisch, auf dem McCoy den leeren Methoamylin-Zylinder gelegt hatte, um die Anzeige noch einmal zu untersuchen. »Vielleicht erklärt dies teilweise unsere extremen Schwierigkeiten, den Eindringling mit konventionellen Sensoren aufzuspüren. Es muß sich aber nicht unbedingt um eine Verschwörung der Midgwin handeln. Auch die Klingonen haben allen Grund, unsere dortige Mission zu sabotieren. Uns ist bekannt, daß sie schon früher die Hilfe von Flottenpersonal erkauft oder erpreßt haben. Die Erscheinungen …«

»Nein«, sagte Kirk scharf. »Nein, es ist … etwas von dem Planeten. Und es muß jetzt so schnell wie möglich vernichtet werden, da es mit ziemlicher Sicherheit versuchen wird, uns daran zu hindern, nach Midgwis zurückzukehren.«

Bei dieser plötzlichen absoluten Sicherheit, mit der Kirk sich äußerte, ruckte Spocks linke Augenbraue noch höher. McCoy, der auf dem Rand seines Schreibtisches hockte, sagte: »Na schön. Aber wie vernichtet man etwas, das sich mit den Schiffssensoren nicht aufspüren läßt? Ein Etwas, das offenbar mit reiner Willenskraft durch Wände gehen kann?«

»Gegen Ende des zwanzigsten Jahrhunderts hat man an der Columbia-Universität die Wirkung von Protonenwellen auf elektronische kyrillische Felder erforscht«, erwiderte Kirk und ging nun wieder auf und ab. »Spock, Sie sind der *Katra*-Experte. Sie müßten doch fähig sein, irgendeinen Zertrümmerer zusammenzubauen, der unseren kleinen Freund auflösen kann.«

Spock schwieg einen entsetzten Moment, als hätte Kirk in Gesellschaft beiläufig irgend etwas Vertrauliches über sein Sexualleben erzählt. Einen kurzen Augenblick lang überraschte es ihn, daß der Schmerz dieses beiläufigen Vertrauensverrats so heftig war.

Aber der Mann war der Captain. Und, fiel ihm ein, er stand unter starkem Streß. Also erwiderte er steif: »Man kann tatsächlich eine Art Protonenbeschleunigungsfeld konstruieren. Aber ich wäre viel eher geneigt, den Versuch zu machen, Verbindung mit dem Eindringling aufzunehmen, bevor wir ihn mir nichts dir nichts vernichten.«

»Nein!« beharrte Kirk. »Es wäre gefährlich – vielleicht sogar tödlich.« Und als Spock ihn verdutzt ansah, fügte er mit ruhiger Stimme hinzu: »Es ist ein körperloses Wesen, Spock; ein bioelektrischer Schatten. Er könnte ... jedermann beherrschen, der ihm nur nahe genug kommt. Wenn Sie, oder du, Pille ...« Er fuhr herum, sein Blick brannte in jäher Konzentration. »... oder sonst jemand irgendeine Erscheinung hört, sieht ... oder spürt ... irgendeine Manifestation des ... des Poltergeist-Effekts, sucht *auf der Stelle* das Weite. Das Risiko ist zu groß, besonders für Sie, Spock.«

»Nun ja.« Spock stand neben dem Labortisch, seine langen Finger ruhten reglos auf der Zylinderanzeige, seine geraden, dunklen Wimpern verschleierten seinen Blick. Auf der Wand hinter ihm zeigten die Leuchtmessungen des Beobachtungsmonitors, daß Dr. Gordons Bio-Werte sich langsam wieder der Normalität näherten. Das Gift entwich aus ihrem Blut. Sein vulkanisches Gehör nahm vage die Stimmen von Schwester Chapel und Lieutenant Uhura im Korridor wahr. Sie unterhielten sich leise. Dann ertönte das Geräusch von Chapels Stiefelabsätzen. Sie ging ins Labor. Das leise Klopfen von Uhuras Saffianlederschuhen entfernte sich im Korridor. Spock wandte sich wieder dem Captain zu. Er hatte das zunehmend beunruhigende Gefühl, daß etwas nicht stimmte, daß etwas nicht in Ordnung war.

»Allerdings finde ich es merkwürdig«, fuhr er fort, »daß sich der Zylinder, als Mr. DeSalle ihn nach Fingerabdrücken untersuchte, als abgewischt erwies. Unser Eindringling scheint ganz schön raffiniert zu sein... falls er und der verhinderte Mörder überhaupt ein und derselbe sind.«

Als Lieutenant Uhura sich der Tür ihrer Kabine näherte, verlangsamte sich ihr Schritt. Zwei- oder dreimal, als sie gegen Ende der Spätschicht zu Helens Quartier gegangen war oder es verlassen hatte, hatte sie in den leeren Korridoren erneut die eigenartige Furcht empfunden, wie in der Nacht nach der Abreise von Midgwis: das unheimliche Gefühl, von etwas beobachtet zu werden, das ihren Namen kannte. Sie hatte es niemandem erzählt, weil sie wußte, daß schon jetzt Gerüchte im Schiff umherschwirrten. Doch einige der Dinge, die sie im Freizeitraum gehört hatte, bereiteten ihr mehr Sorgen, als sie zugeben wollte.

Und nun das.

Jetzt wurde es mörderisch, hatte der Captain gesagt. Sie fragte sich, ob das, was sie am ersten Abend gespürt hatte, nur Einbildung gewesen oder ob sie dem Eindringling näher gewesen war, als sie sich auszumalen wagte.

Ich habe davon geträumt, dachte sie und beeilte sich, die Tür schnell zu erreichen. Bevor sie aufgewacht war, hatte sie davon geträumt, von etwas Kaltem, das sie rief ...

Warum jedoch sollte er sie rufen, wenn ihr Erwachen dazu führte, daß Helen gerettet wurde?

Uhura schüttelte den Kopf. Ich habe vielleicht zu viele von Reillys Gespenstergeschichten gehört, dachte sie. Das Klopfgeräusch, von dem sie vage annahm, daß es sie geweckt hatte, war zweifellos auch darauf zurückzuführen.

Oder doch nicht? Die Tür glitt auf. Obwohl sie noch vor einer Woche ganz einfach zum Bett gegangen wäre, um sich hinzulegen, brachte sie das Unbehagen der vergangenen Tage dazu, das Licht einzuschalten und auf der Schwelle stehenzubleiben.

Und sie sah sofort, daß die kleine marsianische Bronze, die normalerweise auf dem kleinen, metallenen Starfleet-Toilettentisch stand, in der Ecke auf dem Boden lag. Wahrscheinlich war sie nur deswegen rechtzeitig aufgewacht, weil sie heruntergefallen war. Nur deswegen hatte sie das Blinken von Helens Anruf gesehen.

Hinter ihr, auf dem Gang, fingen die kleinen Lichter der Alarmstufe Gelb an zu flackern. Auch das Alarmlicht über der Kom-Verbindung in ihrer Kabine flackerte. Obwohl sie recht genau wußte, was sie zu hören bekommen würde, streckte sie die Hand aus und aktivierte den Sprechknopf. Bei Gelb mußte man sich melden, um zu erfahren, was anlag. Gelb war zwar kein Notfall, bei dem man aus dem Bett springen mußte, aber wer wach war, mußte sich erkundigen.

Wie sie es erwartet hatte, vernahm sie die Stimme von Lieutenant Mahase, ihre Nachtvertretung. »... an

Bord befindet. Es sind sämtliche Vorsichtsmaßnahmen auszuführen; vermeiden Sie, allein zu sein.« Uhura lächelte widerwillig, als ihr einfiel, wie gekonnt Mahase gelegentlich im Freizeitraum die Standarddurchsage verulkte, in der es um die Ausführung von Vorsichtsmaßnahmen ging und die in der Anweisung gipfelten, unter keinen Umständen allein zu bleiben. »Eindringlingsalarm – es ist bestätigt worden, daß sich ein Eindringling an Bord befindet. Es sind sämtliche Vorsichtsmaßnahmen auszu ...«

Sie nahm den Finger vom Schalter und warf einen Blick auf die am Boden liegende Bronze. Zweifelnd, fast ängstlich trat sie an sie heran und hob sie auf. Dann schaute sie zum Toilettentisch, wo sie gestanden hatte. Uhura war äußerst ordentlich – man mußte so sein, wenn man in einer Fünfzehn-Quadratmeter-Kabine wohnte –, aber es gab hier nur wenige Plätze, an denen man etwas verstauen konnte. Der Toilettentisch war einer davon. Auf der Ablage standen ein paar Parfümfläschchen, in denen sich das winzige gelbe Licht der flackernden Alarmlichter spiegelte; eine Schmuckschatulle; die kleine Scheibe, die ihren Lieblingsfilm enthielt; ein Notizblock und Schreibstift ... Der Platz, den die marsianische Bronze eingenommen hatte, war völlig von den Dingen umstellt, die sie umgeben hatten. Sie hatte fast fünfundzwanzig Zentimeter vom Rand der Ablage entfernt gestanden.

Sie konnte unmöglich von allein heruntergefallen sein.

10

Im Raum des Captains der Hungrigen sank Yarblis Geshkerroth langsam auf die harte Koje und nahm den Kopf in beide Hände. *›Seinen‹ Kopf,* dachte er ironisch. *›Seine‹ Hände.* Er streckte die Hände aus, um sie sich anzuschauen. Sie waren klein, weiß und schwach und so zerbrechlich, daß sein Schnabel, hätte er jetzt einen gehabt, sie zermalmen konnte.

Und doch hatten die Hungrigen mit diesen zierlichen kleinen Stummeln Maschinen gebaut; Maschinen, die wiederum Maschinen bauten. Und diese wiederum hatten das Ding erbaut, das Ungeheuer-Ding, diese halblebendige Stadt, den Eisen-Bargump, der sie in seinem sterilen Magen durch die kreischende schwarze Leere des Nichts trug, den man Weltraum nannte.

Einsamkeit fraß wie Krebs an ihm. Er fragte sich, wie lange er es noch aushalten konnte.

Länger als der Captain der Hungrigen, der Mensch Kirk, dachte er mit plötzlicher bösartiger Verzweiflung. Bestimmt länger als er.

Bei der Berührung des Captains in der Ortschaft hatte er dessen fremdartige Stärke gespürt. Doch er hatte nie vermutet, daß der Mensch über die Kraft verfügte, seine Seele so zusammenhalten zu können. Er konnte sich kaum daran erinnern, wie lange es her war.

Gütige Rhea, dachte er verzweifelt, *laß mich aushalten … Laß mich solange aushalten, bis es erreicht ist.*

Doch Rhea – das gütige Leben, das sich in jedem Baum, jedem Bach, jeder Lichtung und jedem Versteck mitteilte, in dem er aufgewachsen war; der atmende Geist, dessen Namen und Natur er im Innersten seines Herzens kannte – war fern von ihm. Da ihm James Kirks gesamtes Wissen zur Verfügung stand und er die Erinnerungen seines Geistes ebenso leicht lesen konnte wie die seiner Geschwister im Bewußtseinsnetz, wußte er auch, daß die Welt und der Muttergeist, die ihn umgeben hatten, so weit entfernt waren, daß er sie kaum mit seinem Herzen ergreifen konnte.

Weiter entfernt als ein Midgwin gehen konnte, wenn er am Anbeginn der Zeiten losgegangen wäre, durch die Lebzeiten sämtlicher Ahnen, bis zum heutigen Tag ... Aber er konnte die Strecke nicht einmal gehen, weil es hier keinen Boden gab, keine Steine, kein Wasser. Keine Rhea, keine Familie, kein Bewußtseinsnetz, keine Liebe. Nur das Nichts, das kalte Eisen des Schiffes und die hysterisch präzisen Messungen, mit denen die Hungrigen sich beschäftigten. Sie konnten nicht funktionieren, ohne an *Zentimeter, Mikronen, Sekunden* und *Jahre* zu denken ...

Wie leicht einem diese Begriffe eingingen und wie sie einen übernahmen; zuerst in der Sprache des Geistes, dann in den Wahrnehmungen, bis sie ganz in einem waren.

Kein Wunder, daß sie alle rafften und glaubten, alles verteilen zu können, nur weil sie wußten, wie viele Dinge existierten. So viel für mich, so viel für meine Geschwister ... Nur waren die anderen für sie keine Geschwister, sondern nur ›die anderen‹.

Kein Wunder, daß sie sich zu den Hungrigen entwickelt hatten. Ihr Hunger konnte nie gestillt werden, soviel sie auch hatten.

Und all das Böse, all der Irrsinn, all die Raffsucht, den er in ihren Träumen, in ihrem Verstand, in ihren Erinnerungen gesehen hatte, die Gier, in der sie nicht einmal etwas Falsches sahen, da sie für sie richtig und offenbar der normale Lauf der Dinge war – eine Gier, die sich nun bei seinem Volk ausbreiten und es dazu bringen würde, ihr nachzustreben, weil sie sich als Gutes tarnte –, war darauf zurückzuführen.

Zählen. Der Hunger der Seele. Meins und deins.

Wenn sie Arxoras getäuscht hatten – Arxoras, den Klugen und Guten mit den vielen Sommern der Erfahrung –, konnten sie die anderen dann nicht viel besser täuschen, die weniger erfahren waren als er?

Yarblis rappelte sich auf und trat vor den Spiegel über dem Ankleidetisch, in dem sich Dinge befanden, von denen die Erinnerungen des Captains behaupteten, sie gehörten ›ihm‹. Er hatte noch nie so lange einen fremden Leib besetzt. Die Hungrigen, die er aus ihren Leibern verdrängt hatte, nachdem sie in einer glitzernden, goldenen Wolke materialisiert waren – jene Hungrigen, die Shorak und die anderen Klingonen nannten und von denen sie sagten, sie seien nicht mit James Kirk und seinen Leuten vergleichbar –, hatte er, als sie auf seiner Welt angekommen waren, nur übernommen, um die anderen ihrer Art zu töten. Dann war er in seinen eigenen Körper zurückgekehrt. Er hatte die schrecklichen Spannungen, unter denen die Körper standen, die er übernommen hatte, nie begriffen. Es war ihm unmöglich, in seinem neuen Leib zu schlafen; er empfand Abscheu vor der schleimigen Nahrung, von der ihm sein Verstand sagte, daß er sie essen mußte, um nicht aufzufallen ...

Und wie eine Dunkelheit, in der man alle anderen Dinge ertasten mußte, lastete auf ihm die scheußliche, verzehrende Einsamkeit der Trennung vom Bewußtseinsnetz.

Das vor allen Dingen.

Er stand nun da und schaute in James Kirks Gesicht. Es war faltiger als früher, grauer; die dunklen Ringe um die Augen ließen die Haut blaß und glänzend erscheinen. Dem Arzt war es schon aufgefallen. Der Mann Spock, der kalte Allesberechner, hatte noch mehr bemerkt.

Wie die Frau Helen, die er loswerden mußte, bevor er seinen Plan mit dem Schiff ausführen konnte; den Plan, der die Welt für alle Zeiten vor den Hungrigen rettete.

Er hätte nicht geglaubt, daß …

Abrupt ertönte der Türsummer. Seine mechanische Beschaffenheit war ihm trotz aller Sanftheit unerträglich. Yarblis fuhr herum, kämpfte gegen das Zerren der Irritation, das diese Dinge verursachten. Es war bezeichnend für die Art, wie dieses Volk lebte. Sie riefen alles über James Kirk in seinen Verstand zurück; alles, was James Kirk *ausmachte.* Und *er* war nun James Kirk.

»Herein«, sagte er.

Es war Spock.

»Captain …« Der Wissenschaftsoffizier – Kirks Geist identifizierte ihn so – neigte den Kopf. Spock war wie die Forscher Shorak und L'jian, die nie ins Bewußtseinsnetz eingetreten waren. Ihre Seelen waren wie Steineier; er war nie in der Lage gewesen, ihre Träume zu lesen. Er hätte Spocks Träume gern gesehen, doch die nötige Konzentration, in Kirks Körper zu verbleiben, schloß alles andere aus, und wenn man der üblichen mentalen Verbindungen beraubt war, war es manchmal schwierig, verbale und körperliche Winke einer fremden Rasse zu verstehen.

»Was ist denn, Spock?«

Spock dachte kurz nach. Hinter seinen falkenhaften Zügen zeigte sich untypische Unsicherheit. Dann sagte er: »Ich glaube, ich sollte Sie danach fragen, Captain. Ich wollte nicht vor Dr. McCoy darüber sprechen, aber ich habe den Eindruck, Sie wissen mehr über den Eindringling, als Sie zugeben. Sie haben den Eindruck erweckt, als hätten Sie schon mit ihm gerechnet, bevor die Mannschaft seine Manifestationen gemeldet hat.«

Spock runzelte die Stirn, legte den Kopf leicht schief und musterte den Captain mit dunklen, gelassenen Augen. Die Erlebnisse mit den Klingonen-Hungrigen hatten Yarblis etwas Erfahrung verliehen, in langgezogenen, eigenartig nichtssagenden Gesichter mit winzigen Augen und minimalen Falten zu lesen. Und inzwischen hatte er sich längst daran gewöhnt, sie um sich zu haben.

»Ich habe das Thema deswegen nicht angeschnitten, weil ich nicht wußte, ob es das ist, was Sie beschäftigt.« Spock sprach zurückhaltend, als bezöge er sich auf eine andere Angelegenheit. Yarblis wußte anhand Kirks Erinnerungen, daß die vulkanische Steinei-Seele ein Erwähnen des Verhältnisses mit Helen für schlechten Geschmack hielt – und etwas, das ihn nichts anging. Obwohl Yarblis wußte, daß Kirk Spocks Freund war (obwohl echte Freundschaften ohne Bewußtseinsnetz eigentlich nicht möglich waren), konnte er den Vulkanier und seine ganze Art nicht ausstehen: den kalten Individualismus, seine Präzision, die alle Freiheit der Seele verneinte, nach der er, Yarblis, strebte, und die Besessenheit, Dinge nach bestimmten Regeln zu berechnen.

Yarblis zuckte die Achseln – es war eine Geste aus Kirks Repertoire – und sagte: »Wenn ich darüber gesprochen hätte, hätten Sie oder sonst jemand mir geglaubt? Wir haben alles im Schiff von unten nach oben gekehrt – und Ihre wunderbaren Messungen haben nicht das geringste ergeben. Ich weiß aber, daß etwas im Transporterraum war. Und ich glaube, Sie wissen es auch.«

»So ist es«, sagte Spock nachdenklich. »Ich hatte kurz das Empfinden, als hielte sich eine fremde Lebensform dort auf.« Yarblis, den Rücken dem Kabinenzwielicht, das Gesicht dem Korridorlicht zugewandt, war sich bewußt, daß Spock ihn genau musterte. Ihm entging auch nicht der beunruhigte und unsichere Tonfall seiner tiefen, grobgestrickten Stimme.

Aber der Vulkanier (auch dies: ein Stück Kirksches Wissen, obwohl Yarblis nicht genau wußte, wie er all die Dinge interpretieren sollte, die mit dieser Hungrigen-Familie zu tun hatten) sagte bloß: »Ist auf dem Planeten irgend etwas passiert, das Sie zu dem Schluß gebracht haben könnte, wer der Eindringling ist? Ich hatte vor, mit Dr. Gordon darüber zu sprechen ...«

Yarblis war sich bewußt, daß er den Eisenkürbis mit der vergifteten Luft praktisch in letzter Sekunde in ihren Raum gelegt hatte. Nun mußte er alles tun, um sie zu töten, bevor sie das Bewußtsein zurückerlangte und reden konnte.

»Nur die Eindrücke, die ich von Begegnungen mit den Midgwin habe.« Was Kirk von seinem Volk wußte oder dachte, war nach Yarblis Erkenntnis so simpel und verzerrt, daß es mehr oder weniger unbrauchbar war. Was Helen wußte, konnte er nur anhand dessen vermuten, was sie ihrem Gefährten erzählt hatte. Die anderen konnten gar nichts wissen, aber ihm wurde klar, daß er von Wissen gesprochen hatte, das er unter keinen Umständen haben konnte. Es gab so viele Dinge, die er wissen mußte, so vieles, das es zu sortieren galt – es war anders als die kurzen, früheren Maskeraden.

»Ein paar Dinge, die mir Thetas und die anderen auf dem Planeten über die Fähigkeiten dieses Volkes erzählt haben«, fuhr er bedächtig fort. »Seien Sie vorsichtig, Spock. Ich sage es noch einmal: Das Ding muß vernichtet werden, und zwar so schnell wie möglich. Kommen Sie nicht in seine Nähe. Niemand darf in seine Nähe kommen.«

»Gewiß nicht, Captain«, erwiderte Spock formell. Aber Yarblis sah, daß er nicht erfreut darüber war. Eine unangenehme Stille entstand, in der er sah, daß der Vulkanier ihn betrachtete, als warte er auf etwas. Er wußte nicht genau, was es war, da er die Körpersprache dieses Volkes nicht verstand, doch um was es auch ging, Spock bekam es nicht. Kurz darauf fuhr er, verschanzt hinter seiner formellen Art, fort: »Ich habe die Abschirmung des Computers noch einmal geprüft, da der Poltergeist-Effekt laut den Meldungen mehrmals im Hauptcomputerraum oder dessen Nähe stattgefunden hat.«

»Gut«, stimmte Yarblis ihm zu, auch wenn ihm nicht im geringsten klar war, warum Spock dies für wichtig zu halten schien. Der ›Hauptcomputer‹ war laut Kirk lebenswichtig – es handelte sich um irgendeine riesige Maschine, die für die Luft, das Licht und die Bewegung des Schiffes verantwortlich war. Doch wie die Implikationen von Spocks Andersartigkeit, war die Menge winziger Fakten, die den Begriff Hauptcomputer umgaben, für ihn schwierig interpretierbar. Er wußte freilich genug über den ›Computer‹, um ihn zu benutzen, um seinen Plan für das Schiff auszuführen. Den Plan, der die Welt rettete und die Hungrigen daran hinderte, sein Volk zu versuchen, damit es die Schönheit und Gänze Rheas zerstörte, in der es lebte. Aber es gab auch Dinge, für die ihm einfach die Zeit oder die Kraft fehlte, sie auseinanderzunehmen.

»Gut. Dann sehen Sie mal zu, was Sie mit einem Niederfrequenz-Protonenbeschleuniger erreichen. Sobald wir wissen, daß er in der Nähe des Hauptcomputers auftaucht, kann dort die Jagd auf ihn beginnen.«

»Sehr gut, Captain.«

Spock neigte erneut den Kopf, eine Geste des Respekts. Als die Tür sich schloß, vernahm Yarblis den leicht ungleichmäßigen Schritt seiner sich im Gang entfernenden Stiefel. Er hörte sie pausieren, als hielte ein Mensch inne, dem irgendein Gedanke gekommen war, dann entfernten sie sich weiter und verstummten.

Er hatte irgend etwas falsch gemacht.

Yarblis, der weiterhin hinter der Tür stand, wußte es. Sein Herz – das fremde Herz – schlug beim Ansturm der fremden Enzyme in seinem Blut schnell. Er war ihnen aus dem Weg gegangen, wann immer sich die Gelegenheit geboten hatte: dem Mann Spock, der Frau Helen, dem Arzt McCoy und den anderen, die Kirks Verstand als jene identifizierte, die mit seinem Stil am vertrautesten waren, doch da diese Wesen nichts hatten, was dem Bewußtseinsnetz glich, konnte Yarblis sich nicht vorstellen, daß sie einander wirklich kannten. Er hatte gehofft, in der Lage zu sein, ihnen aus dem Weg gehen oder sie wenigstens bluffen zu können, bis sie zu seiner Welt zurückgekehrt waren und er den Plan ausgeführt hatte, der sein Volk über die Verlockung erhaben machte, je etwas mit den Hungrigen zu tun haben zu wollen.

O Rhea, Geistmutter der Bäche und des Grases, dachte er, *laß mich so lange aushalten, bis ...*

Was er auch während dieses oder des vorherigen Gesprächs in den kalten und sterilen Räumen gesagt hatte, die für die Hungrigen ein Ort der Heilung waren, er hatte irgendeinen Fehler gemacht, und der Mann Spock war argwöhnischer als je zuvor.

Er mußte schnellstens handeln.

Es war keine große Überraschung für die Mannschaft der *Enterprise,* als sich die Nachricht verbreitete, man habe den Kurs geändert und befände sich wieder auf dem Weg nach Elcidar Beta III. In mehreren Quartieren empfand man es sogar irgendwie als Erleichterung, daß auf dem Schiff nun permanent Alarmstufe Gelb herrschte: Es gab bestätigte Meldungen über einen Eindringling, und es galt, Vorsichtsmaßnahmen zu ergreifen. Jene, die spät in der Nacht am Hauptcomputer arbeiteten – Giacomo, Miller, McDonough – absolvierten schon seit mehreren Nächten Doppelschichten, da Gilden und Brunowski, wenn sie dienstfrei hatten, ihnen Gesellschaft leisteten. Manche verstanden die Tatsache nicht, daß die Schiffsortung noch immer keinen Hinweis über die physikalische Beschaffenheit des Eindringlings gegeben hatte, doch die meisten waren lange genug im Weltraum, um Verständnis für die extreme Beschränktheit der menschlichen Erfahrung zu haben. Es gab nur wenige, die auch jetzt noch behaupteten, der Eindringling müsse trotz allem ein Geist sein.

Anderswo empfand man jedoch weiterhin Unbehagen.

»Sie können doch nicht abstreiten, daß der ganzen Sache etwas Gespenstisches anhaftet, Spock«, brummte McCoy. Er hockte auf einem Laborstuhl und schaute Spock zu. Er justierte gerade ein Gerät, das wie eine kleine auf einem umgebauten Nuklearbeschleuniger und einem Protonenkonverter befestigte Laserkanone aussah. Und um eine solche handelte es sich auch. »Wenn es wirklich ein Fremdling ist … Wenn es etwas ist, das wir uns auf dem Planeten eingefangen haben … Worin, zum Teufel, besteht sein Ziel? In den Labors stoße ich alle naselang auf Tassen und Glaskolben, die von hier nach da bewegt wurden, und wenn freie Flüssigkeiten im Spiel sind, sind sie ausgeschüttet. Aber worin liegt der Sinn? Und was, zum Teufel, hat das Ding überhaupt vor?«

»Dies, Doktor«, erwiderte Spock und warf einen Blick auf die hinter ihm liegende Werkbank – sie befanden sich in dem kleinen Labor auf Deck 2 –, »ist ein Niederfrequenz-Protonen-Welleninduktionsgenerator.«

»Ach«, sagte McCoy. »Ich Idiot! Wieso habe ich es nicht sofort erkannt?« Er schlug die Beine übereinander und schaute mit einem gewissen Maß an Interesse zu, als Spock sich auf eine Weise, die, wäre er ein Mensch gewesen, irritiert gewirkt hätte, umdrehte, und eine intensive Suche auf der Werkbank begann. »Haben Sie etwas verloren?«

»Vor genau 2,7 Minuten«, sagte Spock, »lag hier ein Bolzenschweißgerät. Ich habe es dort hingelegt, bevor Sie hereinkamen.« Er richtete sich auf. Seine dunklen Brauen bildeten auf seinem hohen Nasenrücken, unterhalb der auf die Stirn geschobenen Schutzbrille, ein spitzeres V als sonst. »Es ist das vierte Werkzeug, das in den letzten achtzehn Stunden auf unerklärliche Weise verschwunden ist. Gestern sind mir auf dieser Werkbank ein Schallschrauber, ein optischer Sucher und vierundzwanzig Zentimeter Selenitdraht abhanden gekommen, obwohl ich genau weiß, wo ich sie hingelegt habe.«

McCoy ächzte. »Sagen Sie bloß, hier geht's auch schon los!«

Spocks Miene sprach Bände.

»Schwester Chapel sagt, aus den Labors seien Gegenstände verschwunden, die dann an den verrücktesten Stellen wieder aufgetaucht sind. Zum Beispiel mein Datenblock, der plötzlich in den Dekontaminationsräumen war, in denen sich seit Tagen niemand mehr aufgehalten hat ...«

»Oder das Mathoamylin-Röhrchen, das aus dem Lager der Xenoökologie verschwand und dann im Luftschacht von Dr. Gordons Quartier wieder auftauchte?«

McCoy schaute unbehaglich drein. »Tja, auch das.«

»Wie geht es ihr, Doktor?«

»Sie ist noch ziemlich benommen. Sie sagt, sie hätte keine Ahnung, wie das Röhrchen dort hingekommen ist. Als es aktiviert wurde, hatte sie schon mehrere Stunden geschlafen. Das Gas ist geruchlos. Es war reiner Zufall, daß sie aufgewacht ist, und es war reiner Zufall, daß Uhura wach war, als sie um Hilfe rief. Da sich im Moment niemand im Lazarett befindet, wechseln sich Chris und Lieutenant Uhura bei ihr ab. Wenn man bedenkt, daß sie nun unsere einzige Informationsquelle über Midgwis ist, können wir wohl davon ausgehen, daß der Eindringling es noch mal versucht.«

»Das meine ich auch«, sagte Spock, nahm einen Punktschweißbrenner und kniff die Augen zusammen, als er sorgsam den Strahl herunterdrehte, damit er in etwa dem des verschwundenen Werkzeugs entsprach, das er eigentlich brauchte. »Allerdings gibt es nur wenig Hinweise, die den Eindringling – beziehungsweise die verschiedenen bisher gemeldeten Poltergeist-Erscheinungen – mit dem Mordversuch an Dr. Gordon in Verbindung bringen.«

»Also wirklich, Spock«, sagte McCoy. »Sie behaupten doch wohl nicht noch immer, daß wir einen klingonischen Spion an Bord haben, oder?«

»Ich wäre nie so unbesonnen, über die mir zur Verfügung stehenden Daten hinaus zu theoretisieren«, erwiderte Spock nüchtern. »Aber verschwindende und wieder auftauchende Gegenstände werden bei Poltergeist-Phänomenen normalerweise ziemlich regelmäßig gemeldet. Hingegen muß der aktenkundige Fall eines Poltergeistes, der Fingerabdrücke von einem solchen Gegenstand abwischt, erst noch gemeldet werden.« Er zog die Schutzbrille über seine Augen und beugte sich über den Induktionsgenerator. Ein scharfes Zischen ertönte, als er die feinen Drähte an Ort und Stelle verschweißte.

»Und aus eben diesem Grund«, sagte er ein paar Minuten später und richtete sich von seiner Tätigkeit auf, »würde ich irgendwie gern mit dem Eindringling Verbindung aufnehmen. So könnten wir zumindest einige Kenntnis darüber erlangen, was er ist, und möglicherweise auch unser Wissen über die Fauna von Midgwis erweitern – falls er dort an Bord gekommen ist, was der Fall zu sein scheint. Seine Intelligenz geht ziemlich sicher über die auf Midgwin übliche hinaus. Sein Talent, sich zu verbergen, würde dann auch erklären, warum Dr. Shoraks Berichte nichts darüber vermelden. Im besten Fall gewinnen wir vielleicht einen Zeugen hinsichtlich des wirklichen Täters des Mordversuchs. Immer, wie schon gesagt, vorausgesetzt, daß der Eindringling und der Täter ein und derselbe sind.«

»Wenn es *wirklich* ein und derselbe ist«, erwiderte McCoy, »könnte Ihnen Gott weiß was blühen – und wenn Jim recht hat, sogar irgendeine Art der Übernahme durch ein fremdes Lebewesen.«

»Falls«, stimmte Spock vorsichtig zu, »der Captain, wie Sie sagen, recht hat.«

Es folgte eine lange und ziemlich unbehagliche Stille.

»Haben Sie mit ihm gesprochen?«

Spock schob die Brille wieder hoch und runzelte leicht die Stirn, als wolle er die nicht passenden Teile eines komplizierten Puzzles zusammenfügen. »Ich habe es versucht«, erwiderte er nach kurzem Nachdenken. »Und es ist wirklich nicht einfach, in seinem Denken Fehler zu finden. Die Unterlagen über Begegnungen mit fremden Intelligenzen geben reichlich Zeugnis über die Existenz von Lebensformen ab, bei denen sich sogar die vorsichtigsten Versuche der Kontaktaufnahme ziemlich schnell als fatal erwiesen haben. Und das nicht nur für ein Einzelwesen, das Kontaktversuche macht, sondern für jeden aus der Kontaktgruppe. Aber abgesehen von seiner Gewißheit, die vielleicht auch nur übertriebene Vorsicht ist, scheint er völlig Herr seiner Sinne zu sein.«

»Ich habe ihn heute zu einer Untersuchung geladen, verdammt«, murmelte McCoy, nahm einen Schreibstift von der Werkbank und drehte ihn nervös in den Händen. »Er hat fünf Pfund abgenommen, ist aber sonst gut in Form – körperlich. Wenn er auch keine zwei Worte mit mir gesprochen hat … Tja, der Eindringling *beschäftigt* ihn eben. Zudem ist es auch noch einer, den man nicht aufspüren kann. Außerdem hätte er beinahe die Frau umgebracht, die er liebt. Sowas reicht aus, um jeden Menschen irgendwie unberechenbar zu machen.«

»Weswegen«, erwiderte Spock trocken, »ich immer grundlegend dankbar dafür war, daß ich Vulkanier bin.« Er drehte sich wieder um und betrachtete das wüste Gewirr der Ersatzteile und Drähte auf der Werkbank vor ihm.

»Und das da bringt ihn um?«

»Theoretisch.« Spock prüfte eine Verbindung, stöpselte ein Meßgerät ein und konsultierte die rubinroten Zahlen, die auf dem winzigen, dunklen Schirm aufleuchteten. »Man kann es im voraus schwer sagen, da über die Lebensform – wenn es eine ist – keine Erkenntnisse existieren und sie sich auch nicht orten läßt. Wenn der Eindringling eine unabhängige neuralelektronische Infrastruktur besitzt, müßte das Protoneninduktionsfeld theoretisch nur lange genug auf ihn einwirken, um ihn permanent zu neutralisieren.«

Er wandte sich wieder der Werkbank zu und bewegte die Hand, als wolle er sie auf etwas legen, dessen Standort er genau kannte, doch dann hielt er irritiert inne und suchte danach. McCoy sprang vom Stuhl auf, ging mit hinter dem Rücken verschränkten Armen um den Induktionsgenerator herum, damit Spock ihn nicht beschuldigen konnte, die Dinge zu schüren – er suchte ihn schließlich nicht zum erstenmal bei der Arbeit auf –, und musterte ihn interessiert. »Was war eigentlich mit diesem *Katra*-Zeug, nach der Jim gefragt hat?«

Spock wandte ihm den Rücken zu. McCoy sah, daß seine Schultern sich versteiften. Die Stimme des Wissenschaftsoffiziers war von arktischer Kälte. »Ein theoretischer Begriff aus der vulkanischen Metaphysik, über die der Captain und ich irgendwann gesprochen haben.«

Sein Tonfall war zwar so deutlich wie das Zuknallen einer Tür, aber McCoy ließ nicht locker. »Er hat darüber geredet, als sei es eine Art Lebensform, die dem Ding entspricht, mit dem wir es zu tun haben.«

»Die Analogie war ein Irrtum.« Spock nahm die Brille ab, hängte sie ordentlich an den dazugehörigen Haken und legte, zwei nadeldünne Manipulatoren in der rechten Hand, einen Kopfhörerverstärker an. »Wenn Sie mich nun entschuldigen wollen, Doktor ... Der Captain ist sehr darauf erpicht, daß der Generator fertig wird und heute abend geprüft werden kann. Morgen müssen noch drei hergestellt werden, damit das ganze Schiff sektionsweise gesäubert werden kann, und ich brauche Ruhe bei der Arbeit.«

»Tja, dann entschuldigen Sie mich«, murmelte McCoy und ging hinaus. Er war kaum aus der Tür, als Spock auch schon im Innenleben des Generators herumstocherte.

Als McCoy wieder ins Lazarett kam, warf er einen Blick durch die Tür der Intensivstation, in der Helen lag. Sie döste unstet unter den schwachen Lampen des diagnostischen Bettes. Neben ihr saß Uhura. Das gedämpfte Bernsteinlicht der Bildschirmschrift ließ ihre breiten Wangenknochen wie leicht vergoldete Bronze erscheinen. Sie sah müde aus. McCoy wußte zwar, daß sie eine volle Schicht auf der Brücke hinter sich hatte, aber er wußte ebenso, daß sie die Zeit, die sie am Bett ihrer Freundin verbrachte, nicht ungern verschenkte. Die Verdoppelung der Schichten war die schlimmste und ärgerlichste Nebenwirkung eines permanenten Alarms. Er konnte sich an keinen erinnern, der so lange gedauert hatte.

Andererseits, dachte er sarkastisch, als er durch den Gang zu seinem Büro ging, kann ich mich auch nicht daran erinnern, daß wir es je mit einem Fremden zu tun gehabt haben, der nur ein Muster neuraler Impulse ist – falls überhaupt. Kein Wunder, daß die Forscher auf Midgwis ein solches Ding nie gemeldet haben.

Oder haben sie es doch? Er betätigte neugierig eine Taste, um den Leseschirm auf seinem Schreibtisch zu aktivieren, und nach kurzem Nachdenken, um sich an einige Kodes zu erinnern, gab er sie in den Referenzcomputer ein. Ob die Eingabeabteilung schon dazu gekommen war, Shoraks Berichte zu indizieren? Wahrscheinlich – die Leute waren in solchen Dingen im allgemeinen ziemlich schnell.

Gelbe Buchstaben tauchten vor einem dunklen Hintergrund auf.

FÜR ZUGRIFF IST SICHERHEITSKODE ERFORDERLICH.

Verdammt, dachte McCoy und klinkte sich wieder aus, *Spock hat Jim bezüglich der klingonischen Verschwörung wohl doch einen Floh ins Ohr gesetzt.* Er überlegte, ob er Kirk anrufen und ihn um den Zugriffskode bitten sollte, doch als er auf die Uhr schaute, entschied er sich dagegen. Falls er noch nicht schlief, sollte er ihn jetzt nicht gerade am Einschlafen hindern.

McCoy runzelte die Stirn und dachte nach. Jim sah schrecklich aus. War es der Druck des Wissens, daß sich der Eindringling irgendwo im Schiff befand und darauf wartete, erneut zuzuschlagen? Oder lag es an dem, was zwischen ihm und Helen ablief? Es sah ihm jedenfalls nicht im geringsten ähnlich, sich bezüglich einer Affäre, die ihm nicht mehr behagte, derart zu verhalten, aber schließlich war er auch allgemein darauf bedacht, seine Beziehungen nicht allzu eng werden zu lassen, damit sie sich totlaufen konnten ... Und der schon in jungen Jahren geschiedene Leonard McCoy war auf keinen Fall der richtige, um sich bei anderen Menschen als Berater für Liebesfragen aufzuspielen.

Auch die Untersuchung hatte nichts ergeben. Mit Jim war alles in Ordnung, wenn man von den Streßfalten seines Gesichts und dem geplagten Blick seiner Augen absah. Er hatte schon früher versucht, seinen Freund, wenn er ernsthaft verletzt gewesen war, von der Brücke fernzuhalten. Es hatte sich nicht ausgezahlt. Bei dem Versuch, mit ihm zu reden, hatte Kirk ihn einsilbig abgespeist: *Ich kann jetzt nicht darüber reden, Pille. Frag mich später danach.*

»Vielleicht kriegen wir's auf die Reihe, wenn wir wieder auf dem gottverlassenen Planeten sind«, murmelte er vor sich hin und öffnete den Safe. Er entnahm ihm einen kleinen, unzerbrechlichen Behälter mit Bourbon, um sich ein Glas einzuschenken.

Doch die Erinnerung an Midgwis quälte ihn. Die mentale Berührung durch den alten Patriarchen fiel ihm wieder ein, wie das Balsam warmen Öls auf einer halb verheilten Wunde – das Gefühl der Bürde der Einsamkeit wurde leichter. Er erinnerte sich an das schmelzende Bernsteinmondlicht, den Geruch von Staub und an das wispernde Gras – das Gefühl aller ruhenden Dinge, die so waren, wie sie sein sollten, ohne Eile, ohne Hektik, seit Anbeginn der Zeit. Er erinnerte sich auch an die Reflexion des Feuerlichts in Thetas' dunklen Augen und an die leise Stimme des Argelianers in den tanzenden Schatten, als er über die seltsamen Schönheiten des einfachen Lebens der Midgwin gesprochen hatte, über ihre komplizierte Legenden- und Glaubensstruktur, ihre spirituellen Philosophien und verwickelten, nichtvisuellen Künste, die tiefe Ruhe ihrer Kultur, die dem Empfinden entsprang, gänzlich den Händen des Schicksals überantwortet zu sein.

Eine Struktur, so zerbrechlich wie Glas, hatte Thetas gesagt, die sogar ein Wechsel zum Guten hin irreparabel zerschmettern konnte.

McCoy wußte, daß keiner der drei Forscher irgendeinen Midgwin-Glauben erwähnt hatte, der mit Geistern oder unsichtbaren Lebewesen zu tun hatte – was natürlich nicht besagte, daß es keinen gab. Es konnte etwas sein, das die Midgwin den Forschern gegenüber nicht erwähnt oder das die Forscher der Landeeinheit mitzuteilen vergessen hatten, falls sie es lediglich für eine Ausgeburt der Phantasie hielten. Wesen, die Artefakte bewegten und manipulierten, mußten in der Midgwin-Gesellschaft, die nur ein paar Stöcke und Blumenkränze anzubieten hatte, um offiziell als empfindungsfähige Zivilisation eingestuft zu werden, verdammt wenig Spielraum haben.

Und doch, laut dem was Helen ihm in den letzten Wochen darüber erzählt hatte, wie Kulturforscher arbeiteten, war dies nichts, was sie mißachten würden.

McCoy stand auf und ging durch den kurzen, hell erleuchteten Gang zur Tür der Intensivstation. »Lieutenant Uhura?«

Uhura schaute rasch auf. Auch wenn sie vielleicht in ihrer Lektüre – irgendeinen Roman oder eine Modeillustrierte aus den endlosen Dateien des Computers – versunken gewesen war, sie war sofort wieder da. »Ja, Doktor?« Sie streckte den Arm aus, um die Hand der im Bett liegenden Frau zu berühren, und schob deren dunkles Haar beiseite, das flach auf dem Kissen lag. »Sie schläft jetzt ruhiger.«

»Gut.« Er ging in den im Halbdunkel liegenden Raum hinein. Die Luft war stickig – wegen des Alarms waren die Ventilatoren doppelt abgeschirmt. »Wissen Sie, ob Dr. Gordon noch andere Notizen über Midgwis angelegt hat? Sämtliche Berichte über den Planeten sind unter Verschluß, und ich möchte Jim jetzt nicht aufwecken …«

»Er sieht wirklich so aus, als könnte er Schlaf brauchen«, erwiderte Uhura. »Ja, Helen hatte einen Mikrofilm. Er muß neben dem Bildschirm an ihrem Bett liegen. Er hat ein orangefarbenes Etikett, enthält sämtliche Vorberichte über Midgwis und ist ziemlich vollständig.

Sie hat nämlich auch nach irgendeinem Verweis auf ein unsichtbares, unberührbares Geschöpf gesucht.«

»Hat sie etwas gefunden?«

Uhura schüttelte den Kopf. »Ich weiß nicht. Aber ich glaube nicht, daß sie etwas dagegen hätte, wenn Sie in Ihre Kabine gehen und es sich holen.«

Als McCoy das Gästequartier betrat – wobei er sich noch immer leicht albern vorkam, weil er all diese Umwege in Kauf nahm, wo Jim ihm doch am nächsten Tag den Zugriffskode geben konnte –, lag kein Mikrofilm mit orangefarbenem Etikett neben dem Bildschirm. Es gab keinen Mikrofilm dieser Art im gesamten Raum. Die Kabine enthielt überhaupt keine Mikrofilme.

Helen bewegte sich ruhelos im Schlaf. Uhura schaute rasch auf und schob den Leseschirm auf dem beweglichen Arm schnell beiseite. Der Roman, den sie las – es ging um Liebe inmitten des Untergangs einer uralten Zivilisation – diente nur dazu, die Zeit totzuschlagen. Ihr wäre auch alles andere recht gewesen *(außer Geistergeschichten,* dachte sie sarkastisch). Sie blickte überrascht auf den Zeitmesser in der oberen Ecke des Diagnosebildschirms. Es war fast Mitternacht. Chris würde bald ihren Dienst antreten, dann konnte sie zu Bett gehen … Es brachte ohnehin nicht viel, an Helens Bett zu sitzen. Wegen des Alarms teilten sogar die Offiziere, die Einzelkabinen hatten, ihr Quartier mit jemand anderem. Es war eine Standardprozedur für den seltenen Fall, daß sich ein Eindringling an Bord befand. Sie teilte ihren Raum mit Chris und Organa vom Sicherheitspersonal, einer Frau, mit der sie beide gut auskamen. Aber mit der gemütlichen Atmosphäre einer Schlummerparty hatte dies wenig zu tun. Hier war es zumindest still. Und, gestand sie sich leicht unbehaglich ein, als sie an das eigenartige Gefühl dachte, das sie auf dem Korridor erlebt hatte, hier wurde in der Tat alles bestens überwacht.

Sie beugte sich über das Bett und betastete Helens Gesicht. Sie fieberte nicht, ihr war auch nicht kalt. Doch ihre Freundin drehte sich leicht im Schlaf und murmelte ruhelos etwas vor sich hin. Uhura nahm ihre große, eckige Hand und sagte leise: »Helen, ich bin hier. Ich bin's – Uhura … Ich bin ja da.« Sie sprach leise, um sie nicht aufzuwecken. Sie wollte nur beruhigend auf sie einwirken.

Helen öffnete die Augen und schaute sie im gedämpften Schein der diagnostischen Leuchten an. Ihre Stimme, heiser von dem rauhen Gas, das sie eingeatmet hatte, war kaum zu verstehen, als sie flüsterte: »Es ist nicht er!« Ihr Blick war leer. Sie träumte noch. Wahrscheinlich schlief sie sogar noch. Sie schloß die Augen wieder, und ein heftiges Schluchzen schüttelte sie. Ihre kräftigen Finger schlossen sich verzweifelt um Uhuras Hand. »Es ist nicht er!« schluchzte sie erneut. Als Uhura einen Versuch machte, sie zu trösten, brach sie in ein heftiges Weinen aus und drehte das Gesicht zur Seite.

Während sie weinte, schlief sie wieder ein.

11

Nachdem McCoy gegangen war, saß Spock eine Weile an der Werkbank. Er hatte den Kopfhörerverstärker auf die Stirn geschoben und musterte den Induktionsgenerator, ohne ihn richtig zu sehen. Er hatte den ersten Anflug von Verärgerung über McCoy zwar mit reflexhafter Schnelligkeit unterdrückt, doch nun schalt er sich kindisch, weil er ihn überhaupt empfunden hatte. Was er hinsichtlich Kirks empfand, war seiner Meinung nach ebenso kindisch. Sein Vater – er konnte die tiefe Stimme und kluge Ausdrucksweise des vulkanischen Botschafters in seinem Geist vernehmen – hätte gewiß gesagt, dies sei zu erwarten gewesen, wenn man mit Menschen über vulkanische Dingen sprach.

Er hatte sich wie ein sentimentaler Trottel verhalten, als er dem Captain von Dingen berichtet hatte, die sein vulkanisches Erbe betrafen.

Das Katra-*Zeug …*

Mehr hatte Kirk also nicht aus dem Gespräch gelernt, das sie eines Abends im leeren Freizeitraum geführt hatten, nach dem Ende der zweiten Schachpartie, als der Captain ihn über Meditation und vulkanische Philosophie befragt hatte. Nach einigen weiteren Stunden der Diskussion über das Leben und Streben der Menschen waren sie mit der Zaghaftigkeit von Freunden, die nicht genau wissen, ob sie vorhaben, der Sicherheit der Oberflächlichkeit zu entsagen, auf den Begriff Seele gekommen.

Zu abendlicher Stunde, als das letzte dienstfreie Besatzungsmitglied sich ins Bett verzogen hatte, als die Lichter gedämpft wurden und nur noch ein paar Ringe von Helligkeit um das Piano, das Schachspiel und die Reihe der Nahrungsautomaten an der Wand geworfen hatten. Zu Spocks milder Überraschung – denn der Captain zeigte normalerweise eine Fassade des Handelns und der Kühnheit – hatte Kirk über seine persönliche Seele, seine privaten Zweifel gesprochen. Spock hatte sich mit dem erkenntlich gezeigt, was man ihn gelehrt hatte und woran er tatsächlich glaubte …

Der Captain hatte ihm eine Seite gezeigt, die er nur selten zu sehen bekam, eine Seite, die ihm echt erschienen war. Die Abweichung war beunruhigend, aber sie basierte auf Dingen, die Fehlwahrnehmungen geradezu herausforderten.

Spock machte sich wieder an die Arbeit.

Die ihn umgebende Stille wirkte plötzlich tiefgründig. Er richtete sich auf, schaute sich im Labor um und bemühte sich, die Quelle des Unbehagens zu analysieren, das er empfand. Er war in einem Labor wie jedem anderen, in der wissenschaftlichen Abteilung. Helle Lumenflächen beleuchteten prosaisch die ordentlich auf der Werkbank aufgereihten Werkzeuge: die Drahtrollen, Supraleiter, die Meßgeräte im Regal, und auf der anderen Raumseite ein schimmerndes Computerterminal. Irgendein Ungleichgewicht meiner zirkadischen Rhythmen, dachte er. Obwohl es erst 23.00 Uhr war, kam es ihm später vor, wie mitten in der Nacht … Er empfand die leicht irrationale Furcht, daß er, wenn er die Tür öffnete, durch die McCoy gegangen war, dahinter nur Dunkelheit vorfinden würde. Und in seiner Umgebung war es eindeutig kalt.

Sein Furchtempfinden und das Gefühl des Unheimlichen war nicht weniger irrational als seine vorherige Verärgerung. Er griff nach dem Punktschweißbrenner, den er so eingestellt hatte, daß er das verschwundene Gerät ersetzen konnte, das er vor genau 8,3 Minuten während seiner Unterhaltung mit Dr. McCoy hinter sich auf die Werkbank gelegt hatte – und stellte fest, daß jenes Instrument ebenfalls verschwunden war.

»Eigenartig«, sagte er leise. Er stand auf, drehte sich im Labor langsam im Kreis und prüfte, da er wie alle anderen in eine wahre Prüfmanie verfallen war, die Ventilatoren hinter den Sicherheitsblechen, die kleinen, runden, elektrischen Luken und alle Ecken, die irgendwie seltsame Gefühle erstarrten Unbehagens zu enthalten schienen. »Äußerst eigenartig.«

Dann nahm er seine Arbeit sehr nachdenklich wieder auf.

Verdammt noch mal, Spock! schrie Kirk ihn stimmlos an. Er war in der Raumecke, in der er stand, hilflos. Und ich stehe wirklich, redete er sich ein. Mit den Beinen auf dem Boden, und mit den Ellbogen nur ein paar Zentimeter von der Wand entfernt. Er hatte *noch immer* den Schatten eines festen Körpers ... *Überanstreng bloß nicht deinen vulkanischen Grips! Du könntest eine vernünftige Erklärung finden! Du bist vielleicht der einzige, der in der Lage ist, mich zu hören – der in der Lage ist, Helen und mich zu retten! Er wird wieder versuchen, sie umzubringen ...* Und er wußte, daß seine Zeit in diesem seltsam körperlosen Zustand langsam ablief.

Aber der schlanke, dunkelhaarige Schädel, der sich über das Innenleben des Induktionsgenerators beziehungsweise der Protonenkanone beugte, hob sich nicht noch einmal. Und irgendwo spürte Kirk die Nähe des anderen Captains, seines schrecklichen Alter ego, das ihm dies angetan hatte ... Er war darauf aus, die Frau zu töten, die er liebte, und wollte das Schiff, das nun sein Leben war, für unbekannte Zwecke mißbrauchen ...

Irgendwo ging das andere Ich um. Es schlich durch die schwach beleuchteten Korridore und ging jenen Tätigkeiten nach, die es zu nächtlicher Stunde dorthin geführt hatten. Von den oberen Decks der Wissenschaftssektion hinunter in die untersten Frachträume. Da Kirk wußte, daß er sich ihm nicht stellen konnte, verblaßte er in der Wand und floh nach unten. Er folgte den Computerleitungen in die verlassenen unteren Bereiche der Technischen Sektion, wo nur Brunowski und Miller ihren mysteriösen Projekten nachgingen und er zumindest im Augenblick sicher sein konnte.

»Zwei Generatoren«, sagte Mr. Spock, »müßten reichen, um pro Schiffsdeck ein Auflösungsfeld zu erzeugen, das die Krümmung der Primärsektion und die gesamte Länge der Technischen Sektion umfaßt. Angesichts der bisher geringen Forschung auf diesem Gebiet schätze ich, daß zehn Minuten reichen müßten, um eine elektrostatische Lebensform zu zerstören, obwohl mir alle Daten fehlen, ob sich eine solche Lebensform selbst wieder zusammensetzen kann. Vielleicht haben Sie eine Meinung zu diesem Thema?« Er schaute den Captain an. Seine linke Braue war leicht angehoben. Er schien neugierig zu sein, wie wohl seine Antwort ausfiel.

Kirk rieb sich mit der Hand übers Kinn, eine nervöse Geste, die er sich in den letzten vierundzwanzig Stunden angewöhnt hatte. Als wolle er die fiebrige Ruhelosigkeit ventilieren, die neuerdings an ihm zu nagen schien. »Zehn Minuten ...«, sagte er leise. Spock hatte einen unlogischen Augenblick lang den Eindruck, als versuche er sich genau in Erinnerung zu rufen, wie lange zehn Minuten überhaupt waren.

»Es kann ... Es könnte sich vielleicht ... neu bilden ...« Die blinkenden Bernsteinleuchten der Alarmstufe Gelb, die noch immer über der Tür des kleinen Labors an- und aus gingen, verstärkten die Illusion seltsam animalischer Hitze in seinem Blick, und auch die Art, wie er dastand, den Kopf leicht eingezogen, als wolle er sich schützen. »Die Nialig von Rigel V konnten sich neu bilden… Innerhalb von zwanzig Minuten, sagen die Berichte.« Dann holte er mit sichtlicher Anstrengung tief Luft und entspannte seine Schultern. »Was … meinen Sie denn, Mr. Spock?«

»Ich glaube, dreißig Minuten sind sicherer«, erwiderte Spock. Er war milde überrascht, daß der Captain, wie er selbst übrigens auch, den obskuren Bericht aus der Bibliothekssektion des Computers zu Rate gezogen hatte.

»Dann also dreißig Minuten«, sagte der Captain mit einem heftigen kurzen Nicken, das ihn wieder wie sein altes Ich wirken ließ. »Wir dürfen kein Risiko eingehen, Mr. Spock. Es ist Ihnen also gelungen, zwei Protonengeneratoren zu bauen?«

»Ich konnte drei bauen, aber dazu mußte ich die Ersatz-Ionenfrequenzbeschleuniger ausschlachten«, erwiderte Spock, und beobachtete besorgt, daß Kirks Hand sich ausstreckte, um das graue Laserkanonengehäuse zu streicheln, in das einer der Generatoren eingebaut war, die nun vor ihm auf dem Tisch lagen. Die beiden anderen Generatoren standen neben der Tür; sie waren in die runden Stahlgehäuse der Beschleuniger gehüllt, aus denen er sie konstruiert hatte. Die Früchte der Arbeit einer langen Nacht. Das Ionenlabor und die nebenan liegende Physikwerkstatt sahen nun aus wie ein Sammelsurium von ausgeschlachteten Transformatoren und geöffneten Modulatorgehäusen. Auch nachdem Spock seine Arbeit um 4.00 Uhr beendet hatte, hatte er das Labor nicht verlassen. Er war auch nicht zu Bett gegangen, weil er mehr oder weniger befürchtet hatte, auch diese Geräte könnten verschwinden, wie die Werkzeuge in den früheren Abendstunden – oder die gleichen unerklärlichen Fehlfunktionen erleiden, wie

Aufzeichnungsgeräte in Gegenwart der Poltergeist-Effekte des Eindringlings. Er hatte sich um 8.00 Uhr auf der Brücke gemeldet und die Geräte unter Bewachung zurückgelassen. Die Frau von der Wache wartete noch immer diskret hinter der Tür.

»Drei?« Kirk runzelte leicht und fragend die Stirn. Dann nickte er, obwohl Spock den flüchtigen Eindruck hatte, daß er seine Zustimmung pro forma gab und nicht, weil er die Strategie verstand. »Natürlich ...«

Er ist wirklich müde, dachte Spock. Als er die gespannte Schroffheit im Gesicht des Captains bedachte, verengte sich sein Blick. »Wären genügend Teile zur Verfügung gewesen oder hätte die Anorganische Fabrikation Zeit gehabt, sie herzustellen, hätte ich sogar vier gebaut«, sagte er. »Selbstverständlich müssen wir, wenn wir von Deck zu Deck gehen, die Geräte auf dem einem zerlegen, während das darunterliegende gesäubert wird. Da nicht genügend Teile vorhanden sind, habe ich zwei Signalmodulator-Überträger zusammengebaut, damit sie das Feld ausdehnen, bis es ein komplettes Deck umfaßt, und somit die Arbeit eines unabhängigen Generators erledigen, aber das Physiklabor ist nun völlig erschöpft.«

»Macht nichts«, sagte Kirk mit leiser, angespannter Stimme. Er ging nicht einmal zu den beiden Modulatoren, auf die Spock gedeutet hatte – klotzige, bizarre Hybriden aus den Teilen diverser Forschungsinstrumente, verbunden mit den facettierten Flächen von Empfangsschüsseln. »Die Jagd muß bald losgehen, Mr. Spock. Sehr bald. Bevor wir ... Midgwis erreichen.«

Er wollte den Planeten anders nennen, dachte Spock.

»Captain«, sagte er zurückhaltend, »ich bin noch immer der Meinung, daß wir einen Versuch machen sollten, mit dem Eindringling Verbindung aufzunehmen ...«

»Nein!« Kirk fuhr heftig zu ihm herum. Dann riß er

sich mühsam zusammen und sagte gemäßigter: »Sie wissen nicht ... *Wir* wissen nicht, womit wir es zu tun haben, Spock. Ich kann keinerlei Risiko eingehen.«

Auch diesmal war Spock von der Gewißheit in seiner Stimme beunruhigt. Er hatte den Eindruck, daß der Captain tatsächlich nur zu gut wußte, womit sie es zu tun hatten. Spock fragte sich, ob ihm in der halben Stunde, in der er laut McCoy mit Dr. Gordon den Spaziergang am Rand des Krals gemacht hatte, etwas *aufgefallen* war, das der Bindigo-Kral verheimlichte und beschützte? Hatte er etwas gesehen oder gehört, das ihm sagte, wer für den Mordversuch am einzigen anderen Zeugen für ... um was es dabei auch ging ... verantwortlich war?

Doch wenn dies der Fall war, warum hielt er es geheim? Wenn es eine bislang unbekannte Lebensform betraf, war ihre Vernichtung angesichts ihrer Mission ohne den Versuch einer Kontaktaufnahme monströs.

»Wäre es nicht möglich, die Generatoren so einzusetzen, daß wir den Eindringling in ein kleines Gebiet des untersten Frachtraums drängen, bis wir Midgwis erreichen?« fragte Spock ruhig. »Dann könnten wir uns entweder bei den Forschern auf dem Planeten oder bei Patriarch Arxoras Rat holen.«

»Nein!« beharrte Kirk erneut. »Es ist ... Es ist zu gefährlich.« Er legte wieder eine Hand auf seinen Mund. Seine Finger zerrten nervös an seinen Lippen, als er nachdachte. »Wenn wir ihm Zeit geben, gelingt es ihm vielleicht, an den Feldern irgendwie vorbeizuschlüpfen, und das können wir nicht riskieren.«

»Möglicherweise«, sagte Spock. »Andererseits könnte der Eindringling aber auch ein Lebewesen sein, das die Midgwin kennen, über das man uns aufklären kann. Und es könnte vielleicht Rückschläge geben, wenn wir ...«

Kirk lachte grob. Ein abruptes Bellen, das ebenso

schnell wieder verstummte. Dann schüttelte er den Kopf. »Nein«, sagte er einfach. »Nein, Mr. Spock. Wir wissen doch nicht einmal, ob Arxoras und die anderen *Memmietieff* dahinterstecken. Man könnte sie … zu dem Gedanken verleitet haben … daß die Föderation etwas Böses für die Welt bedeutet … für Midgwis.« Er schüttelte erneut den Kopf. Die Geste eines angebundenen Tieres, das erfolglos versuchte, Scharen von Aasfliegen von seinen Ohren zu vertreiben. Die Schmerzfalte zwischen seinen Brauen trat deutlich hervor. »Nein. Wir haben es mit einem Fremden zu tun, der bewiesen hat, daß er zu einem Mord fähig ist. Um der Sicherheit des Schiffes willen müssen wir es auf diese Weise tun, und zwar bald. Wann kann die Treibjagd beginnen?«

»Die Generatoren können um 18.00 Uhr geladen sein.« Spock deutete mit dem Kopf auf die dicken Kabel, die von der Wand zu den beiden massigen Stahlkugeln führten, den grausam wirkenden, dreieckigen Umrissen der Laserkanone. »Wenn sie geladen sind, können sie mit Schiffsenergie operieren. Mr. Scott lädt allerdings Ersatzbatterien auf.« Während dieser Worte sammelte er die an der Ecke der Werkbank aufgereihten Werkzeuge ein, die in der vergangenen Nacht, sobald er ihnen den Rücken zugedreht hatte, ständig verschwunden und wieder aufgetaucht waren …

War auch dies eine Manifestation des Poltergeistes gewesen? Doch würde sich ein Lebewesen, dessen Intelligenz ausreichte, um zu erkennen, daß der Bau der Generatoren verzögert werden mußte – das intelligent genug war, um das einzige Besatzungsmitglied zu identifizieren, das eventuell etwas über ihn wußte und versucht hatte, es zu töten –, damit zufriedengeben, nur ein paar Werkzeuge zu stehlen? Spock hatte trotz der Alarmvorschriften den größten Teil der Nacht allein gearbeitet … Und das Geschöpf hatte angeblich schon einmal einen Versuch gemacht, jemanden umzubringen.

»Wenn man vor und nach jedem Dreißig-Minuten-Durchlauf zehn Minuten für Einrichtung und Zerlegung kalkuliert«, fuhr er langsam fort, »könnten wir die Treibjagd in 15,666 ...«

»In Ordnung«, sagte Kirk abrupt. »Stellen Sie die Gruppen zusammen. Sie sollen um 18.00 Uhr im Hauptkonferenzraum sein.« Er wandte sich schroff ab und ging hinaus.

Spock rief nachdenklich die Wache herein, damit sie weiterhin ein Auge auf die Ausrüstung hielt, dann ging er in seine Unterkunft, um seine Notizen für die Besprechung und die Zusammenstellung der Einsatzgruppen zu vervollständigen. Unter Berücksichtigung der Notwendigkeit einer separaten Säuberung des von den unteren Decks der Primärsektion getrennten Verbindungsteils sowie des Einrichtens und Zerlegens – um eine ununterbrochene Säuberung von Deck 7 vorzunehmen, wo die Primärsektion auf das Verbindungsteil traf, mußten zwei weitere Modulatoren zusammengebaut werden –, mußte die nach 19.00 Uhr beginnende Treibjagd die ganze Nacht und bis zum frühen Morgen dauern. Was bedeutete, daß sie zwei, wenn nicht gar drei Ablösungsteams brauchten, wenn sie Deck 7 erreichten ...

Spock hielt in seiner Planung inne und blieb einen Moment sitzen. Der Datenblock lag vor ihm auf dem kleinen Schreibtisch, und er drehte den Schreibstift zwischen den Fingern. Das helle Licht seiner Arbeitsnische fiel auf die Schirme von drei Terminals, die hinter ihm auf der fleckenlosen Schreibtischplatte standen. Hinter dem engen Türrahmen bildete die Schlafnische mit ihrem gedämpften, warmen Rotlicht eine Imitation der Welt, in der er zum Mann geworden war. Der Raum war behaglich warm und still und bot die Privatsphäre, die er sogar während eines permanenten Alarms über die eigene Sicherheit stellte.

Tatsächlich war es während der Tagschicht in der Primärsektion noch nie zu einer Manifestation des Poltergeistes – oder Eindringlings – gekommen. Was er auch war, er mußte ein Geschöpf der Nacht sein, ein Geschöpf der Dunkelheit, wenn niemand in der Nähe war. Wie ein *Eschak.* Wie die Gespenster McCoys, die auf Plantagen spukten.

Spock runzelte die Stirn. Er wußte, er hätte sich mit Mr. Scott und Mr. DeSalle in Verbindung setzen sollen, um die Jagdgruppen zusammenzustellen. Er wollte, daß sie aus Ingenieuren und Sicherheitsleuten bestanden. Scott sollte die eine, und Miller die andere anführen. Seine Gedanken drehten sich um seine eigenen Untergebenen und Protegés aus der Wissenschaftsabteilung und die Frage, wo er sie am besten einsetzte ...

Aber sein Blick kehrte zum Computerterminal zurück.

Kurz darauf zog er die Tastatur aus ihrer Nische und schaltete einen Bildschirm ein. Nachdem er die Zugriffs- und Sicherheitsmodalitäten hinter sich gebracht hatte, klinkte er sich in den Großrechner ein. Um schneller und präziser voranzukommen, arbeitete er, wie die meisten Leute aus seiner Abteilung, statt mit Stimmbefehlen mit der Tastatur.

Das Interesse und die Vertrautheit, die Spock dem Computer der *Enterprise* entgegenbrachte, hatte sowohl mit seinem Inhalt als auch mit seiner Arbeitsweise zu tun. Er hatte festgestellt, daß der Informationszugriff weitaus schneller war, wenn man die Transkription auf Standardenglisch umstellte und die verbalen Programme links liegen ließ. Manche Begriffe ließen sich ohnehin nicht übersetzen. Er arbeitete sich aus purer Neugier in ein Schlagwortprogramm vor, um eine

Übersicht über alle Artikel zu erhalten, die in den letzten fünf Tagen, seit sie die Kreisbahn um Midgwis verlassen hatten, abgefragt worden waren. Dann ließ er sich sämtliche Artikel zeigen, die über das Terminal PTQ-7767 gegangen waren – den Rechner im Quartier des Captains.

Der Captain hatte innerhalb von vierundzwanzig Stunden nach der Abreise von Midgwis sämtliche Artikel gelesen, die sich auf die Möglichkeit elektrostatischen Lebens und ihre Bekämpfung bezogen – den obskuren Bericht über die Nialig von Rigel V inklusive. Eine kurze Konsultation des Logbuches des Captains – es war doppelt abgesichert, aber Spock wußte seit langem, wie man kurzen Prozeß mit Sicherheitsabfragen machte – informierte ihn, daß dies fast sechsunddreißig Stunden vor dem Eingang der ersten Meldungen über Poltergeist-Effekte geschehen war.

Natürlich konnte es schon vor den ersten Meldungen Gerüchte gegeben haben. Die Schnelligkeit, mit der sich in den Freizeiträumen Informationen verbreiteten, verblüffte Spock immer wieder. Die Gespräche zwischen Reilly und Chekov, die er mitgehört hatte, ließen ihn allerdings bezweifeln, daß man sie damals schon ernstgenommen hatte. Und in der ersten Vierundzwanzig-Stunden-Periode hatte der Captain alle Berichte, die Midgwis betrafen, unter Verschluß gehalten.

»Es wird immer eigenartiger«, zitierte Spock aus einem literarischen Werk, von dem die Mannschaft nicht ahnte, daß er es je gelesen, geschweige denn, daß es ihm gefallen hatte. Er blätterte im Logbuch zurück, schummelte sich an den Zugriffskodes vorbei und studierte die Einträge seit der Abreise von Midgwis.

Sie sagten ihm nichts – nur, daß es etwas gab, was der Captain verschwieg. Die Angespanntheit seiner Sätze waren seinem knappen, doch gründlichen Stil sehr unähnlich.

Spock klinkte sich aus. Dann richtete er seinen Schritt zum Lazarett, obwohl er wußte, daß man ihn auf der Brücke erwartete.

»Nichts.« Helens Stimme klang etwas besser, obwohl es noch Wochen dauern würde, bis das innere Narbengewebe verschwand. Spock wußte von McCoy, daß ihr gesamter Atemapparat auf ähnliche Weise beschädigt war. Sie sah noch immer verhärmt, schwach und kraftlos aus. Ihr Körper reagierte nicht allzu gut auf regenerative Enzyme und Ruheschallbehandlungen, die normalerweise eine natürliche Heilung beschleunigten. Spock fragte sich insgeheim, wie ein solcher Fall auf das von McCoy erwähnte Bewußtseinsnetz der Midgwin wirkte, doch dann gab er den Gedanken auf. Laut Shoraks Berichten war das Bewußtseinsnetz im wesentlichen illusorisch und seine Wirkung höchstwahrscheinlich psychosomatischer Natur. Nicht einmal vulkanische Ganzheitsverfahren konnten zerrüttete Organismen wiederherstellen – sie zapften nur die innere Kraft des Immunsystems eines Patienten und die regenerativen Eigenschaften des sterblichen Fleisches an. Und als er das eingefallene Gesicht und die von Schrammen umringten Augen der Frau sah, fiel ihm ein, daß möglicherweise ihr Mangel an Reaktion auf jede Behandlungsart tatsächlich auf einen persönlichen inneren Kummer oder auf Verwirrung zurückzuführen war.

Helen räusperte sich leise, und als sie sich darauf konzentrierte, die Ereignisse auf dem Planeten zu rekonstruieren, schien der Schmerz in ihrem Gesicht teilweise abzunehmen. »Soweit ich weiß, waren Thetas und der Captain nie allein zusammen. Dr. McCoy hat sich eine Weile mit Thetas am Lagerfeuer unterhalten, aber der Captain und ich waren … spazieren. Wir haben uns etwas auf dem Planeten umgesehen.«

Im kühlen Zwielicht der Genesungsstation zeigte sich ein leichtes Erröten auf ihren Wangenknochen. Ein Reflex, von dem Spock, der mit vor der Brust verschränkten Armen am Fuße ihres Bettes stand, wußte, daß er bei der menschlichen Rasse mit Verlegenheit zu tun hatte. Leicht verwirrt sagte er: »Wenn Sie, wie ich annehme, damals den Versuch machten, die Entscheidung zu fällen, ob Sie auf dem Planeten bleiben oder in die Flotte eintreten und ständiges Besatzungsmitglied der *Enterprise* werden wollen, wäre ein solcher Ausflug nur logisch gewesen – ebenso wie der Wunsch, die Angelegenheit mit dem Captain privat zu besprechen.« Er sah aus den Augenwinkeln, daß Schwester Chapel, die eine mobile Arbeitsstation in eine Ecke des Raumes gefahren hatte, damit Helen fortan nicht mehr allein war, in ihrer Analyse der Versuchsergebnisse innehielt. Sie drehte leicht den Kopf und hob eine Hand, um irgendeinen Ausdruck zu tarnen, der um ihre Lippen spielte. Helen und sie vermieden es sorgsam, sich anzusehen. Spock fuhr etwas steif fort: »Und während dieser Zeit haben weder Sie noch der Captain irgendwelche ... auffälligen Manifestationen einer Lebensform gesehen, die eventuell Ähnlichkeiten mit der aufweist, mit der wir es momentan zu tun haben?«

Helens Mundwinkel zuckten – es war ein Zucken, das die Müdigkeit und Anspannung ihres Gesichts erhellte –, doch sie hatte sich sofort wieder in der Gewalt und sagte: »Nein. Aber es war ziemlich dunkel, und das Ding, mit dem wir es zu tun haben, ist doch wohl unsichtbar oder kann sich zumindest sehr gut verstecken.«

»Allerdings«, erwiderte Spock. Während Chapel einen weiteren Dateneintrag vornahm, dachte er kurz nach. Ihre Finger huschten fast lautlos über die kleine Tastatur. Neben Helens Bett hing über dem Leseschirm ein kleiner Kopfhörer – die Genesungsstation war, wie die individuellen Quartiere der Mannschaft, mit Steckdosen für Leseschirme und Audiobänder versehen, und die Bibliothek der *Enterprise* war mit beidem gut bestückt.

»Und Sie wissen genau, daß der Captain zu keiner Zeit mit Dr. Thetas ein Gespräch unter vier Augen führte – oder mit irgendeinem anderen Forscher?«

Helen schüttelte den Kopf. »Nein. Shorak hat uns Arxoras vorgestellt, der ... Man könnte vielleicht sagen, er hat unsere Gedanken abgetastet. Zwar hat er sie nicht unbedingt gelesen, aber ich hatte den Eindruck, daß er es durchaus kann. Es war eher so, daß er unseren Gedanken eine Probe entnommen hat, um sie zu prüfen ...« Ihre dunklen, geraden Brauen zogen sich zusammen. »Der andere, der Schatten ... Yarblis Geshkerroth ... Er hat es auch mit ihm gemacht. Das war, als er mir geraten hat, die gleichen Bewußtseinsabschirmungstechniken zu erlernen, die Shorak und L'jian anwenden ...«

»Der Schatten?«

»Dr. McCoy hat ihn erwähnt.« Schwester Chapel blickte von dem winzigen Bildschirm auf und verschränkte ihre Beine über dem Drehkreuz ihres Stuhls. »Er ist der Anführer der Konservativen in diesem Kral, ein absoluter Isolationist. Ich glaube, er wurde von klingonischen Kundschaftern verwundet. Jedenfalls macht er keinen Unterschied zwischen ihnen und uns.«

»Ach«, sagte Spock nachdenklich.

»Aber wir waren doch alle dabei«, fuhr Helen fort, »und Jim schien ... schien keinen Schaden erlitten zu haben ...«

»Nein« murmelte Chapel. »Aber ... Mr. Spock, ich weiß zwar nicht annähernd so viel über Telepathie, wie ich wissen sollte, aber ... besteht irgendeine Möglichkeit, daß der Captain während dieser Verbindung in den Geist des Schattens geschaut und irgend etwas erkannt hat? Könnte er in ihm echte Bosheit erkannt haben … oder gar einen Plan?«

»Laut meiner Erfahrung«, sagte Spock langsam, »werden bei zufälligen telepathischen Kontakten lineare Dinge wie Pläne nicht übertragen, speziell dann nicht, wenn es sich um Wesen von weithin inkompatibler Kultur und Denkweise handelt. Aber ein empfindsamer oder geschickter Empfänger könnte von jemandem, der nicht darin ausgebildet ist, den eigenen Geist abzuschirmen, ein isoliertes Bild oder eine Bildreihe auffangen.«

»Diese Beschreibung paßt aber kaum zu dem Schatten«, hauchte Helen. Sie sank auf das Kissen zurück und schaute den hochgewachsenen Vulkanier stirnrunzelnd an. »Man bezeichnet ihn als einen der großen Gelehrten des Planeten; er soll einer der Mächtigsten sein. Und außerdem …« Sie zögerte, dann schüttelte sie den Kopf.

»Was ist denn?« fragte Chapel.

Helen brachte ein schwaches Lächeln zustande. »Ich wollte nur gehässig werden. Lassen wir's.« Sie dachte kurz nach, dann zuckte sie die Achseln und sagte: »Nun … Was man auch sonst über ihn sagen kann, ich würde Jim Kirk bestimmt nie vorwerfen, er sei in psychischer Hinsicht empfindsam oder geschickt.«

»Nein«, stimmte Spock ihr zu. »Aber ich habe festgestellt, daß er außerordentlich talentiert ist, wenn es darum geht, Ahnungen zu interpretieren.« Er runzelte erneut die Stirn, verschränkte die Arme und fragte sich, warum der Captain ihn hätte anlügen sollen. Um ihm eine Deduktion zu verheimlichen, die auf einer unbeweisbaren Hypothese basierte? Oder um einen Befehl mit Furcht zu zementieren, von dem er nicht genau wußte, ob man ihn befolgen würde?

Spock warf einen Blick auf das Wandchronometer hinter dem Rücken der Schwester. Es war 13.40 Uhr.

Die Gruppen mußten eingeteilt werden, und er mußte mit den Leuten in Verbindung treten. Mit DeSalle von der Sicherheit stand eine Strategiesitzung an, um den Nachschub zu organisieren, und außerdem mußte er noch die beiden zusätzlichen Modulatoren zusammenbauen … Ganz zu schweigen davon, daß auch er etwas Ruhe brauchte, denn jetzt schon war ihm klar, daß er auch die kommende Nacht durchmachen würde, um die Mechanik der Säuberung zu koordinieren und – der Gedanke kam wie plötzlich heranfegender Wind – Captain Kirk im Auge zu behalten.

Er furchte die Stirn, nicht ganz sicher, warum er es gedanklich gerade so ausdrückte. Sein Mißtrauen war ihm unbehaglich. Und doch …

Spock schüttelte den Kopf und gab den anderen möglichen Aktionskurs auf, der sich langsam in seinem Geist gebildet hatte. »Danke für Ihre Hilfe, Dr. Gordon«, sagte er. »Schwester Chapel, ich werde bezüglich der zu ergreifenden Vorsichtsmaßnahmen ein Memo abfassen, damit alle momentan stattfindenden wissenschaftlichen Versuche vor den möglichen Auswirkungen der Säuberung abgeschirmt werden …«

»Ich habe schon mit Dr. McCoy über diese Möglichkeit gesprochen«, sagte sie und fügte mit einem traurigen Lächeln hinzu: »Es ist aber nicht so, daß irgendwelche ernsthaften Versuche im Gange sind, die mit diesem … diesem *Ding* … zu tun haben, das die Labors zertrümmert hat.«

»Gut«, sagte Spock leise. »Spezielle Abschirmungen sind aber angesichts der Tatsache nötig, daß die einzige Kommunikation zwischen der primären und der technischen Sektion sowie den Verbindungsteildecks durch Deck 7 führt. Das Protonenbeschleunigungsfeld wird nämlich dort errichtet, wenn sämtliche darunterliegenden Decks in der Primärsektion gesäubert werden. Es wird zwei bis drei Stunden dauern.«

Chapel schüttelte sich bei der Vorstellung, wie McCoys Reaktion ausfallen würde. Dann nickte sie und sagte: »Ich sage ihm, er soll es berücksichtigen.«

»Danke«, sagte Spock formell. »Die Säuberung wird sehr wahrscheinlich um 23.00 Uhr erfolgen. Mein Memo gibt, sobald ich mich mit Sicherheitschef DeSalle besprochen habe, einen genaueren Hinweis auf die exakte Zeit.«

Er drehte sich um und ging zur Tür. Doch bevor er ihr nahe genug kommen konnte, daß sie sich öffnete, blieb er stehen und wandte sich noch einmal um. »Schwester Chapel ... da die hiesigen Labors zu den Zentren der Manifestationen zählen, besteht die Möglichkeit, daß sie erneut auftreten, wenn die Säuberung erfolgt. Mir ist zwar klar, daß Sie um diese Zeit dienstfrei haben, aber ...«

»Wenn Sie glauben, es könnte helfen, bleibe ich«, sagte sie leise.

»Ja, das glaube ich«, erwiderte Spock etwas steif, denn er wußte, daß Schwester Chapel ihn gern hatte, weswegen es ihm unfair erschien, sie unter diesen Umständen um einen Gefallen zu bitten.

»Falls irgend etwas passiert, melde ich mich bei Ihnen«, versprach sie, wich ein Stück zurück und wurde geschäftsmäßiger, um seiner Förmlichkeit entsprechend zu begegnen. Aber ihre langen Finger, die nervös auf die Seiten der kleinen Tastatur trommelten, verrieten sie.

»Danke«, sagte Spock. Dann fügte er mit leiserer Stimme hinzu: »Ich weiß es zu würdigen. Außerdem glaube ich, daß es keine gute Idee wäre, Dr. Gordon allein zu lassen, wenn die Säuberung das Geschöpf – was es auch sein mag – durch dieses Deck in jene treibt, die darunter liegen.«

Um 18.00 Uhr versammelte sich die ausgewählte Mannschaft im Hauptkonferenzraum auf Deck 4. Es handelte sich um insgesamt sechsunddreißig Personen aus unterschiedlichen Bereichen. Vierzehn gehörten zur Abteilung Wissenschaft und Ingenieurswesen. Von ihnen nahm Spock an, daß sie sowohl auf theoretischer wie auch auf praktischer Ebene fähig waren, mit den Protonenbeschleuniger-Generatoren umzugehen. Wenn auch nicht immer beides, dachte er, als er Lieutenant Maynooth, den Leiter des Ionen-Labors ins Auge faßte, der zu den klügsten Kernphysikern gehörte, mit denen er je das Vergnügen gehabt hatte zu arbeiten. Man konnte ihm nicht zutrauen, eine Begegnung mit einer gewöhnlichen Heftmaschine zu überleben. Die zweiundzwanzig anderen waren ausgewählte Angehörige des Sicherheitspersonals. An der Besprechung nahmen außerdem Mr. Scott und Captain Kirk teil, dazu Sicherheitschef DeSalle, ein großer, schroffgesichtiger Mann, der schweigend im Hintergrund des Raumes an der Wand lehnte. Er sprach nur sehr wenig, aber er beobachtete alles. Über der Tür blinkte noch immer das Gelblicht des Alarms. Die konstante, lautlose Erinnerung, daß sich irgendwo auf dem Schiff etwas verbarg – unsichtbar, still und potentiell tödlich.

Spock erklärte kurz das Einrichtungs- und Abschaltverfahren für die drei Generatoren und vier Signalmodulatoren und skizzierte dann die Hüpfstrategie der Säuberung, die durch die Notwendigkeit kompliziert wurde, Deck 7 konstant zu bestrahlen, während man die darunter befindlichen Decks der Primärsektion säuberte. Dann mußte man einen Rückzieher machen und die Decks im Verbindungsteil säubern, und schließlich ging es zur Technischen Sektion.

»Was ist, wenn er sich von der Technik aus durch eine Jeffries-Röhre nach oben in die Maschinengondeln zurückzieht?« fragte Lieutenant Bistie, eine Navajo in den mittleren Jahren, die das Labor für Sonderstudien leitete. »Er kann sich doch in der Röhre festhängen, bis die Luft wieder rein ist, und dann wieder runterkommen.«

»Einblastests mit einem Nummer-Sieben-Neutralpulver haben ergeben, daß die permanente Strahlung der Generatoren nicht nur durch die Wände geht, sondern in manchen Fällen auch von den Resonanzmustern der Wände beeinflußt wird«, erwiderte Spock, dem Mr. DeSalle schon früher an diesem Tag diese eher entmutigenden Möglichkeit nahegebracht hatte. »Wir nehmen an, daß eine Resonanzsäule entsteht, die eine beträchtliche Strecke in die Gondelmasten hinauf- und weit in die Region des eigenen Protonenzertrümmerungsfeldes der Maschinen hineinreicht.«

»Aber wie erfahren wir, ob das Zertrümmerungsfeld der Geräte auf ihn einwirkt?« fragte Organa, DeSalles winzige rechte Hand.

Spock faltete auf der polierten Stahlkuppel des vor ihm auf dem Tisch liegenden Generators die Hände. »Wir haben keine Möglichkeit, in Erfahrung zu bringen, ob die Protonenbeschleunigungsfelder Auswirkungen auf ihn haben«, erwiderte er. »Diese Geräte – vergessen Sie es nicht – sind im wesentlichen ein Versuch, wenn sie auch auf Wissen basieren, das wir über elektrostatische Lebensformen haben.«

»Tja«, sagte Miller zögernd, »wir wissen also, daß der Eindringling Aufzeichnungsgeräte ausschalten und in den Molekularumformern von Küchenmaschinen Fehlfunktionen hervorrufen kann ...«

»In Molekularumformern?« Spock runzelte die Stirn. »Das höre ich zum erstenmal ...«

»Ähm ...«, machte Miller eilig. »Vielleicht ist es auch nur ein Gerücht. Aber was ist, wenn er die Phaser auf die gleiche Weise ausschalten kann?«

»Darf ich Sie daran erinnern, Fähnrich«, fauchte Captain Kirk, der am Kopf des Konferenztisches saß, »daß der Zündungsmechanismus eines Phasers auf einem ganz anderen Prinzip basiert als der eines Aufzeichnungsgeräts?«

Spock hielt kurz inne, sein Blick fiel besorgt auf den Captain. »Wir haben bisher tatsächlich nur wenige Belege dafür, wie die Fähigkeiten unseres Opfers aussehen«, fuhr er dann fort, »oder wie seine Reaktion ausfällt, wenn man es in die Enge treibt. Ich kann nur empfehlen, bis nach der Säuberung alle internen Verbindungen des Schiffes freizuhalten und sämtliche Lebenserhaltungs-, Technik- und Hauptcomputerfunktionen doppelt zu besetzen. Dies wird sich möglicherweise verkomplizieren, je weiter wir im Schiff nach unten gelangen und der Eindringling – falls meine Berechnungen stimmen – in ein immer begrenzteres Gebiet getrieben wird.«

»Captain«, sagte Dr. McCoy, der mit vor der Brust verschränkten Armen neben Mr. DeSalle im Türrahmen des Konferenzraumes stand. »Aus reiner Neugier ... Wie erfahren wir, ob wir uns das Ding vom Hals geschafft haben? Wir können es doch schon jetzt nicht messen. Es ist nicht nur unsichtbar, sondern dem Anschein nach auch körperlos. Wir haben praktisch keinen Beweis, daß es überhaupt existiert. Wie also erfahren wir, ob es zu existieren aufgehört hat?«

Der Captain wandte sich um und schaute ihn an. Spock sah, daß seine Augen gelb leuchteten. »Der Beweis seiner Existenz«, sagte der Captain langsam, »besteht darin, daß es den Versuch gemacht hat zu töten. Und ich weiß, daß es diesen Versuch wiederholen wird.« Seine Hände krampften sich um den Metallschreibstift, der sich unter der Attacke verbog. »Ich werde es wissen, Doktor. Glauben Sie mir, meine Herren, ich werde es wissen.«

12

SPOCK, TUN SIE MIR DAS NICHT AN! Sogar in den Untiefen der Technischen Sektion spürte James Kirk, daß die Säuberung begann. Es war eine nervenerschütternde Vibration der Luft- und Eisenmoleküle, aus denen sein Körper nun bestand, und er wußte, daß sie seinen Tod bedeutete. *Der Teufel soll Sie holen, Spock!*

Er hätte am liebsten gewütet und gebrüllt, so wie er ihn in der vergangenen Nacht am liebsten angeschrien hätte, als er sich geduldig und tastend bewegt und jedes Werkzeug und jeden Ausrüstungsgegenstand versteckt hatte, den er hatte greifen können. Er war, er spürte es, der Auflösung sehr nahe. Sein Bewußtsein spannte sich unter der schieren Last der zahllosen Stunden bewußten Neuerschaffens jener körperlichen Parameter, die er noch kannte: Hände, Füße, Ohren, Zehennägel, das Haar auf seinem Kopf … Die reine, mahlende Ewigkeit des Zusammenhalts seines Verstandes. Nun spürte er in seinen Schattenknochen das kalte Frösteln der permanenten Bestrahlung, als die Generatoren auf der Brücke und dem unmittelbar darunterliegenden Deck in den Wissenschaftslabors zuschlugen. Er wußte, daß es kein Entrinnen gab.

Er hatte schon zu Anfang erkannt, daß er sich nur durch die Wände bewegen konnte, weil sein Bewußtsein ihre Zusammensetzung kannte und genau wußte, was sich auf der anderen Seite befand. Er hätte, nahm er an, sogar durch die Außenhülle des Schiffes gehen können. Doch hinter dieser Hülle lag die desorientierende Schwärze des Weltraums, die ihn so sicher vernichten würde, wie die polarisierende Desorientierung der beständigen Bestrahlung.

Merkt ihr denn nicht, was los ist? schrie er laut- und hoffnungslos der Menschengruppe entgegen – seinen eigenen Leuten, seiner Mannschaft, seinen Freunden –, die sich in diesem Moment wahrscheinlich auf der Brücke und dem darunterliegenden Wissenschaftsdeck aufhielten. *Seid ihr denn noch immer nicht dahintergekommen?*

Der Reiniger Brunowski, der die Einstellung einer Partikelschleuder prüfte, die aus den wiederverwerteten Molekülen der alten neue und saubere Uniformen fabrizierte, fuhr bei dem plötzlichen Temperatursturz herum, schüttelte sich und vernahm aus der Gegend zwischen der weitverzweigten Wiederverwerterreihen und der dahinterliegenden Nahrungsfabrikationskammer das verzweifelte, heftige und hilflos einsetzende Pochen.

Kirk floh durch den schwach glänzenden Schmerz der Supraleiterkabel und Drähte in den Wänden nach oben, zum Lazarett auf Deck 7. Es entsetzte ihn, den Decks so nahe zu sein, auf denen das Feld aktiviert war. Er spürte es trotz der vier dazwischenliegenden Decks, wie einen durchdringenden Aufschrei, der Konzentration und Gedanken zerschmetterte.

Er rief panisch nach Helen, die in unstetem Schlaf lag. *Helen, bitte … Helen, hör mir zu … Kannst du mich hören?* Sie hörte ihn, sah ihn in ihren Träumen, aber er spürte, daß ihr Geist sich in Widerwillen und Entsetzen von ihm abwandte, als sein Gesicht nebelhaft in ihrem Verstand auftauchte. Er merkte, daß sie ihn aus ihren Gedanken verdrängte.

Nein. Er spürte das undeutliche und müde Gewisper ihrer Träume. *Er nicht. Er nicht …* Ebenso spürte er die ganze bittere, seelentiefe Verletzung dieses monströsen Verrats, und damit ihre geheime Furcht vor dem Wahnsinn; vor dem Grauen, das sie empfand und das sie sich am liebsten als unwahr eingeredet hätte. Kirk hörte irgendwo in seiner Nähe das Einsetzen des Klopfens. Es war nicht an einer Stelle, sondern an einem halben Dutzend, und es war wütend und unkontrolliert. Er hörte auch, daß im Büro nebenan etwas auf den Boden fiel, und wußte, daß seine psychokinetischen Kräfte seinem Willen entglitten.

Schwester Chapel sprang entsetzt von ihrem Stuhl, schaute sich verschreckt im Raum um und drückte sich flach an die Wand. Sie würde zuhören – er wußte, daß sie zuhören würde –, aber er kannte keine Methode, um die zwischen ihnen herrschende Stille zu überbrücken. Es gab keine Verbindung zwischen dem Materiellen und Nichtmateriellen, zwischen dem Denken und Tun.

Außerdem spürte er, daß er kam. Das gespenstische Alter ego, das Ding, das seinen Körper übernommen hatte. Er spürte, daß es unter dem kreischenden Überschallpfeifen des Induktionsfeldes über ihm unterwegs war. *Er* fürchtete sich nicht. *Er* brauchte die zerschmetternde Vibration der unsichtbaren Luft nicht zu fürchten. Der Midgwin-Patriarch verfügte über ein Gehäuse für seinen Geist, ein System aus Nerven und Zellen, um die elektrischen Impulse seiner Existenz zu bündeln, eine Struktur, um die immateriellen Reben seiner Persönlichkeit um sie zu wickeln – einen festen Körper, der dem flüchtigen Glanz seiner Seele als Armatur diente.

Und er quälte ihn, hetzte ihn, lauschte dem Hämmern seiner Verzweiflung, tastete nach der verräterischen Kälte, der rasenden Furcht und dem Entsetzen … Er trieb ihn in eine Ecke, bis er ihn vernichten konnte, wie ein Schatten vernichtet wird, wenn das Licht angeht.

Kirk ergriff verzweifelt die Flucht.

Spock schaute mit verschränkten Armen kritisch zu, als Miller, Organa und Fphargn die zerlegten Bestandteile des Protonengenerators ans andere Ende des Physiklabors trugen, die der Symmetrielinie des Schiffes am nächsten liegende Kraftquelle lokalisierten und den Aufbau in Angriff nahmen. Miller arbeitete schnell und ordentlich; sein sperriges, gutmütiges Gesicht wirkte konzentriert. Er überprüfte jeden Gerätestecker zweimal, kontrollierte alle Anzeigen und stand dabei zwischen zwei Sicherheitsleuten, die aufpaßten und in die Stille des gewaltigen Raumes mit dem Kuppeldach hineinlauschten.

Spock warf einen forschenden Blick in die Runde. Zwar hatte man alle Langzeitexperimente abgeschirmt, doch er ging persönlich davon aus, daß die Hälfte davon durch die Präsenz der Protoneninduktionsstrahlung großen Schaden nahm. Auf jeden Fall mußte man sämtliche Resultate in Frage stellen. Er hatte mit den Leitern sämtlicher Labors in der Wissenschaftssektion gesprochen. Zwar hatte niemand die Notwendigkeit der Säuberung in Frage gestellt, aber viele hatten mit den Zähnen geknirscht.

Und das machte es noch schlimmer, denn er selbst war ganz und gar nicht mit der Säuberung einverstanden.

Aber die Handlungen eines Kommandanten in Frage zu stellen, dessen Besessenheit darin bestand, aufgrund einer potentiellen Gefahr die Sicherheit seines Schiffes und der Mannschaft wiederherzustellen – wie damals bei dem Zwischenfall mit dem Vampirgeschöpf im Tycho-System –, war etwas anderes als sich für die Schonung eines bewiesenermaßen tödlichen unbekannten Eindringlings stark zu machen. Hier stand lediglich sein Instinkt gegen den des Captains, und der seinige hatte sich nicht immer als richtig erwiesen.

Und trotzdem …

Spock runzelte die Stirn. Er erinnerte sich an das kranke Glitzern in den Augen des Captains und an hundert weitere Anzeichen einer ernstlichen mentalen Belastung. Er schleppte ein fast unerträgliches Geheimnis mit sich herum. Er wußte, daß der Captain den Säuberungstrupps vorausgegangen war. Er suchte die Decks unter ihnen ab … doch wonach?

Auch das wußte Spock nicht.

Doch auf Midgwis hatte alles angefangen. Dessen war er sich nun gewiß.

»Einrichtung ausgeführt, Mr. Spock«, meldete Miller. Spock prüfte die Zusammensetzung und nickte. Die Schalter waren umgelegt.

Spocks übergenaues Gehör fing das schwache, heulende Summen auf, doch die anderen schienen nichts zu vernehmen. Nachdem er sein Chronometer geprüft und mißbilligend festgestellt hatte, daß sie bereits 2,3 Minuten hinter dem Zeitplan herhinkten, ging er zu der gewaltigen Labortür hinüber und trat auf den Gang hinaus, der um die Turboliftreihen zu dem kleinen Aufenthaltsraum in der Decksmitte führte. Er blieb im Korridor stehen und nahm ein Einblasgerät aus dem an seiner Seite hängenden Ranzen: eine schlanke Düse, die an einer runden Metallampulle mit Nummer-7-Neutraltestpulver befestigt war. Er hielt das Einblasgerät vor sich und drückte den seitlichen Knopf, um einen kleinen, abgemessenen Pulverhauch in die Luft zu entlassen.

Wie beim Labortest sonderte sich das Pulver, das in stehender Luft dreißig Minuten oder länger sichtbar blieb, in unregelmäßigen Streifen ab und markierte die Frequenzbereiche der Strahlungswelle. Spock nickte vor sich hin, als die immateriellen Bänder rissen, wankten, langsam auf die Luftschächte zutrieben und sich in den Aufenthaltsraum wehten. Dort, gleich hinter dem Notausgang zum nächsthöheren Deck hatten Mr. Scott und seine Gruppe den anderen Generator vor dem Tor der Photonentorpedobänke eingerichtet.

Auch diese Einrichtung schien in Ordnung zu sein. »Irgendwelche Probleme von Bedeutung, Mr. Scott?« fragte Spock. Der Chefingenieur maß ihn mit einem blitzenden Grinsen.

»Es ist so einfach wie eins, zwei, drei.«

Spock nickte. »Stimmt. Vorausgesetzt, man rechnet nicht binär. In den nächsten ein, zwei Stunden muß ich mich um einige Dinge kümmern. Übernehmen Sie bis dahin das Kommando.«

Er kehrte, wie üblich, zu dem Ionen-Labor zurück, in dem er in der vergangenen Nacht gearbeitet hatte, da er wußte, daß es noch leer war. Aus dem Labor nebenan konnte er Lieutenant Bergdahls Stimme hören, obwohl dessen Wache längst zu Ende war. »Sicher, Fähnrich Adams, wir werden alle Experimente noch einmal durchführen müssen. Nach dieser Störung können wir uns auf keine Daten mehr verlassen …«

»Ich hätte nicht gedacht, daß die Festzustandskristallographie von Strahlung dieser Art beeinträchtigt wird.« Die verlegene Stimme einer Frau.

»Tja, normalerweise vielleicht nicht, aber ich möchte kein Risiko eingehen.« Ein schwerer Seufzer. »*Warum* die aber auch alles so durcheinanderbringen müssen …«

»Er hat versucht, jemanden umzubringen«, legte Adams Bergdahl geduldig auseinander.

»Vielleicht war sie nur unvorsichtig. Stellen Sie *den* Becher nicht dorthin. Wie oft muß ich Ihnen denn noch sagen, daß organische Versuche nie auch nur in die Nähe eines anorganischen gebracht werden dürfen?«

Spock seufzte. Ihm fiel ein, daß Bergdahl ihm jedesmal unaufdringlich überallhin folgte, wenn er sein Labor betrat und alles abwischte, was er mit den Händen berührte, obwohl Sterilität bei geologischen Prozessen nur sehr selten nötig war. Er fragte sich, wie ein vernünftiger junger Mann – Bergdahl war nicht älter als Captain Kirk – so absolut dem pingeligen, zweihundertjährigen vulkanischen Hauslehrer gleichen konnte, dessen beständig marternde Kritik seine Kindheit zu einer Qual gemacht hatte.

Er schaltete das Terminal ein, das, da es ein Laborterminal war, viel weiterreichenden Zugriff hatte als beispielsweise ein Bibliotheksterminal oder ein simples Lesegerät. Da die Information, die er abfragen wollte, vertraulich war, stellte der Unterschied eine bloße Bagatelle dar, doch eine Labortastatur war zu größerer Genauigkeit fähig, und wenn man Sicherheitskodes knacken wollte, war Genauigkeit ebenso nötig wie bei der Programmierung einer anständigen Tasse Kaffee.

Er blieb eine ganze Weile dort sitzen und durchdachte die Ethik der Lage. Im Logbuch des Captains zu lesen, einem Dokument, zu dem er als Erster Offizier Zugriff hatte, wenn die Umstände ihm zeitweilig das Kommando gaben, war eine ganz andere Sache. Dies hier war das private Reich des Captains, und Spocks persönliches Empfinden für Intimsphäre fühlte sich bei dem Gedanken, sie zu verletzen, vergewaltigt.

Doch die Dinge hatten sich zu weit entwickelt; aus seinem Unbehagen über das Verhalten des Captains war allmählich ein Alarmzustand geworden. Nach einer nachdenklichen Pause suchte er sich ordentlich den Weg an den Wächtern des Informationssystems vorbei, überzeugte das Hauptsicherheitsprogramm, daß er ihm ein Paßwort gegeben hatte, das er in Wirklichkeit nicht kannte, reprogrammierte einen Stimmkodeprüfer und klinkte sich schließlich in das persönliche Logbuch des Captains ein.

Seit Sternzeit 5947.3, dem Tag der Landung auf Midgwis, war kein Eintrag mehr erfolgt.

Im Gegensatz zum offiziellen Logbuch nahm Kirk

hier nicht täglich Einträge vor. Einträge dieser Art betrafen Dinge, die über die offiziellen Starfleet-Rapporte hinausgingen, für den Captain eines Schiffes aber möglicherweise wichtig waren: Wiederholte Beschwerden über bestimmte Angebote des Speisezettels; das Verschwinden chemischer Proben aus dem Botaniklabor; der fünfte Versetzungsantrag in achtzehn Monaten von jemandem, der unter Lieutenant Bergdahl tätig war; ein Streit, der im Freizeitraum zwischen Fähnrich Phillips von der Anorganischen Fabrikation und Unteroffizier Mendez von der Kombüse ausgebrochen war. Zwar hatte man letzteren offenbar friedlich beigelegt, doch angesichts der launischen Persönlichkeiten der Betroffenen konnte er später wieder aufflammen. Spock fiel auf, daß Kirk dem Tratsch im Freizeitraum viel mehr Beachtung schenkte, als er angenommen hatte, und dies überraschte ihn ein wenig.

An mehreren Stellen äußerte sich der Captain auch über Helen Gordon:

> *Wenn ich fair bin, kann ich sie nicht darum bitten, sich zu überlegen, ob sie auf der* Enterprise *bleiben will. Sie muß ihren eigenen Weg verfolgen, an ihr eigenes Vorwärtskommen denken. Obwohl ich schon vor langer Zeit die Möglichkeit einer solchen Einmischung ausgeschlossen habe, habe ich immer wieder das Gefühl, daß es um etwas Wichtiges geht und ich ein Narr wäre, wenn ich es mir entgehen ließe …*

Und an einer anderen Stelle:

> *Mit zwanzig war ich glücklich. Bei Ruth hatte ich das Gefühl von Frieden; ein Gefühl der Sehnsucht, das ich seither nicht mehr erlebt habe. Ich habe in den vergangenen Jahren viele andere Dinge ken-*

nengelernt, unter anderem auch Glückseligkeit, aber nie diese stille Freude, Ruhe und Gewißheit. Als ich die Akademie verließ, hat sie gesagt, sie würde auf mich warten ... Vielleicht wußte ich tief in mir schon damals, daß sie es nicht tun würde – nicht über eine gewisse Zeit hinaus. Aber ich habe mich immer gefragt, was wohl geschehen wäre, wäre ich zurückgekehrt.

Neben dem sanften Tenor Kirks im Kopfhörer fing Spock Bergdahls dünne, nörgelnde Stimme im Geolabor nebenan auf: »... Ionen-Lehrlabor, wozu er gewiß berechtigt ist. Ich bin sicher, ihm ist eben klar geworden, wie wichtig Dr. Maynooths Versuche sind, und ich würde sehr vorsichtig sein, sie noch mehr zu stören ... Fähnrich Adams, Sie müssen diese Notizen wirklich *vollständig* indizieren! Ich bin sicher, bei dem wenigen, was Sie hier tun, finden Sie bestimmt die Zeit, sie ordentlich einzugeben, damit man sie im Nu wieder auffindet ... Gewiß, Sir. Wenn Sie bitte einen Moment auf ihn warten wollen? Ich bin sicher, er kommt gleich heraus. Er ist schon volle zwanzig Minuten da drin ...«

Spock wechselte zu einem anderen Eintrag, konzentrierte sich auf Kirks Stimme und lauschte ihrem ausgeglichenen, entspannten Tonfall.

Mir ist so, als würde ich an einem von Lieutenant Uhuras Puzzles arbeiten und mich bemühen, Stück für Stück im Geist ein Szenarium nach dem anderen zusammenzusetzen – in dem Wissen, irgendwo, irgendwie eines zu finden, das paßt ...

Und nach dem Besuch auf Midgwis – nichts.

Spock nahm den Stöpsel aus dem Ohr, blieb eine Weile sitzen und schaute in die Dunkelheit hinter den ordentlichen bernsteinfarbenen Buchstaben des Bildschirms.

Das Privatlogbuch enthüllte viel mehr über den Captain, als er zu finden geglaubt hatte. Es artikulierte zudem auf merkwürdige Weise die Qualitäten, von denen Spock wußte, daß sie ihn zu einem ausgezeichneten Anführer machten – Qualitäten, die er selbst nicht aufwies und in manchen Fällen nicht einmal genau verstand. Menschen waren von Natur aus irrational, und der Captain machte da keine Ausnahme. Spock war sich bewußt, daß ihn seine eigenen logischen Reaktionen in der Anfangsphase der Mission bei der Mannschaft wenig beliebt gemacht hatten. Doch wenn man auf Tratsch einging, den ein Vulkanier automatisch für etwas hielt, das ihn nichts anging und unter seiner Würde war, war ein menschlicher Captain eindeutig besser in der Lage, diese Unvernunft zum eigenen Vorteil auszunutzen, um die seltsame, nebulöse Eigenart namens ›Moral‹ oder einfach ›Empfindung‹ zu verstehen ... Es wäre Spock niemals eingefallen, dies zu tun. Es hatte, nahm Spock an, teilweise mit der entspannten Beschaffenheit von Kirks Stimme zu tun, der Leichtigkeit und Offenheit, mit der er die kleinsten Veränderungen der Umstände wahrnehmen konnte.

Die Beschaffenheit der Stimme, wurde ihm klar, fehlte völlig in den späteren offiziellen Logbucheinträgen, die er sich angehört hatte.

Die Leichtigkeit der Stimme war sogar in jenen Einträgen charakteristisch, in denen Kirk seine privaten Ziele und Gefühle bezweifelte – als seien auch sie Dinge, die es zu beachten galt, und wenn schon nicht mit der passenden vulkanischen Leidenschaftslosigkeit, so doch wenigstens mit Raserei oder Strenge.

Spock fand es äußerst kurios, daß der Captain seine Mutmaßungen in Sachen Eindringling – Mutmaßungen, die ihn eindeutig an den Rand des körperlichen

Zusammenbruchs gebracht hatten – nirgendwo in seinem Privatlogbuch behandelte. Hatte er etwa befürchtet, der Eindringling könne sich dort einschleichen und sie finden?

Eine Möglichkeit, dachte Spock, als er sich sorgfältig aus dem Programm zurückzog, die Sicherheit im Umfeld der privaten Dateien des Captains wiederherstellte und dem Computer nochmals eingab, niemandem zu keiner Zeit ohne den gültigen Kode den Zugriff zu erlauben … wie in seinem Fall.

Auch dies sprach für einen Eindringling, der weitaus raffinierter war, als die prä-computerisierten, prä-industriellen und prä-agrikulturellen Midgwin es sein konnten. Und ebenso für Kirks unerklärliche Sicherheit, daß der Eindringling wirklich so war.

Aber es erklärte nicht, warum der Captain es nicht für nötig gehalten hatte, irgendwie Dr. Gordons Beschluß zu kommentieren, auf der *Enterprise* bleiben zu wollen. Oder ihren darauf erfolgten Streit, wenn es ein solcher gewesen war. Auch nicht, als der Eindringling Hand an sie legen wollte. Das Wort ›Hand‹ verhakte sich in seinem Verstand. *Hand, Finger … Fingerabdrücke.*

Es gab hier Dinge, die sich nicht berechnen ließen.

Als Spock an Bergdahls Geolabor vorbeikam, war dieser gerade damit beschäftigt, pedantisch eine Reihe von Meßgeräten zu überprüfen, die im Hintergrund auf der Werkbank aufgereiht waren. Eine dünne, kleine Frau mit schwarzen, asiatischen Augen stand unbeholfen neben ihm. »Es ist mir gleich, was sie sagen; jedes beliebige Feld, das automatisch generiert wird, macht die Ergebnisse aller Experimente ungültig. Wir müssen sämtliche Versuche noch einmal vornehmen.«

»Blasen wir dann die laufenden Tests ab?« Die Frau hatte die Ausstrahlung eines Menschen, der schon vor langer Zeit gelernt hat, aus purer Selbstverteidigung alles doppelt zu überprüfen. Spock fiel ein, daß sie vor nicht allzu langer Zeit um ihre Versetzung in die Eingabeabteilung ersucht hatte, was bedeutete, daß sie einen halben Dienstgrad nach unten rutschte.

»Auf keinen Fall! Man kann aus allem lernen, auch aus den möglichen Varianten von Ergebnissen ... oder ihrem Nichtvorhandensein. Stellen Sie bitte eine Liste aller Materialien zusammen, die dupliziert werden müssen, wenn wir Sternbasis Neun erreichen. *Falls* wir Sternbasis Neun bei all dem ständigen Hin und Her je erreichen! – Oh, Mr. Spock!« Bergdahl eilte aus dem Labor, um Spock noch auf dem Gang zu erwischen. »Captain Kirk war hier. Er hat Sie gesucht. Er hat zwar nicht gesagt, was er wollte, meinte aber, es sei nicht wichtig; er würde Sie später schon finden.«

Warum auch nicht? dachte Spock, ging nachdenklich zum Turbolift und prüfte den Zeitmesser auf der Wand daneben. Der Captain prüfte sicher die Decks unter ihnen nach irgendwelchen Anzeichen, ob der Eindringling noch da war ... Wie immer die Anzeichen auch aussehen mochten. Es würde nicht schwierig sein, ihn aufzuspüren. Andererseits hätte Kirk ihn, wenn die Sache überhaupt von irgendwelcher Wichtigkeit gewesen wäre, durch das Interkom angesprochen. Mr. Spock war im Moment nicht erpicht darauf, dem Captain zu begegnen.

Die Säuberungsmannschaft, die zwischen den beiden Notdurchgängen stationiert gewesen war, war schon durch das Quartier der rangniedrigeren Offiziere nach Deck 4 vorgestoßen. Wenn seine Zeitschätzung stimmte, mußten die Modulatoren nun an Ort und Stelle und der Generator bei der Arbeit sein. Nach mehreren weiteren nachdenklichen Sekunden drehte Spock sich wieder zum Ionen-Labor um, öffnete dort einen Spind, entnahm ihm eine frische Ladung Nummer-7-Neutralpulver und mehrere Platten für wellenaktivierte und elektrostatische Spektrographien. Er schob sie rasch in einen Abschirmbehälter, steckte diesen mit dem Einblasgerät in den Ranzen, verließ das Labor und nahm den Turbolift nach Deck 8 hinunter.

Es war nun fast 21.30 Uhr. Zu dieser Zeit waren die Freizeitanlagen auf Deck 8 normalerweise am vollsten. Nun waren die großen Tische und Sofas nicht besetzt. Die abgerundete Kaverne der Sporthalle, des üblichen Basketballspiels beraubt, hallte leer. In der offiziell ›Unterhaltungszentrum‹ benannten, inoffiziell als ›Central Park‹ bekannten Anlage – die 35-Meter-Krümmung aus grasbewachsener Erde lag in Wirklichkeit weder im Zentrum von Deck 8 noch in einem anderen – plätscherte in der Stille leise der Springbrunnen. Spock schätzte, daß der umgebaute Frachtraum auf Deck 7, der als Kino diente, ebenso leer war. Ein Anzeichen für das im Schiff herrschende Unbehagen. Man wartete ab, um zu sehen, wie der Eindringling reagierte.

Spock marschierte leise an den geschlossenen Türen des Hauptcomputerraums vorbei. Der gewaltige Raum mit den Wissensspeichern und Terminals war nicht nur bemannt, sondern auch schwer bewacht; angesichts der mageren Informationen, die man über die Verhaltensweise des Eindringlings hatte, war es unwahrscheinlich, daß er sich in der Gegenwart so vieler Zeugen manifestierte. Manche Informationen über paranormale Erscheinungen besagten, daß ihm dieses wahrscheinlich nicht einmal möglich war.

Doch die meisten gemeldeten Erscheinungen hatten im Computerraum oder dessen Umgebung stattgefunden, und es bestand eine achtundsechzigprozentige Wahrscheinlichkeit, daß sich der Eindringling, zumindest in der nächsten halben Stunde, in dieser Gegend aufhalten würde.

Spock bahnte sich einen Weg durch eine Sicherheitstür und trat in die finstere Weite der automatischen Nahrungsfabrikation ein. Hier reihte sich ein Molekularumwandler an den nächsten. Sie sahen aus wie vage, eckige Sarkophage in einer unvorstellbaren Nekropolis.

Hier war alles still. Das murmelnde Summen des Förderbandes, das wie eine lange, gestreifte Eisenschlange unter der Decke herlief und die Umwandler speiste, klang in der Stille laut. Spocks empfindliches Gehör fing durch die gegenüberliegende Wand das modulierte Geklapper der nebenan liegenden Reinigung auf, in der eine lange Reihe von Partikelschleudern neue Uniformen nach den Angaben jener erzeugte, die ihre verschmutzten abgegeben hatten. Dort entzogen auch drei ziemlich konventionelle Reinigungsapparate peinlich genau die unerwünschten Schmutz- und Essensreste-Moleküle aus privaten Kleidungsartikeln, von denen die Angehörigen der Besatzung nicht wollten, daß sie wiederverwertet wurden – aus einer Geisteshaltung heraus, von denen Spock annahm, daß sie für den Captain verständlich war.

Er ging in eine Ecke des Raumes, wo die grünen und gelben Lichter des Steuerterminals neben einem langen, mit Ausdrucken und Velschaumtellern gefüllten Arbeitstisch wie Sterne im Zwielicht leuchteten. Spock setzte sich auf einen davor befindlichen Stuhl und war sich unbehaglich bewußt, daß seine Handlungen in direktem Widerspruch zu den Befehlen des Captains standen. Als solche erfüllten sie den Tatbestand der Meuterei. Hätte der Captain ihn in seinem gegenwärtig offenbar irrationalen Zustand hier gefunden, hätte er ihn möglicherweise dieser Tat beschuldigt.

Spocks ganze Seele revoltierte bei dem Gedanken, eine unbekannte Lebensform zu vernichten, deren Feindseligkeit noch unbewiesen war – auch wenn der Versuch, Dr. Gordon zu töten, aus mehreren Gründen verdächtig war.

Irgend etwas an der gesamten Situation störte ihn.

Ihm war klar, daß es zwischen dem Captain und dem Eindringling irgendeine Verbindung gab, vorausgesetzt, sie hatten es überhaupt mit einem Eindringling zu tun. Er mußte, auch auf das Risiko hin, seine Flottenkarriere – und möglicherweise sogar sein Leben – aufs Spiel zu setzen, in Erfahrung bringen, worin die Natur dieser Verbindung bestand.

Spock räumte sich einen Platz frei. Er runzelte über die Schlampigkeit des Chefkochs und dessen Assistenten angewidert die Stirn, als er halbleere Tassen mit eiskaltem Kaffee und Daten-Mikrofilme beiseite schob, deren Hüllen, falls es sich überhaupt um solche handelte, mit fettigen Fingerabdrücken versehen waren. Es war schon jetzt dunkel genug in dem Raum, um den Bedingungen der gemeldeten *Enterprise*-Manifestationen und ähnlicher Phänomene zu entsprechen, die die Unterlagen erwähnten. Er holte den Abschirmbehälter aus dem Ranzen, entnahm ihm eine fotografische Platte und stellte sie vor sich auf den Tisch. Dann faßte er sie seitlich an, schloß die Augen, schirmte seinen Geist mit allen mentalen Disziplinen ab, die er aufbieten konnte, und wartete. Er lauschte und ließ seine Sinne ausschwärmen, um die leichteste Veränderung der Raumatmosphäre aufzufangen.

In der Stille konnte er sehr deutlich den dumpfen Herzschlag der Maschinen, das Klappern des in die Hauptwiederverwertungsanlage der Technischen Sektion hinab verlaufenden Nahrungsförderbandes und das leise Tappen zweier Stiefelpaare vernehmen, die durch den Korridor gingen …

»… genau die richtige Zeit, um es ins Lager zu bringen. Das ganze Deck ist verlassen …«

»Ja, aber wenn uns irgendein Säuberungskommando über den Weg läuft … Wie erklären wir die Gesamtausgabe der *Perry-Rhodan*-Hefte?«

»Es läuft uns schon niemand über den Weg. Und

außerdem habe ich einen miniaturisierten Fernbewegungsmelder im Lift angebracht.«

»Einen Bewegungsmelder?«

»Miller hat mir ein paar gebastelt. Hör mal, wenn man für den Hühnerhund arbeitet, *muß* man einfach eine Methode austüfteln, die einen beschäftigt wirken läßt, wenn er im Anmarsch ist ...«

Die Stimmen erstarben in der schweigenden Weite des Korridors.

Minuten vergingen.

Dann hörte Spock irgendwo ganz in der Nähe ein gedämpftes, zögerndes Tappen, als klopfe jemand mit einem Stück Eisen – einem Ring, einer Münze oder einem altmodischen Metallschlüssel – leise auf einen der dicken Klötze der Rückumwandler.

Der Raum erschien ihm zwar kälter als sonst, aber nicht bösartig kalt. Abgeschwächt, dachte er, als wäre das Zentrum der Eiseskälte mehrere Meter entfernt. Spock saß mit geschlossenen Augen da und lauschte. Er wagte nicht zu sprechen, er bemühte sich zu analysieren, wieso er das Gefühl hatte, daß nicht nur er sich in diesem Raum aufhielt, sondern noch ein anderer. Obwohl er keinen Schritt hörte, kein Türenzischen, kein Atmen. Er bewachte die inneren Festungswälle seines Bewußtseins weiterhin und öffnete die Frequenzen der telepathischen Verständigung, die die vulkanischen Mentalverfahren lehrten. Er bemühte sich, Offenheit und Bereitschaft zu übermitteln, und hoffte insgeheim, daß der Eindringling – wenn er tatsächlich in der Nähe war – nicht zu jenen Lebewesen gehörte, die fähig waren, durch derart bewachte Frequenzen in den Geist des Zuhörers einzudringen.

Aber er empfand nichts; nur das schwache Gefühl, daß er nicht allein war.

Dann drängte sich das Zirpen des Kommunikators in

seine Gedanken, und gleich danach die Stimme Captain Kirks. »Mr. Spock ...«

Spock öffnete die Augen. Der Raum vor ihm war leer. Auch die fotografische Platte auf dem Tisch vor ihm war leer.

Er schnippte seinen Kommunikator auf. »Ja, Captain?«

Kirks Stimme war rauh, aber leise, gespannt und außer Atem. »Er ist hier, Spock. Im Hangar. Er versucht, Verbindung aufzunehmen. Kommen Sie her, schnell.«

»Schon unterwegs, Captain.« Spock schob die Platte in den Behälter zurück und durchquerte den Raum in Richtung Korridor zum Turbolift. »Hangardeck.«

Die Türhälften zum Hangardeck glitten lautlos vor ihm auf und enthüllten eine riesige Ausdehnung leerer Dunkelheit. Nur die mattesten Notleuchten glühten hoch oben an der Decke; unter dem überhängenden Schatten der Aussichtsgalerie war alles kohlschwarz. Die *Copernicus* stand genau vor den ungeheuren Toren, die alles waren, was die die Atmosphäre der *Enterprise* vom schwarzen Vakuum des Weltraums trennten.

Spock tat ein paar Schritte in den Raum hinein, lauschte und fragte sich, ob der Captain die Lichtstärke in Erwartung der persönlichen Begegnung mit dem Eindringling absichtlich reduziert hatte. Es war logisch, wenn er wirklich so mit seiner Natur vertraut war, wie er es zu sein schien ...

Dann glaubte er aus dem Dunkel des Shuttles Jim Kirks Stimme in einem Tonfall unmißverständlicher Furcht »Spock!« rufen zu hören.

Spock riß den Ranzen von seiner Schulter und rannte schnell durch den riesigen Raum.

»Captain ...«

In der Nähe des Shuttles befand sich niemand. Es war angedockt und schien fest am Boden zu kleben.

Sein Eingang war verschlossen. Spock nahm eine Taschenlampe vom Gürtel, schaltete sie ein und leuchtete um sich, doch es gab kein Anzeichen von Kirk – kein Anzeichen von irgend jemandem. Er rief noch einmal »Captain!« und hörte, daß das flache Klatschen der Echos auf ihn zurückfiel. An der Decke erzeugten die kahlen Sparren des robusten Gitterwerks Schatten. Sein Licht wurde von den robusten Plexfenstern der dunklen Galerie und dem runden Lichtschein der darunter befindlichen Ventilationsabschirmungen zurückgeworfen.

Ein Geräusch in der Schwärze unterhalb der Galerie ließ Spock sich umdrehen. Einen Moment lang sah er vor der Helligkeit des Korridorlichts, als die Tür sich öffnete und wieder schloß, einen dunklen Umriß.

Als Spock sich der Tür näherte, ging sie nicht wieder auf. Er öffnete rasch die Klappe der manuellen Steuerung und entdeckte, daß das Rad entfernt worden war.

Als er – obwohl er davon überzeugt war, daß sie auf ähnliche Weise sabotiert worden war – auf die nächste Tür zuging, hörte er das leise Zischen der Entlüftung; ein Klanggeriesel, das schnell zu einem flüsternden, tödlichen Sturm anwuchs.

Jemand hatte dort draußen, zur Vorbereitung des Öffnens der Schleusentore, auf die Kontrollen gedrückt, um die Luft aus dem Hangar zu lassen. Damit das, was sich im Inneren des Hangars befand, in die eiskalte, schwarze Ewigkeit des Weltraums hinausgerissen wurde.

13

»Sind die Möbel schon durchs Zimmer geflogen?« – Christine Chapel schaute überrascht von der letzten Datenkorrektur auf und sah Lieutenant Uhura, die im Türrahmen der Genesungsstation stand. Sie lachte traurig und schob den kleinen Rolltisch beiseite. »Glaub mir, ich habe tatsächlich darauf gewartet.«

Uhura nickte in Richtung Korridor hinaus, wo sich die Türen des Operationssaals und der verschiedenen Labors befanden. »Bis jetzt scheint noch alles intakt zu sein. Sie sind gerade dabei, auf dem Deck über uns loszulegen. Ich glaube, sie sind alle etwas nervös.« Sie trug noch immer ihre Dienstuniform. Sie muß, dachte Christine, eine Menge Überstunden geschoben haben, als sie versucht hat, alle technischen Register zu ziehen, um Verbindung mit Midgwis aufzunehmen.

»Aber nicht annähernd so nervös wie die Laborchefs. Emiko Adams hat mir erzählt, daß Bergdahl sogar neue *Geräte* bestellen will ...«

»Oh, die Pest!« Uhura riß in spöttischem Entsetzen die Augen auf und machte rituelle Aversionsgesten. Ihr fiel auf, daß Schwester Chapel in ihrer sonderbar altmodischen Formalität die einzige war, die sogar außer Dienst den richtigen Namen des unbeliebten Anthro/Geo-Chefs aussprach.

Helen fragte von ihrem Bett aus: »Glaubt ihr, daß es funktioniert?« Ihre Gesichtsfarbe war etwas besser geworden, aber ihre Stimme klang noch immer wie ein Reibeisen.

»Mr. Spock schien sich der Sache ziemlich sicher zu sein, als ich gestern abend mit ihm sprach.« Uhura zuckte die Achseln. »Aber wer will es wissen? Man kann nur Ziel nehmen und hoffen.«

»Außerdem«, warf Chapel ein und stand von ihrem Stuhl auf, um Helen beim Aufrichten zu helfen und ihr eine granatrote Robe über den blauschwarzen Kittel zu ziehen, »bist du doch Expertin für Midgwis-Lebensformen.«

Helen lachte verzerrt. »Ich bin so kompetent, daß man versucht hat, mich in meiner Kabine zu vergasen. Was wirklich ein Witz ist, weil niemand intelligente Lebewesen auf Midgwis erwähnt hat, die das können, was dieses hier kann. – Könnte aber auch sein«, fügte sie hinzu und dankte Chapel mit einem verhärmten Lächeln, »daß es vielleicht doch eins gibt. Auf Midgwis hatte es einfach keine Labors voller Becher, Wände, an die es klopfen kann, und Zylinder mit toxischen Gasen, so daß es seine Fähigkeiten bisher nicht unter Beweis stellen konnte.« Ihre dunklen Brauen zuckten nach unten. »Was zu den gespenstischsten Dingen dieser ganzen Angelegenheit gehört …«

Draußen im Korridor, in irgendeinem Labor, ließ das plötzliche Scheppern umstürzender Geräte alle drei Frauen mit einem Keuchen herumwirbeln. Helen, ohnehin blaß, wurde weiß. Chapel rechnete damit, daß sie in Ohnmacht fiel, und sprang wieder an ihre Seite. Irgendwo in der Nähe ging das irrsinnige, wahnsinnige Geschepper weiter, als reiße ein Verrückter McCoys Privatlabor in Stücke. Nach einem Augenblick der Erstarrung hechtete Uhura zur Tür. Der Raum war von tödlicher Kälte erfüllt.

Helen drehte sich herum und kletterte aus dem Bett. Sie taumelte und wäre beinahe gefallen, so daß Chapel sie auffangen mußte. Das rote Blitzen von Uhuras Uniform war bereits um die Ecke der Labortür verschwunden. »Verdammt«, ächzte Helen und hielt sich an Chapels starker Schulter aufrecht, »laß sie nicht *allein* gehen!«

Chapel umfaßte Helens Taille mit festem Griff. Auf dem Gang wären sie beinahe mit Uhura zusammengeprallt. Sie sah erschüttert aus, als sie gemeinsam das Privatlabor des Bordarztes betraten, und Chapel dachte für einen Moment voller Panik an die Versuche, die McCoy und sie mit größter Sorgfalt versiegelt und abgeschirmt hatten.

»Schaut euch das an«, sagte Uhura.

Sie blieben im Türrahmen des kleinen Labors stehen. Helen, die sich unsicher an Chapels Schulter festhielt, fragte mit heiserer Stimme: »Wo kommt denn das Wasser her?«

»Es ist aus einem Ventilationsfilter gespritzt.« Uhura deutete mit dem Kopf zu der Klappe hinauf, die man längst verschlossen und mit Prallblechen und Schutzvorrichtungen versehen hatte. Die gesamte komplizierte Abdeckung war abgerissen, und der kondensierte Wasserdampf, der sich stets unter dem Entfeuchterschirm sammelte, war über die Wände gespritzt. Die Abdeckklappe, mit winzigen Wassertröpfchen bedeckt, lag zu Füßen des Labortisches in einer Ecke. Helen warf einen zweiten Blick auf das Quadrat aus verstärktem Duraplast und flüsterte: »Was, zum Henker …«

In dem Dunstfilm waren Buchstaben zu erkennen, groß und zackig, wie von einem geistig zurückgebliebenen Kind dahingekritzelt.

SPOK – HNGR DEK – SCHNELL – TOT.

Die drei Frauen befanden sich im rasenden Turbolift, als Chapel sagte: »Wir … sollten es dem Captain sagen.«

»Nein!« Helens Stimme war ein leises Keuchen.

»Es … könnte eine Falle sein …« Chapels Gesicht war so weiß wie zuvor das Helens. »Vielleicht wollte er uns auch nur fortlocken, damit Helen allein ist …« Sie hatte das Lazarett als erste verlassen und die anderen in ihrer Angst buchstäblich mitgezerrt.

Die Etagen rasten an ihnen vorbei, verwischte grün-weiße Streifen im Dunkel des Liftschachts. Uhura hatte die Hand auf den Kontrollen, runzelte die Stirn und kämpfte innerlich mit einem Gedanken. »Ich weiß nicht«, sagte sie dann. »Das Ding ist … In der Nacht, in der Helen vergiftet wurde, hat mich etwas Fallendes geweckt. Etwas, das ein Geräusch gemacht hat … Wäre ich nicht aufgewacht, hätte ich das Licht des Kommunikators nicht gesehen und niemand wäre rechtzeitig bei ihr gewesen. – Chris, was mich aufgeweckt hat, war meine marsianische Bronze. Sie ist von der Mitte meines Frisiertisches auf den Boden gefallen. Die Dinge, die um sie herumstanden, sind weder umgekippt, noch wurden sie verschoben. Es war, als hätte jemand die Bronze aufgehoben und fallen lassen.«

Langsam, tastend, in dem Wissen, worauf sie aus war, doch unfähig, die bekannten Fakten zu sortieren, sagte Chapel: »Aber … Er hat doch versucht, Helen umzubringen …«

»*Irgend etwas* hat versucht, Helen umzubringen«, erwiderte Uhura. »Irgend etwas, das, wie Mr. Spock sagte, seine Fingerabdrücke – oder das, was es anstelle von Fingern hat – von dem Zylinder abgewischt hat.«

»Dann … könnte es eventuell … zwei Eindringlinge geben?« Chapel wandte sich um, hörte das dünne Geräusch, das aus Helens Kehle drang; sah ihre Freundin neuerlich erbleichen und ihr Gesicht sich in innerem Schmerz verziehen. »Bist du in Ordnung?« Helen nickte, ihr schwarzes Haar hing herunter und verbarg ihr Gesicht.

Die roten Warnlichter des Öffnungszyklus blitzten sichtbar über der Tür des Hangardecks, als die drei Frauen aus der Liftkabine stürmten. »Lauft!« keuchte Helen, wich zurück und löste sich aus ihrem Griff. Sie ließen sie an der Wand zusammensinkend zurück und rannten zur Tür, als die Lichter zu einem kontinuierlichen Rot wechselten.

»Gütiger Gott ...«, flüsterte Chapel. Sie hörte, daß Uhura etwas beträchtlich weniger Vornehmes sagte und auf den Abbruchknopf drosch. Einen grauenhaften Augenblick lang starrte sie zu den Warnlichtern hinauf. Ihr Geist war leer, und sie fragte sich, wie lange der Zyklus dauerte und ob die Lichter, wenn sie von Grün zu Rot wechselten, sagten, daß das äußere Schleusentor sich bereits geöffnet hatte oder im Begriff war, sich zu öffnen ... Wie viele Sekunden? »Mein Gott ...« Sie blickte wie hypnotisiert auf ein einzelnes kleines gelbes Licht, das in der Platte neben der Tür blinkte. Das gelbe Blinken hieß, daß es irgendwo zu einer Fehlfunktion gekommen war ...

Uhura drückte bereits den Sauerstofflutungsknopf, dann holte sie die Fehlfunktionsliste auf den Anzeigeschirm.

Druckentleerungsfehler. Der Hangar hatte nicht den gesamten Druck verloren. Der Sauerstoffabflußmechanismus war verklemmt.

Und eine unbedeutende mechanische Unstimmigkeit hatte das äußere Schleusentor daran gehindert, sich zu öffnen.

Über Uhuras Schulter hinweg sah Chapel auf dem gelben Schirm des Meßanzeigers, daß sich jemand an der Interkomverbindung, dem Abbruchschalter und den manuellen Systemhebeln zu schaffen gemacht hatte, mit denen man die Hangartüren von innen schalten konnte.

Sie mußten die manuelle Steuerung in der Korridorwand benutzen, um den Hangar zu öffnen.

Als die Tür aufglitt, lag Mr. Spock direkt vor der Schwelle. Nach der Sauerstoffflutung des Hangardecks war er schon im Begriff, wieder zu sich zu kommen. Chapel sank neben ihm auf die Knie, fühlte seinen Puls und verwünschte sich, weil sie keinen Tricorder mitgenommen hatte. Seine Haut fühlte sich kühler an als je zuvor, fast so wie die eines Menschen …

»Er hat in unserer Sprache geschrieben«, sagte Helen leise.

Chapel schaute auf. Helen, die sich an die Gangwand lehnte, war hinter ihnen her zur offenen Tür des Shuttlehangars gewankt. Sie stand nun in ihrem karmesinroten Gewand und blauen Nachthemd da, das schwarze Haar hing in einer widerspenstigen Wolke über ihren Schultern, und ihre Brauen furchten sich wie eine Narbe über ihren müden, tief in den Höhlen liegenden Augen.

»Der Eindringling«, erläuterte sie und sank neben Uhuras bestiefelten Beinen zu Boden. »Wir haben es alle verstanden. Es hat SPOCK, HANGARDECK, SCHNELL, TOT geschrieben. Was, wie ich meine, bedeutet, daß er tot wäre, wenn wir nicht gekommen wären …«

Die drei Frauen sahen einander an. Uhura hockte sich neben die beiden anderen. »Wir müssen es dem Captain sagen«, sagte sie, »und die Säuberungskommandos zurückpfeifen. Was hier auch vor sich geht – der Eindringling ist nicht der, der hinter den Mordversuchen steckt.«

»Ich bezweifle, daß der Captain dem beipflichten würde.«

Sie schauten zu Boden. Mr. Spock stützte sich auf einen Ellbogen, wischte sich einen trocknenden grünen Blutfleck von der Nase und betastete seinen Schädel. Chapel wußte, daß er schreckliche Kopfschmerzen verspüren mußte, wenn nicht gar Schlimmeres. Der Druckabfall hatte die Kapillaren rings um seine Augen platzen lassen und diese mit dunkelgrünen Schatten verziert, als hätte er Prügel bezogen. Sie wollte ihm aufhelfen, aber er zog sich förmlich zurück und setzte sich hin. Sein Rücken sank gegen den Türpfosten des Hangars, der hinter ihm wie ein finsterer Abgrund wirkte.

»Der Captain leidet an Zwangsvorstellungen«, fuhr der Vulkanier mit klinischer Sachlichkeit fort. »Obwohl ich noch immer dazu neige, an eine von den Klingonen finanzierte Verschwörung in den Reihen der Mannschaft zu glauben, beharrt er darauf, die Schuld dem Eindringling zuzuschieben und ihn zu vernichten. Er verhält sich dermaßen irrational, daß es völlig untypisch für ihn ist. Man könnte tatsächlich zu der Annahme gelangen ...«

Er hielt inne. Seine dunklen Brauen zogen sich über dem hohen Nasenrücken zusammen. Der besorgte, kaffeebraune Blick aus den eingefallenen und verfärbten Augenhöhlen traf den Helens und hielt ihm stand.

Helen sagte leise und fast unhörbar: »Es liegt daran, daß er ... gar nicht Jim ist, nicht wahr?«

Schweigen. Chapel schaute verwirrt von Spock zu Uhura und dann zu Helen. Und sie stellte fest, daß diese Vorstellung für keinen der drei überraschend kam. Sie hatten sich alle schon mit diesem Gedanken beschäftigt. Sie hatten ihn aus vernünftigen Gründen aufgegeben, doch nie ganz aus dem Unterbewußtsein verdrängen können. Hoch über ihnen, auch wenn man es unmöglich hören oder sehen konnte, spürte Chapel die durch die Wände gehende Strahlung der sich gleichmäßig nach unten arbeitenden Protoneninduktion, die auflösende Welle, die dazu dienen sollte, das zu vernichten, das allem Anschein nach Helens Leben gerettet hatte. Es hatte Uhura geweckt und eindeutig sein eigenes Leben aufs Spiel gesetzt, um Spocks Leben zu retten.

Die Jagd hatte nur ein, zwei Decks über ihnen stattgefunden, als es zu der Warnung im Labor gekommen war. Wer wußte, wie weit die Strahlung durch den Boden reichte?

»Diese Behauptung kann man nur schwerlich beweisen«, sagte Mr. Spock gedehnt.

Helen schüttelte den Kopf. »Ich habe es gewußt«, sagte sie leise. »Ich wußte es schon am ersten Abend, als wir von Midgwis kamen. Es war nicht Jim.«

Uhura fluchte leise; in ihrem Blick standen Grauen und Mitleid.

»Aber es erklärt eindeutig, warum er den Kurs geändert hat und nach Midgwis zurückkehrt«, fuhr Spock fort. Er stand langsam auf. Auch Chapel erhob sich und machte sich daran, das aufzuheben, was direkt hinter der Tür des Hangars auf dem Boden verstreut lag – der Ranzen, in dem sich das Einblasgerät und ein Schutzbehälter jener Art befanden, in dem man sensibilisierte fotografische Platten transportierte. »Es läßt freilich die Frage unbeantwortet, warum überhaupt eine Auswechslung – falls es eine ist – stattgefunden hat. Danke, Schwester Chapel.«

Spock warf den Tragriemen über die Schulter und bot Helen seinen Arm an, um sie hochzuziehen. Obwohl Chapel wußte, daß es Spock am liebsten war, wenn man ihn nicht anfaßte, legte er einen Arm um Helens Taille, schob seine Schulter unter die ihre und führte sie durch den Gang.

Chapel, die sich beeilte, um mit ihm Schritt zu halten, fragte: »Dann ist der Eindringling … das Gespenst … der Poltergeist …«

»Er ist«, sagte Spock so sachlich wie immer, »aller Wahrscheinlichkeit nach Captain Kirk.«

Auf Deck 23, das ansonsten der matt beleuchteten Stille der Frachträume überlassen war, öffneten sie an einem Leseport im Traktorstrahl-Maschinenraum eine Frequenz zum Hauptcomputer. Das Terminal war wahrscheinlich nie für etwas anderes benutzt worden als zum Ansehen alter Sportwettkämpfe und dem sorgfältigen Lesen von Sportzeitschriften aus der umfassenden Schiffsbibliothek, doch Spock dekodierte flink alle Sicherheits- und Zugriffsbegrenzungsprogramme, die es enthielt, und fuhr angesichts der Begrenzungen der Tastatur mit verblüffendem Geschick fort, Pfade zu öffnen, die sofort in den Großrechner führten. Uhura kramte inzwischen in einem Wandspind nach einem Werkzeugsatz.

»Was soll das werden?« fragte Chapel, die bescheiden an der Tür stand und den leeren Gang bewachte. Hierher kam nie jemand – es sei denn, ein Offizier vom Dienst, der einen Traktorstrahl reparieren mußte, oder gelegentlich das Wartungspersonal. Da die Lampen auf volle Kraft geschaltet waren, sah der grauwandige Raum mit den klobigen Wellengeneratoren steril und schäbig aus. Ölverschmierte Lappen und mehrere blaugraue Velschaumtassen, deren Ränder methodisch von jemandem mit den Fingernägeln in Stücke gerissen worden waren, lagen in einer Ecke. Die Luft in dem Raum roch schal und abgestanden. Die unbelüfteten Rumpfsektionen des ganzen sie umgebenden Decks enthielten Rohmaterial zur Wiederverwertung, entweder organisch oder anorganisch. Ihre Gerüche waren ein schwacher, unerfreulicher Nachgeschmack in der Luft. Die dunklen und stillen Frachträume bewahrten ihre prosaischen Geheimnisse: Kisten mit Ölproben; Proben fremdartiger Maschinerie, die man zur Analyse mit zu den Sternbasen, Universitäten und Instituten der Föderation nahm; fremdartige Flora und Fauna, samt und sonders tiefgefroren. Das Deck darunter enthielt nur Fracht- und Lagerräume. Dies war die hinterste Ecke des Schiffes. Hier konnte man praktisch Terminals jeder Art aktivieren und gegen jede

Störung absichern – zumindest so lange, bis die Säuberung zu Ende war.

»Wir brauchen draußen eine Wache«, sagte Uhura und klappte den Deckel ihres persönlichen Kommunikators auf. Nach kurzem Nachdenken schob sie einen nadelfeinen Magnetschalter in sein winziges Innenleben. »Ich schalte die schiffsinterne Abtastfrequenz aus. Ich mache das gleiche für dich und Mr. Spock. Damit uns niemand abhören kann.«

»Schwester Chapel, ich schlage vor, Sie gehen wieder ins Lazarett und holen Dr. McCoy.« Spock, der den kapazitätsbegrenzten Schirm mühsam dazu überredet hatte, ihm Anmerkungen einzuspielen, um Daten über ein halbes Dutzend KI-Programme zu erfahren, die nicht in seinem Speicher waren, sprach, ohne aufzuschauen. »Wir benötigen alle Hilfe, die wir bekommen können, wenn wir die Säuberung und die Bewegungen des Captains verfolgen wollen. Und es würde mich doch sehr überraschen, wenn der brave Doktor nicht auch schon argwöhnisch geworden wäre.«

Er schaltete sich in eine Chronometeranzeige, und als der überforderte Schirm sich bis auf eine kleine, blinkende 110 löschte, preßte er die Lippen aufeinander, was in etwa dem vulkanischen Äquivalent des Fluchens und des Tastatur-an-die-Wand-Knallens entsprach.

»Er hat geahnt, daß irgend etwas passieren wird«, sagte Chapel langsam. Sie sprach weiterhin leise, da die Tür offenstand, um den Überblick zu erleichtern. In diesen Echos werfenden Gängen trugen Stimmen weit.

»Inzwischen müßte die Säuberung in der primären Sektion beendet sein«, sagte Spock. »Sie nehmen bestimmt gleich den Verbindungsteil in Angriff.« Er bahnte sich geschickt einen Weg durch alle Sicherheitsbarrieren. Uhura, die Lippen angespannt, nahm ihre Bastelei an den Kommunikatoren wieder auf.

»Ich brauche schätzungsweise zweiunddreißig Minuten, bis ich in die Hilfsrelais eingedrungen bin, die ausgeschaltet werden müssen, weil sie die elektronische Abschirmung des Hauptcomputers steuern. Dann brauche ich etwa drei Stunden, um ein KI-Programm zu schreiben und zum Laufen zu bringen, das theoretisch in der Lage sein müßte, das Gesamtmuster des menschlichen Denkens zu stützen. In dieser Zeit ist es unbedingt erforderlich, daß wir weder gestört noch verdächtigt werden. – Und«, fügte er hinzu, »wir müssen den Captain finden, wo er auch gerade ist. Sein Bewußtsein, sein Ich und der Elektronenschatten seiner Entität zentrieren sich. Suchen Sie ihn, bringen Sie ihn her – falls es wirklich der Captain ist, und nicht doch ein Eindringling.«

Als Chapel die gesamte Bedeutung des gefährlichen Spiels bewußt wurde, das sie hier spielten, schüttelte sie sich. War es *wirklich* der Captain gewesen, der Spock und Helen hatte umbringen wollen? Oder ein Fremder, der ihn so beherrschte, daß er sich ebenfalls in einen Fremden verwandelt hatte? Sie kannte Jim Kirk seit Jahren – er hatte für ihre Versetzung auf die *Enterprise* gesorgt, als sie in den Flottendienst hatte eintreten wollen, um ihren Verlobten Roger zu suchen. Sie vertraute ihm bedingungslos … Doch die Frage war: Wer war der echte Kirk?

»Wie … Was ist eigentlich im Hangar passiert?« fragte sie voller Unbehagen.

»Der Captain hat mir erzählt, er hätte den Eindringling dort in die Enge getrieben«, erwiderte Spock gelassen, als sei er nicht einige Mikron davon entfernt gewesen, in das eiskalte Vakuum des Weltraums hinausgezogen zu werden. »Ich glaubte, ich hätte ihn aus dem hinteren Teil des Hangars rufen hören. Als ich hineinging, ging hinter mir die Tür zu. Die Türsteuerung und das Interkom sind manuell sabotiert worden; die Drähte waren gelöst, die Abdeckplatte …«

»Aber das äußere Schleusentor ist nicht aufgegangen.« Uhura schaute von ihrer Tätigkeit auf, der Schweiß der Konzentration glänzte im öden Schein der Lumenfläche an der Decke auf ihrem Gesicht. Obwohl Kommunikationsoffiziere theoretisch fähig waren, sämtliche an Bord befindlichen Geräte, die zur Verständigung dienten, auseinanderzunehmen und zu reparieren, hatten sie, nachdem sie ihren Fähigkeitsnachweis geliefert hatten, nur selten Gelegenheit dazu. »Ich habe nicht nachgeprüft, woran es lag …«

»Noch eine unerklärliche Fehlfunktion, die offenbar zum Poltergeist-Effekt gehört«, erwiderte Spock ruhig und wandte sich wieder dem Bildschirm zu. »Es paßt ganz und gar nicht zu den eindeutig handgesteuerten Bemühungen des verhinderten Mörders.«

»Wozu dienen die Geräte da?« fragte Helen und deutete mit dem Kopf auf das Einblasgerät und den Behälter, die neben ihr auf dem Boden lagen.

»Ich war unten auf dem Computerdeck, um einen Versuch zu machen, mit dem Eindringling in Verbindung zu treten«, sagte Spock. »Ich war aus bestimmten Gründen zu dem Schluß gekommen, daß der Captain sich zu verwirrend benahm, um Ermittlungen dieser Art zu erlauben.«

»Und ist es Ihnen geglückt?«

Spock wartete eine Weile mit seiner Antwort. Er prüfte die Programme, verschob Dateien und Unterverzeichnisse in andere Computerbereiche und gab dann und wann eigene Instruktionen ein. Dann sagte er gedehnt: »Ich weiß es nicht. Ich habe die Spektroplatten in der Hoffnung mitgenommen, der Eindringling sei eventuell in der Lage, etwas auf sie zu schreiben, da er dem Anschein nach versucht hat, mit verschütteten Flüssigkeiten in den Labors etwas mitzuteilen …«

»Er hat wirklich etwas geschrieben«, sagte Uhura und schaute wieder auf. »Und zwar in den Wasserdunst des Ventilationsfilters. Dadurch haben wir Sie gefunden. Und wie Helen schon sagte, er hat in unserer Sprache geschrieben.«

»Faszinierend«, murmelte Spock. »Leider war die Platte leer, als ich …« Er brach ab und sah sich nach dem abrupten Geschepper um, das ertönte, als Helen den Behälter zu Boden fallen ließ.

»Ich habe es gewußt«, hauchte sie und wandte den Blick ab. Tränen quollen durch die dichten schwarzen Fransen ihrer geschlossenen Lider. »Ich wußte es, ich wußte es …«

Uhura schaute über Helens Schulter und keuchte auf.

Während Spock geredet hatte, hatte Helen den Behälter geöffnet und die benutzte Platte herausgenommen. In ihrer Mitte befand sich, schattenschwarz auf Grau, das gespenstische Abbild eines Männergesichts.

Es war das Gesicht Captain Kirks.

14

Sie hatten das Verbindungsteil – da pro Deck ein Generator lief, hatte es nicht lange gedauert – und den langen, engen Laderaum mit der Luftzirkulationsmaschinerie, den Visikoms und Pumpen gesäubert, die über die Technische Sektion liefen. Nun sammelten sie die Generatoren auf Deck 16, um die letzte Säuberungsphase einzuleiten.

In der Dunkelheit spürte Jim Kirk die dünne, bebende Vibration, die seine Nerven und sein Bewußtsein zerfetzten, und ihm wurde klar, daß er erneut fliehen mußte, weiter nach unten …

Aber wohin? Ihm war, als hätte er vergessen, wo er sich befand. Er konnte sich auch nicht mehr daran erinnern. Ein finsterer Raum voller Maschinen, dachte er, die im Pulsieren der Generatoren erbeben. Aber es sagte ihm nur wenig. Er war verloren; auch wenn er weiter floh, verzögerte er seinen Tod nur.

Er war müde, unsäglich müde. Der kreischende Dunst des Protonenbeschleunigungsfeldes, der durch die Decke von Deck 7 kam – die Generatoren strahlten es von Deck 5 aus ab –, hatte ihn mißhandelt und desorientiert. Er war geradewegs durch den nächsten Notdurchgang nach unten geflohen, um ihm zu entgehen – doch nur, um nun festzustellen, daß es unterhalb von Deck 7 keine Verbindung zwischen der Primärsektion und dem Verbindungsteil gab, die tiefer in die Sicherheit der Technischen Sektion hineinführte. Er saß in der Falle.

Als ihm klar wurde, daß er kaum mehr tun konnte als, von der Säuberung gehetzt, durch die Freizeitdecks und die Fabrikations- und Frachträume hinabzusteigen, bis sie ihn im Phaser-Hilfskontrollraum unten auf Deck 11 in die Enge trieben, erfaßte ihn kurze Angst ...

Sie trieben ihn in die Enge. Scotty, DeSalle und die anderen, mit denen er zusammengearbeitet hatte, mit denen er befreundet gewesen war ... Indem sie die Maschinen einsetzten, die Spock für sie gebaut hatte ... Spock, von dem er im Moment nicht einmal wußte, ob er gerettet war.

Im gleichen Moment, in dem er dies dachte, fielen ihm die vorsichtig wie Gespenster umherschleichenden Fähnriche Gilden und Adams ein, die das, worin er zahlreiche Ladungen überzähliger Ausdrucke erkannt hatte, in die geheimen Frachträume der Schiffsaußenhülle eingelagert hatten ... Und ihm fiel ein, daß Gilden gesagt hatte: »Ich halte es außerdem für lächerlich, daß es weder einen Korridor noch einen Lift noch sonst etwas zwischen Deck 8 und dem Verbindungsteil gibt. Was glauben die denn, was wir machen? Die Küchenmaschinen ausplündern?« Und Adams hatte erwidert: »Da ist das Nahrungsförderband ...«

Also ging er, die Schattenform seines Körpers verzweifelt zusammenhaltend, durch das Nahrungsförderband, verzweifelt daran denkend, in seinem Geist die Erinnerung zu erschaffen, die die Berührung seiner Knie mit dem kantigen imprägnierten Boden der Reparaturröhre erlebte, daran, wie seine Arme über die metallenen Seiten streiften.

Jetzt bin ich sicher, dachte er.

Doch in der Finsternis wußte er, daß er nur ein paar Minuten für sich herausgeschlagen hatte. Was machten sie schon aus?

Er fragte sich, ob die Frauen schnell genug gewesen waren, um Spock zu retten, ob die Fehlfunktion, die er hervorgerufen hatte, den Hangartormechanismus festgehalten hatte. Er war nach oben in die gefährliche Helligkeit des Lazaretts geflohen, denn er wußte, daß sich zumindest Chapel und Helen dort aufhielten. Er fragte sich, ob die Fehlfunktion der Sauerstoff- und Drucksysteme ausreichend gewesen war, um seinen Freund vor dem Tod zu bewahren.

Er glaubte, eigentlich vorgehabt zu haben, zum Hangardeck zurückzukehren und nachzusehen. Doch all seine Gedanken und Wahrnehmungen hatten sich verfinstert und waren nach der letzten, verzweifelten Anstrengung der erforderlichen Konzentration, die Ventilklappen im Labor zu sprengen, vor Erschöpfung zusammengebrochen. Es war eine entsetzliche Anstrengung gewesen, im Wasserdunst Buchstaben zu formen. Er hatte keine Vorstellung, wo er nun war. Er kannte diesen Ort voller flüsternder Maschinen nicht. Er wußte auch nicht, wie er hierhergekommen war.

Er war nur noch Rauch und Erinnerung, aber auch das würde bald nicht mehr sein.

»Jim?«

Die Stimme war leise. Sie kam irgendwie von außerhalb des Ortes, an dem er sich aufhielt. In ihr erkannte er etwas, das seiner Vergangenheit entstammte ... Es war jetzt schwierig, sich nur daran zu erinnern, wer er war. Schwierig, daran zu denken, sich und die Parameter seines Körpers neu zu bilden. Sein Leben bestand aus dem trüben Geschrei von Erinnerungen. Doch er wußte, daß es sich um jemanden handelte, den er kannte.

»Jim, ich weiß, daß du hier bist. Komm mit mir, Jim, folge mir. Spock hat eine Methode ausgearbeitet, um dich zu retten.«

Spock hatte also überlebt. Gut.

Und er sank ein Stück weiter in sich zusammen; wie die Trümmer eines zur Ruhe kommenden, sterbenden Sterns, der all sein Licht und seine Hitze verloren hatte.

»Folge mir, Jim. Wir sind unten auf Deck 20, hinter dem Wartungsraum für die Shuttles …«

Wartungsraum für die Shuttles? Die Erinnerung rührte sich und setzte sich nebelhaft wieder zusammen – die Form der riesigen Kammer unter dem Hangar, dahinter die Lagerräume, und dahinter die Frachträume …

»Wir wissen, was mit dir passiert ist. Wir können dir helfen …« Die Stimme war nun weiter entfernt. Er hörte das Zischen einer Tür. Kirk rührte sich, versuchte sich an seine Beine und Arme zu erinnern, bemühte sich, eine Methode auszutüfteln, um hinter dem Sprecher herzugehen. Ich hätte treiben können, dachte er, wie eine Wolke vergehen … Aber wenn er vergaß, wie man ging, würde er sich nie wieder daran erinnern. Und ihm fehlte die Kraft, beides zu tun.

Sich entfernende Schritte. Die Stimme flüsterte wieder, viel weiter entfernt … Verstohlen, heimlich, wie die Stimmen von Gilden und Adams im Dunkel des Hauptkorridors von Deck 7. Wie die Stimmen von Brunowski und Miller, die an einer weitläufigen Reihe von Computerkontrollen bastelten, um den Versuch zu machen, die Wiederverwertung dazu zu bewegen, Kaffeebohnen zu bilden statt den ›Schlabberkaffee‹, den sie normalerweise produzierte. Wie die Stimmen der Liebenden, die hin und wieder in den finsteren unteren Korridors des Schiffes spazierengingen, um jenen nicht zu begegnen, denen sie nicht begegnen wollten.

Natürlich, dachte er. Wenn der Eindringling, der Schatten, das Geschöpf, das ihn aus seinem Körper und seinem Geist vertrieben hatte, in Erfahrung brachte, was sie wußten, würde er mit Sicherheit einen Weg finden, sie zu töten, wie er Helen und Spock zu töten versucht hatte. Als Captain konnte er sie zumindest so lange unter Arrest stellen, bis alles zu spät war …

Und es war jetzt schon fast zu spät. Er spürte, daß der Schmerz zunahm, als die Säuberung sich ein Deck tiefer bewegte, die wieder zusammengesetzten Induktionsgeneratoren erneut loslegten und die permanente Bestrahlung näher kam. Wohin sollte er nur gehen? Es war alles nur eine Frage der Zeit …

Bis wann? Sie hatten wieder Kurs auf Midgwis genommen. In drei Tagen würden sie dort sein.

Der Schatten – der Dieb, der seinen Körper gestohlen, das Schiff und das Kommando an sich gerissen, die Frau, die er liebte, vergewaltigt und beinahe seinen Freund ermordet hatte – hatte irgend etwas vor.

Der Gedanke machte ihn wütend. Er empfand wieder seinen alten Zorn, die alte Sturheit, den alten Stolz. *Ich bin James Tiberius Kirk,* dachte er. *Ich bin der Captain der* Enterprise. *Du hast mir vielleicht mein Schiff genommen und die Mannschaft gegen mich aufgehetzt, die mich nun jagt, aber bei Gott, wenn ich kann, werde ich dich vernichten.*

McCoy hatte ihn gerufen.

Pille.

Jetzt fiel es ihm wieder ein.

Er schaute sich um, drehte den schattenhaften Umriß seines Kopfes. Er sah, daß er sich in dem Maschinenraum befand, der das Schleusentor des Hangardecks steuerte. Als er blindlings fortgestolpert war, um nachzusehen, ob Spock überlebt hatte, war er offenbar ein Deck tiefer gelandet, als es seine Absicht gewesen war.

Langsam, Atom für Atom – hätte sein Körper statt aus elektronischen Schatten und Erinnerungen noch aus solchen bestanden –, riß er sich zusammen und hüllte sich erneut in die Erinnerungen des Fleisches und die Erinnerungen an das Schiff. Das blendende Kreischen des Protonenfeldes auf den Decks über ihm erschwerte zwar seine Konzentration, aber er zwang die Zugangstüren in sein Gedächtnis zurück, die den

Raum mit den dahinterliegenden Frachtbereichen und Luken verbanden, die zum über ihm liegenden Hangardeck führten …

Er hatte wieder Hände und Füße. Er ließ sie durch einen reinen Willensakt neu entstehen. Langsam, blind und wund vor Ermüdung, sich so an die Knochen seines Schiffes klammernd, wie er sich auf den Arm einer Geliebten gestützt hätte, kämpfte er sich durch die Decks voran und folgte der Stimme seines Freundes.

Es würde bald enden. Es *mußte* enden.

Captain Kirk … *Nein!* sagte er sich und schüttelte wild den Kopf. *Yarblis … Yarblis Geshkerroth … Ich bin Yarblis Geshkerroth, der Schatten …* Er starrte mit glasigen, schmerzenden Augen auf die Hungrigen in den roten Hemden, die nun zum zwanzigstenmal die sperrige Protonenkanone zerlegten, damit sie sie mit dem Turbolift zwei Decks tiefer bringen konnten. Anfangs hatte ihn die bloße Vorstellung abgestoßen, eine Maschine zu erschaffen, die die Vibrationen des Geistes nachahmte. Doch nun war er fasziniert. Etwas Feinfühliges und teuflisch Präzises war an dieser Art des Verstehens, wie das Universum funktionierte. Als näherte man sich ihm von außen statt von innen.

Er wandte den Blick ab. Er wußte, daß es den Hungrigen unangenehm war, wenn man sie zu lange ansah.

Seine Mannschaft – *Kirks Mannschaft! Undurchsichtige, gierige und schwerfällige Hungrige!* – bewegte sich um ihn herum. Es waren Männer und Frauen, und seit dem Augenblick, in dem die Säuberung begonnen hatte, raunten ihre Stimmen. Auch dies, war ihm erst verspätet klar geworden, hatte sie nervös gemacht. Sie fühlten sich unbehaglich in der Welt, die sie erschaffen hatten, und die Fähigkeiten der Gerätschaften, die sie einsetzten, war ihnen nicht ganz geheuer. Als er einen ihrer Sicherheitsoffiziere ansah, eine dunkelhaarige Frau, die an der Wand lehnte und sich mit einem Mann unterhielt, flüsterte ihm der menschliche Körper, den er übernommen hatte, einen lüsternen Wunsch zu. Yarblis schob den Gedanken erschreckt beiseite. Doch dieser kehrte mit der aufdringlichen Erinnerung an die Frau Helen zurück.

Er ging kopfschüttelnd weiter. Ihm war aufgrund seiner Tat und der Art, in der er die finstere Gewalt genossen hatte, speiübel. Er hatte nur wenig Erfahrung, was die Beherrschung solcher Wünsche anging; er wußte kaum, was man durfte und nicht durfte. Die Erinnerungen an derlei Dinge erschienen ihm verwaschen, durcheinandergewirbelt und geschmacklos, da sie Erinnerungen des Körpers und nicht des Geistes waren.

»Captain ...« Mr. Scott, der Ingenieur – in Kirks Erinnerung hieß er einmal Scott, dann wieder Scotty –, schenkte ihm aus kaffeebraunen Augen einen tiefbesorgten Blick und hievte mit einem Riemen einen Teil des Generators hoch. »Ich hab's ganz vergessen ... Haben Sie Mr. Spock gefunden?«

Kirk – *Yarblis! Ich bin Yarblis ... Wer war Yarblis?* – nickte. »Er wollte eine Meldung über eine Erscheinung im Shuttlehangar prüfen. Aber es ist fast zwei Stunden her.« *Wie gefährlich leicht es plötzlich ist, über Stunden und Minuten zu reden ... Wie einfach, in diesen Begriffen zu denken, wenn keine Sonne, kein Mond und kein Wind da ist, der das Ende eines Tages markiert!* Er runzelte die Stirn, wie Kirk es getan hätte, und sagte kurz darauf: »Und das ist mir nicht ganz geheuer.«

Kirk, der echte Kirk, hatte Helen gerettet. Seit Yarblis aus dem Shuttlehangar entwischt war und Spock zu dem Glauben verleitet hatte, er hätte ihn aus dem Dunkel des winzigen Schiffes heraus gerufen – eine simple Illusion der Art, mit der er viele der finsteren Klingonen-Hungrigen in den Tod gelockt hatte –, fragte er sich besorgt, ob das, was von Kirk übrig war, auch Spock retten konnte. Aber es hatte keinen Aufschrei gegeben, niemand hatte den Knochenflicker McCoy gerufen, und deswegen konnte Spock seiner Meinung nach nicht überlebt haben.

Er hatte instinktiv gewußt, daß Spock eine Gefahr für ihn war.

Als er durch den Gang zum Lift ging, dachte er: Spock hat wie alle Hungrigen von außen gearbeitet statt von innen. Doch nun war ihm im Gegensatz zu dem Moment, in dem ihm die Idee gekommen war, Kirk zu übernehmen, bewußt, daß seine Maske nicht so gründlich und vollständig war, wie er es sich ausgemalt hatte. Er mußte das Schiff der Hungrigen verwenden, um den schrecklichen Plan auszuführen, mit dem er die Welt vor den schädlichen Auswirkungen ihres Einflusses retten konnte. Obwohl die Hungrigen kein Bewußtseinsnetz hatten – was ihm angesichts des wie ein Bauchschuß wirkenden Trennungsschmerzes kaum vorstellbar erschien –, kannten sie einander besser, als er angenommen hatte. Er wußte, er hatte Fehler begangen. Und Spock, Allesberechner, hatte auch sie gezählt.

Er blieb stehen und musterte die sterilen weißen Wände, den glatten Boden, die glatte Decke … Er haßte diesen glatten Ort, an dem es überall nach den Hungrigen roch, aus vollstem Herzen. Das haben sie aus ihrer Welt gemacht, dachte er. Sie wollten sein Volk dazu verführen, aus der wahren, echten Welt, dem schönen Rhea, dem Ort, an dem der Muttergeist lebte, das gleiche zu machen, eine hassenswerte Welt, in der alles in Mein und Nicht-Mein und in Mache-ich-nicht und Sollen-andere-tun aufgeteilt war. Sie wollten sie mit dem Versprechen ködern, wie leicht und gut das Leben werden würde.

Doch wer sagte denn, daß das Leben leicht und gut sein mußte? Schön sollte es sein. Schönheit lag in Gefahr, in Kälte und Hunger, und ebenso in Ruhe und Behagen. Und das konnten sie einfach nicht verstehen.

In ein, zwei Generationen würde es auf der Welt viele geben, die es ebenfalls nicht mehr verstanden. Dann entwickelten auch sie sich zu Hungrigen.

Dann verschwand auch die Schönheit.

Aber er würde darauf achten, daß es nicht soweit kam.

Er schaute sich um. Er streckte sogar die Hand aus – *Schwache kleine Hand, winzige Finger!* – und faßte die glatte, kalte Wand an, die nie organisch gewesen war, nie *aus* etwas gemacht worden war, und setzte ein angespanntes, erschöpftes Lächeln auf.

Dieser Ort, dieses Schiff, gehörte nun ihm. Wenn er doch nur nicht so müde gewesen wäre. Wenn seine Knochen nur nicht in solch bitterer, verzehrender Einsamkeit geschmerzt hätten – er hätte triumphierend aufgelacht. Denn wenn er fertig war, war es keine Frage mehr – weder dann, noch irgendwann –, ob die Hungrigen in der Lage waren, seine Welt zu vergewaltigen und seinem Volk im Tausch für dessen Seele ihren Traum von der Übersättigung anzubieten.

»Das Säuberungskommando ist auf Deck 19«, meldete Lieutenant Uhura. Sie stand im Türrahmen des fast leeren Freizeitraums, hatte eine Frequenz ihres Kommunikators geöffnet und betete, daß sie den richtigen Schalter deaktiviert hatte, so daß man das Gespräch auf der Brücke nicht mithören konnte. »Was neues?«

Helens von den Nachwirkungen des Gases noch rauhe Stimme erwiderte: »Noch nichts. Er sitzt im Maschinenraum im Dunkeln und wartet. Es ist so kalt hier unten, daß man nur schwer sagen kann, ob … ob überhaupt etwas passiert.« Uhura fiel auf, daß es ihr noch immer nicht gelang, den Namen des Captains auszusprechen.

»Halt mich auf dem laufenden«, sagte sie leise und schaltete sich aus. Morgens um 7.35 Uhr (Uhura stöhnte bei der Vorstellung, nach einer solchen Nacht wieder auf die Brücke gehen zu müssen) wurden die Sport- und Übungsräume – die Freizeiträume der Primären und Technischen Sektion waren dann in der Regel leer – konstant von jenen genutzt, denen es Spaß machte, morgens als erstes den Kreislauf in Schwung zu bringen, oder von denen, die es ›hinter sich‹ haben wollten, ehe sie den Tag in Angriff nahmen. Um diese Zeit wimmelte es auf dem Badedeck, in dessen Eingang Uhura nun stand, normalerweise von Männern und Frauen, und die Wände warfen ihre Stimmen zurück. Aus der Sporthalle wehte dann das jähe Klatschen der Füße der Kampfsportbegeisterten herein, die vor dem Frühstück ein *Kata* absolvierten, und aus dem Tanzsaal, in dem Organa ihre Schüler im Dehnen und Recken drillte, kam dann ein ständiger musikalischer Rhythmus.

Doch das Unbehagen, das Uhura am vergangenen Abend auf dem Mannschaftsdeck und in den Freizeiträumen aufgefallen war, hatte noch nicht abgenommen. Ein einsamer Schwimmer zog gleichmäßig seine Bahnen durch das blaßblaue Wasser im Beckens. Die Sporthalle und der Tanzsaal waren still wie ein leeres, mit Laken umhülltes Haus. Uhura nahm an, daß jene Besatzungsmitglieder, die die Freizeitanlagen der Technischen Sektion benutzten, an diesem Morgen in die Primärsektion hinaufgegangen waren. Sie wußte es nicht. Spannung konnte man nicht über lange Zeiträume hinweg aufrechterhalten – ein Gutteil der Aura des nervösen Wartens war aus reiner Erschöpfung verblaßt –, aber sie folgerte, daß die Mannschaft im allgemeinen keine Risiken einging, solange der Eindringling nicht für tot erklärt worden war.

Sie seufzte. Noch länger durfte sie nicht warten. Sie

rieb müde ihr Gesicht und eilte zum nächsten Lift. Ihre Stiefelabsätze hallten in der Leere des Freizeitraumes wider, als sie sich auf die Suche nach einer Tasse des stärksten Kaffees begab, den sie kriegen konnte. Sie mußte auch noch duschen. Sie ging in der möglicherweise unerfüllbaren Hoffnung, daß es auf der Brücke einen ruhigen Tag geben würde.

»Nichts.« Dr. McCoys Stimme war kaum mehr als ein Flüstern, als er auf die Frau hinunterblickte, die auf der Schwelle der Tür zum Maschinenraum saß. »Ich war in den letzten Winkeln und in jedem Instandhaltungsgang des Schiffes ... an Orten, von denen ich nicht mal wußte, daß sie *existieren* ... Aber ich habe nicht das geringste gespürt. Aber woran hätte ich auch erkennen sollen, *was* ich spüren soll ...« Er zögerte und dachte darüber nach. Dann fügte er langsam hinzu: »Aber ich glaube, ich hätte es schon irgendwie bemerkt.«

Helen nickte. »Jetzt, glaube ich, würden wir es alle bemerken.«

McCoy stellte fest, daß sie nun eigenartigerweise weit besser aussah als an jenem Nachmittag. Zwar wirkte sie noch immer erschöpft und bis an die Grenzen ihrer physischen Belastbarkeit angespannt, aber der tote Blick, die hoffnungslose Müdigkeit und das Glitzern von Furcht in ihren braunen Augen waren verschwunden. Sie sah zwar noch immer so aus wie eine Frau, der man körperlich übel mitgespielt hatte, aber in ihrem Gesicht war wieder Leben. Das Leben, das verlorengegangen war, begraben unter hoffnungsloser Verwirrung und der Angst, seit der Rückkehr von Midgwis verrückt geworden zu sein.

Der Kommunikator zirpte leise. Helen klappte ihn auf.

»Säuberungskommando auf Deck 20«, sagte Uhuras Stimme leise. Es war nun 8.00 Uhr durch, und McCoy nahm an, daß sie die Einheit über sämtliche Kom-Verbindungen überwachte. »Habt ihr schon irgendwas?«

»Nicht das geringste.«

McCoy zog die Nase hoch und schaute weg. »Ich habe schon immer gewußt, daß mit diesem verdammten Transporter etwas nicht stimmt«, brummte er. »Die Atome eines Menschen wie einen Scheffel Reis auseinanderzureißen ... So hat der Schatten unten auf dem Planeten bestimmt auch die klingonischen Kundschafter erledigt.«

Helen nickte. »Er brauchte nur abzuwarten, bis sie herunterkamen. Nach der Ankunft hat er einen übernommen und dann auf die richtige Gelegenheit gewartet.«

»Andererseits«, fuhr McCoy fort, »hat es vermutlich nur am Stabilisationseffekt der Transporterstrahlen gelegen, daß Jim überhaupt überlebt hat.«

Helen verzog den Mund. »Was uns zu der sehr unerfreulichen Frage bringt, warum Yarblis Geshkerroth beschlossen hat, die Position des Captains eines Raumschiffes zu besetzen.«

Dann hörten sie aus dem hinter ihnen liegenden dunklen Maschinenraum Spocks Stimme leise sagen: »Captain?«

Helen und McCoy drehten sich um. Der kleine Raum war fast finster und wurde nur vom matten Gelb des Bildschirms und dem gedämpften Schein einer brennenden Kerze erhellt. Das Licht betonte Spocks adlerhaftes Gesicht und ließ seine Augenhöhlen im Dunkeln. Er hatte gewissenhaft die Literatur studiert, die Manifestationen nichtphysikalischer Wesen betrafen, und dabei wiederholt gelesen, daß eine schwache Beleuchtung notwendig war. Möglicherweise, hatte er angemerkt, damit die Scharlatane besser betrügen konnten, aber es war auch möglich, daß Lichtwellen die Auswirkung hatten, die Kräfte eines Geschöpfs, das nur als Sammlung elektrostatischer Impulse existierte, zu verwirren und zu verringern.

Der Vulkanier saß nun wie ein fremdartiger, regloser Götze mit geschlossenen Augen im Kerzenschein und streckte seine knochigen Hände, die Handflächen nach oben, auf dem schmutzigen Kunststoff der Tischplatte aus. Der Raum war eiskalt. Helen konnte, wie sie schon zu Uhura gesagt hatte, den Grund dafür nicht erkennen.

»Captain«, sagte der Vulkanier nun. »Sind Sie hier?«

Und von irgendwoher kam ein vages Klopfen, als sei ein harter Gegenstand auf einen Betonboden gefallen.

»Kommen Sie näher«, sagte Spock leise. »Das *Katra* … die Essenz der Seele. Das innere Wesen. Es kann von einem Körper auf den anderen übertragen werden. Es kann für eine Zeit im Geist eines anderen verbleiben, wie Sargons *Katra,* seine Persönlichkeit, von Ihnen aufgenommen wurde. Mein Geist ist nun offen für Sie, Captain … Jim. Kommen Sie näher – treten Sie in jenen Teil meines Geistes ein, der geöffnet und bereit ist. Ich habe die elektronischen Schutzvorrichtungen um den Hauptcomputer entfernt … Ich habe eine Reihe von KI-Programmen programmiert, um Sie, Ihr Wissen, Ihr Sein, abzuspeichern … bis wir Sie zu dem wiederherstellen können, was Sie sind. Verstehen Sie?«

Es kam keine Antwort.

»Wir können Sie retten«, sagte Spock, dessen Stimme kaum mehr als ein Flüstern war. »Im Computer können Sie als Programm unbegrenzt existieren …«

Die Stille im Raum blieb, aber Helen empfand eine Leere, als sei etwas, das hier geschwebt hatte, im Begriff, sich zu entfernen. Die Säuberung, fiel ihr ein, war nur noch wenige Decks über ihnen. Jim mußte nun seit über einer Woche ohne seinen Körper existieren. Es war sehr gut möglich, daß er keine Kraft zur Rückkehr hatte oder nicht mehr wußte, wie dies vonstatten ging.

Sie griff still nach oben und nahm McCoys Hand. Sie hatte etwas in der Literatur über Séancen gelesen; etwas, das Spock erwähnt, aber nicht verstanden hatte. Und jetzt ergab es für sie plötzlich Sinn. Sie stand mit McCoys Hilfe auf und zog den Arzt weiter in den abgedunkelten Raum hinein. Sie nahmen lautlos auf den anderen Stühlen neben dem Tisch Platz. Helens Hand schloß sich sanft um die starken, schlanken Finger des Vulkaniers, die erstaunlich warm waren, da er eine höhere Temperatur hatte. Kurz darauf nahm McCoy Spocks andere Hand in die seine. Als er dies tat, schloß er den Kreis, und Helen spürte sofort, daß Kirk in der Nähe war.

Sie schloß in der Dunkelheit die Augen und spürte ihn als lebende Präsenz. *Er steht neben Spock,* dachte sie. *Er steht genau neben ihm ...* Sie machte keinen Versuch, irgendwelche Gedanken oder Bilder in ihrem Geist zu formen. Sie saß nur auf dem harten Kunststoffstuhl, entspannte sich und öffnete ihren Geist. Ihre Gedanken griffen hinaus, um ihm noch etwas zu geben, das er fassen konnte, noch etwas, mit dem er vertraut war ... und noch etwas, an dem er sich orientieren, sich entlangziehen konnte. In der zunehmenden Stille saßen sie da, ein Kreis aus Energie, Freundschaft und dargebotener Stärke.

Dann hörte sie, daß Spock die Luft anhielt, und sie spürte, wie sich seine Finger um die ihren spannten. Er ließ sie sanft los, und als sie die Augen öffnete, drehte er sich wieder zum Bildschirm um und spreizte die Handflächen über dem Wirrwarr aus Kabeln und Supraleitern unter dem offenen Gehäuse. Seine Augen waren meditativ geschlossen.

Helens Blick traf über den Tisch hinweg den Blick McCoys, aber er sagte nichts. Sie warf ihm stirnrunzelnd einen fragenden Blick zu, und er nickte.

Spock tippte nun auf der einfachen Tastatur. Lange

hörte man nur das dumpfe, pulsierende Summen der Triebwerke, den von unten kommenden, die Knochen erbeben lassenden unterschwelligen Klangteppich, und dazu, wie ein trockener Kontrapunkt, das schnelle Pochen der Tasten. Spocks Gesicht wirkte im goldenen Kerzenschein leer, doch seine Augen waren nun offen. Er arbeitete ohne zu zögern; sicher, gelassen und distanziert, und hinter ihm tanzte sein riesiger Schatten an der kahlen, ölfleckigen Wand.

McCoy und Helen standen auf, stellten sich hinter ihn und schauten über seine Schultern auf den Bildschirm.

Unter die langen Zahlenkolonnen hatte Spock geschrieben: SIND SIE DA?

Es dauerte lange, dann bildeten sich darunter die Worte:

JA. DANKE. DANKE EUCH ALLEN. KANN JETZT SCHLAFEN.

Und der Bildschirm wurde dunkel.

15

»Übrigens, Mister Spock ...«

McCoys tiefe, leicht gedehnte Stimme unterbrach die lange Stille des von einer Kerze erhellten Maschinenraums. »Sie vergessen doch nicht, daß Sie tot sind?«

»Wie könnte ich, Doktor?« Spock hob eine Hand und rieb seinen Nacken. Jetzt, da er nicht mehr an die zum Schreiben und Aktivieren des KI-Programms nötige Konzentration gebunden und nicht mehr in die tiefe Meditation versunken war, die man brauchte, um in den Zustand des geteilten *Katra* zu gelangen, wurde ihm klar, daß sein Kopf noch immer vom Druckabfall im Shuttlehangar schmerzte. Die lange aufgeschobene Reaktion setzte ein, die Reaktion auf die endlosen Minuten der Beinahe-Panik, als er versucht hatte, die Handschalter zu bedienen, um aus dem Hangar herauszukommen, und dann den Alarmknopf, um Hilfe zu erhalten, bevor der Entlüftungszyklus abgeschlossen war und sich das äußere Schleusentor öffnete. Ihm fiel ein, daß er mittendrin ohnmächtig geworden war. Doch selbst dabei hatte er noch in einem letzten Aufblitzen von Logik gedacht, daß dies wahrscheinlich besser war, als bei Sinnen zu sein, wenn die roten Blinklichter erstarrten und das langsame, eisige Zerren des Vakuums ihn zu den sich öffnenden Torhälften riß.

Er schob die Gedanken beiseite und stufte die kalte Saat der Furcht, an die er sich erinnerte, als irrelevant ein. McCoys Kommunikator zirpte, und nach einem

Knopfdruck sagte Chapels Stimme: »Säuberungseinheit ist auf Deck 21. Habt ihr irgend etwas gehört?«

»Wir sind sicher«, erwiderte McCoy knapp. »Wir treffen uns im Lazarett.«

Der Leseschirm piepste leise. Obwohl er, wie die meisten seiner Art, nur begrenzte Geräusche erzeugen konnte, war er an keinen Voder-Vocoder angeschlossen, da er in erster Linie für schematische Darstellungen und zur Unterhaltung diente. Als Spock sich umdrehte, sah er folgenden Text auf dem Schirm:

> NACH ABSCHLUSS DER SÄUBERUNGSAKTION WIRD ER EUCH DORT SUCHEN. 30 METER WEITER IST IM STEUERBORD-KORRIDOR DIESES DECKS EINE RUMPFSEKTION BELÜFTET WORDEN. MAN KANN DAS SCHOTT, DAS SIE VERBIRGT, AN KRATZERN AN DEN SCHRAUBEN ERKENNEN. DER DORT BEFINDLICHE COMPUTER-TERMINAL HAT LABORQUALITÄT. SPOCK KANN SICH DORT VERSTECKEN. IHR ANDEREN TREFFT EUCH DORT UM 18.00 UHR.

Sie starrten alle verdutzt auf den Bildschirm. Dann stieß McCoy mit einem lauten Seufzer die Luft aus. »Nun, wenn ich es früher nicht geglaubt haben sollte«, sagte er sarkastisch, »dann glaube ich es jetzt. Schwester Chapel ...« Er sprach in seinen Kommunikator. »Ich bin in ein paar Minuten mit Helen da ...«

Auch Helens Kommunikator piepste. Es war Uhura. »Er ist mit dem ersten Generator im Lift und kommt nach unten ...«

»Wir verschwinden«, erwiderte Helen rasch. »Jim ist in Sicherheit.«

»Er wurde ermordet«, sagte James Kirk. *Habe ich nicht noch einen anderen Namen?* fragte er sich mit benebeltem und schmerzendem Geist. Sicher hatte er einen … Gesh … Gesh … Yarblis Geshkerroth … Er schüttelte den Kopf und drehte sich langsam um, um in die Mienen der Stabsoffiziere zu blicken, die sich in dem kleinen Konferenzraum versammelt hatten. Er bemühte sich, sie zu analysieren. Und versagte. »Das … das Geschöpf, der Eindringling, den wir mit Spocks Geräten vernichtet haben, hat ihn umgebracht, als wir ihn jagten.« Er rieb sich mit der Hand übers Gesicht, denn das fremde Fleisch tat ihm weh. Ja, dachte er, ich bin Geshkerroth, Yarblis Geshkerroth, der Schatten. Er hatte die Hungrigen erschlagen, sein Volk verteidigt, die Welt verteidigt, Rhea verteidigt. Nun fiel es ihm wieder ein. Und nun verteidigte er sie erneut.

Sein Leib war ein einziger stumpfer, fortwährender Schmerz. Er fand die Worte zunehmend schwieriger, doch keiner der versammelten Männer und Frauen schien dies eigenartig zu finden. Scottys dunkle Brauen waren zusammengezogen, bildeten eine kleine aufrechte Linie. Seine schwarzen Augen folgten jeder Bewegung, die Kirk machte. Auf der anderen Seite des Tisches hüllten sich Lieutenant Uhura und Dr. McCoy in Schweigen. Doch er sah das Flackern eines Blickes, den sie sich zuwarfen. Sie verständigten sich … Er fragte sich, wie sie es ohne Bewußtseinsnetz bewerkstelligten. Mr. DeSalle, neben Scott, ballte zuckend die Fäuste und fauchte leise vor sich hin.

»Was … ist geschehen, Sir?« Sulu, der Navigator. Seine Gesichtsmuskeln zuckten leicht, so wie die Gesichter der Hungrigen, als er sich im Wald auf sie gestürzt und sie erschlagen hatte.

Die Erinnerung daran gab ihm etwas mehr Halt; es gelang ihm, seine Stimme gleichmäßiger klingen zu lassen und sich auf Kirks Rhetorik einzustellen. »Soweit mir bekannt ist, wurde Spock zum Shuttlehangar gelockt. Wie, werden wir wohl nie erfahren. Das Schloß war ohne Druck, und die Tore wurden geöffnet.«

»Aber das ist doch unmöglich!« protestierte Scott. »Doch nicht, wenn wir mit Warp-Geschwindigkeit unterwegs sind! Es hätte überall im Schiff Alarm ausgelöst!«

»Sämtliche mit dem Hangar verbundene Alarmsysteme wurden außer Betrieb gesetzt«, sagte Uhura und faltete ihre schlanken Hände, die die Farbe von Dornenbaumstämmen hatten. »Es wurde nirgendwo registriert – nur als Notiz im Systemcomputer.«

»Gütiger Gott ...«, sagt Scott leise und entsetzt.

»Er muß bewußtlos gewesen sein, als das Schleusentor aufging«, sagte McCoy leise zu ihm. »Es gibt schlimmere Todesarten als Sauerstoffmangel.«

»Aber das Wichtige ist«, fuhr Kirk – Yarblis – fort und ging ruhelos im vorderen Teil des Raumes auf und ab, »daß die Säuberung erfolgreich war. Der Eindringling – der Mörder – ist vernichtet. Es gibt kein Anzeichen mehr von ihm auf dem Schiff.«

»Anzeichen hat es vorher auch nicht gegeben«, murmelte Sulu leise Uhura zu. Doch der Blick seiner schwarzen Augen fiel von der Seite her auf seinen Captain. Sein Blick enthielt Schmerz und Schrecken – und etwas anderes, das Yarblis nicht durchschaute.

Yarblis fuhr sich erneut mit der Hand übers Gesicht, als schmerze ihn das Fleisch und die Haut dadurch weniger. »Ich werde es ... der Mannschaft ... mitteilen. – Mr. Sulu, wir kehren mit Höchstgeschwindigkeit zur Welt zurück ... zum Planeten Midgwis. Wir haben es ganz eindeutig mit Lebewesen zu tun, die vor nichts haltmachen, und ich frage mich, was das Schweigen des Forschungsteams zu bedeuten hat. Die Besprechung ist beendet, meine Herren.«

Alle standen auf, sahen sich mit raschen, verstohlenen Blicken um und verließen nacheinander den Raum. Während sie gingen, wartete er, dann trat er vor und zog an McCoys Ärmel. Er hatte nachgedacht und in den Erinnerungen des Captains danach gesucht, was dieser tun würde, wenn sein Erster Offizier durch einen Mord umkam. Seine Reaktion war anders ausgefallen als die der klingonischen Hungrigen, die er übernommen hatte, und so wußte er nicht genau, ob dies nur ein individueller Unterschied war. Das Denken fiel ihm nun schwerer, und ebenso das Erinnern und Navigieren durch die finsteren Zonen der Emotionen und des Instinkts. Die seltsamen Triebe und das Fieber des menschlichen Körpers zerrten immer stärker an seinem Verstand; die fremde Nahrung, die er aß, benebelte seinen Geist. Er verspürte ein dringendes Bedürfnis nach Schlaf, dem er kaum nachzugeben wagte ... Doch am schlimmsten war die überwältigende, schmerzende Einsamkeit, die Trennung vom Netz. Er hatte in all den endlosen Tagen zu keiner anderen echten Seele gesprochen und sein Ich mit niemandem geteilt.

Es dauert nicht mehr lange, versprach er sich stumm. *Nur noch kurze Zeit, dann bin ich wieder auf der Welt ... und sie wird sicher sein, wahrlich und wahrhaftig.*

»Pille ...«

McCoy blieb stehen und neigte leicht den Kopf. Yarblis fiel auf, daß die, die mit allen sprach, die Frau Uhura, dicht hinter der Tür stehenblieb, als wolle sie lauschen.

»Wie geht es Helen?« fragte er und ahmte leise Kirks Modulation nach.

McCoys preßte seine dünnen Lippen aufeinander. »Ich wollte es dir erst sagen, wenn alles vorbei ist, Jim«, sagte er leise. »Es geht ihr gar nicht gut ... Es geht ihr sogar schlechter.«

Yarblis brachte es fertig, die Stirn zu runzeln und die Luft anzuhalten. »Kann ich Sie besuchen?«

Der Arzt schüttelte den Kopf. »Ich mußte sie leider wieder zur ständigen Beobachtung auf die Intensivstation verlegen. Ich glaube zwar nicht, daß wir uns über irgend etwas Sorgen zu machen brauchen, aber ... Sie hat ordentlich was abgekriegt, Jim. Sie ist noch nicht außer Gefahr.«

»Ach so.« Er tat sein Bestes, um so besorgt zu klingen, wie er es wirklich war. Vielleicht starb sie, ohne daß er noch etwas unternahm. Doch eins stand fest: Solange sie unter ständiger Beobachtung stand, würde es sehr schwierig werden, dafür zu sorgen, daß sie wirklich starb. Er schüttelte erneut den Kopf. In zwei Tagen war er wieder auf der Welt. Danach spielte es keine Rolle mehr, ob die Frau lebte oder starb. Jetzt zählte nur, daß sie nicht gesund wurde, herumlief und in die Lage versetzt wurde, den anderen etwas zu erzählen ... und daß die anderen ihr nicht glaubten.

»Jim ... Das mit Spock tut mir leid.«

Yarblis, noch immer nicht ganz sicher, was Kirk darauf geantwortet hätte, sprach aus, was er von den anderen Hungrigen wußte, und sagte nur: »Wir haben ihn gerächt. Hoffen wir, daß wir nicht auch jene rächen müssen, die noch auf der ... dem Planeten sind.«

Er drehte sich um, ging an der im Türrahmen stehenden Uhura vorbei und begab sich zu Kirks Quartier. Vielleicht konnte er jetzt schlafen, nachdem Kirks herumgeisterndes Ich nicht mehr da war. Er konnte auf dem ganzen Schiff keine Spur mehr von seinem gespenstischen Alter ego ausmachen.

»Natürlich können wir etwas tun!« Christine Chapel wandte den Blick beunruhigt von Spocks Gesicht ab, das im matten Schein des Computerbildschirms und dem gelblichen Licht einer Lumenfläche – der einzigen Beleuchtungsquelle, die in der dunklen Höhle dieser Rumpfsektion existierte – streng wirkte. Sie schaute McCoy an, dann Helen, die auf einem harten Flexiplaststuhl neben ihr saß. Der Arzt nahm auf dem anderen Stuhl Platz, wie es seinem Rang als Stabsoffizier zustand. Seine blauen Augen blickten angestrengt, doch sehr müde. Helen empfand großes Mitgefühl für ihn. Auch sie fühlte sich unvorstellbar erschlagen und sehnte sich trotz der Aufputschmittel, zu denen sie McCoy überredet hatte, um an dieser Besprechung teilzunehmen, nach Schlaf. Sie sah, daß Chris sie hin und wieder besorgt musterte; sie war eindeutig der Meinung, daß sie ins Bett gehörte, ein Urteil, dem Helen hundertprozentig zustimmte ... Nur hatte sie nicht im geringsten die Absicht, ins Lazarett oder auf die Intensivstation zurückzukehren, ohne daß einer der anderen sie bewachte.

»Zum Beispiel?« fragte Spock freundlich. »Besessenheit ist bestenfalls ein verzwickter juristischer Begriff, und fast unmöglich zu beweisen ...«

»Und wenn man bedenkt, wie lange es gedauert hat, ihn aus der normalen Rechtswissenschaft zu entfernen«, fügte Kirk hinzu, »würde ich es fast vorziehen, das zu bleiben, was ich bin ... statt ihn wieder einzuführen.« Die aus dem Voder-Vocoder kommende Stimme war der seinen sehr ähnlich, nur die mangelnde Tiefe und blecherne Ausdruckslosigkeit verrieten ihre künstliche Natur. Uhura hatte den Voder gleich nach der Besprechung mit Yarblis/Kirk aus dem Lager der Nachrichtentechnik geschmuggelt, und Spock hatte etwa zwanzig Minuten des Herumbastelns gebraucht, um die weibliche Standardtonhöhe einer ungefähren Entsprechung des Kirkschen Tenors anzugleichen.

Schon diese Bemerkung, dachte Helen, ist absolut typisch für Jim, und sie dachte wie McCoy: *Falls ich's bis jetzt noch nicht geglaubt haben sollte – jetzt glaube ich es.*

Er ist da. Er ist in dem Computer. Und lebt.

Sie wußte nicht, warum ihr dieses Wissen einen Kloß in die Kehle steigen und ihre Augen brennen ließ. Sie wandte den Blick ab, damit die anderen es nicht sahen ... und fragte sich, was Kirk alles sehen konnte.

»Nur gibt es zu deinem momentanen Dasein keine Alternative.« Wie immer, wenn McCoy müde war, wurde sein schleppender Südstaatenakzent deutlicher. »Er hat deinen Körper und das Schiff schließlich nicht gestohlen, um mal 'ne Schwarzfahrt zu machen. Wir kehren mit Höchstgeschwindigkeit nach Midgwis zurück. Und dazu muß er einen Grund haben.«

»Ich weiß«, sagte Kirk. »Glaubt mir, es gab Zeiten, in denen ich gedacht habe, daß dies der einzige Grund zum Weitermachen für mich ist.«

Einen Moment lang herrschte Schweigen. Man hörte nur das klappernde Summen des aufgerüsteten Luftzirkulators, der den aromatischen Duft von Kaffee und Schokolade, mit denen der Raum reichlich ausgestattet war, davon abhielt, in den Korridor hinauszuwehen. Dann lachte McCoy leise und sagte: »Gib's auf, Jim. Du überzeugst keinen, der dich kennt, daß du es nicht aus purer Sturheit getan hast.«

Aus dem Voder kam ein leises Geräusch, eine Art sprödes Knistern. Spock runzelte heftig die Stirn und wandte sich von den Bauplänen ab, die er auf den Bildschirm des tragbaren Terminals geholt hatte. Chapel hatte ihn aus dem Lazarett mitgenommen, und er hatte ihn an Millers schon existierendes Komponentengewirr angeschlossen, um die Stromkreise zu untersuchen.

»Sind Sie da, Captain?« fragte er. »Sind Sie in Ordnung?«

»Mir geht's gut, Mr. Spock. Gibt's ein Problem?«

»Ich glaube, der Voder ist defekt ...«

Doch die müde und schwach vor sich hinlächelnde Helen erkannte, daß das Geräusch dem am nächsten gekommen war, was der Voder aus Jims Gelächter hatte machen können.

»Laut dem computerinternen Logbuch«, fuhr Spock nach einer Weile fort, »hat Yarblis täglich fünf bis sechs Stunden damit zugebracht, sämtliche Tätigkeiten des

Schiffes zu studieren. Dabei hat er sein Hauptaugenmerk offenbar auf das Schiff selbst gelegt. Zu den Dingen, die er in seiner Kabine hat ausdrucken lassen, gehören Computerbaupläne und Handbücher ...«

»Kein Wunder, daß er so aussieht, als hätte er seit einer Woche kein Auge mehr zugemacht«, murmelte McCoy.

»Es liegt nicht nur daran«, sagte Kirk, »sondern auch an der Tatsache, daß er ständig durch die Korridore geschlichen ist. Entweder hat er nach etwas gesucht oder sich mit dem Aufbau des Schiffes vertraut gemacht.«

»Was möglicherweise bedeutet, daß er sich ausrechnen kann, daß der Captain sich hier irgendwo versteckt«, sagte Uhura, die an der Tür auf Posten stand. An beiden Enden des dunklen Korridors hielten die Miniatursensoren, die sie sich von Emiko Adams ausgeliehen hatte, unbemerkt Wache. In der Rumpfsektion war die zwei Drittel des Raumes einnehmende Küchenmaschine – wo Brunowski sie herhatte, war ihnen ein Rätsel, da kein solches Gerät in der Bestandsliste fehlte – nach Beendigung des letzten Selbstreinigungsdurchlaufs in Schweigen verfallen.

»Wahrscheinlich«, stimmte Spock zu, richtete seine Aufmerksamkeit wieder auf das tragbar Terminal und gab eine lange Befehlsfolge ein. »Bei der Platzzuweisung für das KI-Programm, das dem Captain momentan als Pseudokörper dient, und der Komprimierung aller nicht lebenswichtigen Programme und Bibliotheksreserven habe ich allerdings Vorsichtsmaßnahmen ergriffen, damit niemand die zusätzliche Belegung bemerkt. Der Computer ist so programmiert, daß er keine Veränderung seines Basisspeichers meldet.«

»Ich habe immer schon geglaubt, daß Sie einen ausgezeichneten Kriminellen abgeben würden, Mr. Spock«, sagte Kirks Stimme über den Voder.

Spock versteifte sich. »Angesichts der Unannehmlichkeiten, die ich auf mich genommen, um Ihr Leben zu retten, Captain, besteht kein Grund, mich zu beleidigen.«

»Beleidigen?« McCoy grinste. »Das war doch ein tolles Kompliment!«

»Für einem Menschen bestimmt«, erwiderte Spock. »Aber das Verbrechen ist eine Zuflucht der Sekundärbegabten; ein Rückzug aus der Vollkommenheit der Logik.«

Kirks Grinsen war fast in seiner Stimme fühlbar. »Ich bitte um Vergebung, Mr. Spock. Ich meinte nur, daß Sie Ihre übliche Tüchtigkeit in jedem Bereich einsetzen, den Sie sich vornehmen.«

»Vielen Dank, Captain.« Spock rümpfte kurz die Nase, wie ein Schönling, der fünfzehn Spiegel besitzt und trotzdem behauptet, er hätte es nicht im geringsten nötig, sich in ihnen zu betrachten. Wenn er eine Katze wäre, dachte Helen, hätte er sich nun wahrscheinlich die Schnurrhaare geleckt. »Das ist wirklich ein Kompliment.«

»Aber Pille hat recht«, sagte Kirk ruhig. »Das, was ich bin, kann ich nicht bleiben. Und niemand von uns kann es sich leisten, daß *er* das bleibt, was er ist. Pille – Spock – Helen – fällt euch irgendeine Möglichkeit ein ...«

»... außer ihn zu ermorden?« sagte McCoy. »Nein. Und ich würde nicht mal *dazu* raten, weil ich keine Ahnung habe, wie der Bewußtseinsaustausch funktioniert ...«

Spock schaute erneut von der Primärtastatur auf. Sie war, wie Kirk gesagt hatte, dank Millers geschickter Fummelei von höchster Laborqualität oder noch besser. »Ich schätze, wenn Yarblis Geshkerroth veranlaßt werden kann, Körper und Geist des Captains aufzugeben, haben wir fünfzehn oder zwanzig Minuten Spielraum, um das Bewußtsein rückzuübertragen, ohne daß es zu einem physischen Verschleiß des Hirngewebes kommt.«

»In der Stasiskammer könnte man die Zeit noch verlängern«, fügte McCoy hinzu. »Aber wie wollen Sie ihn zum Aufgeben veranlassen? Indem Sie ihm seine Papiere geben?«

»Vielleicht verschwindet er von selbst«, sagte Chapel. Sie rieb ihre Schulter unbehaglich an der Wand. »So, wie er aussieht, würde es mich nicht überraschen, wenn Yarblis Probleme hätte, sich an seinem Körper festzuhalten.«

»Wir müssen hoffen, daß es so ist, jedenfalls im Moment«, erwiderte Spock. »Wenn er den Körper des Captains jetzt aufgeben würde, hätte Yarblis keine andere Wahl, als die Stelle des Captains im Computer einzunehmen. Und das könnte er jetzt leicht tun, nachdem ich die elektromagnetischen Sicherungen ausgeschaltet habe.«

»Das hätte uns gerade noch gefehlt«, murmelte Uhura. »*Dann* fiele es ihm bestimmt nicht mehr schwer, seinen Planeten vor uns zu schützen.«

»Eine ungerechtfertigt Annahme, Lieutenant, falls Sie glauben, Yarblis würde aus seiner Position im Computer heraus das Schiff vernichten. Der Computer verfügt über umfassende Eingreifsysteme, die ein Versagen dieser Art ausschließen. Trotz der Wissensmenge, die der Schatten über den Aufbau des Schiffes gesammelt hat, könnte er das Schiff nicht gegen uns einsetzen. Insgesamt gesehen, Captain, glaube ich, daß Sie momentan in einer überlegeneren Lage sind.«

»Außer bei einem Stromausfall«, sagte Helen leise.

Spock schüttelte den Kopf. »Ein Stromausfall, der den Computer lahmlegt, ist praktisch unmöglich. Die Ersatzbatterien ...«

»Ich meine keinen normalen Stromausfall«, erwiderte Helen. Ihre Augen blickten düster. »Ich rede von einem gewaltsamen Abschalten oder Durchtrennen.«

Sie schaute fragend zu Uhura hinauf. Uhura nickte.

»Bei einem mehrere Minuten dauernden Stromausfall brechen höchstens die nicht lebensnotwendigen Systeme zusammen«, sagte sie. »Ein Zusammenbruch hält nicht mal die lebenswichtigen aufrecht – sie werden zwei Nanosekunden später automatisch durch ein fest installiertes digitales Sicherheitsprogramm ersetzt, ohne daß man es bemerkt.«

»Wie schön«, sagte Helen, »für ein System. – Aber gilt dies auch für eine ... lebende Entität?«

Ein langes und unbehagliches Schweigen breitete sich aus, das Spock schließlich beendete. »Das Energiezentrum des Computers ist äußerst gut geschützt ...«

»Aber nicht die Leitungen, die von den Umwandlern in ihn hineinführen«, sagte Uhura. »Die Leitungen laufen direkt durch die Infrastruktur des Verbindungsteils. Man kann jede beliebige durch die Türen neben den Nahrungsautomaten der Aussichtsräume erreichen – oder auf Deck 11 durch Gildens Büro. Es wäre leicht, genau in Erfahrung zu bringen, wonach man suchen muß, wenn man die technischen Dateien kennt, von denen Sie sagen, daß der Schatten sie sich beschafft hat.«

Helens Blick wechselte von Spocks besorgtem Gesicht auf den stummen Stapel von Bauteilen auf dem Tisch, als hätte auch dieser ein Gesicht. Doch es war ein Gesicht, vor dem ihr sich erinnernder Verstand zurückwich. »Könnte er vielleicht zurückkehren, weil ... Könnte der Mordversuch an mir vielleicht ein Alibi für die Rückkehr sein ... weil er in der Kreisbahn seines Heimatplaneten sein will, wenn er das Schiff vernichtet? Um seine Welt ein- für allemal vor einer Einmischung durch die Föderation zu bewahren?«

16

»Aber das würde doch nicht klappen«, protestierte Chapel schwach. »Die Vernichtung eines Schiffes hält die Föderation doch nicht fern. Sie würde höchstens mit Volldampf über Midgwis herfallen.«

»Und wenn er das nicht weiß?«

»Wenn er das Wissen des Captains hat, muß er es wissen«, sagte Uhura.

»Vielleicht«, sagte Helen und ließ sich auf den Stuhl zurücksinken. »Wenn er vernünftig ist, und kein Fanatiker. Aber die einzigen Föderationsberichte über Midgwis befinden sich momentan in den Logbüchern der *Enterprise.* Sie werden erst zu allgemeinem Wissen, wenn Sternbasis Neun sie weitergibt. Selbst wenn die Vernichtung der *Enterprise* nicht zu einer Nichteinmischung in die Angelegenheiten seines Planeten führt – er würde wenigstens Zeit gewinnen.«

»Zeit? Wofür?« fragte Uhura. »Ist ihm denn nicht klar, daß sein Volk verhungert, wenn es nicht wenigstens einige der Verfahren übernimmt, die die Föderation ihm bietet? Oder daß es das Risiko eingeht, als Protektorat der Klingonen zu enden?«

»Es gibt tatsächlich eine Anzahl von Midgwin, die genau diesen Schluß gezogen haben ...«

»Sie hatten zuvor mit den Klingonen zu tun ...«

»Helen hat recht«, sagte Kirks Stimme leise aus dem Computer. Die Anthropologin fröstelte, als sie sie in dem gedämpft beleuchteten Raum hörte; sie klang gespenstischer als je zuvor. Sie ertappte sich dabei, daß sie sich umschaute, als rechne sie damit, den traditionell bleichen, geisterhaften Umriß zu sehen, der in einer Ecke schwebte. Und sie fürchtete sich davor. Sie fürchtete die – guten und schlechten – Erinnerungen, die der Anblick seines Gesichts eventuell heraufbeschwören konnte. Aber sie sah nur eine verwinkelte Ansammlung überzähliger Sensoren, Datenwürfel, Kabel und Bildschirme, die sich Fähnrich Miller aus dem Magazin ausgeborgt hatte, um Brunowskis geheimen Zielen zu dienen, und die grünen und gelben wie Geisteraugen funkelnden Lichter der Küchenmaschine.

»Die Bewohner Midgwis' sind geteilter Meinung«, fuhr Kirk fort. Helen konnte die Bewegungen seiner Hände fast sehen. »Geshkerroths Anhänger, die beinharten Isolationisten, sind zwar in der Minderheit – oder waren in der Minderheit, als wir abreisten –, aber wir wissen nicht, was in der letzten Woche auf dem Planeten passiert ist oder warum wir keine Verbindung mehr mit der Forschungsgruppe haben.«

»Ich schätze, Geshkerroths Komplizen im Kral haben ihre Sender nach unserem Aufbruch aus dem Orbit auf den Müll geworfen«, sagte Helen.

»Hatte er denn Komplizen?« fragte Uhura.

»Thetas zufolge existieren ungefähr ein Dutzend Meinungen über die Frage, was man mit dem Hilfsangebot der Föderation machen soll«, fügte McCoy hinzu, verschränkte die Arme und lehnte sich mit seinen flachen, hageren Schultern an die Wand hinter sich. »Die meisten sind zwar unter gewissen Bedingungen bereit, es anzunehmen, aber im Herzen will eigentlich keiner das alte Leben aufgeben.«

»Das brauchen sie auch nicht«, sagte Kirk. *Es muß ihn irre machen, daß er nicht auf und ab gehen kann,* dachte Helen, trotz ihrer Müdigkeit und Abgespanntheit amüsiert. »Die Föderation wird das nicht fordern, wenn sie nicht wollen. – Leider«, fuhr er fort, »ist ihr altes Leben nun, nach dem Antrag der Klingonen, ihre Welt als Protektorat zu verwalten, in jeder Hinsicht in Gefahr. Ich habe den Eindruck, daß dies nur wenigen Midgwin klar ist, falls sie es sich überhaupt klarmachen wollen. Die Klingonen könnten aus der Tatsache, daß die Midgwin keine agrikulturelle Entwicklung haben, leicht einen Kasus machen, um sie nicht als ›Zivilisation‹ einstufen zu müssen. Gewinnt der Schatten Zeit, könnte er beträchtliche Unterstützung für eine vollständige Isolation erringen. Es spielt eigentlich keine Rolle, ob ihm dies wirklich gelingt, aber im Moment glaubt er es. Vielleicht will er wirklich nur Zeit gewinnen.«

»Das ist äußerst unlogisch«, sagte Spock mißbilligend.

Das rote Licht auf Uhuras kleiner, handgroßer Sensorplatte blinkte plötzlich leise zirpend auf. »Da kommt jemand«, meldete sie. »Er ist am Sensor in Korridor sechs vorbeigegangen …«

Spock schaltete die visuelle Beobachtung des tragbaren Bildschirms ein. In der nur mit Viertelkraft aktiven Korridorbeleuchtung konnten sie eine untersetzte, stämmige Gestalt ausmachen. Sie trug einen roten Overall der Abteilung R&W und schritt mit der völlig unpassenden Leichtigkeit eines Tänzers dahin.

Uhura identifizierte die Gestalt. »Es ist Unteroffizier Brunowski.«

Spock schaltete den Bildschirm aus. Uhura knipste den Eigenbauschalter an, der die an der Decke befestigten Lumenflächen steuerte. Der Raum versank in Finsternis.

»Niemand rührt sich von der Stelle«, sagte die tiefe, leicht heisere Stimme des Vulkaniers aus dem Dunkel, und Helen hörte das leise Rascheln von Kleidung, als er durch den Raum zu dem Klappschott ging, das irgendwann – bevor Brunowski seinen Freund überredet hatte, an ihm herumzubasteln – zur inneren Druckhülle des Schiffes gehört hatte.

Die gedämpften Korridorlichter erschienen sehr hell, als die Tür aufzischte und die bullige Silhouette umriß. Spocks Arm fuhr wie das gelenkige Glied einer Spinne in das lichterfüllte Rechteck und legte sich sanft auf Brunowskis Schulter. Die Knie des glücklosen Uniformreinigers knickten ein, und er brach lautlos zusammen.

»Ich schlage vor, Sie geben ihm eine Trichemizon-Injektion und halten ihn achtundvierzig Stunden unter Betäubung, Doktor«, sagte Spock, als er den Arm hob, die Lumenfläche wieder einschaltete und das Schott schloß. »Niemand darf von unserem hiesigen Hauptquartier wissen ...«

»Dann nehmt euch lieber gleich auch Miller vor«, warf Kirk ein. »Ich sehe, daß er heute abend dienstfrei hat, weil er während der Säuberung die ganze Nacht auf den Beinen war. Ich höre seine Stimme allerdings durch den Voder-Stromkreis. Er ist unten im Hauptcomputerraum und trinkt einen Kaffee mit Fähnrich Giacomo.«

»Sie glauben doch nicht, daß die beiden ihr von diesem Ort erzählt haben?« fragte Chapel besorgt.

»Moment mal«, protestierte McCoy und runzelte heftig die Stirn. »Es kann ja sein, daß dies nicht die rechte Zeit ist, um über Ethik zu sprechen, aber *ich* habe einst einen Eid abgelegt, der besagt, daß ich die Medizin nicht als Mittel einsetze, um Unschuldige mattzusetzen.«

»Mag sein«, sagte Spock zustimmend und kniete sich neben Brunowski hin. »Aber logisch betrachtet kann man diesen Mann wohl kaum als ›unschuldig‹ bezeichnen. Wenn wir ihn auf irgendeine andere Weise festhalten, setzen wir ihn und seinen Komplizen ernster Gefahr durch einen Fremden aus, der bereits zwei Mordversuche unternommen hat, um sein Geheimnis zu bewahren. Ganz zu schweigen von der sich daraus für uns ergebenden Gefahr.«

McCoy verzog dröge den Mund. »Ich hätte mir denken können, daß Sie einen logischen Grund finden.« Er zog eine Spritze aus dem Etui an seinem Gürtel und füllte sie mit dem Inhalt einer Ampulle.

Spock musterte ihn verwundert. »Wenn das der Fall ist, Doktor, warum …«

Die Spritze zischte giftig. Brunowski seufzte und erschlaffte wie ein gestrandeter Wal. »Wir bringen ihn lieber hier raus«, sagte McCoy. Er und Chapel nahmen Brunowski zwischen sich und richteten ihn auf. »Ich tue es zwar nicht gern, aber …«

»Nehmt Servicelift drei«, riet Kirk. »Um diese Zeit wird er nie benutzt.« Als sie Brunowskis nicht unbedeutendes Gewicht über die Türschwelle hievten, fügte er leise hinzu: »Helen?«

Helen wandte sich halb um. In den wenigen Minuten der völligen Dunkelheit hatte sie ein gespenstisches Gefühl erlebt – den Eindruck, daß Jim sich mit ihnen im gleichen Raum aufhielt; daß er dicht neben ihr stand … Auch wenn der gesunde Menschenverstand ihr sagte, daß er sich in Wahrheit im Hauptcomputerraum auf Deck 8 befand und nur durch die Fäden der Supraleiter-Nervenenden des Computers mit ihnen konferierte. Sie führten durch den Kabelschacht im Verbindungsteil zur Hilfscomputerkammer auf Deck 10 und dann durch die feinen Nervenenden, in die sich Miller schamlos eingeklinkt hatte, in den verdunkelten Frachtraum.

Aber sie hatte dennoch das Gefühl, das er anwesend war.

Seine Stimme drang gespenstisch aus der winzigen Black Box, die seitlich in den Terminals eingestöpselt war. »Danke«, sagte er, »daß du mir geholfen … mich gerettet … an mich geglaubt hast. Und dafür, daß du beschlossen hast, an Bord zu bleiben und alles andere aufzugeben. Ich kann dir nicht sagen, wie leid es mir tut, daß du dafür einen derart hohen Preis hast bezahlen müssen.«

Sie schüttelte schnell den Kopf. »Jim, ich ...« Wie ging man mit einem Computer um? Wie artikulierte man das, was man nicht sagen konnte? Sie spürte, daß ihr wieder die Tränen kamen, und erkannte, daß sie vor purer Erschöpfung zitterte. Sie hätte sich am liebsten an seine Schulter gelehnt, seine Arme um sich gespürt, so wie früher den Schutz und die Wärme seiner Beachtung gefühlt.

Doch dies hatte sie in den höllischen Tagen der Erkenntnis, daß Jim nicht Jim war, abgelegt, und obwohl sie nun danach griff, kam es nicht mehr zurück. Er war nur ein gespenstischer Stellvertreter, eine körperlose Stimme – wie Eric in der uralten Geschichte, der für seine geliebte Christine hinter einer Mauer sein Lied sang ...

Darin steckte eine Analogie, die sie nicht weiter verfolgen wollte. Sie seufzte, wappnete sich gegen die Enttäuschung und die Müdigkeit, warf ihr schwarzes Haar zurück und richtete sich gerade auf.

»Ich kann nicht reden«, sagte sie einfach. »Ich bin müde ... Aber ich freue mich; ich freue mich sehr.« Dann drehte sie sich um und wankte hinter Chapel, McCoy und ihrer besinnungslosen Last her. Uhura wartete vor dem nun fast geschlossenen Schott, um einen Arm um Helens Taille zu legen und ihr Gewicht mit der Schulter zu stützen. Sie half ihr durch den Korridor zum Servicelift zurück, der sie alle zum Lazarett bringen würde.

Spock stützte die Ellbogen auf dem Tischrand ab und faltete die Hände unter seinem Kinn. »Äußerst interessant.«

»Verdammt, Spock ...« Der Voder war zwar nicht in

der Lage, die gesamte stimmliche Modulation der Irritation und Erschöpfung wiederzugeben, aber er kam der Sache nahe.

»Damit meine ich Dr. Gordons starken Glauben an eine scheinbar unlogische Schlußfolgerung, die auf unterschwelliger Ahnung basiert. Sie ist der Ihren sehr ähnlich.«

Kirks Stimme klang müde. »Wenn Sie wüßten, was ich durchgemacht habe, um Ihre verdammte Beachtung zu gewinnen, Spock ... Sie dazu zu bewegen, trotz Ihrer Logik auf mich zu hören ...«

»Entschuldigung, Captain.« Spock neigte den Kopf und sagte nach einem langen Moment: »Auch ich ... danke Ihnen. Sowohl für Ihr Bemühen, im Shuttlehangar mein Leben zu retten ... als auch für die Tatsache, daß sie überhaupt noch bei uns weilen.«

»Ach, legen Sie sich aufs Ohr«, sagte Kirk. »Wir brauchen alle Schlaf. Über das, was Yarblis vorhat, können wir uns morgen unterhalten.«

Bis sich die *Enterprise* in der Kreisbahn um Elcidar Beta III – alias Midgwis – befand, versteckte sich Spock weiterhin in der Rumpfsektion. Deck 23 war eine Zone, die nicht einmal während der Tagschicht von jemandem frequentiert wurde; sie lag nur ein Deck über den dunklen Frachträumen. Niemand behelligte sie.

Zu Mr. Scotts großem Kummer fiel auch Fähnrich Miller dem mysteriösen Virus zum Opfer, das schon seinen berüchtigten Busenfreund Unteroffizier Brunowski aus dem Verkehr gezogen hatte. Dr. McCoy untersuchte ein Dutzend Besatzungsmitglieder nach dem Virus und veröffentlichte eine Liste von etwa zwanzig Symptomen. Prompt tauchte Lieutenant Bergdahl auf und behauptete, an vierzehn dieser Symptome zu leiden. Obwohl dazu noch mehrere kamen, die nicht auf der Liste standen, wurde er aber zur allgemeinen

Enttäuschung seiner Mitarbeiter nach der Untersuchung wieder entlassen. Abgesehen von der Tatsache, daß die Leute mehr Uniformen zurückgeben mußten, da sie aufgrund der üblichen leichten Abweichungen der Synthetisierer nicht mehr paßten, und der Tendenz, daß die auf Stärke basierenden Substanzen der Nahrungsautomaten schlaff und gummiartig ausfielen, waren die Auswirkungen nicht erwähnenswert. Unter den niedrigen Rängen der Mannschaft ging allerdings das Gerücht um, das Schiff sei verflucht.

Ob der Captain davon wußte, war nicht ersichtlich. Auf der Brücke gab er sich schweigsam und zurückgezogen, wodurch er sich allerdings auch nicht vom Rest der Brückenmannschaft unterschied. Der gefühllose und genaue Vulkanier war bei der Mannschaft zwar nie sonderlich beliebt gewesen, doch in den Reihen jener, die seit Jahren mit ihm zusammengearbeitet hatten, wurde seine Abwesenheit sehr deutlich empfunden. In den von Erschöpfung kündenden braunen Augen des Captains war ein fanatisches Leuchten, wenn er auf den Frontbildschirm schaute oder sich über die ständig schrumpfende Distanz zu Midgwis informierte. »Was niemanden überrascht«, sagte Mr. Sulu leise nach dem Abendessen, als er mit Chekov bei einer Tasse Kaffee im Hauptfreizeitraum saß. »Zuerst Spock, und jetzt Helen. Chris Chapel sagt, daß es ihr schlechter geht ...«

Chekov stieß einen russischen Fluch aus. »Als er hinter dem Ding her war, das die Hälfte der *Farragut*-Mannschaft erledigt hat, sah er auch so aus. Wenn die Midgwin zu so etwas fähig sind, ist es kein Wunder, daß er sich Sorgen um die Forschergruppe macht.«

Der totgeglaubte Mr. Spock verbrachte seine Zeit zusammen mit Jim Kirk in Gesellschaft des Computers der *Enterprise*. Da die nebenan befindliche Sektion den Kohlenstoff-Wasserstoff-Sauerstoff-Stickstoff-Vorrat enthielt, aus dem man die gesamte Nahrung der *Enterprise*-Crew herstellte, kostete es Mr. Spock nur ein entschlossenes Studium der technischen Handbücher im Bibliothekscomputer, um sein eigenes Essen herzustellen. Nach mehreren Versuchen fiel ihm auf, daß die Skalen eine weitaus feinere Aroma-Einstellung erlaubten als die digitalisierten Programmvorgaben im Freizeitraum, und das Ergebnis war, daß er zum erstenmal seit drei Jahren in die Lage versetzt wurde, ein wirklich genießbares vulkanisches *M'lu* zu bestellen. Lieutenant Uhura und Schwester Chapel schmuggelten Decken in den Raum, auf denen er in einer Ecke des Raumes schlief – falls er schlief. Meist durchforsteten er und Kirk die Computerdateien, aus denen sie alles zusammentrugen, was ihnen dabei helfen konnte, das in Erfahrung zu bringen, was Yarblis nach dem Erreichen ihres Bestimmungsortes vorhatte.

Mit Spocks Unterstützung konnte Kirk sogar die Stimmkodesperren und Retinaabtaster umgehen und auf Millers Bildschirm alles zur Lektüre abbilden. Doch nirgendwo fanden sie ein Programm, eine Datei oder einen Kommentar, der die Intentionen des Schattens betraf, der als Pseudo-Kirk das Schiff beherrschte.

»Ich bezweifle auch, daß wir etwas finden«, merkte Kirk an, während Spock an dem dritten Arbeitsterminal herumbastelte. Uhura hatte es aus dem Magazin geschmuggelt. »Zwar kann er den Computer bedienen und weiß, wie er arbeitet, aber er denkt in anderen Begriffen. Es wird ihm nicht – wie uns – zur zweiten Natur, ein Logbuch zu führen oder Informationsdateien anzulegen.«

»Nein«, erwiderte der Vulkanier und bahnte sich sauber einen Weg durch die zwingenderen computerisierten Sicherungen, die zum inneren Kern der Hilfsprogramme des Schiffes gehörten. Er war momentan damit beschäftigt, seine persönlichen spezifischen Parameter im Speicher zu finden, um sie zu entfernen, damit eine neue Suche nach Leben an Bord seine Anwesenheit nicht verriet – so wie eine Auflistung der Computerunterverzeichnisse die Anwesenheit Kirks nicht registrieren würde. »Dies war eigentlich mit dafür verantwortlich, meinen Eindruck zu bestätigen, daß Sie … nicht mehr Sie selbst waren.«

»Zu bestätigen«, wiederholte Kirk nachdenklich. »Ich bin neugierig, Spock. Hatten Sie vorher keinen Verdacht?«

Spock schwieg. Er begutachtete die beiden mit Zahlen gefüllten Schirme und vor ihm leuchtenden Verzeichnispfade. Der ursprüngliche Bildschirm des Raumes – das mit dem Voder verbundene Terminal – war dunkel, wie üblich. Er zeigte nur einen blinkenden Cursor und ein paar rätselhafte Symbole für die irreführenden Verzeichnispfade, hinter denen sich das KI-Programm tarnte.

»Ich wußte, daß nicht alles in Ordnung war«, sagte er langsam. »Aber ich zögerte, die umfassende Veränderung Ihrer üblichen Reaktionen einem so unlogischen Grund wie ihrer Beziehung zu Dr. Gordon zuzuschreiben. Andererseits war mir auch bewußt, daß ich es mit einer Angelegenheit zu tun hatte, die laut meinen Beobachtungen bei Angehörigen ihrer Spezies stets extreme Unvernunft verursacht. Ich glaube, richtig argwöhnisch wurde ich erst, als ich mit Ihrem Alter ego Schach spielte. Obwohl er das Spiel ebensogut kennt wie Sie, verfügt er nicht über Ihr … Geschick.«

Spock runzelte die Stirn und beugte sich auf den Ellbogen ein Stück vor. Seine Hände umrahmten den leuchtenden Bildschirm, als er an die Vergangenheit dachte. »Er war … rücksichtsloser als Sie. Und weniger sorgfältig darauf bedacht, seine Figuren zu behalten. Sein Angriff war leichtsinniger, seine Abwehr schwächer. Und er hatte kein Interesse an der Strategie des Spiels. Er wollte nur gewinnen.«

»Ich weiß«, sagte Kirk leise. »Deswegen mache ich mir auch Sorgen, weil das Schiff noch immer unter seinem Kommando steht.«

Außerdem war Kirk nach Spocks Anleitung in der Lage, sich in sämtliche Schiffsüberwachungs- und Kommunikationsanlagen einzuklinken, das es ihm erlaubte, fast alles zu beobachten, was in dem Teil des Schiffes, den er aussuchte, vor sich ging. Allerdings nur an einem Ort zur selben Zeit. So hatte er auch die Stimmen des Personals im Hauptcomputerraum gehört. Insgesamt erforderten seine diesbezüglichen Anstrengungen, daß sich ihre erste Verteidigungslinie weiterhin auf Emiko Adams' Sensoren verließ.

»Er streift noch immer nachts durchs Schiff«, sagte Lieutenant Uhura, die auf einer Ecke des überfüllten Computertisches hockte. Sie hatte ihre langen Beine graziös übereinandergeschlagen. McCoy packte ein Sortiment kleiner Werkzeuge aus einem sauberen Uniformhemd aus. Er hatte sie für Spock organisiert. »Aber man kann nicht erkennen, ob er umherstreift, weil er etwas sucht oder etwas vorhat: Kabel zerschneiden, Bomben legen, was auch immer ....«

»Kannst du ihn auf einen Monitor legen?« fragte McCoy, während Spock das Hemd untersuchte. Es war etwas zu kurz, wie vieles, was neuerdings aus der R&W kam. »Einen Sensor auf ihn ansetzen, ihn aufspüren?«

»Ich fürchte, nein, Pille.« Kirk hatte in den vierundzwanzig Stunden mehr Kontrolle über die Nuancen des Voders erworben. Uhura hätte schwören können, der Captain sei bei ihnen im Raum. Wenn sie die Augen schloß, konnte sie ihn fast am anderen Tischende sitzen sehen, gleich neben Spock, der auf seinem harten Duraplaststuhl hockte.

»Und das Verfluchte ist«, fuhr Kirk nach einer kurzen Pause fort, »daß niemand daran gedacht hat, Bildaufzeichner hinter die Wände und Zugriffsluken zu hängen, wie sie an allen Korridorkreuzungen und in den meisten Räumen vorhanden sind.« Als Spock losgezogen war, um die visuellen Aufzeichner, die auf Deck 23 den Steuerbordgang abdeckten, umzuleiten, damit sie ein Bild des Backbordganges zeigten, hatte er festgestellt, daß Miller diese Vorsichtsmaßnahme längst getroffen hatte. (»Wir sollten den Jungen zum Sicherheitspersonal versetzen«, hatte Kirk angemerkt, und Spock hatte streng erwidert: »Wir sollten den Jungen, wie Sie ihn nennen, in den Bau stecken.«)

»In Anbetracht dessen, daß es auf der *Enterprise* 1576 Zugriffs- und Serviceluken gibt«, sagte Spock, »von denen nach meinen Berechnungen 342 von kritischer Bedeutung für die Schiffssicherheit sind, wäre dies eine umfangreiche Aufgabe.«

»Können wir es nicht auf die leichte Tour machen?« fragte Uhura mit einer Geste ihrer schlanken Hand. »Kann Dr. McCoy ihn nicht für dienstunfähig erklären und ihn so wegschließen, wie wir es mit dem armen Danny und dem armen John gemacht haben? Er verhält sich schließlich irrational genug.«

»Erstens ist das Lazarett *kein* Ersatzknast«, schnaubte McCoy, der sich wegen seines hippokratischen Eides leicht unbehaglich fühlte. »Und zweitens würde es tagelange Anhörungen erfordern, da er Schiff und Mannschaft auf keine Weise in Gefahr gebracht hat. Und wir haben nicht mal mehr vierundzwanzig Stunden, bis wir auf Midgwis sind.«

»Ganz zu schweigen davon, daß Yarblis den Eindruck erweckt, sich hinreichend beherrschen zu können, um einen solchen Vorwurf abzuschmettern«, fügte Spock hinzu. »Und außerdem brächte uns ein solches

Vorgehen dem Austausch der Persönlichkeiten zwischen ihm und dem Captain nicht näher.«

»Das spielt keine Rolle, wenn man das Schiff und die Mannschaft aus der Gefahr heraushalten kann ...«

»Gestatten Sie mir, daß ich dem nicht zustimme, Captain. Es gibt keinen Beweis, daß ein Austausch der Persönlichkeiten stattgefunden hat. Er könnte – und zwar aus sehr gutem Grund – behaupten, daß Sie nur ein besonders gut ausgetüfteltes KI-Programm sind, das ich mit dem Ziel erfunden habe, seine Autorität zu untergraben. Wenn wir so vorgehen, schneiden wir uns nur ins eigene Fleisch. Wahrscheinlich würden wir uns wegen Meuterei sehr bald in den Arrestzellen wiederfinden. Dann wäre er weiterhin Captain der *Enterprise* und könnte sein Intrigenspiel neu aufnehmen. Nein.« Spock schüttelte den Kopf. »Unsere einzige logische Zuflucht besteht im Warten und in der Vereitelung seines Plans, wie er auch aussehen mag.«

Ich werde sie vernichten, dachte er. Die Absätze seiner Stiefel klickten auf der harten, glatten Oberfläche des Raumschiffsdecks. Das kalte weiße Licht, das sich auf diesen Ebenen nie änderte, stach schmerzend in seine Augen. *Ich werde sie vernichten ...*

Ihm fiel ein, daß Arxoras ihm vor sehr langer Zeit beigebracht hatte, wie man Leben vernichtet – alles Leben, das böse war. Und irgend etwas in ihm schmerzte, denn er hatte Arxoras damals geliebt. Er hatte seinen alten Lehrer wirklich geliebt. Er liebte ihn noch immer, wegen allem, was er ihm geschenkt hatte. Für die Weisheit, die er ihm gezeigt hatte, und für die nie versagende strahlende Ruhe seines Geistes. Wenn er an die alten Zeiten dachte, empfand er den Schmerz erneut, aber nur wie eine alte Wunde, die nach einiger Zeit vernarbt war – eine grundlegende Einsamkeit, die sein Sehnen nach dem alten Trost des Bewußtseinsnetzes ersetzt hatte.

Veränderung schmerzt, dachte er, und ihm fielen die schrecklichen Verbrennungen ein, die die Waffen der Hungrigen ihm zugefügt hatten. Er dachte an die verzerrten Gesichter seiner Genossen, deren zerfetzte Leiber er in den bewaldeten Bergschluchten gefunden hatte. *Aber der Schmerz hört niemals auf.* Manchmal hatte er sogar den Eindruck, daß die Narben, die seinen alten, seinen wirklichen Körper verunzierten, auch in dem neuen, schlanken, fremdartigen Körper schmerzten: Sein ehemaliger Körper schlief in einer Höhle unter den Felsen der Schlucht, und Yngash und Ka'th Ka'who, seine Komplizen und Nestgeschwister, kümmerten sich um ihn.

Als er den Heilungsort betrat, warf ein gläsernes Aussichtsfenster sein Abbild zurück. Unbeholfen verlängert und groß in der trägen und häßlichen Verpackung aus Gelb und Schwarz. Ein nichtssagendes Kügelchen von einem Kopf, ein kläglicher Haarlappen, seine winzigen, schwachen Hände. Doch gleichzeitig sah er hinter dem Fenster die Frau Chapel, und neben ihr das Bett, in dem die Frau Helen lag. Und das fremde Fleisch, das er bewohnte, erwärmte sich bei dem Gedanken an die beiden.

Nein! dachte er voll Widerwillen und Abscheu. *Jemanden wie sie zu begehren ... Übelriechend, fade, leblos ...* Aber er begehrte sie mit einem Hunger, der ein blasses Echo seiner eigenen Verzweiflung war, sich mit den Geistern seiner Freunde, mit den Geistern seines Volkes zu vereinigen. Es war dem wahren Eintauchen in die Liebe und Sorge der anderen nicht unähnlich.

Bald, dachte er. *Rhea, Muttergeist, bald ...*

Er sah, daß die Frau Helen in der Intensivstation eine Hand hob und sich an den Arm Chapels klammerte. Sie sprachen miteinander. Chapel und die Frau, von der es hieß, sie sei so krank, daß man sie nicht allein lassen könne. Helen gestikulierte beim Sprechen mit den Händen und warf ihre dunkle Haarmähne zurück. Die beiden erschienen ihm beinahe wie zwei Menschen aus seinem Kral: fröhlich in der Gesellschaft der jeweils anderen. Und er haßte sie dafür; er haßte sie, weil sie etwas hatten, das ihm selbst verwehrt war.

Nein, korrigierte er sich. *Sie haben es nicht. Sie haben es nie gehabt. Ohne das Bewußtseinsnetz verstehen sie nicht einmal, was es ist.* Durch das Glas hörte er ihre Stimmen nur vage. Das Gehör der Hungrigen war so schwach, daß er Tage gebraucht hatte, sich daran zu gewöhnen.

»... Shuttle zum Planeten runter. Du kannst eine von meinen Uniformen tragen und früh losziehen. Wir brauchen da unten jemanden, der etwas von dem versteht, was da vor sich geht. Fühlst du dich dazu in der Lage?«

»Aber sicher.« (Und ihm hatte man erzählt, fiel ihm ein, daß Kirks Frau sogar zum Sprechen zu schwach war.) »Ist schon irgendein Kontakt zustandegekommen?«

Chapel schüttelte den Kopf. »Uhura versucht es, seit wir den Warptransit verlassen haben. Der Planet ist nun auf dem Frontbildschirm. Wir müßten in zwölf Stunden in der Kreisbahn sein. Bisher noch keinen Ton. Sie glaubt zwar, sie hätte Spuren vom Ionenschweif eines anderen Schiffes aufgenommen, aber sie ist sich nicht sicher ...«

Helens Gesicht verzog sich vor Schmerz. »Verdammt. Nomias war zwar manchmal eine rechte Nervensäge, aber die Vorstellung, daß ihm etwas passiert sein könnte ... Und Chu war wie eine Mutter zu mir.«

»Wir nehmen zwei Leute von der Sicherheit mit ... Dr. McCoy hält es für das beste«, sagte Chapel, als Helen eine schnelle Geste machte. Wie eine abschlägige

Antwort, dachte Yarblis. »Was da unten auch vor sich geht, wir dürfen keine Risiken eingehen ...«

Ob ihr sie nun mitnehmt oder nicht, dachte er. *Es wird euch nichts nützen.*

Er stahl sich lautlos davon. Sie sind also argwöhnisch, dachte er. Sie – oder Chapel allein, wahrscheinlich spielte aber auch der Arzt dabei mit – belogen ihn, um ihn von Helen fernzuhalten. Und sie würden auch morgen lügen, um sie zur Welt hinunter und somit außerhalb seiner Reichweite zu bringen.

Nun, sollen sie doch, dachte er. Sein Geist ratterte alles herunter, was er studiert hatte; alles was er über die Eigenarten dieses wunderlichen schwebenden Krals erfahren hatte; über dieses schreckliche Ding, das wie ein riesiges Flendagnest aus Eisen auf den Wassern der ewigen Nacht dahintrieb. *Zwölf Stunden ...* Jener Teil von ihm, der Kirk war, wußte, wie lange zwölf Stunden waren, und in ihm zuckte etwas. Jede Stunde, jede Minute, war eine Prüfung seiner Ausdauer, ein Rennen gegen den Schmerz, diesen Leib zusammenzuhalten, bis er sein Ziel erreicht hatte. Bis die Welt endlich sicher war.

Ob die Frau Helen nun mit McCoy zur Welt hinuntergeht oder nicht, dachte er, sie fallen dennoch der Vernichtung anheim, die ich verursache. Sie würden trotzdem inmitten des Schrecklichen sterben, von dem er wußte, daß er es verursachen mußte.

17

»Wo sind sie?« Helen duckte sich unter den Fenstersturz der verlassenen Hütte. Miss Oyama – eine der drei Schiffswachen, die die Shuttlegruppe trotz Helens gegenteiliger Ansicht begleitet hatten – war ihr mit dem Phaser in der Hand dicht auf den Fersen. Pfirsichfarbenes Tageslicht, das durch das runde Fenster fiel, zeigte ihnen die platten Strohlager, aus denen die Schlafgelegenheiten Thetas', Shoraks und L'jians bestanden. Ein Beutel aus geflochtenen Ranken hing an einem geknickten jungen Baum, der die niedrige Decke des schlammbedeckten Strohdaches stützte. Als Helen den Beutel das letzte Mal gesehen hatte, hatte er die Tricorder und den Erste-Hilfe-Kasten enthalten. Nun war der Beutel leer, ebenso die Regale mit der Ersatzkleidung, dem Minicomputer und dem Werkzeugkasten. Shorak und seine Leute hatten, wie auch die Midgwin, den dürftigen Ertrag des Graslandes, den Rhea zu verschenken pflegte, weder aus Schüsseln noch Töpfen oder Tellern verzehrt.

Dieses Verhalten erschien Helen noch immer als eine vernünftige Sache und eine notwendige Prozedur. *Ich muß Chu mal fragen, wie es ist, wenn man sich daran gewöhnt,* dachte sie. Dann preßte sie beim Gedanken an die strenge kleine Chinesin die Lippen fest zusammen.

Sie duckte sich wieder und verließ die Hütte.

»Da ist auch niemand drin«, sagte McCoy und deutete auf die kauernde Form des Neubaus, den man für Chu, Nomias und sie selbst errichtet hatte. Das

Strohdach war noch nicht fertig, und drinnen glitzerte Staub. »Die Betten sehen zwar benutzt aus, aber es ist kein Bettzeug da. Hier ist alles wie ausgeplündert.«

»Woran erkennen Sie das?« murmelte Sicherheitschef DeSalle und schaute sich in der Stille der Lichtung um. Hinter ihnen erstreckte sich die Savanne in schimmernde Fernen, schroff und beinahe weiß vom Sommer, da und dort vom niedrigen Dickicht dunklen Laubes und den plumpen, rotborkigen Walzenbäumen und einem gelegentlichen Insektenhügel geprägt. Helen, die all dies zum erstenmal bei Tageslicht sah, erkannte, wie kahl die Landschaft wirkte. Wie eine abgegraste Weide. Jeder eßbare Stengel war sauber abgenagt. Die Luft fühlte sich heiß und dicht an und war von einem leisen Summen erfüllt, so daß sie zuerst glaubte, es müßten Insekten sein. Nichts bewegte sich. Draußen in der Steppe sah man nur die undeutlich dahintrottenden Umrisse einer kleinen Pfuguxherde. In ihrem Gefolge glitten mit einem begleitenden grauen Rascheln kleinere Raubtiere – Likatzen oder Sheefla – dahin.

Dann fiel ihr ein, daß es auf Midgwis keine Fluginsekten gab.

»Könnten die Midgwin sie überwältigt haben?« fragte Chapel, schützte ihre Augen mit der Hand und schaute sich in der sonnendurchtränkten Stille um.

Gomez runzelte die Stirn. »Die kleinen Wichte?«

DeSalle schüttelte den Kopf. »Wenn sie es getan haben, dann haben sie es getan, ohne jemanden zu verletzen«, sagte er und kniete sich hin, um den Boden rings um die ausgebrannte Feuergrube zu studieren. »Die Asche ist vier, fünf Tage alt ...«

»Kommt mal her«, sagte McCoy und winkte von der Rückseite der alten Hütte.

Dort gab es eine Art Nische; sie war wie eine kleiner Schuppen aus Dornenstämmen erbaut und mit schlammverklebtem Gras überdacht. Helen fiel ein, daß

Thetas gesagt hatte, es sei dem Volk des Bindigo-Krals zwar nicht unbekannt, daß sie über einen Sender verfügten, doch gab man ihn im allgemeinen nicht den Blicken preis, um ihre Fremdartigkeit nicht zu betonen. Das, was auf einer zerrissenen Decke auf dem Boden des Schutzdaches lag, waren eindeutig die Überreste des alten Subraum-Senders des Instituts – und des neuen Geräts, das Chu mitgebracht hatte. Die meisten Teile lagen wirr in der Mitte der Decke, vermischt mit Dreck, Kieseln und kleinen Zweigen, aber einige waren ordentlich zu beiden Seiten aufgestapelt.

»Der alte und der neue Sender«, bemerkte DeSalle und drehte einen zertretenen Mikrochip zwischen den Fingern. »Sie haben versucht, sie zu reparieren.«

»Und hier sind sie zerstört worden, Sir«, rief Oyama aus drei Metern Entfernung. Sie stand zwischen Findlingen, am Anfang einer nahen Rinne. »Äste mit Kratzspuren, die man benutzt hat, um sie auseinanderzubrechen. Ein paar dicke Steine und der Findling, auf den sie die Geräte geworfen haben ...«

DeSalle ging hin, um es zu prüfen, und ließ McCoy, Chapel und Helen – deren blaue Medizineruniform sich in dem grellen Licht in ein stumpfes Oliv verfärbte – unter Gomez' wachsamem Blick am Schuppen allein. Kurz darauf kehrte er mit Oyama zurück und sagte: »Die Kratzer an dem Findling sehen so aus, als wäre es eine Woche her.« Er setzte eine finstere Miene auf und wischte sich das dichte braune Haar aus der Stirn. Im allgemeinen blieb er an Bord der *Enterprise,* da es Captain Kirk am liebsten war, die planetaren Angelegenheiten persönlich zu regeln. Er war, wie die meisten Sicherheitschefs, übergenau und aufmerksam. Seine Kindheit, die er in mehreren Kolonien der Klasse 3 verbracht hatte, hatte ihm beträchtliche Erfahrungen in rauher Umgebung und eine ziemlich empirische Weltsicht verschafft.

Helen ertappte sich bei der Frage, was der Betrüger, der Pseudo-Kirk, DeSalle wohl erzählt hatte, um diese Abweichung von der Norm zu rechtfertigen. Technisch gesehen konnte natürlich jeder Stabsoffizier eine Landeeinheit anführen – manche Schiffe der Flotte teilten diese Aufgabe routinemäßig dem Wissenschaftsoffizier zu (der nicht immer auch der Erste Offizier sein mußte). Im wesentlichen war es tatsächlich eine Frage des Temperaments, wer Landeeinheiten anführte, und unter den Stabsoffizieren aller Raumschiffe war allgemein klar, wer diese Aufgabe erfüllen sollte. Kirk gehörte zu den wenigen Kommandanten, die eine Angewohnheit daraus machten, diese Aufgabe persönlich zu erledigen. Er wollte, hatte er ihr einst erzählt, Wissen aus erster Hand haben, falls die Lage kritisch wurde. (»Den Teufel willst du«, hatte Helen ihn angegrinst, sich an die harten Muskeln seines Brustkorbs gelehnt und hinaufgegriffen, um an einer Haarlocke zu ziehen. »Du kannst es nur nicht ausstehen, wenn man dich außen vor läßt.« Und er hatte ihr Grinsen erwidert und gestanden. »Tja ... das auch.«)

Nun schaute sie DeSalle an, der vor den zerschlagenen Überresten der Funkgeräte stand. Sein Gesicht war grimmig. »Anhand der Spuren müssen es zwei oder drei gewesen sein ...«

»Sie haben doch gesagt, Geshkerroth hätte Komplizen im Kral«, murmelte McCoy Helen zu. Sie nickte.

»Sieht so aus, als hätten sie es kurz nach der Abreise der *Enterprise* getan«, merkte DeSalle an und blickte erneut zu dem schmalen Pfad hinauf, der durch die Dornenbäume zu den aufragenden Felsen führte, die die Schlucht umgaben. Seine hellen Augen wurden schmaler. »Ich glaube, es ist an der Zeit, daß wir mal zu ihrem Kral raufgehen.«

»Nein«, sagte Helen schnell. Sie fröstelte bei dem Gedanken an das, was Shorak zu einer bewaffneten Invasion des Krals sagen würde, nachdem sie so hart gearbeitet hatten, um das Vertrauen der Leute zu erringen. »Ich gehe ... allein. Es war schon schwierig genug, diese Leute zu überreden, überhaupt Forscher hier aufzunehmen. Sie sind ziemlich gespalten, was den Kontakt mit der Föderation angeht ...«

»Sieht so aus, als hätten sie sich inzwischen zu irgend etwas entschieden«, warf McCoy sarkastisch ein.

Ihre Blicke trafen sich. Der seine war vorsichtig und warnend. Helen dachte an Yarblis und das fanatische, verhärmte Leuchten in den Augen des Mannes, der einst Jim Kirk gewesen war, als dieser sich über ihr Gesicht gebeugt hatte. Sie erinnerte sich an die geschlossene Hangartür und den darüber leuchtenden roten Lichtriegel. Sie erinnerte sich an das blendende Gefühl des absoluten Bösen, das sie aus ihren Träumen geweckt hatte. Und ihr fiel auch wieder ein, daß Yarblis Komplizen im Kral hatte, deren Fähigkeiten und Absichten sie nicht kannte. Aber sie erinnerte sich auch an Shoraks Berichte, die nötige gewissenhafte Geduld, um überhaupt mit den Midgwin Kontakt aufzunehmen. In nahezu jedem Seminar, an dem sie teilgenommen hatte, war man davon ausgegangen, daß ein sorgloses Wort oder eine falsch ausgeführte Handlung einem in der Gemeinschaft, die man studierte, Schande, Furcht oder Mißtrauen einbringen konnte, und dann dauerte es Monate oder Jahre, um dies zu reparieren. Shorak hatte Kirk gebeten, bei der ersten Erkundung der *Enterprise* kein Sicherheitspersonal auf den Planeten zu schicken. *Es ist schon problematisch genug, ihnen beizubringen, zwischen uns und den Klingonen zu unterscheiden,* hatte er gesagt.

»Nein«, sagte sie und schüttelte den Kopf, so daß ihr dicker, schwarzer Zopf gegen ihre Schultern klatschte. »Ich werde vorsichtig sein. Ich gehe nur in den Ort, wenn er sicher wirkt. Aber ich muß mit Arxoras reden.

Ich bin nicht bereit, alles kaputtzumachen, was Shorak und die anderen hier aufgebaut haben, indem ich mit einer Gruppe bewaffneter Wachen dort auftauche.«

»Dann lassen Sie mich Ihnen folgen«, sagte DeSalle ruhig. »Wenn ich den Eindruck habe, daß ich nicht gebraucht werde, bleibe ich ein gutes Stück hinter Ihnen im Busch. Vielleicht gibt es ja eine ganz einfache Erklärung für die ganze Sache. Aber solange ich nicht weiß, was hier los ist, möchte ich nicht, daß einer von uns allein hier rumläuft.«

»Spock!« Das Drängen in der Stimme des Captains riß Spock jäh aus der Meditation, von der er sicher war, daß er sie ebenso brauchte wie die Information über Midgwis, die er aus dem Computerspeicher hatte ausgraben können. Er erhob sich von seiner knienden Position auf der Decke und trat schnell an den Arbeitstisch, auf dem die Bildschirme der drei Terminals im fahlen Licht gedämpft leuchteten.

»Ja, Captain?«

»Computersensorenabschaltung auf Deck fünf. Das gesamte Gebiet ist ohne Verständigungsmöglichkeit.«

»Das Offiziersquartier«, sagte Spock automatisch und schaltete auf den zweiten Bildschirm um. »Ebenso sämtliche Notbatterieräume für die Primärsektion, die oberen Phaserbänke und das Luftzirkulationssystem der Decks eins bis sieben.«

»Verdammt!«

Wie eigenartig, dachte Spock, einen Computer fluchen zu hören.

»Wo müßte man die Unterbrechung vornehmen, Spock? Man müßte doch auch die Hilfsleitungen durchtrennen ...«

»Direkt hinter dem Verbindungsteil, in den Zugriffsröhren vier und sieben«, sagte der Vulkanier nach kurzem Zögern. Nach der logischen Deduktion der für

Sabotage anfälligen Gefahrenzonen hatte er die Vorsichtsmaßnahme ergriffen, auch die eigene Erinnerung an die Baupläne des Schiffes aufzufrischen. »Doch beim Ausfall der Computersensoren bezweifle ich, daß Mr. Scotts Reparaturmannschaft die Unterbrechung findet, bevor Yarblis zuschlägt.«

»Und vielleicht besonders deswegen, weil wir die Vorsichtsmaßnahme ergriffen haben, seinen besten Assistenten aus dem Verkehr zu ziehen? Vielleicht haben Sie recht ... Ich schalte durch. – Mr. Scott?«

Es gab keine Schaltung, die die Antwort des Ingenieurs übertrug, aber kurz darauf sagte Kirk: »Wir haben eine Meldung über einen Computerausfall auf Deck fünf. Auch für das Hilfssystem ...«

So wie Spock den schottischen Ingenieur kannte, glaubte er dessen entsetzten Protest, daß dies ein Ding der Unmöglichkeit sei, beinahe zu hören.

»Habe ich auch gedacht. Schicken Sie ein paar Leute los, um die Unterbrechung zu suchen. Aber was noch wichtiger ist: Schicken Sie jeden, den Sie entbehren können, zu den Luftzirkulationspumpen und in die Batterieräume. Sie sollen sich auch dort nach potentiellen Fehlfunktionen umsehen.«

Aye, Captain, dachte Spock, der die andere Hälfte des Gesprächs imaginierte. Er nickte zufrieden vor sich hin. Der Captain hatte wirklich schnell gelernt, die Voder-Mechanismen so zu manipulieren, daß sie seine Stimme kongenial nachbildeten.

»Mit dem reduzierten Personal, das Mr. Scott derzeit zur Verfügung hat«, merkte er an, »stehen die Chancen mindestens zwölf zu eins dagegen, einen Sabotageakt aufzuspüren, bevor er Wirkung zeigt – und mindestens dreiundvierzig zu eins, wenn Yarblis den Versuch machen sollte, außerhalb der engeren Umgebung des Lebenserhaltungssystems etwas zu unternehmen.«

»Wenn nicht noch mehr«, sagte Kirk grimmig. »Angenommen, Sie wären ein Ingenieursfähnrich, der eine Notbatterie überprüft. Was würden Sie tun, wenn Sie den Captain da unten treffen, und er sagt zu Ihnen: ›Ich habe dieses Gebiet schon überprüft. Machen Sie weiter, überprüfen Sie die Latrinen‹?«

Spock runzelte die Stirn. »Ich verstehe, Captain. Ich bin wohl nicht der einzige Stabsoffizier an Bord, aus dem ein ausgezeichneter Verbrecher werden könnte. Angesichts der hohen Wahrscheinlichkeit, daß auch die Lebenserhaltung bedroht ist, werde ich, wenn Sie nichts dagegen haben, die Vorsichtsmaßnahme ergreifen, mir aus der nächsten Notstation eine Sauerstoffmaske zu holen.« Er blieb am Rand des Arbeitstisches stehen und blickte auf den kleinen Schirm, der im Moment die Sensoren an beiden Gangenden überwachte, dann betätigte er den Hebel, öffnete das Schott und schlüpfte ins Freie. Er bewegte sich schnell und verstohlen und huschte zur Notstation zum Ende des Ganges, wo sich die Tür zum verwaisten Frachttransporterraums befand.

Auch jetzt, mitten in der Tagschicht hielt sich niemand dort auf. Der Raum wurde selten benutzt, und Kirk hätte von seiner Position im Computer aus jedes Gespräch aufgefangen, das nach einem Massentransport von der Planetenoberfläche verlangt hätte. Trotzdem lauschte Spock sorgsam aus dem Dunkel heraus, bevor er sich ins Freie wagte. Seiner Meinung nach wäre es der Sache kaum dienlich gewesen, wenn man die Sichtung seines Geistes gemeldet hätte, nachdem man den Schiffspoltergeist gerade losgeworden war.

Die Notstation war hinter der Täfelung des Schotts neben den Türhälften des Turbolifts eingelassen. Spock schaute rasch nach rechts und links. Er lauschte besonders nach den Geräuschen eines hochkommenden Turbolifts. Doch alles war still. Mit dem kleinen Schallschrauber, den er mitgenommen hatte, deaktivierte er den Alarmknopf, der den Bruch des Stationssiegels registriert hätte, öffnete die Klappe und zog eine Sauerstoffmaske aus dahinter sichtbar werdenden, ordentlichen Reihen.

Die dazugehörende Sauerstoffflasche war leer. Spock setzte eine finstere Miene auf, als er an die Schlamperei der Wachpatrouille dachte, die für die Überprüfung solcher Dinge zuständig war. Es war allerdings ziemlich leicht, derlei hier unten, auf einer unbemannten Ebene, zu übersehen. Er schob die Flasche beiseite und nahm die nächste ...

Auch die nächste war leer. Alle acht Flaschen, die zu dieser Station gehörten, zeigten ein kleines rotes Signallicht, das von einer kritisch geringen Füllung kündete.

Und alle waren so gedreht, daß man das Licht durch die transparente Plex-Inspektionsluke des Schotts nicht sehen konnte.

Er streift jede Nacht durch das Schiff, hatte Uhura gesagt.

Spock ging mit eiskaltem Herzen in die geheime Rumpfsektion zurück. McCoy war auf dem Planeten. Chapel und Helen ebenfalls. Uhura mußte um diese Zeit auf der Brücke sein. Daß Yarblis es nicht wahr, konnte man wohl als sicher voraussetzen ... Jedenfalls nicht dann, wenn er systematisch von Luftzirkulationspumpe zu Luftzirkulationspumpe unterwegs war und naive Fähnriche zur Ermittlungsarbeit in die Latrine schickte, während er die Sauerstoffversorgung des gesamten Schiffes sabotierte ...

»Lieutenant Uhura?«

»Was liegt an, Sir?« Auch wenn ihr klar sein mußte, daß er sie nur dann über die manipulierten Instrumente auf der Brücke kontaktierte, wenn die Lage haarig wurde – ihre Stimme klang normal und völlig gelassen.

»Ist Yarblis auf der Brücke?«

»Nein, Sir, ist er nicht.«

»Es besteht eine hohe Wahrscheinlichkeit, daß innerhalb der nächsten Viertelstunde ein Anschlag auf die Sauerstoffversorgung verübt werden wird.« Laut Spocks Einschätzung war dies der früheste Termin, denn er ging von den Minuten aus, die er selbst gebraucht hatte, um die Prüfung der Notstation vorzunehmen. Schneller konnte man einen Großschaden an den Luftzirkulationspumpen nicht anrichten, selbst wenn man sich auskannte, was bei Yarblis inzwischen außer Frage stand. »Außerdem sieht es so aus, als seien einige – falls nicht gar alle – Sauerstoffmasken der Notstationen manipuliert worden. Schicken Sie sofort so viele einsatzbereite Masken nach Deck 23 hinunter, wie Sie können.«

»Ja, Sir. Sofort, Sir. Soll ich die Wache alarmieren, Sir?«

»Was wollen Sie ihr denn erzählen, Lieutenant?« fragte Spock leicht ätzend. »Daß jemand, der sich in einer illegal belüfteten Rumpfsektion versteckt, die veruntreutes Starfleet-Eigentum enthält, davon ausgeht, daß der Captain im Begriff ist, das Schiff zu sabotieren? Dafür haben wir nicht die geringsten Anhaltspunkte.«

»Na schön, Sir«, erwiderte Uhura im neutralsten Tonfall, zu dem sie fähig war. »Ich kümmere mich sofort darum.«

»Hoffen wir«, bemerkte Kirks Stimme aus dem Computer, als Spock sich ausschaltete, »daß sie auf dem Weg nach unten nicht meinem Alter ego im Turbolift begegnet.«

Das leise, die Luft erfüllende Summen wurde stärker, als Helen den Pfad erklomm, der von der kleinen Lichtung des Instituts durch den Dornenwald zu den hohen Felsen führte, die den Bindigo-Kral umgaben.

DeSalle und sie bewegten sich leicht nach vorn gebeugt voran und nahmen soviel Deckung, wie sie konnten. Mit ihrer kleinen Statur und zähen Haut fanden die Midgwin in dem schulterhohen Forst natürlich ein mehr als adäquates Versteck vor den fliegenden Heulern, den langhalsigen, abstoßenden Raubvögeln dieses Teils der Welt. Die Wühlhäuter, die die größten Räuber des Planeten waren – man hatte sie und die Bargump jahrelang für die dominierende Lebensform gehalten –, kamen so weit im Süden der relativ wasserarmen Savannen nur selten vor. Die einzige echte Gefahr für die sich in den überfüllten Schlammhüttenkralen drängenden Midgwin waren die Likatzen, zottige, lange und schrecklich schnelle Lebewesen. Helen wußte aus Shoraks Vorbericht von dem Angriff eines Rudels auf den Bindigo-Kral. Die Midgwin hatten sich zu Tausenden in die Sicherheit der hohen Felsen verkrochen, sich hingehockt und den größten Teil des Tages gehungert und gedurstet, bis die Raubtiere wieder abgezogen waren. Shorak hatte angemerkt, daß Arxoras und die anderen Patriarchen den Forschern untersagt hatten, den Kral zu verteidigen. Und wie jeder Forscher es getan hätte, hatte sich Shorak, auch wenn es um sein eigenes Leben gegangen war, darauf eingelassen.

Helen hoffte, daß ihnen kein Übel widerfahren war.

Die heiße, goldene Sonne knallte in ihr Gesicht und wärmte sie. Ihr war entfallen, wie sehr sie die Luft auf ihrer Haut vermißt hatte. Was hier auch vor sich ging – auf diesem Planeten verspürte sie ein eigenartiges Gefühl der Befreiung. Hier war sie endlich nicht mehr in der Gefahr, dem schrecklichen Pseudo-Kirk zu begegnen, bei dessen Anblick sie eine Gänsehaut bekam.

Wir müssen Arxoras finden, dachte sie, als sie den staubigen Pfad entlangschritt. *Patriarch und Memmietieff. Er wird wissen, was man tun muß, um Jim wieder in das Wesen zurückzuverwandeln, das er war ...*

Das leise Summen wurde lauter; in der staubigen Luft hing eine merkwürdige Süße. Die moschusartige Schärfe der Midgwin drang in ihre Nase. Dann ein anderer Laut, das trockene, schuppige Reiben ihrer Haut. Helen brachte es mit dem Flüstern des Nachtwindes im langen weißen Gras in Verbindung, den schweren Gerüchen des Abends in der Steppe.

Dann erkannte sie, was das Summen zu bedeuten hatte.

Die gesamten Bewohner des Krals, fast zehntausend birnenförmige, zerknitterte kleine Midgwin, hatten sich zu den dichten, konzentrischen Kreisen des Bewußtseinsnetzes aufgestellt. Sie hielten sich an ihren knöchernen Händen, hatten die runden Augen geschlossen, wiegten sich langsam hin und her und summten im Banne ihrer Träume. Ihre feinen Gesichtsfalten und die Hautrunzeln, die ihre kleinen Schnäbel umgaben, waren völlig entspannt. Die heiße Sonne schien auf bucklige, purpurfarbene kleine Schultern unter langen Umhängen aus nadelfeinem Haar, und die goldene Luft schien in fremdartiger Friedlichkeit zu pulsieren. Da fand irgendeine tiefe Vereinigung statt, geboren aus Zufriedenheit und Hingabe an das Schicksal.

Helen gab DeSalle das Zeichen, dort zu warten, wo er sich befand, dann trat sie aus dem Schutz der Dornenbäume heraus. Keiner der Midgwin öffnete die Augen, keiner schien etwas zu hören, obwohl sie wußte, daß die Likatzen tagsüber jagten und die Midgwin normalerweise Wachen aufstellten, die von den Felsen oberhalb des Lagers telepathische Warnsignale abstrahlten. Aber sie sah keine Wachen. Außer dem tiefen, schnurrenden Gesumm des Netzes unterbrach kein Laut die bernsteinfarbene Helligkeit des Nachmittags.

Helen ging so leise wie möglich auf die dichtstehenden Reihen der Leiber zu.

Der Kral-Patriarch, das wußte sie, war der Anfang des Netzes. Er saß in der Mitte, bei den Felsen, die die Dorfquelle markierten. Aber sie kam nicht einmal in die Nähe dieser Stelle, so dicht waren die Midgwin um sie versammelt. Sie stieg auf einen der gewaltigen, blasenförmigen roten Findlinge, die rund um den Kral am Boden lagen, und suchte von diesem Aussichtspunkt die purpurfarbenen Gesichter in der Mitte nach dem verräterisch weißen Schnabel und dem milchweißen Haar des Patriarchen ab.

Aber sie sah ihn nirgendwo, und ebenso keinen anderen Angehörigen aus der Gruppe der Alten. Wenn sie sich richtig an Shoraks Bericht erinnerte, war es für einen Kral höchst ungewöhnlich, tagsüber ein Netz zu bilden, denn dann war die Gefahr von Überfällen größer, und die Sonne schien zu heiß herab. Doch sogar die Kinder des Krals waren anwesend; sie wiegten sich neben ihren Eltern in den Reihen. Die Kleinkinder lagen zusammengerollt in den Beuteltaschen ihrer Väter. Kein außergewöhnlicher Umstand für ein Netz, dachte sie. Aber die Kinder ohne Rüstung, und die, die nicht laufen konnten, blieben tagsüber normalerweise in den Hütten.

Ihr Gefühl einer bösen Vorahnung wurde stärker. Sie sprang wieder von dem Felsen herunter und kehrte zu DeSalle zurück, der ein Dutzend Meter hinter dem Rand des Krals im Schatten eines Walzenbaumes wartete. »Er ist nicht da«, sagte sie leise und fragte sich, was, zum Teufel, sie nun tun sollte. Yarblis konnte doch unmöglich sämtliche Patriarchen umgebracht haben …

DeSalle runzelte die Stirn. Er witterte die Anomalie, obwohl er eigentlich nur sehr wenig über die Gesellschaft der Midgwin wußte.

»Gibt es irgendeine Möglichkeit, jemanden zu wecken und zu befragen?«

Helen schüttelte den Kopf. »Sie schlafen eigentlich gar nicht ... Und ich bezweifle, daß wir jemanden da rausholen könnten. Ein solches Vorgehen wäre auch kaum eine gute Idee. Von Thetas weiß ich, daß sie immer nur drei bis vier Stunden im Netz verbringen. Manchmal aber auch länger ... Ich weiß nicht, ob einer unserer Leute je versucht hat, diese Trance zu stören. Es wäre aber sicher ein grauenhaft schlechtes Benehmen ... Ich weiß nicht mal, ob es auch gefährlich werden könnte.«

DeSalles Lippen zuckten. »Kommt mir irgendwie anti-evolutionär vor«, kommentierte er. Als sie sich umdrehten und auf den Rückweg machten, suchte er den rauhen Dornenwald rings um sie ab. »Soweit ich sehe, haben sie weder Wachen noch Späher aufgestellt ...«

Helen schüttelte den Kopf. »Ich habe auch keine gesehen. Es ist eigenartig ...« Sie warf über die Schulter einen Blick auf die dichtgepackte, sich sanft wie ein plätschernder, ruhiger See wiegende Menge zurück. Ihr Mut nahm ab. Ihre Stiefel wirbelten den dünnen Staub des Weges auf, sein Geruch mischte sich mit den trockenen, seltsamen Düften des Dornenwaldes und der Quelle, um die der Kral gebaut war. Eigenartig, dachte sie, daß das Dorf nicht so stinkt wie viele andere Krale. Die Midgwin waren Sauberkeitsfanatiker. Bei dieser großen Bevölkerung, dachte sie, muß man es auch sein, wenn man Krankheiten vermeiden und keine Räuber anziehen will ...

»Es ist eigenartig, daß sie das Netz am Tag abhalten«, sagte sie nach einem Augenblick. »Noch eigenartiger ist, daß die Patriarchen nicht anwesend sind.«

Während sie gingen, suchte DeSalle das niedrige Dickicht um sie herum ab. Er hielt den Phaser schußbereit und kniff wegen des dunstigen goldenen Lichts die

Augen zusammen. »Vielleicht hat das eine mit dem anderen zu tun.«

»Kann sein«, stimmte Helen ihm besorgt zu. »Und beides könnte etwas damit zu tun haben, daß ...«

Sie traten vor dem Forschungsinstitut auf die Lichtung und blieben wie erstarrt stehen. Vor Shoraks Hütte standen zwei Klingonen in den gefleckten graubronzenen Kampfanzügen einer militärischen Einheit.

18

»Achtung... Eindringling an Bord! Wiederhole: Eindringling an Bord! Alarmstufe Rot!« Spock, der in der Enge des Rumpfabteils auf und ab ging, schaute beim Klang der Stimme des Captains jäh auf. »Das gesamte Sicherheitspersonal zur Durchsuchung sofort auf die Decks fünfzehn, sechzehn und neunzehn! Wiederhole: Das gesamte Sicherheitspersonal ...«

»Sind Sie das, Captain?« Spock wandte sich schnell dem Computer zu. »Welchen Beweis haben Sie, daß ...«

»Ich bin's nicht«, erwiderte Kirks Stimme aus dem Voder. »Es ist mein falsches Ich – oder mein echtes. Je nachdem, wie man's sehen will. Der Computer hätte keine Voderstimme für einen Alarmbefehl akzeptiert. So etwas kriegen selbst Sie nicht hin.«

»Natürlich nicht ...« Spock runzelte die Stirn. »Es ist ein Versuch, Mr. Scott auf eine falsche Spur zu bringen, seine Leute von der Suche auf den Decks fünf und acht abzulenken ...«

Das von Uhura installierte Warnlicht blinkte plötzlich auf. Spock war mit einem Schritt an dem geschlossenen Schott. Er lauschte und erkannte Lieutenant Uhuras typisch raschen Schritt, doch die angeborene Vorsicht ließ ihn warten, bis sie die Klappe selbst öffnete.

»Mehr habe ich auf Deck vier nicht gefunden.« Sie reichte Spock drei Atemmasken. »Ich hatte keine Zeit, noch mehr zu suchen, aber auf der Brückenebene und in der Wissenschaftssektion war alles leer.« Ihre dunklen Augen waren im roten Licht des Korridors groß und ernst. »Ich gehe wieder nach oben – falls es zu einem Druckabfall kommt, muß irgend jemand Alarm geben, und es ist mir gleichgültig, ob wir deswegen Ärger kriegen.«

»Einverstanden«, sagte Spock und nahm die Masken an sich. Es waren dreieckige Gesichtsschilde alten Zuschnitts, zu denen kleine Flaschen mit hochverdichtetem Sauerstoff und ein CO_2-Filtersystem gehörten. Er hakte die Riemen an den Ranzen, den er während der Säuberung bei sich gehabt hatte. »Außerdem glaube ich, daß es nun meine Pflicht ist, mit Ihnen zu gehen. Es brächte wenig, wenn ich mich weiterhin hier versteckt hielte, denn ich glaube, daß Yarblis jede noch bestehende Möglichkeit, die Illusion von Normalität auf diesem Schiff aufrechtzuerhalten, verspielt hat.«

Uhura verdrehte die Augen. »Ja, das kann man wohl sagen. Wenn das gesamte Lebenserhaltungssystem den Bach runtergeht, macht es die Illusion der Normalität *wirklich* zunichte.«

Spock, der seine Werkzeuge einsammelte und sie in dem an seiner Seite hängenden Ranzen verstaute, hielt inne. »Vergessen Sie nicht: Selbst wenn es einen größeren Riß in der Außenhülle des Schiffes oder einen ernsten Druckabfall gäbe ... Die Schottverschlüsse würden sich automatisch aktivieren, um die Gefahrenzonen einzuhüllen. Im Fall eines Pumpenversagens verbliebe genug Sauerstoff im Schiff, um die Evakuierung auf den Planeten zu ermöglichen. Bis dahin wären Notmasken unnötig. Die Tatsache, daß man sie sabotiert hat, deutet darauf hin ...«

»Spock ...« Kirks Stimme aus dem Voder unterbrach ihn. »Schon wieder ein Ausfall ... diesmal das Phaserhilfsdeck. Sämtliche Computerkontrollen der Hauptphaserbänke sind unterbrochen.«

Aus dem Korridor kam das gedämpfte Heulen einer

Alarmsirene. Spock trat ans Schott, legte ein Ohr an die dicke Wandung und lauschte. Uhura schob ihn beiseite und öffnete das Schott einen Spalt, damit sie es auch hören konnte. Das rote Blitzen der Notlichter fiel periodisch auf ihre Gesichter.

»Druckabfall-Alarm«, meldete die weibliche Stimme des Computers. »Druckabfall-Alarm auf Deck neun und zehn ... Notfallsituation auf Deck sieben und acht. Auf Deck sieben und acht sofort Evakuierungsmaßnahmen einleiten ...«

Uhura fluchte.

»Lazarett«, sagte Spock. »Haupttransporterraum, Kombüse, Sicherheitsabteilung, alle Freizeitanlagen ...«

»Spock!« rief Kirks Stimme aus dem Computer. »Gehen Sie auf die Brücke! Interne Sensoren melden Kühlflüssigkeitsgas, die diese Decks überfluten!«

»Ich werde von dort aus Verbindung mit Ihnen aufnehmen, Captain.« Spock hängte den Ranzen um, eilte mit Uhura aus dem Raum und verschloß hinter sich die Klappe. Als sie durch das aufflammende Blitzen der Notleuchten zum vorderen Turbolift rannten, nahm er geistig eine rasche Inventur der Werkzeuge und der Zeit vor, die er brauchen würde, die versiegelten Drucktüren zu durchbrechen und Yarblis' mögliche Sabotageziele zu reparieren. Als er mit Uhura um die Ecke bog, fragte er sich, ob auch die Temperatursteuerung sabotiert worden war und wie lange die Sektionen ihre Wärme behielten.

Er blieb vor der Tür des Turbolifts stehen.

Nichts passierte.

Kein Lift funktionierte mehr.

»Wir sind ungefähr achtundvierzig Stunden nach dem Abflug von Dr. Chus Transportschiff angekommen«, sagte Commander Khoaltar und schüttelte freundlich den Kopf, als Dr. McCoy ihn zu einem der hölzernen

Sitze winkte, die rings um das längst erloschene Feuer des Forschungsinstituts standen. »Nein, danke ... Uns stehen bessere Mittel zu Verfügung, um mit unserer Kultur anzugeben, als uns mit den ... wir müssen sie jetzt wohl als ›Eingeborene‹ statt als ›einheimische Fauna‹ bezeichnen ... in den Schlamm zu setzen; der Kontaktausschuß neigt nun dazu, mit den All-Empfindungsfähigen zu stimmen.« Er rieb seine schlanken Hände. Er war klein, sah zerbrechlich aus, und seine schwarzbronzener Kampfanzug war geckenhaft gepflegt. Aber seine schwarzen Augen erzählten eine andere Geschichte: McCoy hätte nicht das zusammenflicken wollen, was von dem übrig blieb, der so närrisch gewesen wäre, sich mit diesem Mann auf einen Kampf einzulassen. Unter den zahlreichen Kampfauszeichnungen an Khoaltars Ärmel war auch das kleine goldene Abzeichen eines hochrangigen Gelehrten.

»Eigenartigerweise«, fuhr der Klingone fort und schaute sich im Kreis des medizinischen und Sicherheitspersonals der *Enterprise* um, »glaube ich allmählich, daß eine solche Bezeichnung korrekt sein könnte.«

»Und was hat Sie zu diesem Schluß gebracht?« fragte McCoy sarkastisch.

»Und was ist aus Dr. Chu und den anderen geworden?« warf Helen ein, die neben dem Arzt auf einem Holzklotz saß. Sie wirkte erschöpft, selbst von dem kurzen Spaziergang den Weg hinauf. Wir hätten sie zwar nicht auf dem Schiff zurücklassen können, dachte McCoy, aber sie hätte im Shuttle bleiben und sich ausruhen sollen. »Hatten Sie ...« Sie zögerte.

»... irgend etwas damit zu tun?« Khoaltar hob eine sorgfältig geschnittene Braue. »Irgendwie ja.«

»Wir finden bestimmt einen bequemeren Platz als diesen, um über die Sache zu sprechen«, fügte sein Gefährte hinzu, ein größerer und etwas älterer Mann namens Urak. Er wirkte äußerlich noch gelehrter, trotz des gefleckten Kampfanzuges. Wahrscheinlich ein Zivilist, dachte McCoy, den sie durch die gleiche Grundausbildung gescheucht haben wie mich, als ich zur Flotte kam. »Unsere Forschungsstation liegt auf der anderen Seite des Hügels; obwohl sie noch nicht vollständig ist, können wir Ihnen wenigstens Stühle zum Sitzen und etwas Zivilisiertes zum Trinken anbieten.«

DeSalle schüttelte den Kopf. »Danke, aber ich glaube, wir bleiben lieber hier.« Oyama und Gomez, die sich bescheiden ein Stück entfernt im Gebüsch postiert hatten, waren zwar vom Lager aus sichtbar, aber zu weit weg, um in irgendein Schußfeld geraten zu können. Obwohl DeSalle den Eindruck erweckte, die Versicherungen der Klingonen, sie seien in friedlicher Absicht hier, zu akzeptieren, war er kein Mensch, der irgendwelche Risiken einging.

»Wir müssen es ohnehin«, fügte Helen ruhig hinzu. »Wir müssen dringend mit den Patriarchen sprechen, sobald sie aus der Trance erwachen.«

»Verlassen Sie sich nicht darauf, daß dies bald der Fall ist«, warnte Khoaltar und nahm neben McCoy Platz. »Sie befinden sich – mit Unterbrechungen – nun seit über einer Woche in diesem Zustand, seit die Nachricht von der Seuche sie erreicht hat.«

McCoy und Chapel tauschten einen Blick. »Seuche?«

»Ich glaube, sie ist im Walpuk-Kral aufgetreten«, sagte der Klingone. »Er liegt flußabwärts, nicht weit von hier. Wir waren, wie gesagt, noch keine vierundzwanzig Stunden hier, als die Nachricht die hiesigen Patriarchen erreichte. Sie begannen zu meditieren, um aus der Ferne zu heilen, denn sie glauben, daß dergleichen möglich ist ...«

»Ich denke, es ist mehr als nur Glaube«, sagte Helen leise.

»Aber weniger als Gewißheit«, erwiderte Khoaltar, »wie sie nach einem Tag und einer Nacht selbst zuzugeben bereit waren. Es gibt nicht allzu viel, was man gegen die Auswirkungen ständigen Hungers und gegen die Unterernährung tun kann ...«

McCoys Hand krallte sich fest um sein Knie. »Verdammt, ich habe Thetas zu erklären versucht, daß ...«

»Er hat Ihre Worte nicht bezweifelt, Doktor«, erwiderte der Klingone mit leiser Stimme. Seine schlanke braune Hand hob einen Zweig vom Boden auf, dann kratzte er willkürlich ein flüchtiges Muster in den schwefelfarbenen Staub. Eine karmesinrote Eidechse huschte hinter ihm über einen Dornenbaumstamm und beäugte die Fremden aus einem wogenden Meer schwarzer, hysterischer Stielaugen. Im Kral fuhr das leise Summen des Netzes sanft und surrend in der schweren Hitze des Nachmittags fort.

»Kurz darauf sind wohl auch den Midgwin Bedenken gekommen. Denn ihre Patriarchen gingen zu Dr. Shorak und baten ihn um Unterstützung. Sie baten um medizinische Hilfe und technisches Wissen in einer Angelegenheit, die zum erstenmal die begrenzten psychische Kräfte überstieg, die diese Geschöpfe eventuell besitzen.«

McCoy seufzte verbittert. »Ich habe es ihm gesagt. Ich habe gesagt, daß es nur eine Frage der Zeit ist ...«

Helen musterte neugierig die schlanke Gestalt in dem gefleckten schwarzbronzenen Kampfanzug, die fast unsichtbar im finsteren Schatten neben Dr. McCoy stand. »Aber Shorak ist doch kein Mediziner«, sagte sie.

»Er hat medizinisches Wissen, ja. Doch die Ärztin ist L'jian. Allerdings verfügt auch sie nicht über die Antibiotika, die man braucht, um eine solche Epidemie einzudämmen. Die beiden haben sich vorgenommen, mit diesem Volk zusammenzuleben, um Wissen zu vermitteln und mit ihm zu arbeiten. Auch L'jian hätte nicht mehr tun können, als sie zu beraten.«

»Stimmt«, sagte Urak aus seiner stehenden Position.

Er strich sich hinter dem Rücken seines aristokratischen Kollegen sanft über seinen kurzen, weichen schwarzen Bart. »Er konnte nichts tun. *Wir* hingegen sind keine solche Verpflichtung eingegangen. Und wir hatten zufällig eine bestimmte Menge der nötigen Medizin, und auch konzentrierte Nahrungsmittel, um zeitweilig den Hunger in diesem Gebiet des Planeten zu bekämpfen, der zu den Hauptursachen der Seuche gehört.«

»Und sie haben ihnen diese Dinge *geschenkt?*« fragte McCoy äußerst argwöhnisch.

»Wir sind doch keine Ungeheuer, Doktor«, erwiderte Khoaltar mit einer stolzen Neigung seines Kopfes. »Wir sind nicht nur Forscher, sondern irgendwie auch Diplomaten. Und da der Kontaktausschuß geneigt scheint, die Midgwin als empfindungsfähig anzusehen und höchstwahrscheinlich auch so votieren wird, obliegt es uns, unsere Sache hinsichtlich der Entwicklung dieses Planeten im bestmöglichen Licht erscheinen zu lassen. Das Expansionsministerium wird uns sehr wahrscheinlich für diesen verschwenderischen Aufwand eine schlechte Note erteilen, aber es könnte eine Investition sein, die sich in zehn oder zwanzig Jahren auszahlt.«

»Dann haben Sie den Sender also nicht zerstört?« fragte Chapel mißtrauisch.

Khoaltar schenkte ihr ein Lächeln von überraschender Güte. »Meine liebe Dame«, sagte er, »wenn ein Klingone einen Sender zerstören möchte ... Glauben Sie mir: Dann macht er es nicht mit einem Knüppel und einem Stein, sondern auf wirkungsvollere Weise. Laut Dr. Thetas – der am Tag unserer Ankunft der einzige Angehörige der Föderationsgruppe war, der uns nicht mit scheelen Blicken bedacht hat – wurden die beiden Sender am Morgen nach Ihrer Abreise demoliert vorgefunden. Ich nehme an, nachdem wir einen Zustand der Entspannung erreicht hatten, hätte Dr. Shorak irgendwann reserviert darum gebeten, unseren Sender benutzen zu dürfen. Für einen Vulkanier ist er schrecklich voreingenommen.«

»Es könnte daran liegen, daß die Schwester seiner Frau bei der Schlacht von Plethak in Gefangenschaft geriet«, merkte DeSalle an. Khoaltar machte eine mißbilligende Geste mit dem Zweig, den er noch immer in seiner anmutigen Hand hielt.

»Da ich zur Zeit dieser Schlacht erst fünf Jahre alt war, konnte ich natürlich nichts davon wissen«, sagte er. »Urak, sind Sie vielleicht so nett, zum Lager zu gehen und uns etwas Trinkbares zu besorgen? Falls diese Aktivität Sie mißtrauisch macht, Mr. DeSalle, könnten Sie durchaus einen ihrer Leute beauftragen, mit ihm zu gehen. Aber ich versichere Ihnen, wenn wir die Absicht hätten, Ihre Gruppe zu vernichten – und wenn wir Dr. Shorak und die seine hätten vernichten wollen –, wären die Konsequenzen extrem unerfreulich für uns.«

»Fürchten Sie die Strafe der Föderation? Oder die der Organianer?« fragte McCoy nachdenklich. DeSalle nickte Oyama zu, und sie folgte dem Klingonen in sorgfältiger Entfernung durch das heiße, spitze Gras zum Standort des angeblichen Forschungslagers. »Oder die Ihres Herrschers, weil Sie eine ohnehin schon komplizierte Lage noch komplizierter gemacht haben?«

Khoaltar schwieg einen Moment. Der Blick seiner dunklen Augen fiel wieder auf die Muster, die er mit der leichten Hand eines Kalligraphen in den Staub gekritzelt hatte. Dann sagte er: »Die von allen dreien, aber …« Er schaute auf, und in seinen Onyxaugen war Besorgnis. »Aber hauptsächlich die der Midgwin.«

»Verdammich, Mann, was soll das heißen, die Programmierung is gelöscht?« Scotty schrie auf der Notbrücke ins Interkom. In Streßsituationen wurde sein Akzent immer deutlicher, wie der McCoys. »Es is 'n verdammtes Hilfsprogramm, Mann!« Seine kräftigen Finger drückten einen anderen Knopf, und die kleinen Modullichter in der Lehne des Sessels, auf dem er thronte, gingen erneut an. Dieser Kommandosessel war zwar kleiner als der auf der Hauptbrücke, aber ebenso mit allen Möglichkeiten ausgerüstet.

Sulus Stimme klang vor Spannung abgehackt und knapp. »Mr. Scott? Irgendeine Nachricht vom Captain? Wir haben unterhalb von Deck sechs alles evakuiert. Wir führen eine Verantwortlichkeitsprüfung durch ...«

»Zum Teufel mit der Verantwortlichkeitsprüfung! Kriegen Sie die Sauerstoffgeneratoren wieder hin?«

»Wir tun unser Bestes, Sir. Aber sie sind sabotiert worden. Soweit wir es überschauen, sind sie so eingestellt worden, daß sie das Xyrengas umleiteten, bis die Türen der Systemräume aufgingen – dann sind sie in die Luft geflogen. Bray ist unterwegs, um einen zu reparieren. Er sagt, der Schaden ist nicht allzu groß ... Können Sie raufkommen?«

»Wie soll ich das machen, wenn die Turbolifts nicht funktionieren und Deck sieben in Gas schwimmt? Sie wissen doch, daß es keine ...« Er brach ab und wirbelte herum, denn in der Menge rings um die Brücken-Nottüren tat sich etwas. Die Leute vom Sicherheitspersonal, die man ursprünglich in Bewegung gesetzt hatte, um den mutmaßlichen Eindringling auf den Decks 15, 16 und 19 zu jagen, hatten sich auf der Notbrücke versammelt, die viel zu klein war, um so viele Menschen aufzunehmen. Aber seit dem Ausbruch des Alarms konnten sie nicht mehr in die Primärsektion zurück, wo die Schwierigkeiten nun begannen. Scott öffnete verblüfft den Mund, um sich zu erkundigen, was, zum Teufel, da los war. Und er ließ ihn geöffnet.

»Lagebericht, Mr. Scott?«

Der verstorbene Mr. Spock war eingetreten. Er sah

seinem gewohnten Ich sehr ähnlich. An seinen Fersen klebte die nervös und ziemlich zerknittert wirkende Uhura.

Nach einem raschen, erstaunten Schlucken machte Scotty den Kommandosessel frei. Mr. Spock nahm Platz, als sei er nie im Leben auf dem Hangardeck gewesen. »Alle Turbolifts sind defekt, Sir«, meldete Scott in einem heldenhaften Versuch, sich zu erholen. »Der Ingenieur in der Turbosteuerung meldet, daß das Operationsprogramm aus dem Computer gelöscht wurde. Aber nicht nur aus dem Hauptcomputer, sondern auch aus den Ersatzspeichern. Wir haben im gesamten Schiff Energieausfälle, die alle mit den Ausfällen der Kommunikationsleitungen zu tun haben. Decks sieben und acht sind mit Xyren geflutet, und offenbar gibt es auf dem ganzen Schiff keine funktionsfähigen Sauerstoffmasken ...«

»Was die Phaserhilfssteuerung am Boden der Primärsektion isoliert«, schloß Mr. Spock. »Können die Lifts manuell bedient werden?«

Scott schüttelte den Kopf. »Unmöglich, Mr. Spock. Der Captain wird übrigens auch vermißt ...«

»Mr. Spock ...« Kirks Stimme kam aus dem Interkom in der Sessellehne, doch selbst bei der abgeflachten Qualität des Lautsprechers identifizierte Spocks empfindliches Gehör die begrenzte Reichweite einer voder-erzeugten Kunststimme.

»Ja, Captain?«

»Ich hab's gefunden. Zu den Programmen, die Yarblis auf Mikrofilm kopiert hat, gehört auch das Gesamtverzeichnis aller Hauptphaserbankprogramme. Er kann es in einen tragbaren 590er Computer laden – von denen das Schiff zwei besitzt –, oder in einen der drei 670er, wenn man den mitzählt, den Miller sich ausgeliehen hat, um Brunowskis Küchenmaschinen zu programmieren ...«

»Captain«, warf Scott ein, »wo sind Sie? Sie werden überall gesucht ...«

»Ich bin hier ziemlich sicher, Mr. Scott, aber ich kann nicht von Deck acht fort«, erwiderte Kirk ziemlich wahrheitsgemäß. »Sie haben in dieser Sache ausgezeichnete Arbeit geleistet ... Vielen Dank ...«

»Und wer ist dieser Yarblis?«

»Der Eindringling«, sagte Kirk ruhig. »Der Eindringling, der seit Midgwis an Bord ist ... Ein Eindringling, der wahrscheinlich sehr gut meine Stimme imitieren kann. Er hat nun, wie gesagt, alles, was nötig ist, um das Hauptphaserdeck zu übernehmen. Und wenn er das Programm mit der Phasersteuerung verbindet, kann er entweder die Phaserbänke benutzen ... oder die Hilfsdämpfer außer Kraft setzen und das Schiff sprengen.«

»Wissen Sie, was uns dazu gebracht hat, die Behauptung ernstzunehmen, daß die Midgwin wirklich empfindungsfähig sind, und nicht die ... empfindungslosen Primaten, für die sie alle – die Föderation eingeschlossen – gehalten haben, Doktor?«

McCoy schaute in Richtung der aufragenden, den Kral markierenden Felsen. Das leise Gurren des Bewußtseinsnetzes war noch immer hörbar, wenn es nun auch leiser wurde und zu einem Flüstern herabsank. Ihm fielen die Vorberichte ein, die das als Herdenverhalten beschrieben, was möglicherweise mit der Paarung oder dem Beschützen der Alten und Kinder des Krals zu tun hatte, da sie jene waren, die dem Mittelpunkt der Netze stets am nächsten standen. Sogar nach der Entdeckung Dr. Shoraks, daß die Midgwin-Verständigung im wesentlichen telepathischer Natur war, hatten die Klingonen noch behauptet, das Bewußtseinsnetz sei eher eine Analogie des Schwarminstinkts verschiedener Hautflüglerarten als etwas, das auf empfindungsfähiges Leben hindeute.

»Weil sie Ihre Kundschafter töten konnten?« McCoy hatte eigentlich sarkastisch werden wollen, aber er unterließ es, da ihm schlagartig klar geworden war, daß gerade dies ihm den Respekt des Klingonen eingebracht hatte.

»Eigentlich nicht«, sagte Khoaltar. »Nach dieser Definition könnte man auch die debenischen Schleimteufel als intelligent einstufen. Ich bezweifle allerdings nicht, daß es in der All-Empfindungsfähigen Liga irgendwann einige blutende Herzen geben wird, die genau dies behaupten und gegen jeden eine Klage wegen Verletzung der Ersten Direktive einreichen werden, der je die Sümpfe von Deneb Kaitos IV umgegraben hat. – Es war die *Art*, in der sie unsere Leute umgebracht haben.«

DeSalle, der am Stamm eines verkümmerten Baums lehnte und bescheiden den 360-Grad-Sensor auf seiner Handfläche beobachtet hatte, runzelte die Stirn. »Ich dachte, man hätte sie lediglich als ... getötet gemeldet.«

Der Klingone schüttelte den Kopf. »Es gibt Beweise, laut denen einer oder mehrere Midgwin ... mental Besitz von den Angehörigen der Kundschaftergruppen ergriffen haben. Dies haben wir aus der Analyse der gesendeten Meldungen der verschiedenen Gruppen gefolgert. Es sieht so aus, als hätten zumindest einige Midgwin unsere Männer übernommen. So haben sie erfahren, was sie wußten. In dieser Tarnung haben sie den rechten Augenblick abgewartet.«

»Ja«, sagte McCoy leise. »Ja ... das weiß ich.«

DeSalle schaute ihn verblüfft an. Khoaltar wandte jäh den Kopf, sein Blick verfinsterte sich. »Wirklich?«

McCoy gab jedoch keine Antwort. Kurz darauf fuhr Khoaltar fort: »Sie sehen also ... Um die Informationen zu verstehen und anzuwenden, die sie im Verstand ihrer Opfer fanden, mußten sie … eindeutig empfindungsfähig sein. Und fast ebenso sicher intelligent. Und um die Wahrheit zu sagen, Doktor … Obwohl unsere Mission darin besteht, so viel wie möglich über sie in Erfahrung zu bringen, mit ihnen zu einer Verständigung zu kommen und mit ihnen Handel zu treiben: Ich freue mich ebenso, daß sie uns nicht zu nahe gekommen sind.«

19

»Ist es auch bestimmt Ihr Ernst, daß wir es so machen sollen, Mr. Spock?« Scottys Stimme warf in der langen, schmalen Maschinenraumsektion, die in der obersten Ebene der Technischen Sektion verlief, ein eigenartiges Echo. Sie waren auf Deck 15, dessen vage Schatten beim leisen Pochen der Luftzirkulationsmaschinerie für die darunterliegenden Decks vibrierten. Die gekrümmte Wandung schien die Kraft der Zwillingsgeneratorgondeln auf den weit darüber liegenden Masten zurückzustrahlen. »Also, ich könnte die Luftpumpen auch allein flicken. Dann könnten Sie 'ne Wache mitnehmen, und ich bräuchte Bistie nicht, um den Job schneller zu erledigen.«

Spock schüttelte den Kopf. Er schob die Sauerstoffmaske hoch, die sein Gesicht in dem unzuverlässigen Licht in eine seltsam insektoide Form mit monströsen, kristallinen Augen verwandelte. »Die Reparatur der Luftzirkulation hat höchste Priorität«, sagte er. »Danach folgt so schnell wie möglich die Reprogrammierung der Turbolifts. Dann kriegen wir auch Hilfe.«

»Aber wenn der Captain auf Deck acht festsitzt … da ist doch alles voll Gas.« Scotts dunkle Augen blickten voller Besorgnis.

»Dort, wo der Captain ist, ist er ziemlich sicher!« erwiderte Spock gleichmütig. Er wandte sich von dem noch immer verdutzten Chefingenieur und dessen Assistentin ab. Bistie gehörte zu den wenigen, die ohne Hilfe ein Luftsystem reparieren konnten, wenn Scott anderweitig tätig war. Spock öffnete die Reparaturluke, die zu dem Nahrungsförderband führte, das von der Hauptwiederverwertungsanlage auf Deck 21 nach Deck 8 hinauf verlief. Er schaltete den scharfen weißen Strahl seiner Maskenlampe an, musterte die enge, schwarze und ziemlich schleimige Röhre mit der Verbindungsleiter aus eimerähnlichen Trägern und kletterte mit stoischem Widerwillen hinein.

In jeder anderen Umgebung, außer in einem Raumschiff, dachte er, als er rasch über die reglosen Förderbandketten den steilen, schrägen Tunnel hinabstieg, wäre ein solcher Ort ausnahmslos der Schlupfwinkel von Ungeziefer und Moder jeder Art. Trotz der peinlich genauen Versiegelung und der Sterilisationsverfahren wirkte der Ort, als sei er schwach von einem dünnen organischen Rückstand, einer dunklen Halbflüssigkeit aus reinem CHON überzogen. Man konnte sie theoretisch wiederverwerten, um – vom leckersten Pudding bis zu romulanischem Pfeffertopf – alles mögliche daraus herzustellen, doch in der Praxis war das Ergebnis nicht gerade inspirierend. Spock wußte genau, daß das Zeug absolut sauber war und es auf dem Schiff weder Ratten, noch Insekten, anträanische Müllwürmer oder irgendwelchen Moder gab ... Trotzdem sah der lange, tropfende Durchgang, der sich über ihm in die Finsternis erstreckte, wie ein Ort aus, an dem es all dies geben konnte. Er war froh, daß er die Sauerstoffmaske trug. Reines CHON mochte vielleicht sauber und gesund sein, aber sein Geruch war nur selten ästhetisch.

Außerdem konnte man nicht erkennen, wie weit das Kühlflüssigkeitsgas von Deck 8 durch die Röhre gedrungen war.

Xyrengas war schwer und neigte dazu, nach unten zu sinken. Die ersten Verwehungen und Fäden des Gases waren im Schein seines Maskenlichts und den schwankenden Strahlen von Scotts und Bisties Lampen erkennbar, vier bis fünf Meter unterhalb der Stelle, wo der Tunnel gerade wurde, um in der Primärsektion über dem Küchenmaschinenraum zu verlaufen. Als sie diese ausgedehnte Ebene erreichten, war die Konzentration laut der Messung von Spocks Tricorder so hoch, um jedem Bewußtlosigkeit und schnellen Tod zu bringen, der es einatmete. Das Deck unter ihnen mußte vollständig mit Gas geflutet sein.

»Etwa fünf Meter weiter müßte noch eine Reparaturluke sein«, drang Scotts Stimme durch seinen Kopfhörer.

Spock wandte den Kopf. Der Strahl seiner Maskenlampe fuhr über die Zugangsluke hinweg, durch deren unversiegelte Ränder das rosafarbene Gas in schwankenden Schleiern eindrang. »Ich sehe sie«, erwiderte er. »Mr. Scott, ich glaube, die Dinge würden sich schneller entwickeln, wenn Sie und Miss Bistie zu den Durchgängen zu Deck fünf hinaufgingen und die Pumpen reparieren, die für Deck sieben zuständig sind, statt den Versuch zu machen, auf dieser Ebene jene zu flicken, die die Decks darunter bedienen.«

»Ich weiß aber nicht, ob für größere Reparaturen genug Sauerstoff in diesem Fläschchen ist«, sagte Bisties Stimme in seinem Kopfhörer.

»Das ist die Frage. Ich gehe weiter zum Hauptphaserdeck hinunter ...« Spock öffnete die Luke und schob vorsichtig den Kopf hindurch. Beim Versagen der Pumpen war auch die Beleuchtung ausgefallen. Man sah nur den gespenstisch rötlichen Schein der Notbeleuchtung; sie erhellte im Moment einen höllischen Sumpf wechselnder rosafarbener Nebel, die zwischen den dunklen Inseln der tieferliegenden Küchenmaschinen dahintrieben. Spock griff nach oben, um den Strahl seines Maskenlampe breiter zu justieren. Das Licht zeigte keine Gefahr, und sein empfindliches Gehör fing kein Geräusch von Schritten oder Atmung auf. Er setzte sich in dem engen Raum aufrecht hin, ließ die Beine durch die Öffnung baumeln, tastete sich vorsichtig weiter und sprang.

»Seien Sie vorsichtig, Mr. Spock.« Scotty sprang hinter ihm in die Tiefe. Sein rotes Uniformhemd, seine Hosen, seine Hände und sein Gesicht waren mit einer bräunlichen CHON-Schicht beschmiert. »Ich möchte Sie nicht schon wieder verlieren. Zuerst will ich hören, wie Sie überhaupt aus dem Hangardeck rausgekommen sind.«

»Es war ganz einfach, mein lieber Mr. Scott ...« Sie blieben vor den Notdurchgängen stehen, die zu beiden Seiten des stillen Turboliftschachts verliefen – massive Druckausgleichsschotten waren aus den Wänden geglitten, um sie zu versiegeln. »Natürlich, der Druckabfall«, murmelte Scott, nahm den Punktlaser aus seinem Ranzen und kniete sich hin, um die Schlösser aufzuschneiden. »Wir haben gute Chancen, daß es über uns genauso aussieht ...«

»Und so sollte es in der Tat auch sein«, erwiderte Spock streng. »Man hat sie entworfen, um Atmosphäreverlust zu verhindern. Und dazu würde es kommen, wäre das Deck über uns nicht schon gänzlich überflutet.«

»Es bedeutet aber auch, daß das Deck unter uns ebenfalls versiegelt ist. Soll ich mit runterkommen, um es aufzuschneiden?«

Aus dem Interkom an der Turbolifttür kam ein rasches Knistern. Dann ertönte, soweit Spock es erkennen konnte, Kirks Stimme – die Voderstimme, die Computerstimme. Natürlich, dachte er. Aus der Sicherheit des Computers heraus war der Captain bestens in der Lage, sie durch die schiffsinterne Kom-Verbindung aufzuspüren. »Das dauert zu lange«, warf Kirk flink ein. »Das Lagerabteil hinter dem vorderen Nottransporterraum ist belüftet worden. Da ist eine Klappe, die in eine

Rumpfsektion runterführt, die ebenfalls belüftet ist. Es ist zwar etwas kalt dort, aber man könnte da leben. Damit kommen Sie nach Deck zehn, unter die Ebene des Druckabfalls ...«

»Eine Rumpfsektion wurde belüftet?« fragte Scott, entsetzt darüber, daß sich jemand solche Freiheiten auf seinem geliebten Schiff herausnahm. »Wer, zum Teufel ...?«

»Stolpern Sie bloß nicht über Mr. Gildens Zeitschriftensammlung. Zumindest das sind wir ihm schuldig.«

»Sehr gut, Captain.« Spock schaltete das Interkom aus und drehte sich zu Scott um. »Säubern Sie Deck sieben und bringen Sie so schnell wie möglich die Wache hindurch – aufs Phaserdeck«, sagte er mit ruhiger Stimme. »Falls der Captain sich bei Ihnen meldet, während Sie die Pumpen reparieren ...« Er zögerte und fragte sich, was er tun sollte, falls der Pseudo-Kirk wieder das Kommando übernahm. Er fragte sich, was *er* tun sollte, wenn es *nicht* der echte Kirk gewesen war, der ihm gerade diese gefährliche Route genannt hatte ... Es war sehr schwierig, eine Voderstimme zu identifizieren, wenn sie durch einen Lautsprecher kam, dessen Tonqualität nicht optimal war. Und er wußte, daß Yarblis nächtelang durch das Schiff gestreift war und dessen Schleichwege erkundet hatte. Wenn Yarblis vermutete, daß jemand einen Voder einsetzte, um Kirks Stimme nachzuahmen ... »Fragen Sie ihn, auf welcher Seite des Schiffes Unteroffizier Brunowskis Schokoladenfabrik liegt, und auf welchem Deck. Er muß Deck dreiundzwanzig, Steuerbord, antworten. Wenn er es nicht tut, mißtrauen Sie allem, was er sagt.«

Damit wandte Spock sich ab und ging durch den Rundgang zum Nottransporterraum. Seine knochige Gestalt wurde rasch von der Dunkelheit verschluckt.

Die Zeit war gekommen.

Yarblis Geshkerroth, der Schatten, saß in der untersten Kammer des fliegenden Krals der Hungrigen und blickte auf den Bildschirm des Arkresh-670, des tragbaren Hilfscomputers, in den er sämtliche Todesstrahlen-Programme eingegeben hatte ... Sogar die Begriffe für diese Dinge fielen ihm zunehmend leichter; sie verschmolzen mit seinem Verstand. Die Hungrigen, die alles berechneten und maßen, hatten Maschinen gemacht, die die Kräfte des Geistes und des Körpers nachäfften. Sie hatten auch mehr Worte als sein Volk, und ihre Worte waren leichter im Geiste zu sagen als die längeren, langsameren Begriffe, die den Geist zu bedenken zwangen, was man wirklich tat.

Es wäre so leicht, es wäre so erfreulich, nicht erwägen zu müssen, was er gleich tun würde.

Rings um ihn gingen rote Lichter an und aus. Nach jedem leuchtend roten Blinken folgte ein Rücksturz in die ewige Nacht. Hinter den Plexfenstern war die Maschinerie der Phaserbänke in blutiges Karmesinrot getaucht, und Reihen scharlachroter Augen starrten ihn mit der zielgerichteten Intensität des Wahnsinns an. Die heulenden Sirenen hatten wie sich paarende Bargumps geheult, aber er hatte den dafür verantwortlichen Lautsprecher schließlich gefunden. Nachdem er ihn mit einer aus Zorn geborenen Kraft von der Wand gerissen hatte, bluteten seine Hände noch immer.

Die Stille war Balsam für seine Seele. Er arbeitete, gab die Dinge ein, die er abgeschrieben, studiert und in all den endlosen, höllischen Tagen und Nächten auswendig gelernt hatte: sämtliche Baupläne, die er im Computer hatte finden können, sämtliche Daten und Fertigkeiten, die er in den Erinnerungen James T. Kirks lesen konnte.

Bald würde er frei sein.

Und Rhea war dann sicher.

Rhea.

Er konnte den Planeten auf dem Frontbildschirm sehen, wie er ihn gestern auf der Brücke gesehen hatte. Wie er ihn einen blendenden, herzzerreißenden Augenblick lang am ersten Tag dieser Maskerade gesehen hatte, als die *Enterprise* aus der Kreisbahn geschwenkt war. Er war kaum fähig gewesen, den Blick von ihm abzuwenden – kaum fähig gewesen, sich zu verhalten, wie es von einem Captain erwartet wurde. Und auch dies hatte ihn verärgert ... wie lässig sie über die seelenschmerzende Schönheit und das Wunder, die Welt zu sehen, hinweggegangen waren.

Doch nun füllte der Planet den Sichtschirm, und Yarblis konnte sich an ihm satt sehen. Er war so dunkel, so golden, mit seinen seidenen Ozeanen und den weichen Schäfchen safrangelber Wolken. Die unendliche Schönheit seiner Farbflecke – Bernstein, Rauch; das Schokoladenbraun der kahlen Felsen und der Purpurton der Meere. Schneefelder wie die Blüte des Frostes auf einer reifen, schmackhaften Frucht. Wäre es möglich gewesen, er hätte die Aussichtsluken des Schiffes durchbrochen, um sich hinauszulehnen und die Welt singen zu hören.

Er arbeitete gewandt mit den weichen Händchen, die ihn noch immer erstaunten, wenn er sie sah. Er war geschickt auf den Buchstabentasten, er bildete Vorstellungen, die in ihren Einzelheiten präzise waren, damit die verhaßten Rechenmaschinen sie begriffen. Er hatte die Kabel zum Hauptcomputer durchgeschnitten. Die offenen Zugriffsluken klafften hinter ihm in der Wand wie eine Wunde, genau unterhalb der Stelle, wo der Lautsprecher an seinen Funken sprühenden Drähten baumelte. Er hatte den Sekundärcomputer eingestöpselt und seine Stimme benutzt – die Stimme des strahlenden Kriegers Kirk –, um sich einen Weg am Wächter des Programms vorbei zu bahnen. Es würde, nahm er an, noch eine geraume Weile dauern, bis die böse Luft von den Decks fortgelockt war, die ihn von den Rothemden trennten. Wahrscheinlich so lange, wie es dauerte, um in einem trockenen Sommer eine doppelte Handvoll eßbarer Saat zu sammeln. Sie würden so schnell wie möglich kommen, wenn sie wußten, daß ihr Computer keine Verbindung mehr mit dem Todesstrahlen-Ort hatte, aber die Durchgangstür war versiegelt, und sie würden lange brauchen, um sie aufzuschneiden.

Er hatte mehr Zeit als genug.

Dann würde Rhea sicher sein, und er konnte heimkehren.

Heim, ins Bewußtseinsnetz. Heim zu denen, die ihn liebten und die er liebte. Als er kurz an sie dachte, weinte in seinem Inneren irgend etwas wie ein Kind, doch er klammerte sich sofort an die Disziplinen seiner Seele und verschloß sie.

Später, dachte er. Später habe ich Zeit, um mich zu erleichtern ...

Er hatte das Schiff so gründlich erforscht, daß er den Weg zum Transporterraum auch dann noch finden und seine Kontrollen bedienen konnte, wenn er den abscheulichen, nun von Fieber und Erschöpfung zerstörten Körper verließ. Das Denken fiel ihm schwerer als damals, und es fiel ihm auch schwerer, sich an alles zu erinnern. Möglicherweise würde alles leichter und besser gehen, wenn er diesen vergifteten, erschöpften Körper, diesen Ausguß von Instinkten, Erinnerungen und Gelüsten, die nicht die seinen waren, los war.

Er konzentrierte seinen Geist nun auf die vor ihm liegende Aufgabe, indem er gelegentlich in den Notizen nachschlug, die er angelegt und mitgenommen hatte. Er gab die passenden Befehle ein, die richtigen Zahlen, die Rastersequenzen, die mit den Dingen zu tun hatten, die zwar Kirk verstand, aber nicht er, der Schatten ...

Orbitale Verschiebung, Feuerbefehl, Energieniveau und Primärzündung. Er war dermaßen darauf konzentriert, daß er das verstohlene Knarren von Stiefelleder draußen im Korridor erst hörte, als es schon fast da war. Es war tatsächlich das schwache, einleitende Mahlen der manuellen Türsteuerung, das ihn auf seinem Sitzplatz herumwirbeln und ihn hinter der Konsole in Deckung gehen ließ, als die Tür aufflog und der weiße Strahl eines Phasers das wechselhafte Licht und die Finsternis des Raumes durchschnitt.

Da er wütend und erschreckt darüber war, daß jemand seine Sicherheitsvorkehrungen überwunden hatte – schließlich kämpfte er nicht umsonst seit Jahren gegen die Hungrigen –, schlug sein Geist, das ausgebildete psychische Geschick des *Memmietieff,* abwehrend zu und schleuderte die Tür wie einen zuschnappenden Kiefer dem Arm und dem Körper des Eindringlings entgegen. Als der Eindringling sich von ihr befreite und in den Raum hineinsprang, sah er im blutigen Schein des Lichtes, daß es sich – unmöglich! – um den Vulkanier Spock handelte, den Allesberechner, und plötzlich wurden ihm viele Dinge klar.

Er war nicht auf dem Hangardeck gestorben. Der Anschlag hatte seinen Argwohn bezüglich des Captains kristallisiert. Er wußte, was aus seinem Captain geworden war. Er hatte die Logik eingesetzt, um die Natur der Bedrohung zu entdecken.

In Yarblis explodierte die Wut. Rage, gespeist von Einsamkeit, Kummer und allem, was er getan hatte. Rage und die Furcht, man könnte seinen Plan zur Rettung Rheas in allerletzter Sekunde durchkreuzen. Die Rage verlieh den in seinem Hirn latent vorhandenen psychokinetischen Kräften Stärke. Als Spock sich an der Wand entlangwarf, um freies Schußfeld auf den hinter der Konsole geduckten Yarblis zu haben, griff dessen Geist erneut hinaus, riß den baumelnden Lautsprecher von den Drähten ab und schleuderte ihn durch den halbdunklen Raum gegen den Hinterkopf des Vulkaniers.

Spock duckte sich zu spät. Die Ecke des Lautsprechers knallte gegen seine Schulter, zerriß sein blaues Hemd und verspritzte grünes Blut wie Kevalsaft aus dem darunterliegenden Fleisch. Der Raum war fast leer, er enthielt nicht mehr als die Phaserkontrollkonsole, die beiden davor stehenden Sessel und den kleinen Computer, den Yarblis verwendet hatte, um die Schiffshauptkontrollen zu umgehen. Doch Spock war bewaffnet. Der Vulkanier stand taumelnd vor Schreck auf, um über die Konsole hinweg auf Yarblis zu feuern, doch dieser holte erneut mit seinem Geist aus und erwischte Spock diesmal mit dem gleichen Wirbelwind aus wütender Kraft, den er eingesetzt hatte, um den Lautsprecher zu schleudern. Er warf ihn mit knochenbrecherischer Gewalt gegen die Rückwand des Raumes. Spock versuchte trotzdem, sich wieder aufzurichten. Als er benommen gegen die Bewußtlosigkeit ankämpfte, schleuderte Yarblis ihm die ganze zerschmetternde Gewalt seines Geistes entgegen.

Spocks Körper flog mit dem harten Knacken eines Schädels, der auf Eisen trifft, gegen die Wand. Er rutschte auf den Fußboden hinab.

Yarblis hob den Phaser auf, stellte ihn auf Töten ein und trat um die Konsole, wo der Vulkanier unter dem großen Sichtschirm lag, der von Rheas goldenem und pflaumenblauem Angesicht erfüllt war.

Das knirschende Schwirren der Tür warnte ihn auch diesmal. Er fuhr herum, nahm Ziel …

Doch in dem harten, offenen Rechteck aus blitzendem, karmesinroten Licht stand niemand. Yarblis machte zwei Schritte durch die runde Kammer auf sie zu. Er bewegte sich vorsichtig, lauschte nach Geflüster und Atmung, dem Rascheln von Kleidern …

Und dann sah er *ihn:* Er trat aus der Wand mit der offenen Zugangsluke, die Yarblis benutzt hatte, um die Computerleitungen zu zerschneiden. Er sah ihn, wie er ihn in den wenigen Stunden im Mondschein unten auf der Welt gesehen hatte … den geisterhaften Umriß James T. Kirks.

Er sah den Umriß ziemlich deutlich, obwohl er wußte, daß es nicht seine Augen waren, die den seltsamen, langen Körper, den winzigen Kopf mit dem hellen Haar, die braunen Augen und das entschlossene Kinn erblickten, das ihn ungläubig jeden Morgen aus dem Spiegel heraus anschaute.

Daß Kirks Geist, sein Bewußtsein, seine Bindekraft, nach der langen Trennung vom Körper hatte konsistent bleiben können, war unmöglich und unglaublich. Ein paar Tage, vielleicht auch eine Woche … Yarblis hatte das Schiff nach der Säuberung immer wieder durchsucht. Er hatte das Flüstern gesucht, vage Hinweise, um die Präsenz zu wittern, die er jeden Tag und jede Stunde davor in der Finsternis gespürt hatte. Doch er hatte nichts gespürt. Der Schreck machte ihn sprachlos.

»Tu es nicht, Yarblis«, hörte er Kirks Stimme in seinem Geist. »Die Vernichtung dieses Schiffes bringt nichts ein – nur einen möglichen Krieges zwischen der Föderation und den Klingonen, weil keine Seite glauben wird, daß die Midgwin fähig sind, ein Raumschiff zu sprengen. Und dann befindet sich dein Volk mitten in der Auseinandersetzung.«

Yarblis zog in einer instinktiven Geste der Verteidigung den Kopf ein und zischte: »Das Schiff vernichten? Hältst du mich für einen Narren? Nein, das würde man nie glauben … Man hält uns für Narren und Kinder, denen man nur den richtigen Weg zeigen muß. Den Weg von dein und mein, den Weg, die Erdgeistmutter zuerst zu verführen, dann zu vergewaltigen und dann zur Sklavin zu machen … Euren Weg. Den leichten Weg der Hungrigen, den Weg des vollen Magens und der leeren Seele. Es ist nicht dieses Schiff, dieses … eiserne Treibholz auf einem Meer aus Nichts, das ich mitsamt seiner Dreckkriecherfracht vernichten will.«

Die bloße Geste seines Kopfes war die gleiche – in der schwach leuchtenden Form –, die der Geist beizubehalten trainiert werden kann, wenn er den Leib verläßt; erinnert, wiedererschaffen. »Was denn?«

»Was glaubst du denn?« fragte Yarblis wild. Seine Seele schmerzte, als er die Worte aussprach. »Den Bindigo-Kral, wo das Gift wuchert! Den Ort, an dem ihr schon begonnen habt, unsere Seelen zu verführen. Mein Volk hat angefangen, dem zuzuhören, was das deine zu sagen hat. Ihr habt die Seele unseres Größten gefangen, die meines Freundes, meines Vaters, meines Bruders. Die Seele Arxoras' des Weisen …« Seine Stimme überschlug sich vor Schmerz. Es war der Kummer, einen Freund zu töten, und der noch größere Kummer mitanzusehen, was aus ihm geworden war. Er schüttelte heftig den Kopf. Tränen des Kummers und der Wut füllten seine Augen.

»Wenn sie sehen, daß der Kral von Blitzen aus dem Himmel vernichtet wurde, trauen sie euch nie wieder. Und so soll es auch sein, weil ihr uns zu dem macht, was ihr selbst seid.«

Kirks Gesicht sah wie betäubt aus, dann veränderte es sich langsam vor Entsetzen. »Dein Volk ist dort unten«, hauchte er.

»Mütter können ihre Kinder mit einem Kuß anstecken, goldener Kapitän«, sagte Yarblis, wobei seine geliehene Stimme vor Anspannung brach. »So ist es besser.«

»Du willst deine Freunde ermorden …«

»Meine Freunde im Kral, die mir geholfen haben … Die meinen Körper verborgen haben und sich um ihn kümmern … Sie würden lieber bei der Verteidigung

Rheas sterben, als zu sehen, was aus der Welt wird, wenn die Schönheit des Lebens stirbt. Und die anderen … Wenn sie wüßten, was aus ihnen werden wird, nachdem ihr sie gelehrt habt, mein und dein zu sagen, nachdem eure Methoden die Wärme des Netzes zerstört haben, das uns alle aneinander bindet … Sie würden mir danken und das Feuer willkommen heißen. Wenn Arxoras sehen könnte, was aus ihm wird, so wie ich es sehe …«

Die roten Lichter gingen an und aus, an und aus. Kirk war vor Entsetzen stumm, und Yarblis erinnerte sich vage und verspätet, daß die Frau Helen zum Planeten hinuntergegangen war. Ebenso der Heiler McCoy, um den Kirk sich Sorgen machte … Aber das ist unmöglich, dachte er in der nächsten Sekunde. Unmöglich, sich ohne Bewußtseinsnetz wirklich Sorgen zu machen …

»Du kennst die Zukunft nicht, Yarblis.«

»Ich weiß, was ihr seid!« kreischte Yarblis dem unmöglichen, leuchtenden Umriß in der scharlachrot durchtränkten Dunkelheit entgegen, dem fremden Bewußtsein, das sich ebenso hätte auflösen müssen wie die anderen Hungrigen in der weichen goldenen Luft der einzigen Welt, die zählte; die einzige, die es wert war, daß man sie rettete; die einzige, auf der es sich zu leben lohnte. »Ich weiß, was ihr euch selbst angetan habt und was eurer Volk dem meinen antun wird! Ihr füttert sie mit der Nahrung, die sie innerlich hungrig macht, die sie vergessen läßt, was Schönheit ist! Ihr werdet sie dazu bringen, daß sie noch um diesen Tod bitten! Aber ich weiß, daß mein Volk lieber sterben würde, als so zu werden wie ihr!«

Er spürte, daß Kirks Geist umhertastete und nach dem zertrümmerten Lautsprecher griff, um ihn auf Yarblis zu werfen, doch dieser schleuderte ihn mit seiner eigenen Geisteskraft beiseite. Dann drosch er wie mit einem splitternden Krachen aus Licht mit aller Kraft auf die Stärke von Kirks Geist ein, riß an ihm wie das Kreischen des Induktionsfeldes bei der Säuberung und suchte ihn, Impuls für Impuls, Funke für Funke, zu brechen. Die Kraft und Wut seines Geistes waren dergestalt, daß die Innenscheiben sich wölbten und zerbrachen. Scherben spritzten über den Boden und regneten wie scharlachfarbener Hagel auf die dahinterliegende Maschinerie. Er spürte, daß Kirk schmerzhaft aufschrie, und spürte die zerrende Drehung seiner verzweifelten Kraft. Kirk schleuderte die Trümmer des Lautsprechers auf ihn; er wollte ihn treffen, um seine Konzentration zu erschüttern, vielleicht auch, um ihn zu töten. Yarblis warf den Lautsprecher erneut zur Seite. Kirk zog sich vor ihm in den Gang zurück und versuchte die Türhälften zu schließen, um sich zu schützen …

Die Wucht von Yarblis' Geisteskraft riß die Türhälften aus den Angeln und warf sie scheppernd auf den harten, flachen, verhaßten Boden. Dann folgte er Kirk auf den Gang hinaus.

In der Nähe einer weiteren Lagerraumtür sah er flüchtig Kirks glitzernde Gestalt. Er bemühte sich mit der begrenzten Kraft seines Geistes, die Tür zu öffnen, um an die Gegenstände heranzukommen, die hinter ihr lagerten: fremdartige Waffen, Steine, die im Geolabor analysiert wurden, Kisten mit Bodenproben. Yarblis hatte die Inventarlisten ebenso studiert wie die aller anderen Räume dieses Schiffes. Obwohl Kirk nur wenig Kontrolle über seinen elektrostatischen Geistschatten hatte, verfügte dieser über die willkürliche Stärke der psychischen Energie. Und offenbar, dachte Yarblis, hat er mehr Kraft, als ich gedacht habe. Er mußte vernichtet werden, und zwar schnell, bevor er eine andere Möglichkeit fand, Yarblis' Vorhaben zu vereiteln.

Die Tür gab plötzlich nach und krachte auf. Yarblis sah, daß Kirk hineinschoß. Er folgte noch immer den

Eigenarten der menschlichen Form und des Fleisches, als wisse er instinktiv, daß sie ihn zusammenhielten. Yarblis eilte hinter ihm her und schlug die Türen mit Geisteskraft zurück, als Kirk sie wieder verschließen wollte. Er warf dem flackernden Geist weiße Flammen mentaler Energie entgegen, riß an ihm, schwächte ihn, lenkte ihn ab, und irgendwo in der Dunkelheit des Laderaums hörte er das heftige, willkürliche Klopfen des Entsetzens und der Wut der kampfbereiten Seele. Eine schwere Kiste mit Bodenproben krachte aus einem Regal zu Boden, verfehlte ihn um Meter, polterte über den Boden des Laderaums.

Er fuhr erneut herum und tastete nach der Stelle, an der Kirk sich zwischen den Regalreihen verborgen haben mußte. Kistenstapel in schattiger Düsternis. Draußen konnte Yarblis irgendwo an Deck das gedämpfte Pulsieren der Warnsirenen hören, die ihn daran erinnerten, daß die Zeit knapp wurde – und er seine Tat bald ausführen mußte. Er wußte, wo Kirk sich versteckt hielt, und in seiner Wut und Verzweiflung fegte er die Regale zwischen ihnen beiseite, wie trockene Unkrautstengel. Sie fielen polternd in einem Schauer aus Steinen, Sand und zerbrechendem Holz zu Boden. Kirk machte einen erneuten Versuch, die große und schwere Probe irgendeiner Erzart auf Yarblis' Kopf zu werfen, irgendein Gestein, das nach fernen Welten und fremden Meeren roch, aber seine Stärke nahm ab, seine Kontrolle war fast nicht mehr existent. Es war keine Frage des Versteckens, des Ausweichens, wie bei dem Vulkanier Spock und dessen Phaser – es war nur eine Frage der Kraft, des Willens, und Yarblis wußte, daß er stärker war.

Er ließ seinen blindwütigen Zorn gegen Kirk krachen und spürte, daß dieser wankte, nachgab und ausglitt. Er schickte seinen Willen mit dem vernichtenden Brüllen eines Kampfschreis hinaus, dem Kampfschrei des

Willens, der die dunkelhäutigen Klingonen zerschmettert hatte, als sie in einem Schauer funkelnden, körperlosen Feuers auf seiner Welt materialisiert waren. Er spürte, daß Kirk vor Schmerzen aufschrie. Steine sprangen aus den Regalen, die noch übrig waren, wirbelten wie vom Wind verwehte Blätter durch die Luft und fielen knallend zu Boden. Vor sich nahm er nur die leuchtende Form Kirks wahr. Er flog an die Wand, wie Spock gegen die Wand geflogen war; mit erhobenen Armen, als könnten sie ihn beschützen …

Spock, dachte er. Spock war in dem Raum mit dem Phaser. Wenn er wieder zu sich kam, würde er sich auf die Suche nach ihm machen. Er würde erneut versuchen, diesen Körper zu töten, und gegen beide konnte er nicht bestehen.

Yarblis schleuderte noch eine geistige Druckwelle auf Kirk und sah, daß sein bleiches Leuchten matter wurde und verblaßte. Er drehte sich um, floh aus dem Lagerraum und ging in die Phaserkontrollkammer zurück. Alle Grundlagen des Geschützwesens fielen ihm plötzlich wieder ein … Hatte Kirk ihn aufzuhalten, ihn täuschen, ihn überlisten wollen, damit er seinen Posten verließ, bis die planetare Kreisbahn den Bindigo-Kral außerhalb seiner Reichweite gebracht hatte?

Es ist ihm zuzutrauen, dachte er. Um die Frau Helen und seinen Freund McCoy zu retten, da unten im Kral – da unten, wo das Feuer auftreffen würde.

Aber er konnte den Kral nicht vor der Vernichtung bewahren. Er, Yarblis, würde nicht zulassen, daß diese Chance vergeudet wurde. Es war die letzte Möglichkeit, den Krebs aus Rheas Körper zu schneiden, die letzte Chance, um jene aufzuwecken, die er liebte. Wegen der Gefahr, die ihnen drohte.

Spock lag noch immer ohnmächtig dort, wo er hingefallen war. Das zerbrochene Fensterglas glitzerte überall um ihn herum. Grünes Blut lief aus dem Schnitt in seiner Schulter und der grausamen Schramme an der Seite seines Kopfes.

Keuchend vor Anstrengung, kaum in der Lage zu gehen, stützte Yarblis seine kurzen Menschenarme auf die Konsole und schaute auf die Anzeigen hinab.

Der Bindigo-Kral war noch immer in Reichweite.

Er hob den Kopf und schaute auf den Sichtschirm, wo Rhea noch immer in der Dunkelheit hing. Das Angesicht der Schönheit, der Liebe und des Gesanges. Einen Moment lang überwältigte ihn der Gedanke an das Bewußtseinsnetz und die verzweifelte Freude, daß der Bindigo-Kral noch im Hellen lag – daß sie nicht im Netz waren, wenn sie vernichtet wurden. Aber die anderen Krale würden es erfahren. Und er würde die Botschaft verbreiten. Er würde erzählen, was das Schiff der Hungrigen getan hatte. Er würde sie für alle Zeiten zwingen, sich von dem schleichenden, süßen Gift abzuwenden.

Und er selbst würde Frieden haben.

Hinter sich hörte Yarblis das weit entfernte Klopfen des Poltergeistes wie die letzten, hilflosen Schreie Sterbender. Sein Geist war der Geist James T. Kirks – klar und knapp. Er wußte, was er tat. Er beendete die Eingabe der Koordinaten, die den Bindigo-Kral und die ihn umgebenden fünfzehn Kilometer umfaßten, aktivierte die Primärzünder und wartete, bis die Lichter hinter den zerschlagenen Spinnweben der Innenscheibe von Rot zu Grün wechselten.

Er würde heimkehren. Heim ins Bewußtseinsnetz ... Zurück zur Liebe, Stärke, Güte Rheas. Zur Welt, wie sie sein sollte und nun immer sein würde. Er sah seine Hände – die Hände Kirks – zittern. Er spürte, daß ihm der Schweiß übers Gesicht lief, und erkannte, daß die letzte Willensanstrengung der psychokinetischen Energie dem geliehenen Körper die letzte Kraft entzogen hatte. *Gut,* dachte er in einem letzten Zornesausbruch bei dem Gedanken an das Geschöpf, das beinahe all seine Pläne vereitelt hätte. *Ich habe dich nicht nur geschlagen, ich habe dir auch weh getan …*

Als die letzten Lichter von Rot zu Grün wechselten und er auf den Feuerknopf drückte, dachte er an James T. Kirk.

Auf dem Frontschirm sah er die roten Strahlen in die Finsternis hinausjagen. Einen Moment später sah er den Pfeil des Feuersturms auf der dunklen Flanke des Planeten.

Dann sank sein Kopf auf die Kontrollen nieder, und er schloß die Augen und umarmte dankbar die Finsternis.

20

»Sagen Sie, Mr. Spock, hätten Sie etwas dagegen, mir zu sagen, was hier eigentlich los war?«

Spock schaute von den diagnostischen Anzeigen vor der Stasiskammer auf, hinter deren dicken Kristallbullaugen er den Körper von James T. Kirk sah. Ein Bettlaken lag über seinem nackten Oberkörper und den Armen; sein Gesicht war im Schlaf entspannt. Als Spock ihn von der Kontrollkonsole der Phaserbänke gehoben hatte, hatte er noch geatmet. Es war nur eine Sache von ein, zwei Minuten gewesen, bis Uhura ihn über die Komverbindung angesprochen hatte, um ihm zu sagen, daß das Lazarett – und darüber hinaus fast das ganze Deck 7 – vom Giftgas gereinigt worden war. Er hatte Kirk durch das illegal belüftete und bis zum Rand mit Müll gefüllte Rumpfabteil zu dem Loch zurückgebracht, das Scotty in den Boden von Deck 7 geschnitten hatte – rein zufällig in den Boden von Mr. Spocks eigener Kabine.

Obwohl Spock kein Arzt war, hatte er den Eindruck, daß die Meßgeräte in der Stasiskammer normale Werte zeigten.

Er drehte sich zu Mr. Scott um, der im Türrahmen lehnte. Der Chefingenieur war noch immer von Kopf bis Fuß mit braunen CHON-Rückständen beschmiert. Seine Hände waren außerdem ölig, seine roten Ärmel von Kühlflüssigkeit, Schmiermittel und Verbrennungen befleckt.

»Wir haben die Turbolifts wieder zum Laufen gekriegt«, fügte Scotty hinzu, strich sein kurzes schwarzes Haar zurück und schmierte dabei einen langen grünen Streifen über seine Stirn. »Deck acht wird gleich gesäubert. Lieutenant Uhura sagt, es gäbe einen Logbucheintrag, laut dem Transporterraum vier aktiv gewesen ist. Aber das war, als der Teil von Deck sieben noch mit Gas geflutet war …«

»Ach ja?« sagte Spock, hob eine Braue an und nickte vor sich hin.

»Soll das heißen, Sie haben es *erwartet?«*

»Natürlich. Es war nur logisch.« Spock betrachtete noch einmal das besinnungslose Gesicht des Captains. Es wirkte hohlwangig und schien vor Erschöpfung gealtert. Dann ging er zur Komverbindung an der Wand. »Lieutenant Uhura, können Sie mich mit Dr. Gordon auf dem Planeten verbinden?«

»Dr. Gordon?« hauchte Scott ungläubig. »Als ich zuletzt etwas von dem armen Mädchen gehört habe, lag es auf der Intensivstation und war dem Ableben nahe! Wollen Sie etwa damit sagen …«

»Ja, Mr. Spock?« kam die vernarbte, knirschende Stimme über den Lautsprecher.

»Waren Sie erfolgreich bei der Aufnahme der Verbindung mit dem Patriarchen Arxoras?«

Eine lange Pause folgte. Dann erwiderte Helen: »Äh … ja. Ja, ich bin jetzt bei ihm. Es ist so …«

»Ich glaube, es ist notwendig, daß Sie ihn überzeugen, daß er so schnell wie möglich mit ihnen zusammen zum Schiff zurückkehrt. Bitte, erklären Sie ihm die Sicherheit des Shuttles und unsere guten Absichten in Bezug auf ihn und sein Volk … Ich habe freilich Grund zu der Annahme, daß der Schatten auf den Planeten zurückgekehrt ist …«

»Ja«, sagte Helen. »Ja, ich weiß, daß es so ist.«

Spock hielt inne; er hörte die Zurückhaltung in ihrer Stimme.

Kurz darauf fuhr sie fort: »Wie geht es dem Captain?«

»Ich glaube, er ist der Grund«, sagte Spock, »weswegen Arxoras herkommen sollte.«

Wieder Schweigen. Dann sagte sie: »Mal sehen, was ich machen kann.«

Spock seufzte, als die Verbindung abbrach, dann rieb er sich mit müden Fingern über den Nasenrücken. Sein Kopf schmerzte trotz der Schmerzmittel des kleinen Medipflasters, das die Spätschichtschwester über die Schramme an seiner Schläfe geklebt hatte. Es hob sich überraschend rosig von den grünlichen Schattierungen seiner Haut ab. Und er war müde wie ein Hund. Bevor sie den Captain in die Stasiskammer gebracht hatten, war er zögernd und vorsichtig eine Bewußtseinsverschmelzung mit ihm eingegangen. Das, was er gespürt hatte, hatte ihn verstört. Vielleicht hätte einer der großen Adepten, einer der alten Meister des *Kolihnar*, das panische Flackern der Impulse verstanden, um sie neu zu ordnen und zu lindern. Aber er war Wissenschaftler und wußte nur das, was jedes vulkanische Schulkind über die spirituelle Disziplin lernte. Er wußte nicht einmal, ob sein Freund, so wie die Dinge standen, überleben würde.

Das Gewicht lastete auf ihm wie ein bleiernes Tuch.

Als Spock sich umdrehte, schaute Scott ihn mit einem besorgten Blick an.

»Die Erklärung der ganzen Angelegenheit«, sagte Spock langsam, »folgt … später.«

»Das hoffe ich aber auch!« Scott wirkte erleichtert, als er ihn aus der finsteren Träumerei heraustreten sah, die ihn offenbar gepackt gehalten hatte. »Einschließlich der Erklärung, warum … Na schön, na schön!« fügte er hinzu, als die Schwester der Spätschicht ihm mißbilligend einen Putzlappen hinhielt. »Ich weiß, daß wir hier in einer sterilen Umgebung sind, und daß ich sie verdrecke! – Einschließlich der Erklärung«, fuhr er dann fort und wandte sich wieder Spock zu, »warum der fremde Eindringling, nachdem er den Captain fast um den Verstand gebracht und sein Bestes gegeben hat, um Sie und Dr. Gordon zu ermorden, all dies nur getan haben soll, um ein vierzig Hektar großes Loch mitten in die unbewohnteste Wüste dieses Planeten zu schießen?«

Spock fragte sich, wie viele der Ereignisse der letzten Woche vernünftig erklärbar waren – oder ob man sie überhaupt erklären konnte. Dann sagte er gedehnt: »Tja, in dieser Hinsicht hat er einen Fehler gemacht.«

»Wie konnte er einen Fehler machen?« fragte der Chefingenieur neugierig. »Es ist doch nicht so wie beim Handphaserschießen! Er hatte doch das beste Zielprogramm der Galaxis!«

Spock schüttelte den Kopf. »Sein Fehler«, sagte er, »bestand darin, mich mit seinem Zielcomputer allein zu lassen.«

Helen schloß ihren Kommunikator und wandte sich wieder der Gruppe zu, die sich um die kalte Asche des Feuers zwischen den beiden Hütten des Forschungsinstituts versammelt hatte. Ihre Gesichter waren grau und müde und im lohfarbenen Licht größtenteils staubbedeckt. Dann sagte sie in der Sprache der Midgwin zu Kailin Arxoras – sein langes weißes Haar war nach hinten geknotet und vom Schmutz der Reise verfilzt –, der auf einem Holzklotz hockte: »Er braucht deine Hilfe.«

Der Patriarch, der tagelang unterwegs gewesen und auch jetzt noch nicht in den Hauptkral zurückgekehrt war, nickte und sagte: »Er wird sie bekommen.«

Und auf der anderen Seite des Kreises zischte Yarblis Geshkerroth, der Schatten, der Vernichter der Hungrigen und der Wächter seines Planeten: »Es ist eine Falle! Sie wollen ...«

»Was wollen sie, Yarblis?« fragte Arxoras ruhig. Jene, die die Sprache der Midgwin verstanden – Helen, Thetas, Dr. Chu, Dr. Nomias und die beiden Vulkanier – nahmen unter dem lieblichen hohen Zirpen der einfachen Worte alle Färbungen von Ton und Tempo wahr, aus denen die feinen Nuancen der Sprache bestanden. Sie spürten auch die telepathische Komponente der Sprache, die darunter mitschwang. »Wollen sie mich vernichten? Mich, der ihnen die Hand der Freundschaft reicht, wenn es Freundschaft ist, die sie bei uns suchen?«

Yarblis schaute zögernd von einem Gesicht zum anderen. Er suchte nach den richtigen Worten. Als er am Forschungsinstitut auf die Gruppe gestoßen war, die erst Minuten zuvor aus dem Dornendschungel gekommen und aus den Seuchenkralen des Südens zurückgekehrt war, um mit McCoy und seinen Begleitern zusammenzutreffen, hatte er auf Helen sehr bestürzt, entsetzt und desorientiert gewirkt. Er hatte sich umgesehen und das Dickicht, das raschelnde Meer aus goldenem Gras und die hohen, blassen Felsen des dahinterliegenden Krals angestarrt, als könne er seinen Sinnen nicht glauben. Helen, die Arxoras beiseite genommen hatte, war gerade damit beschäftigt gewesen, dem Patriarchen Yarblis' Taten zu schildern; McCoy und Schwester Chapel hatten vor den Hütten Dr. L'jians Bericht vom Kampf gegen die Seuche und die für sie verantwortliche Hungersnot im Walpuk-Kral gelauscht. Thetas, Chu, Shorak und Nomias, erschöpft von den Tagen und Nächten der Reise, der vorgenommenen Impfungen, Tests und Krankenpflege, hatten sich nur schweigend an die Außenwand des Forschungsinstituts sinken lassen und empfindungslos die von Fruchtzucker triefenden Rationen angenommen, die die beiden Klingonen ihnen reichten, während DeSalle und seine Leute sie angesehen hatten.

Schließlich stieß der Schatten wütend hervor: »Sie werden einen anderen aus dir machen! Sie haben schon einen anderen aus dir gemacht, Arxoras – mein Vater, mein Freund! Sie werden dich mit Lügen zu ihrem Freund machen!«

»Ist es schlimmer, als mich mit Lügen zu ihrem Feind zu machen?« fragte der Patriarch leise. Seine großen silbernen Augen hefteten sich auf die nicht weniger großen gelben Augen Yarblis'. Helen, die die kleinen unbehaglichen Veränderungen in der Muskulatur des eingefallenen Gesichts des Schattens sah, fröstelte und erkannte darin jeden schnellen, feinfühligen Ausdruck und jede gewohnte Zuckung wieder. Einen Moment lang glaubte sie, sich übergeben zu müssen. Sie drehte sich um; die Deutlichkeit des Wiedererkennens verursachte ihr Übelkeit und ein Frösteln.

»Sie sind ... unsere Feinde«, sagte Yarblis. »Sie sind ... Feinde des Lebens. Und sie werden Feinde des Lebens aus uns machen.«

»Was ist Leben?« fragte Arxoras langsam. »Und warum gibt es Leben? Ob sie größere Feinde des Leben sein können als der, der das Leben vernichten würde, damit seine Ansicht triumphiert?«

»Nur ... nur einige Leben ...«, sagte Yarblis verzweifelt und leise. »Nicht alles. Es war notwendig ...«

»Diese Fremden dort ...« Arxoras' langer, dürrer Arm zeigte mit einer umfassenden Bewegung auf die staubbedeckten beiden Vulkanier, den ausgemergelten kleinen Argelianer, die winzige alte Chinesin und den vor Erschöpfung im Halbschlaf befindlichen Andorianer, den die beiden Klingonen zwischen sich nahmen und vorsichtig zur Hütte trugen. »Diese Fremden haben mit uns gearbeitet, um das Leben unserer Familien in Warpuk zu retten. Sie haben weit draußen am fernen Rand des Krals geforscht, wo die Likatzen schon mit der Jagd begonnen hatten, als der Schutz des Bewußtseinsnetzes versagte. Sie sind das Risiko der Krankheit eingegangen. Sie hätte sie ebenso töten können, wie alle anderen.«

»Das Bewußtseinsnetz ...«

»Das Bewußtseinsnetz war nicht stark genug, um diese Krankheit zu bekämpfen«, fuhr Arxoras fort. »Wir haben es tagelang erhalten, aber sie sind doch gestorben. Und es starben immer mehr. Das Ungeziefer und die Likatzen jagten schon mitten im Kral und schlugen jene, die krank waren und im Sterben lagen.« Am Ende seines rundsektionierten Halses war sein Kopf zur Seite geneigt, und seine Augen waren voller Mitleid und Schmerz, als er auf den Jäger, den Freund, den Bruder/Sohn schaute, den er geliebt hatte. In der staubigen Stille des Spätnachmittags konnte man im umliegenden Dornendschungel nur das Krächzen der scharlachroten Eidechsen hören. Das leise Summen des Netzes, das noch kurz zuvor die Luft erfüllt hatte, war verstummt.

»Yarblis, was wolltest du dem Bewußtseinsnetz bringen? Du bist *Memmietieff* genug, um die Dinge verheimlichen zu können, die du angerichtet hast, um das Netz nicht zu verschmutzen ... Niemand hätte erfahren, daß das, was du über die Vernichtung dieses Krals erzählt hättest, eine Lüge ist. Aber damit hättest du die Lüge ins Netz getragen. Doch eines hättest du nicht verheimlicht, weil dir nicht eingefallen wäre, daß man es verheimlichen soll: deine Überzeugung, daß es rechtens ist, uns alle über das zu belügen, was du persönlich für gut hältst. Daß es rechtens war, uns alle zu täuschen, weil du es für gut hältst. Daß es rechtens war, zu töten, weil du es für gut hältst. Das es rechtens war, deine Vorstellung des Guten – *vielleicht* ist sie wirklich gut, vielleicht aber auch nicht; woher willst du es wissen? – zur Regel zu erheben, nach der wir alle leben sollen, ob wir es wollen oder nicht.

Du hast Böses getan, damit Gutes über uns kommt. Aber das Böse, das du uns antun wolltest, ist viel schlimmer. Viel schlimmer als du ahnst, denn diese Hungrigen dort ...« Er deutete mit dem Kopf auf die Hüttentür, durch die die Klingonen Nomias gebracht hatten. »... sind gefährlich und hätten furchtbare Schritte gegen uns unternommen ... Aber wahrscheinlich hättest du auch das so gewollt.«

Und Yarblis schaute weg.

»Du glaubtest, du hättest das Recht«, fuhr Arxoras leise fort. »Und *das* ist die Saat alles Bösen. Und darum ...« Die tiefen Falten des Patriarchengesichts, jede von blassem Staub umgeben, zogen sich zusammen, und die großen Augen füllten sich mit Tränen. »Und darum, Yarblis, mein Sohn, verbanne ich dich aus dem Bewußtseinsnetz. Niemand im Kral wird sich gegen dich wenden. Es wird dir nie an Nahrung mangeln, noch an einem Platz zum Leben; noch einem Platz, der dich schützt, weil dies etwas ist, das wir tun können. Doch du bist dermaßen verschmutzt, daß sich der Schmutz im gesamten Netz ausbreiten würde – genauso, wie du befürchtet hast, die ›Schmutzigkeit‹ der Hungrigen könnte sich unter uns verbreiten. Deswegen will das Netz dich nicht mehr haben. Du bist nicht mehr unser Bruder. Keiner von uns wird mehr mit dir sprechen oder dich unser Bewußtsein berühren lassen. Auch unsere Träume nicht. Nie wieder.«

Yarblis Geshkerroth stand einen Moment lang zwischen den Fremden und den Patriarchen, die mit ihnen nach Walpuk gegangen waren, als die Kraft des Netzes sich als ungenügend erwiesen hatte, um die Hungersnot und die Seuche zu bekämpfen. »Ich habe es für euch getan«, sagte er leise.

Helen, die ihn nun wieder anschaute, sah ihn zum erstenmal deutlich im Sonnenschein. Sie sah das Ausmaß der Disruptornarben, die seinen Brustkorb und seine Arme bedeckten, die seine Kopfhaut fleckig gemacht und das lange Haar, das geflochten über seinem gratigen Rücken lag, mit aschgrauen Streifen überzogen hatten. Sie sah Zorn und Müdigkeit in seinen gelben Augen, die wilde Kraft seines runzligen Gesichts, über das die Tränen strömten wie ein Fluß und im geschmolzenen Licht glitzerten. Arxoras streckte die Hand aus, um ihn zu berühren, doch der Schatten trat zurück und wandte sich um. Er watschelte langsam an den ihn umgebenden hochgewachsenen Fremden vorbei und verließ die Lichtung. Er ging lautlos und ohne die Äste zu berühren in den dahinterliegenden Dornenwald.

Kailin Arxoras wandte sich zu Helen um, hob den Arm und nahm ihre weiche Babyhand in seine starke Faust. »Komm«, sagte er. Und sie sah, daß auch seine Tränen über den Staub seiner zahlreichen Gesichtsfalten liefen, als hätte er im Regen gestanden. »Wir müssen jetzt gehen und deinen Freund heilen.«

Dr. McCoy nörgelte überraschend wenig darüber, daß das Licht in der Intensivstation abgeschaltet wurde, in die man Kirk gebracht hatte, nachdem er aus der Staskammer gekommen war. Er hat offenbar über die Ereignisse im Maschinenraum und deren Bezüge zu den Bedürfnissen der unbekannteren Seite des menschlichen Organismus nachgedacht, vermutete Helen. Weiches Kerzenlicht erhellte sanft den Raum, in dem Kailin Arxoras – für ein Lebewesen, das in seinem ganzen Leben noch nie ein Rad gesehen hatte, überraschend gelassen – neben dem Bett saß. Er hielt die eisige Hand des Captains und sang leise mit hoher, vogelähnlicher Stimme. Hin und wieder waren auf dem Korridor Stimmen zu hören. Es war das gedämpfte Gemurmel des Schiffes, in das wieder Normalität einzog.

»Wir können ihn in einen schalldichten Raum bringen«, hatte McCoy dem kleinen Fremden angeboten. Doch Arxoras hatte den Kopf geschüttelt.

»Er muß die Geräusche seiner Geliebten hören, die im Schlaf atmet«, erwiderte der alte Midgwin und neigte seinen flachen Kopf, um dem Arzt ins Gesicht zu sehen. »Bei meinem Volk hätten wir Blumen, Gräser und Körner im Raum, damit der Träumer sie riecht und so zur Rückkehr ermutigt wird. Aber der Duft solcher Dinge bedeutet ihm weniger als der ...« Er kniff die Augen zusammen und versuchte zu identifizieren, wonach das *Schiff* roch. Als McCoy daran dachte, fielen ihm Eisen, dünner grüner Kunststoffbodenbelag und wiederverwerteter Sauerstoff ein ... und in nächster Nähe Desinfektionsmittel und Alkohol. Aber der alte Midgwin schüttelte heftig den Kopf und meinte: »... dieses Ortes. Aber holt seine Freunde, damit er sie erkennt und zurückkehrt.«

Und so kam es, daß Helen, Mr. Spock, Uhura und Scotty im Raum waren, als James Kirk die Augen öffnete und unsicher im Halbdunkel an die Decke blinzelte. Er lag für einen Moment einfach nur da. Ein leichtes Runzeln der Verwunderung bewegte seine Stirn, als gebe er sich Mühe, sich an etwas zu erinnern. Dann drehte er leicht den Kopf – zuerst zu der Seite, wo Arxoras auf einem der hochbeinigen Stühle saß, die dazu dienten, kleineren Wesen in einem für Menschen gestalteten Raumschiff eine ausreichende Sitzhöhe zu bieten, dann zur anderen, wo McCoy saß und seine Hand hielt.

»Pille?« sagte er leise und fragte sich, warum die körperliche Berührung, die Wärme des Fleisches und die Festigkeit der Knochen, so beruhigend war. Der Transporter ...

Aber der Gedanke entglitt ihm.

McCoy nickte. »Du kommst wieder in Ordnung, Jim.«

Er zog langsam seine Hand zurück und streckte sie aus. »Helen?«

Helen nahm seine Finger, die nun warm und kräftig in ihrer Hand lagen. Ihr Gesicht war ausdruckslos und sehr blaß, aber in der matten Beleuchtung und aufgrund seiner Erschöpfung nahm er wahr, daß sie bei ihm war. Er lächelte, war von Grund auf erleichtert. Die Erinnerungen an das Geschehene waren vage und chaotisch, ein Bilderwirrwarr – das verwaschene Empfinden, daß mit Helen irgend etwas passiert war, irgend etwas Schreckliches ... Irgend etwas, vor dem er sie verzweifelt zu bewahren versucht hatte. Das Bild Spocks, bruchstückhaft, doch sehr deutlich, der besinnungslos vor der verschlossenen Tür des Shuttlehangars lag. Rote Warnlichter blinkten wild über seinem Körper. Er verspürte eine vage Neugier bezüglich der Frage, ob er wirklich über das Nahrungsförderband von Deck 8 gekrochen war ... Und wenn ja, warum, in aller Welt, hatte er dies getan? Ein bohrendes Gefühl der Verwunderung über irgendein Geheimnis auf Deck 23.

Er empfand ein traumähnliches Gefühl, das ihn daran erinnerte, wie sein alter Akademie-Bekannter Finnegan ihm einen Vollrausch beschrieben hatte. Nur war Kirk in seinem ganzen Leben noch nie so betrunken gewesen, daß er sich nicht daran erinnern konnte, was er getan hatte. Aber schon löste es sich auf und verblaßte ...

»Spock?«

»Hier, Captain«, erwiderte der Vulkanier formell. Spock trat nach kurzem Zögern vor und nahm seine Hand. »Ich bin ...« Er zögerte erneut, war sich nicht ganz sicher, wie er sich ausdrücken sollte, und sagte dann: »Ich bin froh, daß Sie gesund sind.«

Kirks Lachen war kaum mehr als ein Flüstern und ein Aufblitzen seiner Augen. »Ich bin überwältigt, Mr.

Spock.« Und dann, so plötzlich wie das Erlöschen einer Kerzenflamme, war er wieder eingeschlafen.

»Er wird jetzt lange schlafen«, sagte Arxoras und stieg mit Chapels Hilfe langsam von dem Stuhl herunter. »Unter Umständen einen halben Tag. Guter Schlaf. Ich spüre in seinem Geist, daß sein Körper nur wenig davon gehabt hat. Er ist schlimm mißbraucht worden, und ebenso sein Geist. Ihr werdet merken, daß es Dinge aus der Zeit seiner Wanderung gibt, an die er sich nicht erinnert, denn solche Erinnerungen haben keinen Platz, um im Fleisch zu wohnen, sie werden verlorengehen. Manche könnten später zu ihm zurückkehren. Dann müßt ihr ihm, so gut ihr könnt, helfen, damit fertig zu werden. Ihr seid seine Geschwister, seine Nestbrüder. Seine Heilung liegt in euren Händen.«

»Es klingt, als ginge es um etwas, das du schon mal erlebt hast«, sagte McCoy zweifelnd. Der Midgwin neigte erneut den Kopf, um zu ihm aufzuschauen. Seine langen, staubweißen Zöpfe hingen auf seinen Schultern.

»So ist es«, sagte er einfach und schlug damit ein neues Kapitel der Föderationsstudien auf, das nicht nur mit den Midgwin zu tun hatte, sondern mit der Struktur und der Zusammensetzung des Geistes.

In der Ecke des Raumes erkundigte sich Mr. Scott mit leiser Stimme bei Spock nach dem schlußendlichen Schicksal seines Assistenten Fähnrich Miller, der sich zusammen mit seinem übel beleumundeten Gefährten in der Station nebenan von dem seltsamen Virus erholte. »Nach allem, was man auch über sie sagen kann … Sie müssen doch zugeben, daß sie nicht mehr getan haben, als ordentliche Schokolade herzustellen – und es gibt, weiß Gott, einen Haufen Leute an Bord, die ihnen dafür danken werden.«

»Die Tatsache bleibt jedoch bestehen, daß sie Starfleet-Eigentum für eigene Zwecke mißbraucht haben –

egal für welche. Sie waren nicht autorisiert, ein Versuchslabor zu betreiben, und ganz gewiß nicht zur Herstellung von …«

»Was sie getan haben, war auch nicht schlimmer als das, was McCoy getan hat. Den beiden einfach eine Schlafspritze zu verpassen … Sie wollen den armen Gilden doch wohl nicht in Eisen legen, oder? Wenn er kein fanatischer Büchersammler wäre, wären Sie jetzt tot!«

Lieutenant Uhura glitt durch die Tür ins helle Licht des Korridors hinaus. Niemand sah sie gehen, ebensowenig wie Helen, die kurz vor ihr hinausgegangen war.

»Helen?«

Sie lehnte an der Wand im Hauptkorridor des Lazaretts. Ihr Gesicht war kalkweiß. Sie sah fast schlimmer aus als nach der Gasvergiftung.

»Was ist denn?« fragte Uhura.

Helen schüttelte lächelnd den Kopf. »Nichts«, sagte sie. Sie wollte sich abwenden, doch dann hielt sie inne und schaute ihre Freundin an – hochgewachsen, kaffeebraun und hübsch in ihrer karmesinroten Uniform. Sie gehörte zu den engsten aus der ersten Gruppe enger Freunde, die sie in ihrem Leben gewonnen hatte. Nach einem Moment nahm sie Uhuras Hände.

»Uhura«, sagte sie leise, »richtest du Jim etwas von mir aus, wenn er wieder wach ist?«

Uhura schaute sie schweigend an. Helens Gesicht war älter als das Gesicht der Frau, die vor einem Monat an Bord der *Enterprise* gekommen war; so gramzerfurcht wie ihre Stimme. Laut McCoy würden ihre aufgerauhten Stimmbänder in wenigen Wochen heilen, doch Uhura schätzte aufgrund eigener Erfahrung, daß der Blick im Hintergrund ihrer braunen Augen nie heilen würde.

»Was immer du willst«, erwiderte sie.

»Sag ihm …« Helen hielt inne und schüttelte den Kopf, als bemühe sie sich, irgend etwas fortzuräumen –

vielleicht einen Traum oder einen Alptraum. »Sag ihm, daß ich weiß, daß … nicht er es war. Daß es ein Fremder in seinem Körper war; daß es nicht seine Schuld war … Daß er nichts mit dem Geschehenen zu tun hatte. Vielleicht glaubt es auch mein … Herz, mein Bauch, meine Haut, wenn die *Enterprise* in sechs Monaten zurückkehrt, falls man sie nicht anderswohin schickt, wenn ich zufällig sein Gesicht sehe, seine Stimme hören oder die Berührung seiner Hand spüren sollte. Sag ihm, daß ich weiß, daß er es nicht war. Aber im Moment …« Sie zwang ihre Stimme, gleichmäßig zu klingen. »… kann ich ihn nicht mehr sehen.«

»Ich sage es ihm«, sagte Uhura.

Helen umarmte sie schnell, dann drehte sie sich um und ging in Richtung Turbolift, der sie nach unten zum Hangardeck bringen würde. Dort wollte sie auf Arxoras warten, um dann mit dem Shuttle zu der Welt zurückzukehren, die zur ihren werden würde. Uhura blieb noch lange an der Lazarettür stehen und lauschte dem Klappern von Helens Stiefelabsätzen, das langsam im Korridor verblaßte.

Danach besprachen die Patriarchen der zahlreichen im Netz vereinten Krale die Frage der Heilung, die der Arzt der Hungrigen aufgeworfen hatte, und ob man sie bitten sollte zu gehen, um nie wieder zurückzukehren. Doch die Hungrigen, die Schwarzbärtigen ebenso wie die blassen mit den glatten Gesichtern, schworen, sie würden, wenn man ihnen zu bleiben erlaubte, unter sich bleiben, um die Geschichten des Wahren Volkes zu hören und mit ihm über die Lebensweise Rheas zu sprechen.

Was Yarblis Geshkerroth, den Schatten, anbetrifft, so ging er in der zweiten Nacht nach dem Ende der Seuche zur Hütte der Frau Helen und bat um Vergebung für das, was er ihr körperlich und geistig angetan hatte. Nachdem ihm Vergebung gewährt worden war, verließ er den Bindigo-Kral, ging fort von dem Ort, an dem das Volk lebte, und stürzte sich in den Fluß, in dem er ertrank.

Aus Gesänge der Midgwin,
übersetzt und eingeleitet von Dr. H. H. Gordon,
Oxford University Press.

STAR TREK™

in der Reihe
HEYNE SCIENCE FICTION & FANTASY

STAR TREK: CLASSIC SERIE

Vonda N. McIntyre, Star Trek II: Der Zorn des Khan · 06/3971
Vonda N. McIntyre, Der Entropie-Effekt · 06/3988
Robert E. Vardeman, Das Klingonen-Gambit · 06/4035
Lee Correy, Hort des Lebens · 06/4083
Vonda N. McIntyre, Star Trek III: Auf der Suche nach Mr. Spock · 06/4181
S. M. Murdock, Das Netz der Romulaner · 06/4209
Sonni Cooper, Schwarzes Feuer · 06/4270
Robert E. Vardeman, Meuterei auf der Enterprise · 06/4285
Howard Weinstein, Die Macht der Krone · 06/4342
Sondra Marshak & Myrna Culbreath, Das Prometheus-Projekt · 06/4379
Sondra Marshak & Myrna Culbreath, Tödliches Dreieck · 06/4411
A. C. Crispin, Sohn der Vergangenheit · 06/4431
Diane Duane, Der verwundete Himmel · 06/4458
David Dvorkin, Die Trellisane-Konfrontation · 06/4474
Vonda N. McIntyre, Star Trek IV: Zurück in die Gegenwart · 06/4486
Greg Bear, Corona · 06/4499
John M. Ford, Der letzte Schachzug · 06/4528
Diane Duane, Der Feind – mein Verbündeter · 06/4535
Melinda Snodgrass, Die Tränen der Sänger · 06/4551
Jean Lorrah, Mord an der Vulkan Akademie · 06/4568
Janet Kagan, Uhuras Lied · 06/4605
Laurence Yep, Herr der Schatten · 06/4627
Barbara Hambly, Ishmael · 06/4662
J. M. Dillard, Star Trek V: Am Rande des Universums · 06/4682
Della van Hise, Zeit zu töten · 06/4698
Margaret Wander Bonanno, Geiseln für den Frieden · 06/4724
Majliss Larson, Das Faustpfand der Klingonen · 06/4741
J. M. Dillard, Bewußtseinsschatten · 06/4762
Brad Ferguson, Krise auf Centaurus · 06/4776
Diane Carey, Das Schlachtschiff · 06/4804
J. M. Dillard, Dämonen · 06/4819
Diane Duane, Spocks Welt · 06/4830
Diane Carey, Der Verräter · 06/4848
Gene DeWeese, Zwischen den Fronten · 06/4862
J. M. Dillard, Die verlorenen Jahre · 06/4869
Howard Weinstein, Akkalla · 06/4879
Carmen Carter, McCoys Träume · 06/4898
Diane Duane & Peter Norwood, Die Romulaner · 06/4907
John M. Ford, Was kostet dieser Planet? · 06/4922
J. M. Dillard, Blutdurst · 06/4929
Gene Roddenberry, Star Trek (I): Der Film · 06/4942

STAR TREK™

J. M. Dillard, Star Trek VI: Das unentdeckte Land · 06/4943
David Dvorkin, Die Zeitfalle · 06/4996
Barbara Paul, Das Drei-Minuten-Universum · 06/5005
Judith & Garfield Reeves-Stevens, Das Zentralgehirn · 06/5015
Gene DeWeese, Nexus · 06/5019
D. C. Fontana, Vulkans Ruhm · 06/5043
Judith & Garfield Reeves-Stevens, Die erste Direktive · 06/5051
Michael Jan Friedman, Das Doppelgänger-Komplott · 06/5067
Judy Klass, Der Boacozwischenfall · 06/5086
Julia Ecklar, Kobayashi Maru · 06/5103
Peter Norwood, Angriff auf Dekkanar · 06/5147
Carolyn Clowes, Das Pandora-Prinzip · 06/5167
Diana Duane, Die Befehle des Doktors · 06/5247
V. E. Mitchell, Der unsichtbare Gegner · 06/5248
Dana Kramer-Rolls, Der Prüfstein ihrer Vergangenheit · 06/5273
Michael Jan Friedman, Schatten auf der Sonne · 06/5179 (in Vorb.)
Barbara Hambly, Der Kampf ums nackte Überleben · 06/5334 (in Vorb.)
Brad Ferguson, Eine Flagge voller Sterne · 06/5349 (in Vorb.)

STAR TREK: DIE NÄCHSTE GENERATION
David Gerrold, Mission Farpoint · 06/4589
Gene DeWeese, Die Friedenswächter · 06/4646
Carmen Carter, Die Kinder von Hamlin · 06/4685
Jean Lorrah, Überlebende · 06/4705
Peter David, Planet der Waffen · 06/4733
Diane Carey, Gespensterschiff · 06/4757
Howard Weinstein, Macht Hunger · 06/4771
John Vornholt, Masken · 06/4787
David & Daniel Dvorkin, Die Ehre des Captain · 06/4793
Michael Jan Friedman, Ein Ruf in die Dunkelheit · 06/4814
Peter David, Eine Hölle namens Paradies · 06/4837
Jean Lorrah, Metamorphose · 06/4856
Keith Sharee, Gullivers Flüchtlinge · 06/4889
Carmen Carter u. a., Planet des Untergangs · 06/4899
A. C. Crispin, Die Augen der Betrachter · 06/4914
Howard Weinstein, Im Exil · 06/4937
Michael Jan Friedman, Das verschwundene Juwel · 06/4958
John Vornholt, Kontamination · 06/4986
Mel Gilden, Baldwins Entdeckungen · 06/5024
Peter David, Vendetta · 06/5057
Peter David, Eine Lektion in Liebe · 06/5077
Howard Weinstein, Die Macht der Former · 06/5096
Michael Jan Friedman, Wieder vereint · 06/5142
T. L. Mancour, Spartacus · 06/5158

STAR TREK™

Bill McCay/Eloise Flood, Ketten der Gewalt · 06/5242
V. E. Mitchell, Die Jarada · 06/5279
John Vornholt, Kriegstrommeln · 06/5312
Laurell K. Hamilton, Nacht über Oriana · 06/5342 (in Vorb.)
David Bischoff, Die Epidemie · 06/5356

STAR TREK: DIE ANFÄNGE
Vonda N. McIntyre, Die erste Mission · 06/4619
Margaret Wander Bonanno, Fremde vom Himmel · 06/4669
Diane Carey, Die letzte Grenze · 06/4714

STAR TREK: DEEP SPACE NINE
J. M. Dillard, Botschafter · 06/5115
Peter David, Die Belagerung · 06/5129
K. W. Jeter, Die Station der Cardassianer · 06/5130
Sandy Schofield, Das große Spiel · 06/5187
Lois Tilton, Verrat · 06/5323

DAS STAR TREK-UNIVERSUM, 2 Bde.,
überarbeitete und aktualisierte Neuausgabe!
von *Ralph Sander* · 06/5150

William Shatner/Chris Kreski, Star Trek Erinnerungen · 06/5188

Phil Farrand, Cap'n Beckmessers Führer durch
Star Trek – Die nächste Generation · 06/5199

STARFLEET KADETTEN
John Vornholt, Star Trek Generationen · 06/6501
Peter David, Worfs erstes Abenteuer · 06/6502
Peter David, Mission auf Dantar · 06/6503
Peter David, Überleben · 06/6504 (in Vorb.)
Brad Strickland, Das Sternengespenst · 06/6505 (in Vorb.)
Brad Strickland, In den Wüsten von Bajor · 06/6506 (in Vorb.)
John Peel, Freiheitskämpfer · 06/6507 (in Vorb.)
Mel Gilden & Ted Pedersen, Das Schoßtierchen · 06/6508 (in Vorb.)
John Vornholt, Erobert die Flagge · 06/6509 (in Vorb.)
V. E. Mitchell, Die Atlantis Station · 06/6510 (in Vorb.)
Michael Jan Friedman, Die verschwundene Besatzung · 06/6511 (in Vorb.)

Diese Liste ist eine Bibliographie erschienener Titel
KEIN VERZEICHNIS LIEFERBARER BÜCHER!